FIFTH AVENUE NANNY

Ein Single-Dad-Liebesroman

Rosa Lucas

Übersetzt von Melanie Schwarz
Bearbeitet von Liane Baumgarten

Cover by Kari March Designs

Rosa Lucas
rosa@rosalucasauthor.com
c/o copywrite 61 Bridge Street, Kington, HR5 3DJ

Dieser Text enthält Themen für Erwachsene, provozierende Sprache und detaillierte Szenen und ist ausschließlich für erwachsene Leser gedacht.

1

Clodagh

KLO-da. Das „*gh*“ ist stumm. Wie Yoda nur mit „*cl*“.

New York, die Heimat von Broadway, Bagels und Milliardären. Jeder Menge Milliardäre. Hier gibt jeder sein Bestes. Wer würde nicht gerne ein Stück vom Big Apple Kuchen haben?

Ich bin hier für mein Stück.

Damals, in meinem irischen Küstendorf, träumte ich von diesem Stück. Ich wusste, was mich erwartet.

Yoga bei Sonnenaufgang im Central Park.

Frühstück in der Magnolia Bakery.

Cocktails auf dem Dach des Rockefeller Centers.

In einer Penthouse-Suite im Plaza Hotel aufzuwachen, mit dem Kopf eines grüblerischen, 1,80 m großen Multimillionärs zwischen den Beinen, der darauf *besteht,* dass ich ein Bad in seinem Whirlpool nehme, aber erst, nachdem er mir mehrere Fünf-Sterne-

Orgasmen verpasst hat.

„Clodagh."

„Was?" Ich höre auf mit Guinness marinierte Chips von der Hartholztheke zu wischen und reiße den Kopf hoch, um das süffisante Lächeln meiner besten Freundin Orla zu sehen.

Sie hört für einen Moment auf zu fegen. „Du bist mit der Herrentoilette an der Reihe."

O Gott. „Ja, ja, ich weiß", blaffe ich.

Und noch eine Tatsache über New York: Hier gibt es Hunderte von irischen Bars. Du bist nie weiter als einen Block von einer entfernt. Irische Bars mit Männern, die ihre Penisse nach ein paar Pints wie hochleistungsfähige Feuerwehrschläuche bedienen.

Ich beäuge die drei Kerle, die auf den Hockern an der Bar sitzen. Ihre Kleidung ist staubig von ihrer Arbeit auf Baustellen, denn das, was einer Kleiderordnung im Pub am nächsten kommt, lautet *keine Waffen*.

Liam, Declan und Aidan – Stammgäste im The Auld Dog, der kleinen irischen Bar in Queens, in der Orla und ich seit drei Monaten arbeiten. Nette Jungs in ihren späten Zwanzigern. Sie lächeln mich ungeniert an. Sie trinken gerade ihr drittes Pint und ich weiß, dass sie ein Schlachtfeld für mich zum Reinigen hinterlassen haben. Sie wissen es, und ich weiß es.

Jeden Abend sitzen sie auf denselben Barhockern. Sie sitzen nie auf anderen

Hockern. Sie trinken nie etwas anderes. Sie gehen nie in eine andere irische Bar.

Wozu nach New York ziehen, wenn man jede Nacht in derselben irischen Bar verbringt, mit denselben Iren, die dieselben irischen Drinks trinken?

Ich verstehe das nicht. Ich wollte in New York leben, solange ich denken kann.

Und zwar nicht am Stadtrand. Mitten im Herzen des Big Apple, in Manhattan, in Manolo Blahniks durch die Straßen stolzierend und ein glattrasiertes Bein aufblitzen lassend, um ein gelbes Taxi zu rufen.

Seit Orla und ich vor ein paar Monaten aus Irland nach Queens gezogen sind, verbringe ich in Wirklichkeit 95 Prozent meiner Zeit damit, im Pub von Orlas Onkel Sean zu arbeiten und mit Orla darüber zu streiten, wer mit dem Fasswechsel oder dem Desinfizieren der Herrentoilette dran ist. Ich trage Sportschuhe, da Manolos mein Budget übersteigen und selbst wenn ich sie mir leisten könnte, würde ich darin watscheln wie ein Pinguin.

Aber diese 5 Prozent, wenn ich einen Blick auf das glitzernde New York werfe, das Leben, das ich mir in Irland vorgestellt habe?

Unbezahlbar.

Wie der schicke Mann aus Manhattan, der gerade die Bar betreten hat. Der Typ ist schätzungsweise in den Mittfünfzigern und trägt einen teuren blauen Anzug. Leute im

Anzug kommen nur in den Pub, wenn sie auf einer Beerdigung waren. Ein authentisches, schnörkelloses irisches Erlebnis ist es, was Sean verkauft.

Er ist die Sorte Mann, bei der Mam ausrasten würde. Granny Deirdre auch. Törnen Schnauzbärte und überkämmte Glatzen ab einem bestimmten Alter an? Nenn mich oberflächlich, aber so etwas möchte ich nicht zwischen meinen Beinen haben.

Ich sehe genau den Moment, in dem ihm der leichte Gestank von schalem Bier und der Geruch nach altem Mann in die Nasenlöcher steigt.

Orla hört auf zu fegen, glotzt den Neuankömmling in der Tür an und dreht sich dann mit großen Augen zu mir um.

Ich verdrehe die Augen, als sie hinter den Tresen eilt und sich zu mir setzt. Obwohl der Typ nach Trinkgeld schreit, hätte sie nicht offensichtlicher sein können, wenn sie auf die Theke gesprungen wäre und einen Siegestanz aufgeführt hätte.

Er schaut sich im Pub um und betrachtet die irischen Fußballtrikots an den Wänden, die Flaggen und die Straßenschilder, die einem sagen, wie viele Meilen man von Irland entfernt ist. Das alles gehört zu Onkel Seans Einrichtungsstrategie, jeden Zentimeter des Pubs mit Erinnerungen an die Heimat zu füllen.

Er nähert sich der Bar und achtet darauf, dass seine Ärmel nicht den Tresen streifen.

Ich setze mein professionellstes Lächeln auf. Eines, das an Liam, Declan und Aidan verschwendet ist. „Hallo, Sir. Was kann ich für Sie tun?"

„Was für einen Wein habt ihr denn?"

„Rotwein"– ich halte inne – „oder Weißwein."

Er denkt, ich mache Witze.

„Wir haben nur eine Sorte von jedem. Den roten oder weißen Hauswein. Das ist nicht gerade eine Bar für Weintrinker", führe ich ein wenig abwehrend aus. Ich werfe Orla einen Unterstützung heischenden Seitenblick zu. Was erwartet der Typ denn? „Tut mir leid."

„Wir haben ein umfangreiches Angebot an Stouts und das beste Guinness in New York", meldet sich Orla mit recht haltlosen Behauptungen zu Wort. Die geringe Anzahl an Zapfhähnen ist der verräterische Hinweis darauf.

Mr. Anzug atmet laut aus und bläst die Luft aus seinen dicken Backen. „Ich nehme ein … Guinness, bitte."

„Kommt sofort!"

Ich nehme ein Bierglas aus dem Regal und halte es an den Zapfhahn, während ich einen Blick auf Mr. Anzug werfe. Was ist mit ihm los? Er muss einen schlechten Tag haben, wenn er so dringend einen Drink braucht, dass er nicht warten kann, bis er über die Brücke nach Manhattan gefahren ist, wo es eine verlockendere Weinauswahl gibt.

Nicht, dass es in den Bars in Queens keinen guten Wein gäbe, aber Weinkenner sind nicht Onkel Seans Zielgruppe. The Auld Dog verkauft Stout an Typen, die sich gälischen Fußball und den FC Liverpool ansehen. Den Wein im The Auld Dogs trinkt man nur, wenn man trinkt, um zu vergessen.

Ich spreche von Sean, als wäre er mein Onkel, denn Orla und ich sind befreundet, seit wir in der Wiege lagen. Oder im *Babybett,* wie ich mittlerweile zu sagen pflege. Nach fast drei Monaten in New York denke ich, beherrsche ich die amerikanische Sprache gut.

„Schlechter Tag?“, frage ich und werfe einen weiteren Blick auf ihn, während ich den Griff des Hahns nach vorne ziehe.

Er grunzt als Antwort.

Ich lächle. Ich verstehe den Barkeeper-Code. *Quatsch mich verdammt noch mal nicht an.*

Niemand sagt etwas, während wir darauf warten, dass sich das Guinness setzt.

Ich halte das Glas unter den Ausgießer, um es bis zum Rand zu füllen, und stelle es dann vor ihm ab. „Bitte sehr, Sir. Serviert wie in Dublin.“ Das stimmt nicht. Ich bin eine mittelmäßige Barkeeperin.

„Danke.“ Ich werde mit einem trockenen Lächeln belohnt, als er mir eine Platin-Kreditkarte überreicht, auf der sein Name *eingraviert* ist.

Mit seinem Guinness in der Hand wirft Mr. Anzug einen Blick auf die Jungs auf den Barhockern und geht zu einem leeren Tisch neben dem Fenster.

Orla schmollt enttäuscht. Wer an der Bar sitzt, ist Freiwild, aber wenn man jemanden unterbricht, der in Ruhe ein Bier trinken möchte, ist man ein Arsch.

„Was glaubst du, was er hier macht?", murmelt sie.

Mein Blick flackert wieder zu Mr. Anzug. Ein Bein ist über das andere geschlagen, Knöchel auf Knie. Seine dunklen Augenbrauen ziehen sich zusammen, während er finster auf sein Handy blickt, das auf seinem Oberschenkel liegt.

„Verwandte in Queens besuchen?", flüstere ich.

Orla brummt, ohne überzeugt zu sein. „Vielleicht hat er eine Geliebte in Queens."

Ich grinse. „Vielleicht *sucht* er eine Geliebte in Queens."

Liam räuspert sich. „Noch eins, Clodagh. Wenn du so weit bist." Er spricht in einem unnötig heiseren Tonfall. Er blickt mir ohne zu blinzeln in die Augen.

Diese seltsame Spannung kommt daher, dass ich ein paar Wochen nach meinem Umzug nach New York Liams Penis gesehen habe. Ich stand kurz vor meinem Eisprung, war geil und zu dem Zeitpunkt schien es eine gute Idee zu sein. Immer, wenn ich Liam nun anschaue, sehe ich dieses wilde Funkeln in seinen Augen, das mir sagt, dass er mich zur Frau nehmen und mir zehn Babys machen will. Und auch wenn er ein wenig an den neuen Superman erinnert, wenn ich die Augen zusammenkneife, weiß ich, dass das ein Leben lang die Missionarsstellung bedeuten würde.

Echt nicht.

„Komme sofort", sage ich und weiche Liams verwegenem Blick aus. Ich schnappe mir ein Glas, ziehe am Pale Ale-Zapfhahn und genieße die Ruhe. In einer Stunde wird der Pub voll sein.

„Schön, dass du bleibst", sagt er schroff. Liam kommt aus Belfast, daher ist sein Akzent etwas kehliger als meiner. Das gibt die besten Sexgeräusche.

Panik steigt in meiner Brust auf und mein Herz macht einen kleinen Satz.

Bleibe ich denn?

Gestern ist meine Welt zusammengebrochen. ÉireAuPair4U teilte mir mit, dass die Kennedys, eine irische Familie der zweiten Generation, mich nun doch nicht benötigen werden. Ich sollte als Kindermädchen für ihre zehnjährige Tochter arbeiten, um ihr ihr irisches Erbe näher zu bringen.

Wie sich herausstellt, war die polnische Au-pair-Agentur billiger, und das ist wichtiger als ihre Wurzeln. Die Kennedys waren mein Ticket, um in den Staaten zu bleiben.

Das Glück der Iren, am Arsch.

„Ich habe für nächste Woche einen Flug zurück nach Belfast gebucht“, sage ich traurig.

Liam rutscht auf seinem Barhocker hin und her, wobei die Beine ein schabendes Geräusch machen. Er sieht genauso erschüttert aus, wie ich mich fühle.

Denn in sieben Tagen endet mein amerikanischer Traum. Ich bin nicht mehr willkommen.

Orla und ich sind vor ein paar Monaten mit der Absicht zu bleiben in die USA eingereist. Ich habe ein Touristenvisum, mit dem ich neunzig Tage bleiben kann, und meine Eieruhr ist abgelaufen. Um uns über Wasser zu halten, haben wir ungeniert in dem Pub Jobs mit Barbezahlung angenommen.

Die Au-pair-Stelle war meine einzige Möglichkeit, ein Visum für einen legalen Aufenthalt in New York zu bekommen.

Er blickt mich finster an. „Ja, klar, wir sitzen alle im selben Boot. Keiner von uns ist legal hier. Dir wird nichts passieren. Du musst nicht abreisen.“

Ich will nicht sein wie du, Liam.

„Meine Güte, Sean wird dir hier einen kleinen Job geben, solange du ihn brauchst“, mischt sich Aidan, ebenfalls aus Belfast, ein und sieht mich an, als wäre ich unvernünftig. „Und du hast diesen kleinen Stretching-Kurs, den du samstags gibst. Wirklich, was brauchst du sonst noch?"

Die Belfaster verwenden „klein" für alles und jeden, unabhängig von der Größe. *„Er hat sich ein kleines Boot gekauft"* kann alles von einer Jolle bis zu einer Superjacht bedeuten.

Ich möchte nicht, dass meine einzige Option darin besteht, die Herrentoilette im The Auld Dog zu putzen. Und ja, ich genieße es, samstags meine kleine Yogastunde im Park zu geben, doch das ist nur ein Hobby mit ein paar eingeworfenen Tipps.

Yoga mit Clodagh. Sehr clever, wenn ich das so sagen darf, da es sich reimt. Die meisten Menschen außerhalb Irlands versuchen allerdings, das stumme gh auszusprechen, also ist es ein Marketing-Fehlschlag.

Wenn ich illegal hier wäre, würde ich darauf beschränkt sein.

Aber ... ich kann nicht gehen.

Das *werde* ich auch nicht.

Ich starre auf die Brezelkrümel, die Aidan auf seinem T-Shirt verteilt hat, und atme tief ein. Dann zwinge ich ein Lächeln in mein Gesicht. Ein Lächeln bringt dein Gehirn dazu, positiv zu denken. „Schon gut. Ich habe in einem Artikel gelesen, dass Irland im Jahr 2030 wegen der globalen Erwärmung der beste Ort zum Leben sein wird."

„Hör mit dem blöden Gequatsche auf. Du stehst wieder auf der Warteliste der Au-pair-Agentur“, meldet sich Orla. „Sie werden dir einen Job besorgen.“

Orla steckt den Kopf in den Sand. Wenn ich ehrlich bin, tue ich das auch. Die Einwanderungsbehörde wird mich in einer Zwangsjacke zum Flughafen bringen müssen, weil ich mich weigern werde, amerikanischen Boden zu verlassen.

Orla hat kostbare Gene. Obwohl sie mit mir in Irland aufgewachsen ist, wurde sie mit *amerikanischem* Sperma gezeugt, was ihr ermöglicht in den USA zu bleiben. Noch nie in meinem Leben habe ich meinen unnützen, abwesenden, irischstämmigen Vater so sehr gehasst.

„Unwahrscheinlich.“ Ich seufze und fülle die Brezelschüssel der Jungs wieder auf. „Sie werden nicht rechtzeitig eine andere Familie finden. Ich habe ihnen gesagt, dass ich Satans Brut für den Mindestlohn betreuen würde, wenn ich dafür in den nächsten sieben Tagen einen Job bekomme.“

Ich bin *am Arsch*, aus Mangel an besseren Worten. Ich rufe die Agentur so oft an, dass sie noch eine einstweilige Verfügung gegen mich erwirken werden. Doch das ist meine einzige Chance, gefördert zu werden, um zu bleiben.

„Es wird alles *großartig* klappen, Clodagh“, lallt Declan und grinst mich an. „Dir wird es großartig gehen. Kein Grund zur Sorge."

Zu sagen, dass alles großartig wird, ist so nutzlos wie das *gh* in Clodagh. Ein überstrapaziertes Füllwort in Irland. Wenn ich am Montag nicht im Flieger sitze, droht mir die Abschiebung und ein Leben im Versteck vor der Einwanderungsbehörde.

Das ist in keinster Weise *großartig*.

Diese Typen kapieren es nicht. Sie sind schon seit Jahren illegal hier und wurden nie erwischt. Aber sie sitzen auch in ihrem eigenen New Yorker Gefängnis. Es ist das eine oder das andere Leben. Irland oder die Staaten. Wenn sie jemals einen Flieger nach Hause besteigen, ist das Spiel vorbei.

Deshalb reden sie auch nur über das, was in Irland passiert.

So will ich den amerikanischen Traum nicht.

„Wenn du dir solche Sorgen machst, dann tu, was alle anderen tun, die legal hierbleiben wollen", sagt Declan und stopft sich Brezeln in den Mund, während er spricht. „Finde jemanden, der dich heiratet. Für ein gutaussehendes Mädchen wie dich sollte das kein Problem sein."

Declans Grinsen wird etwas unheilvoller, während er sich auf seinem Hocker um 180 Grad dreht.

Mr. Anzug bemerkt seinen Blick und hebt eine Augenbraue.

Ich versteife mich. *Nein, Declan.* Spiel nicht dieses Spiel.

„Suchen Sie nach einer netten jungen irischen Frau?“, ruft Declan laut zu ihm hinüber. „Sie ist sehr gelenkig, also ist sie …“

„Declan!“ Ich ziehe an seinem Arm, während Liam ihn anknurrt, damit er still ist.

O mein Gott.

Mein Blick bleibt an Mr. Anzug hängen und meine Wangen werden heiß. „Ignorieren Sie ihn.“

Er sieht genervt von der Aufmerksamkeit aus. „Wenn ich eine Frau suchen würde, ist diese Bar der letzte Ort in New York, an dem ich das tun würde.“ Wie unhöflich. Texanischer Akzent oder irgendwas im Süden. Jepp, Mam würde Zustände kriegen.

„Schon okay.“ Ich lächle schmallippig und bin innerlich aufgewühlt. Ich würde dich auch nicht heiraten, Kumpel. „So dringend brauche ich kein Visum.“

Mr. Anzug antwortet mit dem Hauch eines Lächelns, ehe er sich wieder auf sein Handy konzentriert.

„Einen beliebigen Typen zu heiraten, ist Plan C“, sagt Orla mit gezwungener Fröhlichkeit. „Wir werden eine andere Möglichkeit finden.“

Ich schlucke den Kloß in meinem Hals hinunter und versuche, zu verhindern, dass mir Tränen in die Augen steigen. Das würde Orla nur verärgern. Ich habe keine Optionen mehr. Ich hatte alles auf ÉireAuPair4U gesetzt.

Das Brainstorming mit Orla brachte keine anderen praktikablen Lösungen als die folgenden hervor.

A) Behaupten, ein toter Amerikaner sei mein Vater.

B) Die Identität einer toten Person annehmen.

Oder C) einen Amerikaner heiraten, natürlich. Idealerweise keinen alten Mann mit über die Glatze gekämmten Haaren.

„Den schlechten Wein von The Auld Dog für die nächsten sieben Tage trinken, um zu vergessen, dass ich abreise", sage ich und versuche, meine missliche Lage aufzulockern.

„Nein!", jammert sie. „Ich hasse diesen Plan. Die Jungs haben recht. Du kannst hierbleiben. Jede Menge Leute sind illegal hier."

Ich stoße einen müden Seufzer aus und wende meinen Blick von Orla ab. Ich bin es leid, mich immer wieder mit demselben Gespräch im Kreis zu drehen. Illegal hierzubleiben würde bedeuten, dass ich immer über meine Schulter schauen müsste. Und Gran geht auf die achtzig zu, auch wenn sie sagt, sie sei zweiundvierzig. Ich könnte nicht mit mir leben, wenn ich nicht zurückgehen könnte ... wenn ich sie verlieren würde.

„Noch ein Pint Guinness, bitte." Die trockene Stimme aus der Ecke trifft mich unvorbereitet.

„Sofort, Sir." Ich schenke Mr. Anzug sein

zweites Guinness ein, während Orla hinter der Bar hervorkommt, um die Stühle an den Tischen zu verteilen. Wenn nicht viele Gäste da sind, ist sie wie ein gelangweiltes Kind.

Ich bringe es zu ihm und stelle es ab.

„O mein Gott", murmelt Orla. „Clodagh!"

Sie kniet auf dem Sitz nebenan und drückt ihre Nase ans Fenster. „Das FBI ist draußen!"

„Das *FBI*?" Als ich hinter ihr stehe, schaue ich ihr über die Schulter und passe meine Augen an das Sonnenlicht an, das durch das Fenster fällt.

Tatsächlich parkt draußen ein teures Auto mit getönten Scheiben. Zwei Männer in Anzügen und mit Kopfhörern lehnen an dem Auto.

Wie sieht die Einwanderungsbehörde aus? Machen sie Razzien in Kneipen? Eigentlich darf ich mit meinem Urlaubsvisum nicht arbeiten.

„Vielleicht die Mafia!" sagt Orla aufgeregt.

„Es sind Fahrer", sagt eine tiefe Stimme ausdruckslos. „Meine Fahrer."

Mein Blick schießt zurück zum anderen Tisch. Mr. Anzugs Lippen kräuseln sich ansatzweise belustigt.

„Oh." Warum braucht jemand zwei Fahrer? Für den Fall, dass einer erschossen wird? „Äh, was machen Sie eigentlich?

„Ich arbeite für Killian und Connor Quinn."

Ich starre ihn verwirrt an.

Eine Augenbraue hebt sich amüsiert

über meine Unwissenheit. „Die Quinn-Brüder. Ihnen gehört die größte Hotelkette in den USA. Die Quinn & Wolfe Hotel Group."

Oh. Ich nicke und fange Orlas Blick auf. Es ist wahrscheinlicher, dass wir auf dem Mars Urlaub machen als in einem dieser Hotels. Ich habe einmal die Hoteltoilette am Times Square benutzt. Die Toilette war so dekadent, dass ich mich wie in einem Spa gefühlt habe.

„Vielleicht warst du schon einmal in einem ihrer Kasinos", fügt er hinzu.

„Glücksspiel ist nicht wirklich mein Ding."

Seine Augenbrauen wölben sich erneut, aber dieses Mal mit etwas wie Interesse. „Woher kommst du?"

„Irland", sagen Orla und ich gleichzeitig.

„Donegal", führe ich aus. „Das regnerische Stück an der Nordwestküste."

„Und wie lange bist du schon in New York?", fragt er.

„Fast drei Monate."

„Ich auch!", fügt Orla neben mir hinzu.

Nun betrachtet er mich von oben bis unten. „Ich nehme an, du arbeitest illegal mit einem Touristenvisum."

„N-nein", stottere ich und verschränke die Arme vor der Brust. „Das war ein Witz."

„Entspann dich. Das interessiert mich nicht."

Ich stoße ein gehauchtes Lachen aus. Der Typ hat uns reden gehört, also gibt es keinen

Grund, es zu leugnen.

„Hast du einen Freund?"

Ich versteife mich und blicke ihn mit zusammengekniffenen Augen an. „Ich bin nicht auf der Suche nach einem amerikanischen Ehemann, nur um ein Visum zu bekommen."

Oder etwa doch?

Seine Lippen verziehen sich zu einer dünnen Linie. „Ich bin nicht an dir interessiert, *Süße*." Er hält inne und mustert mich erneut. „Ich habe vielleicht ein Jobangebot für dich. Chloe, richtig?" Er deutet auf den Stuhl vor sich. „Ich bin Marcus. Setz dich."

2

Clodagh

„Freut mich, dich kennenzulernen, Marcus." Ich ergreife seine ausgestreckte Hand, beäuge ihn vorsichtig und lasse mich auf den Stuhl ihm gegenüber plumpsen. „*Klo-da.* Wie Yoda mit Cl." Wenn ich einen Dollar für jedes Mal bekäme, wenn ich das sage. „Ein Job? Was für ein Job?"

Er lehnt sich in seinem Stuhl zurück und streicht seine Krawatte glatt, ehe er mir ein gemächliches Lächeln zuwirft. „Schön, dich kennenzulernen, Clodagh. Erzähl mir ein bisschen von dir."

Mein Kiefer verkrampft sich. Ich will, dass er gleich zur Sache kommt. Ich will auf keinen Fall persönliche Informationen weitergeben, aber wenn es auch nur den Hauch einer Chance gibt, dass er ein Jobangebot hat ... muss ich mehr wissen.

Ich werfe einen Blick auf die Jungs und Orla, die jetzt wieder hinter der Bar steht und so tut, als würde sie nicht zuhören. Liam starrt mich mit grimmiger Miene an.

Ich richte meine Aufmerksamkeit wieder auf Mr. Anzug. Marcus.

Nun, Marcus, ich bin fast fünfundzwanzig und kann ein gescheitertes Unternehmen, eine Vorstrafe und null Orgasmen durch Penetration beim Sex in meinem Lebenslauf aufführen.

„Äh, da gibt es nicht so viel zu wissen." Ich war noch nie gut in Vorstellungsgesprächen, schon gar nicht solchen, für die ich mich nicht angemeldet hatte. „Ich arbeite in der Bar, bis ich in New York Fuß gefasst habe. Zu Hause bin ich eigentlich gelernte Schreinerin. Ich habe in einem Möbelhaus gearbeitet, ehe ich nach New York gezogen bin."

Er hebt überrascht die Augenbrauen. „Schreinerin, hm? Darauf wäre ich nie gekommen."

Ich schenke ihm ein angestrengtes Lächeln. Ich bin vielleicht keine Ärztin oder Anwältin oder habe einen Job, für den man einen Uniabschluss braucht, aber ich bin stolz auf meinen Beruf. Und ich habe den besten Bauarbeiterpopo. Oder Bauarbeiterdekolleté, wie die Amerikaner sagen. „Niemand wird mich fördern, um Möbel herzustellen. Ihr habt genug Schreiner im Land."

„Aber ich habe zufällig gehört, wie du über eine Au-pair-Stelle hier gesprochen hast."

„Das stimmt." Ich nicke. „Amerikanische

Familien holen sich oft Au-pairs aus Europa, vor allem, wenn die Familie einen europäischen Hintergrund hat. Das ist eine Möglichkeit, gefördert zu werden." Ich stoße einen müden Seufzer aus. „Ich kann mir hier nicht einfach irgendeinen Job aussuchen."

„Du kannst wohl gut mit Kindern umgehen, wenn du dich als Au-pair bewirbst?"

„Ich denke schon." Ich zucke mit den Schultern. Nicht, dass die Agentur diesbezüglich viel nachgeforscht hätte. „Ich habe drei kleine Brüder, und die waren ganz schön anstrengend, als sie aufgewachsen sind. Meine Mutter hat immer gearbeitet und mein Vater hat die Stadt verlassen, also habe ich geholfen, sie großzuziehen."

Diese Antwort gefällt ihm. „Kannst du kochen?"

„Ganz okay. Ich bin keine Sterneköchin, aber ich kann ein Ei kochen."

Diese Antwort gefällt ihm nicht so sehr.

„Nimmst du Drogen?"

Meine Augen verengen sich. „Nein."

„Wie viel trinkst du pro Woche?"

Ein Schnaufen entweicht mir. Will der Kerl mich verarschen? „Genug mit den Fragen. Was ist das für ein Job?"

Mein neuer Freund Marcus lächelt. „Mein Arbeitgeber braucht eine Haushaltshilfe, die auch als Kindermädchen arbeiten kann."

Ich ziehe die Augenbrauen zusammen. „Was

bedeutet das?“

„Sich um seine Tochter kümmern, wenn er nicht da ist. Kochen. Besorgungen machen. Putzen. Seine Wäsche machen. Es ist eine befristete Stelle für die nächsten paar Monate, die wir dringend besetzen müssen.“

Das hat einen Scheißdreck mit der Herstellung von Möbeln zu tun. „Wie ein Hausmädchen?“, frage ich. „Ein Kinderhausmädchen?“

Er zuckt lässig mit den Schultern. „In gewisser Weise.“

Ich schüttle zweifelnd den Kopf. „Wie kommst du darauf, dass ich dafür gut geeignet bin? Du weißt doch gar nichts über meine Erfahrung.“

Sein Lächeln wird breiter, unbeeindruckt von meinem Widerstand. „Weil du den Job ernst nehmen wirst. Ich habe ein gutes Gefühl bei dir.“

Übersetzung: *Ich habe mitbekommen, dass du verzweifelt bist. Du würdest alles tun, um im Land zu bleiben.*

Ich stoße ein skeptisches Brummen aus.

„Außerdem hat er eine Schwäche für Iren. Er ist Amerikaner irischer Abstammung.“ Er sieht mich einen Augenblick lang nachdenklich an. „Das ist vielleicht sogar seine *einzige* Schwäche.“ Na, toll.

Er wirft einen Blick auf die Jungs. „Und du scheinst Leute im Zaum halten zu können.“

„Alles in Ordnung, Clodagh?“, ruft Liam unwirsch von der Bar aus.

„Ja, Liam.“ Ich neige meinen Kopf, um ihn mit einem Nicken zu beruhigen.

Als ich ihn zurückdrehe, holt Marcus einen kleinen Notizblock aus seiner Jacke. Er kritzelt etwas auf den Block und schiebt ihn mir auf dem Tisch zu.

Ich starre auf das Papier. Leichte Panik steigt in mir auf, wie immer, wenn ich etwas unter Druck lesen muss. Die Freuden der Legasthenie. „Was ist das?“

„Das Gehalt pro Monat.“

Mir stockt der Atem, als ich ein zweites Mal hinsehe. „Ist das Komma an der falschen Stelle?“

Er gluckst und nimmt einen Schluck von seinem Guinness. „Es ist eine Arbeitsstelle mit unsozialen Arbeitszeiten, die es erfordert, mit in der Wohnung zu leben. Mein Arbeitgeber möchte das kompensieren.“

„Auf keinen Fall.“ Angewidert schiebe ich ihm das Papier zurück. „Ich *bediene* keinen reichen, alten Perversen.“

„Du bist zu Recht besorgt, das verstehe ich. Aber es ist nichts Unangemessenes an der Stelle. Du wirst ein Kindermädchen sein ...“ Er hält inne. „Eine Assistentin in seinem Haus und nichts weiter.“

„Ein nacktes Kindermädchen“, schnaube ich. Bilder davon, wie ich einen gewindelten Mann in den Armen halte, während er an meinen Brüsten nuckelt, überfluten mich.

Er unterdrückt ein Lächeln und wiederholt meine Worte. „Auf keinen Fall. Du bist Zynikerin, wie ich sehe.“

Ich blicke ihn mit zusammengekniffenen Augen ungläubig an. Vielleicht hat sein reicher Arbeitgeber einen Irinnenfetisch. Zu meinen Aufgaben wird es gehören, einem alten Mann *„top o' the mornin' to ya“* zuzumurmeln, während ich ihn in den Schlaf wiege.

Marcus, meine gute Fee im Anzug, beugt sich vor, die Hände auf dem Tisch verschränkt. „Wenn du diese Gelegenheit wahrnimmst“, grinst er mich an, „und in Anbetracht deiner Umstände wärst du dumm, es nicht zu tun, würdest du für die Quinn & Wolfe Group arbeiten. Du kannst dem Personalteam alle Fragen stellen, die du brauchst, um dich zu beruhigen. Halte dich nur bereit, ins Büro zu gehen, um den Vertrag zu unterschreiben und die Visumsformulare auszufüllen.“

„Visum?“, wiederhole ich atemlos. Mein neuer Freund spielt mir einen grausamen Streich.

„Ja, Clodagh“, sagt er und neigt seinen Kopf nach unten, um noch etwas auf seinen Block zu schreiben. Er weiß, dass er mich in der Hand hat. „Die Personalabteilung wird sich mit dir in Verbindung setzen, um einen Termin für morgen zu vereinbaren.“

Mit offenem Mund beobachte ich, wie er eine Telefonnummer kritzelt.

Meine Augenbrauen ziehen sich zusammen, während mein Herz rast.

Ich möchte diese Geschichte so *gerne* glauben, aber ...

„Lass mich das klarstellen", sage ich langsam. „Du willst mir erzählen, dass du einer beliebigen Bardame aus Queens ein Visum, eine Unterkunft in Manhattan und eine obszöne Summe Geld geben willst, damit sie als schickes Kinderhausmädchen für deinen reichen Chef arbeitet?" Ich halte inne und mustere sein Gesicht. „Nur weil du ein gutes *Gefühl* bei mir hast?"

Das bringt ihn zum Schmunzeln. Er lehnt sich wieder in seinem Stuhl zurück. „Es ist nicht so glamourös, wie es klingt. Mein Arbeitgeber bezahlt jemanden dafür, dass er in seinem Haus auf Abruf zur Verfügung steht. Glaube mir, es ist ein harter Job. Ich brauche jemanden, der sofort anfangen kann und keine Verpflichtungen hat." Er schenkt mir ein Lächeln, das ich nur als anzüglich bezeichnen kann. „Ehrlich gesagt weiß ich, dass du so verzweifelt bist, dass du versuchen wirst, durchzuhalten."

Ich schlucke schwer. „Warum ist es jetzt so dringend? Was ist mit dem letzten Kinderhausmädchen passiert? Hat er sie ermordet?"

Ein weiteres Schmunzeln. „Du bist süß. Er könnte dich mögen. Seine Vollzeit-Haushaltshilfe musste die Stadt verlassen, um sich um ihre Tochter zu kümmern. Es kam unerwartet, und er braucht schnell eine Vertretung. Es gab noch ein paar andere Kindermädchen, aber …"

„Aber?" Ich erhebe meine Stimme. Sie sind auf dem Dachboden. Tot.

Er winkt mit der Hand ab, als wäre die Information irrelevant.

Hmm.

Ich lebe mein eigenes verdammtes Märchen.

Außer …

„Mein Visum läuft in *sieben Tagen* aus." Ich lasse Luft aus meinen aufgeblasenen Wangen. „Selbst wenn das Angebot echt ist, kommt es zu spät."

Er weist das mit einem weiteren Abwinken zurück. „Wir werden dein Visum beschleunigen."

Mein Puls steigt. Geld geht an der Warteschlange vorbei. So einfach ist das.

„Wir müssen dich natürlich überprüfen. Medizinische Untersuchungen und so weiter."

„Mich überprüfen?" Ich versuche, meine Miene neutral zu halten. „Überprüfen … zum Beispiel auf Vorstrafen?"

„Ja." Er studiert mein Gesicht. „Beunruhigt dich das?"

Fuck.

„Natürlich nicht."

Ob er mir nun glaubt oder nicht, er macht weiter und tippt mit dem Finger auf den Notizblock. „Schreib deinen vollen Namen, deine E-Mail-Adresse und deine Telefonnummer auf. Halte dich bereit, morgen in unser Hauptquartier zu kommen."

Ich nicke langsam, mein Gehirn arbeitet und sucht nach Gefahren. Er fragt nicht nach meiner Adresse. „Wer ist der Arbeitgeber?"

Seine Lippen zucken aus mir unbekannten Gründen. „Killian Quinn."

Der Typ, dem die Hotels gehören.

Ich hole mein Handy heraus und starte eine Suche, während Marcus mich beobachtet.

Killian Quinn steht ganz oben in den Ergebnissen.

Oh.

Der Typ ist nicht in seinen Achtzigern. Er muss in den Dreißigern sein und ist, sofern die Fotos nicht gefiltert sind, umwerfend gutaussehend. Dunkles Haar. Arktisch-blaue Augen. Eventuell würde ich ihm erlauben, an meiner Brust zu nuckeln.

Aber Ted Bundy, der Serienmörder, war auch ein attraktiver Typ. Und ich kann kein einziges Bild finden, auf dem Killian Quinn lächelt. Es braucht nur eine falsche Entscheidung, um auf einem Dachboden zu landen.

„Ist das er, seine Frau und seine Tochter?", erkundige ich mich.

„Nein, er ist alleinerziehend. Teagans Mutter starb, als sie zwei Jahre alt war. Sie ist jetzt zwölf und wird bald dreizehn."

Eine Teenagerin. Das macht die Dinge interessant. Teenager sind erschreckende Menschen.

Keine Mutter. Das ist traurig. Ich frage mich, ob es immer nur sie und ihren Vater gab.

„Es ist eine Chance." Marcus unterbricht meine Gedanken. „Ergreife sie oder lass es bleiben, Clodagh."

Wohl eher, ergreife sie oder lass Amerika hinter dir.

Aber wenn sie mich überprüfen, werde ich durchfallen, was habe ich also zu verlieren?

Im Moment ist es die einzige Option, die ich habe.

Das weiß Marcus auch, wenn man nach dem Grinsen in seinem Gesicht geht. Er tippt mit den Fingern auf die Zahlen auf dem Block.

So muss es wohl sein, wenn man bei der irischen Mafia anfängt.

3

Clodagh

Ich kann nicht glauben, dass ich vierzig Dollar bezahlt habe, um auf das Empire State Building zu kommen. Nun blicke ich aus dem fünfzigsten Stock des Quinn & Wolfe-Hauptquartiers direkt darauf, während sie meine Überprüfung abschließen.

Ich erinnere mich daran, wie ich von der Aussichtsplattform aus zu diesem Gebäude hinüberschaute. Mit seinen zwei spitzen Türmen, die wie Hörner aussehen, sieht es noch böser aus als die anderen Wolkenkratzer. Ich glaube, ich bin im rechten Horn.

Nach meiner seltsamen Begegnung mit der guten Fee Marcus habe ich die ganze letzte Nacht damit verbracht, online über Killian Quinn zu recherchieren.

Mit sechsunddreißig Jahren ist er einer der reichsten Männer der Vereinigten Staaten. Auch noch selbst erarbeitet – die sexyeste Art von Geld. Zusammen mit seinem Bruder und einem weiteren Geschäftspartner besitzt er eine Kette von Hotels und Kasinos in ganz Amerika, die von gehobenen Hostels bis zu luxuriösen Sieben-Sterne-Hotels gehen.

Ja.

Sieben.

Heißt das nicht, dass er ein Sieben-Sterne-Kinderhausmädchen haben will? Meine Vorstellung von Aufräumen ist es, Dinge an weniger offensichtliche Orte zu bringen.

Deshalb stinkt das ganze Szenario verdächtig. Wahrscheinlich werde ich auf einem Schwarzmarkt für Milliardäre verhökert. Wozu brauchen sie sonst so viele Proben von Körperteilen und -flüssigkeiten?

Blut. Haare. Urin. Ich habe schon fast erwartet, dass sie nach einer Stuhlprobe fragen.

Nach langem Bangen übergab ich alles, zusammen mit einer unterschriebenen zwanzigseitigen Vertraulichkeitsvereinbarung.

Ich habe einen Fragebogen ausgefüllt, der so detailliert war, dass ich selbst einige der Antworten über mich nicht wusste.

Blutgruppe? Ich kenne meine Blutgruppe nicht.

Ich bin unsicher und schnippe an unsichtbaren Flecken auf meinem Rock. Diesmal hat mich die Personaldame dreißig Minuten lang im Wartebereich gelassen.

Wenn Gebäude Persönlichkeiten hätten, wäre dieses hier ein Soziopath – kalt und steril, mit monochromen Wänden und scharfen Kanten. Jedes Mal, wenn jemand vorbeiläuft und in seine kabellosen Ohrstöpsel spricht, wird die Luft von negativer Energie durchströmt.

Wie das Gebäude, so der Besitzer.

„Clodagh." Die Personaldame streckt ihren Kopf aus der Tür und bedeutet mir, ihr zu folgen. „Noch ein Formular und Sie können gehen."

Mein Herz hämmert. Das Gespräch mit der schönen Personaldame macht mich nervös. Verglichen mit ihr fühle ich mich wie eine Landmaus. Ich liebe New York, aber manchmal ist es ganz schön überwältigend.

Ich schlurfe in den Raum und setze mich wieder auf denselben Stuhl, auf dem ich schon den ganzen Tag immer mal wieder gesessen habe.

Hässliche Worte in großer schwarzer Schrift starren mir entgegen, und mir rutscht das Herz in die Hose und alle fünfzig Stockwerke hinunter.

Strafregisterprüfung

Sieht aus, als würde ich den Flug zurück nach Belfast nehmen.

„Lass uns heiraten!“ Orla strahlt und trinkt einen großen Schluck von ihrem Manhattan. Da ich New York verlasse, und zwar in sechs Tagen, vier Stunden und – wie auch immer, ich bin zu beschwipst, um den Rest hinzubekommen – dachte ich mir, dass Manhattans eine gute Wahl wären.

Orla ist aus Queens in die Stadt gekommen, um mir zu helfen, meinen Kummer zu ertränken. Nun gebe ich uns am Donnerstagnachmittag um drei Uhr teure Cocktails in der Nähe von Quinns Hauptquartier aus, als hätten wir Geld zu verschenken. Ich fand es passend, eine Hotelbar von den Quinn Brothers zu wählen.

Die Wände sind mit rotem Samt gepolstert, vielleicht um zu verhindern, dass man sich verletzt, wenn man zu betrunken ist, wie ein Laufstall für Erwachsene. Schummriges Licht und schicke Lampenschirme sorgen dafür, dass es sich wie elf Uhr abends anfühlt. Gefährlich.

„Ich habe einen amerikanischen Pass, also können wir heiraten“, schlägt Orla vor. Sie schaukelt fröhlich auf ihrem Barhocker, als hätte sie eine Lösung für den Klimawandel gefunden.

„Pssst.“ Ich stupse ihr Knie an. Sie ist zu laut für solch eine Bar.

Nach diesem Drink werde ich sie nach Hause bringen. Für eine irische Frau ist sie in Sachen

Alkohol ein Leichtgewicht.

Aber sie hat nicht ganz unrecht … Orla zu heiraten, kommt mir nicht mehr so absurd vor. Wir wären ein verheiratetes Paar, nur ohne Sex, und davon gibt es viele.

O Gott, bin ich verzweifelt.

„Nein.“ Ich seufze wehmütig in meinen Manhattan und wirble den Strohhalm um das Eis herum. „Das ist wohl kaum eine langfristige Lösung. Was passiert, wenn eine von uns einen Mann kennenlernt?“

„Er würde wahrscheinlich einen Dreier wollen.“

Die kultivierte ältere Dame, die ein paar Meter entfernt sitzt, wirft uns einen missbilligenden Seitenblick zu.

„Ich werde es akzeptieren müssen, Orla“, murmle ich und starre in das V-förmige Glas, gefüllt mit rotem Alkohol. „Ich werde gehen. Ich habe es versucht, aber seien wir ehrlich …“ Mir versagt die Stimme. Ich darf in dieser schicken Bar nicht weinen.

„Nein.“ Sie ergreift meine beiden Hände und hebt sie in die Luft, als ob sie ein Ritual durchführen würde. „Es *muss* einen Weg geben. Vielleicht finden sie nichts in deinem Strafregister. Wird es nach einer Weile gelöscht?“

Ich schenke ihr ein schwaches Lächeln. „Nicht so schnell, nein. Es wird immer noch ein großer Schmutzfleck auf meinem Namen sein.“

Sie summt und drückt meine Hände fester. „Vielleicht werden sie es übersehen?“

„Sie werden es nicht übersehen.“

„Das hat die Au-pair-Agentur auch getan.“

„Die Agentur ist zwielichtig. Sie haben meinen Lebenslauf auch so verändert, dass ich wie Mary Poppins klang. Quinn hat mir *Blut abnehmen* lassen. Er meint es ernst.“

Ihre Hände lassen meine los und sie sinkt wieder auf ihren Hocker. Wir werden beide still.

„Vielleicht ist ihnen egal, was in deiner Akte steht? Du hast keine Mordserie durchgeführt. Es war nur eine ... Reihe unglücklicher Ereignisse.“

Ich lächle ihr zuliebe. So hat es die Polizei nicht gesehen und so steht es auch nicht in meiner Akte.

Sie atmet langsam durch die Nase ein und legt ihre Fingerspitzen auf ihre Augenlider. „Tief einatmen. Positive Gedanken. Wir müssen Vertrauen haben. In einem Jahr werden wir in dieser Bar als legale Einwohner New Yorks feiern. Ich werde für die New Yorker Polizei arbeiten und wahrscheinlich eine Ehrenmedaille erhalten haben und du wirst Schreinerin sein und ... zur Schreinerin des Jahres gekürt!“

Sie hat ihre Augen noch immer geschlossen, daher kann sie nicht sehen, wie ich meine verdrehe. „Hast du wieder *The Secret* gelesen?“

Sie öffnet die Augen und grinst. „Wenn du *glaubst,* dass es passiert, wird es auch passieren."

Ich atme schwer aus, trinke einen großen Schluck von meinem Manhattan und begrüße das Brennen auf dem Weg nach unten. Wenn meine letzte Hoffnung Wunschdenken ist, dann sieht es traurig aus.

„Ich bin gleich wieder da." Orla rutscht von ihrem Hocker, wovon ihr Rock hochrutscht. „Ich muss auf die Toilette."

„Ich werde hier sein", sage ich fröhlich und schütte den letzten Schluck meines Cocktails hinunter. „Für den Moment", sage ich leise zu mir selbst.

Ich beobachte, wie Orla weggeht. Mein Herz schmerzt. Bald werden wir das nicht mehr zusammen machen. Wir sind seit unserer Kindheit beste Freundinnen. Wir waren Nachbarinnen, sind zusammen zur Schule gegangen und haben zusammen geschwänzt. Die einzige Zeit, die wir getrennt verbrachten, war, wenn sie in den Ferien in die USA fuhr, um ihre Verwandten zu besuchen, und ich war *so* neidisch.

In den letzten Monaten haben wir auf engem Raum zusammen auf dem Dachboden von Onkel Seans Haus in Queens gewohnt.

„Er ist *hier*", sagt die Frau hinter mir und unterbricht damit meine private Mitleidsparty. Ihr aufgeregter Ton macht mir Lust, ihr

Gespräch zu belauschen. „Ich habe ihn gesehen, als er aus der Toilette kam."

„Du machst Witze", antwortet ihre Begleitung. „Wir müssen einen Weg finden, ihm zufällig in die Arme zu laufen."

Ich scanne leicht neugierig die Bar nach Anzeichen von Berühmtheiten. Wer ist hier? Der Typ in der Ecke sieht ein wenig wie Al Pacino aus.

Die Frau sagt etwas mit leiserer Stimme zu ihrer Freundin, das ich nicht hören kann. Ihre Freundin lacht. Ich wünschte, ich könnte mehr von ihrem Gespräch mitbekommen.

Ich lehne mich etwas auf meinem Hocker zurück. Das ist kein guter Plan, wenn man bedenkt, dass ich von den Cocktails etwas wacklig bin.

Schlechtes Timing.

Der Barkeeper saust an mir vorbei. Ich kann seinen Arm gerade noch abfangen, als er nach meinem Glas greift.

„Warte!" Ich stürze nach vorne und schnappe es mir, wobei meine Finger den Stiel fest umklammern. „Ich bin noch nicht fertig."

Er sieht das fast leere Glas an, dann mich und kann ein Augenrollen kaum unterdrücken.

Ich antworte mit einem finsteren Blick. Spare in der Zeit, so hast du in der Not. Es ist nicht mehr als ein Tröpfchen, aber ich verschwende keinen einzigen Tropfen.

Ich kippe das Glas zurück, damit mir kein

Tropfen entgeht, und stelle das leere Glas vor ihm ab.

„Ich habe auf der Toilette nachgedacht", verkündet Orla, als sie zurückkommt.

Ich warte auf die große Enthüllung.

„Wir sollten noch einen trinken", sagt sie und lächelt mich mit glasigen Augen an. „Noch einer, und dann gehen wir nach Hause."

Aus einem werden vier. Wir lassen uns durch das Erdgeschoss des Hotels treiben, umgeben von überteuerten High-End-Läden, auf der Suche nach dem Eingang.

Orla geht in Geschäften ein und aus, in denen wir nichts zu suchen haben, und ich wünschte, ich könnte sie an die Leine nehmen.

Ich brauche einen oder zwei Augenblicke, um zu begreifen, was das summende Geräusch ist. Das gestohlene Cocktailglas klirrt geräuschvoll gegen die Toilettenartikel aus der Hoteltoilette, während ich Probleme habe, unter dem ganzen Mist in meiner Tasche mein Handy zu finden. Schließlich finde ich es unter den Seifen und fische es heraus.

Ich drücke unter der unbekannten Nummer auf Verbinden.

„Clodagh?", ertönt eine tiefe amerikanische Stimme in der Leitung. „Ich bin's, Marcus."

Mein Herzschlag geht von ruhig zu rasend

über. „Ja?"

„Gute Nachrichten", dröhnt er. „Du kannst loslegen. Du fängst Montag an."

Abrupt bleibe ich in der Menschenmasse stehen und lasse fast das Handy fallen. Wie viel habe ich getrunken? „Ich ... habe die Überprüfung bestanden?"

Ich sehe mich nach Orla um, aber sie ist wieder in einen Laden gegangen. Typisch.

Er lacht leise ins Handy. „Hattest du das nicht erwartet?"

„Äh." Ich stoße ein seltsames Gurgeln aus. Ich bin mir nicht einmal sicher, ob es aus meinem Mund kam.

„Wir wollen, dass du Sonntag einziehst." Entweder ignoriert Marcus meinen Schock oder er lässt sich davon nicht beirren. Er klingt, als würde er gehen. „Du wirst Mr. Quinn am Sonntagnachmittag kennenlernen."

„Klar", hauche ich und starre benommen in das Schaufenster eines Luxus-Dessousladens. Ich zwinge mich zu einem lässigen Tonfall, obwohl mein Herz mit meiner Brust Bongo spielt. „Schick mir die näheren Einzelheiten. Ich freue mich sehr."

„Ausgezeichnet. Vermassle das nicht, Clodagh. Wenn doch, wirst du nicht in New York bleiben können." Die Worte hängen wie eine unheilvolle Warnung in der Luft. „Sam, der Fahrer von Mr. Quinn, wird dich abholen."

Irgendetwas stimmt hier nicht. Ist es

möglich, dass die Polizei Fehler macht? Das bezweifle ich. Ist Quinns Überprüfung wirklich glimpflich ausgegangen? Auch das bezweifle ich.

Mein sechster Sinn sagt mir, dass etwas nicht stimmt, aber als Marcus auflegt, vergrabe ich diesen Gedanken tief unter meiner Freude. Ich kann nicht verhindern, dass sich ein albernes Grinsen auf meinem Gesicht ausbreitet.

Ich bleibe hier.

Ich bleibe in Manhattan.

Ich muss jemanden umarmen. Wo zum Teufel ist Orla hin? Shoppende und Hotelgäste laufen umher, doch Orla ist nirgends zu sehen.

Meine Hände zittern, als ich ihre Nummer wähle. „Orla! Beweg deinen Hintern wieder hierher." Sie beginnt zu sprechen, aber ich unterbreche sie. „Ich kann hierbleiben, Orla. Ich kann tatsächlich hierbleiben! Ich habe die Überprüfung bestanden."

Das Kreischen in der Leitung muss von jedem im Umkreis von zehn Metern gehört werden. Sie sagt fünfmal: „Du machst Witze", und ich wiederhole: „Nein, tue ich nicht."

„Bin schon unterwegs! Ich bin auf Toilette gegangen, als du telefoniert hast. Ich dachte, du sprichst mit deiner Gran, und du weißt ja, wie gerne sie plaudert."

Der Anruf wird unterbrochen. Es dauert eine ganze Weile, bis ich merke, dass ich wie erstarrt bin, mein Handy ans Ohr halte und wie eine Verrückte eine Schaufensterpuppe angrinse. Ich glaube, sie erwidert mein Lächeln.

Möglicherweise befinde ich mich im Delirium.

Sie trägt smaragdgrüne Unterwäsche mit bestickter Spitze, die perfekt zu meinen roten Haaren passen würde. Das passende Band um ihren Hals macht sie zur aufreizendsten Wäsche, die ich je gesehen habe.

Ich werde wie von unsichtbaren Schnüren davon angezogen. Vielleicht werde ich sparen und sie mir kaufen, nun da ich hierbleibe.

Orla stellt sich neben mich und ich ergreife ihren Arm. „Darin würde ich verdammt sexy aussehen. Meinst du nicht auch? Vielleicht kaufe ich es zur Feier des Tages."

Doch als ich mich umdrehe, ist es nicht Orlas Arm.

Er ist muskulös, hart und in angenehmes Material gehüllt.

Eine breite Brust in einem blauen Hemd und einer Weste ragt über mich hinweg. Ich schaue hoch ... weiter hoch ... und begegne einem wütenden Blick, als sich arktische Augen in meine bohren.

Wow.

„Heilige Scheiße!", schreie ich. „Ich meine ..."

Er blickt finster auf die Stelle, an der ich seinen Unterarm umklammere und löst sich mit einem Grunzen.

Mir stockt der Atem und ich schaue verwirrt weg.

Ich ...

Er ist ...

Verdammt nochmal.

Das Bersten von Glas reißt mich aus meiner Benommenheit.

Überrascht springe ich zurück, fort von den kleinen Glasscherben, die um mich herum liegen. Meine Tasche ist mir von der Schulter gerutscht und der Inhalt hat sich auf dem Boden verteilt, darunter auch das schicke Cocktailglas, das ich als „Souvenir“ aus der Bar mitgenommen habe. Nun ist es in tausend Scherben zerbrochen.

Ah, Karma.

„Scheiße“, zische ich und sehe entsetzt zu, wie die kleinen Seifen in verschiedene Richtungen um die Füße des Mannes rollen, ehe sie liegen bleiben. „Es tut mir so leid. Ich dachte, Sie wären meine Freundin.“

Meine Wangen fühlen sich an, als hätte ich ein Sonnenbad im Death Valley genommen. Ich kann den Mann nicht ansehen.

Ich habe ihn gefragt, ob er denkt, dass ich in Unterwäsche sexy aussehen würde.

Ich muss die Seifen wieder in meine Tasche packen, ehe jemandem auffällt, dass ich die Vorräte der Hoteltoilette um die Hälfte reduziert habe.

Ich hocke mich hin, um sie aus den Scherben zu holen und überlege, wie ich mit dem Glas umgehen soll. Meine Hände kommunizieren nicht mit meinem Gehirn. Ich jongliere mit den Seifen und schaffe es, einige von ihnen in meine Tasche zu stopfen.

„Gehen Sie zurück. Sie verletzen sich noch", sagt der Schatten über mir unwirsch. Es ist ein tiefer, rauer amerikanischer Bariton, der mir unerwartete Schauer über den Rücken jagt. Man braucht schon ein riesiges Paar Eier, um so viel Testosteron herauszupumpen.

Als ich aufschaue, sehe ich eisige Augen, die mich verärgert anfunkeln, und mein Herz rutscht mir so tief in die Hose, dass ich Angst habe, es könnte mir zum zweiten Mal ganz herausfallen.

Er ist ein ganzes Stück älter als ich. Starke, männliche Züge. Volles, welliges, dunkelbraunes Haar. Die eisblauen Augen, der kräftige Kiefer und die markante Nase geben ihm ein unbarmherziges Äußeres. Eine Kombination aus Weste und Hemd, die meine Vagina gutheißt.

Heiliger Strohsack. Der Typ ist umwerfend.

Sein Blick schweift über das Desaster auf dem Boden, und seine Augenbrauen ziehen sich zusammen. Er könnte nicht weniger begeistert aussehen, wenn ich mit einer Maske hereingestürmt wäre und die Rezeption ausgeraubt hätte.

Selbst im grellen Licht kann ich nicht aufhören zu glotzen.

Er sieht noch einen Moment lang auf mich herab, ehe er jemandem hinter mir zunickt. Ich verrenke mir den Hals und sehe einen kräftigen Wachmann auf uns zukommen, der in einen Ohrhörer spricht.

„Es ist nur Seife“, schnaufe ich, als sich unsere Blicke wieder treffen. Irgendwie schafft es sein Blick, heiß und kalt zugleich zu sein.

Mein Blick sinkt nach unten. Ich bin auf Augenhöhe mit seinem Schwanz. Ich wette, er ist genauso groß und bedrohlich wie der Rest von ihm.

„Kommen Sie von Ihren verdammten Knien hoch, Mädchen“, knurrt der Typ.

Mädchen?

„Ma'am, brauchen Sie Hilfe?“, sagt eine andere Stimme hinter mir. Der Wachmann. Sein Gesichtsausdruck verrät mir, dass die *Hilfe* eine Begleitung aus dem Hotel ist.

Zwei Reinigungskräfte huschen herbei.

„Es tut mir so leid“, rufe ich der Reinigungskraft zu, die sich bückt, um die Glasscherben aufzukehren.

Beschämt werfe ich einen flüchtigen Blick auf den arroganten, gottgleichen Mann. Er schreitet bereits mit einer atemberaubend schönen Brünetten, die wie die First Lady gekleidet ist, am Arm davon.

Sie ist beinahe so groß, dass sie ihm in

die Augen schauen kann, und er ist bestimmt 1,90 m oder 1,95 m groß. Bei ihr sieht das Dahingleiten in Stilettos und einem engen Kleid mühelos aus. *Sie* watschelt nicht wie ein Pinguin.

Sie passt perfekt zu ihm.

Für eine kurze Sekunde bin ich irrational eifersüchtig, als er seine Hand auf ihren unteren Rücken legt und sie zum Eingang führt.

Dann wächst das Unbehagen in meiner Magengrube.

Ich habe diese Augen schon einmal gesehen.

War das … etwa Killian Quinn?

4

Killian

Mit einem schweren Ausatmen stoße ich die Tür zu meinem Sitzungssaal auf.

„Mr. Quinn.“ Alfred Marek springt von seinem Sitz auf und verschüttet dabei fast sein Wasser. „Ich bin froh, dass wir das von Angesicht zu Angesicht klären können.“

Vor dreißig Minuten habe ich ihn am Empfang gesehen, als ich vom Mittagessen mit Maria zurückkam.

Ein kleiner, korpulenter Kerl. Hellblaue Augen, den meinen nicht unähnlich. Etwas, das die Polen und die Iren gemeinsam haben. Er gehört zu den Männern, die einen Anzug tragen, egal ob sie in einer Kohlemine oder einem Büro arbeiten.

Mit stählernen Augen streckt er mir seine Hand entgegen, damit ich sie schütteln kann. Ich wäre vielleicht drauf hereingefallen, wenn ich seine feuchte Handfläche nicht gespürt hätte.

Er wird von zwei Männern flankiert, von denen einer wohl sein Sohn ist. Der Sohn, der aussieht, als wäre er wie ich in den Mittdreißigern, hat einen angespannten Kiefer und ist bereit für einen Kampf auf die altmodische Art.

„Nennen Sie mich Killian." Ich befreie meine Hand aus seinem Griff.

Marek sieht erleichtert aus. „Alfred." Der ältere Mann lächelt mich an. „Und das ist mein Sohn, Alfred Jr."

Alfred Jr. murmelt einen Gruß.

Marek nickt dem dritten Mann zu, der am weitesten von mir entfernt ist. „Das ist mein Anwalt, Mike Dempsey."

Dempsey sieht aus wie jemand, den sie im Telefonbuch gefunden haben und der von einer Autowaschanlage in Brooklyn aus arbeitet.

Ich setze mich an das Kopfende des Tisches und bedeute ihnen, sich zu setzen. „Ich nehme an, mein Team hat sich vorgestellt." Der Familie Marek gegenüber sitzen Sarah, eine erfahrene Anwältin, und ein Mann, der aussieht, als käme er frisch vom College.

„Das haben sie in der Tat", sagt Alfred Sr., als sich die Mareks gleichzeitig setzen. „Ich muss zugeben, Killian, ich bin überrascht, dass Sie dem Meeting zugestimmt haben. Sie sind ein vielbeschäftigter Mann. Ich bin sicher, dass wir wie Erwachsene eine Lösung finden können, damit wir nicht zu viel von Ihrer Zeit in Anspruch nehmen."

Ich entspanne mich auf meinem Lederstuhl und nicke zustimmend. „Sie haben meine volle Aufmerksamkeit."

Er nimmt einen Schluck von seinem Wasser und räuspert sich dann. „Mr. Quinn ... Killian." Seine Lippen verziehen sich zu einem angespannten Lächeln, während er seine Finger auf dem Tisch verknotet. „Kennen Sie die Geschichte unseres Restaurants?"

Ich biete ihm ein freundliches Lächeln. „Ich nehme an, Sie werden mich aufklären."

„Ich weiß nicht, wie gut Sie unsere Ecke in Brooklyn kennen. Kommen Sie vorbei und besuchen Sie uns im Restaurant. Sie werden die wunderbare, stolze polnische Gemeinschaft kennenlernen ..."

Ich versuche, nicht die Geduld zu verlieren, doch meine Aufmerksamkeit schweift ab, während er spricht. Er tut sich keinen Gefallen damit, mir eine Geschichtsstunde über Brooklyn zu geben.

„Sie sehen also, das Restaurant ist der Ort, an dem unsere Gemeinde zusammenkommt. Mein Vater hat es an mich übergeben, und ich habe es *fünfzig Jahre* lang geführt, um es an meinen Sohn und meine Tochter weiterzugeben." Er blickt kurz voller Stolz auf seinen Sohn, ehe er seine Aufmerksamkeit wieder mir widmet. „Ich möchte, dass Sie die

Entwicklung noch einmal überdenken, Killian. Mein Sohn. Denken Sie an ..."

„Mr. Marek", mischt sich Sarah zügig ein. „Unser Vertrag wurde bereits an Ihren Anwalt weitergeleitet."

Ich lehne mich in meinem Stuhl zurück und lasse ein frustriertes Grunzen hören, während ich ausatme. Wir sollten mittlerweile bei den kleinen Details dieses Projekts sein.

„Bitte", dröhnt Alfreds Stimme, kann aber das leichte Röcheln nicht verbergen. „Ich spreche von Geschäftsinhaber zu Geschäftsinhaber. Von Vater zu Vater. Sie haben auch ein Kind. Eines Tages werden Sie Ihr Unternehmen an es weitergeben wollen." Er hält inne. „An *sie*."

Er hat Nachforschungen angestellt. Allerdings würde die Übergabe meines Unternehmens voraussetzen, dass meine wunderschöne Tochter Teagan etwas anderes als „Ich hasse dich" zu mir sagt. Alles, was darüber hinausgeht, scheint dieser Tage ein Wunschtraum zu sein.

„Es tut mir leid, Alfred. Es ist nichts Persönliches, aber die Entwicklung geht weiter. Sie ist bereits im Gange."

„Das ist uns bewusst", knurrt Alfred Jr. „Wir können die Planierraupen vom Fenster des Restaurants aus sehen. Der Lärm vertreibt uns die Gäste."

„Das ist bedauerlich."

Alfred Jr. zischt daraufhin, ganz der Schwachkopf, für den ich ihn gehalten habe. Er schlägt mit der Faust auf den Tisch, sodass die Wassergläser wackeln.

„Warte, mein Sohn", mischt sich sein Vater ein und wirft ihm einen strengen Blick zu. Er legt eine Hand auf die seines Sohnes, ehe er seine Aufmerksamkeit wieder mir zuwendet. „Killian. Sie drängen mich mit Ihren Planierraupen aus dem Markt."

„Deshalb sollten Sie mein großzügiges Angebot annehmen."

Alfred Sr. erbleicht. „Und ... dann? Ruinieren Sie diese Gemeinde mit einem protzigen Hotel und einem Kasino?"

„Es ist ein erstklassiges Grundstück in der Nähe des JFK", sage ich ruhig und trommle mit meinen Fingern leicht ungeduldig auf den Tisch. „Kein Gemeindezentrum, in dem man Tee trinken kann. Seien Sie vernünftig."

„Setz dich hin, mein Sohn", schnauzt Senior, als Junior aufstehen will. Er packt seinen Sohn am Arm und zwingt ihn, sich wieder auf seinen Stuhl zu setzen. „Das war's also? Wir haben zwei Möglichkeiten: Entweder verkaufen wir Ihnen unsere Lebensgrundlage oder wir sehen dabei zu, wie Sie sie zerstören, indem Sie um uns herum bauen?"

„Ich würde Ihnen zu Option eins raten", antworte ich knapp. „Ich hatte erwartet, heute ein vernünftiges Gespräch mit Ihnen zu führen."

Wir haben Marek ein Angebot gemacht, das seiner Familie ein Leben lang finanzielle Stabilität geben könnte, aber er ist zu sehr von Stolz geblendet, um es anzunehmen.

Junior knurrt etwas auf Polnisch.

„Mr. Quinn", meldet sich ihr Anwalt aus der Ecke und hält Papiere in der Hand, die vermutlich Requisiten sind. Absolut nutzlos. Ich hatte vergessen, dass er überhaupt im Raum ist. „Sie lassen uns keine andere Wahl, als eine gerichtliche Verfügung nach dem Belästigungsgesetz zu erwirken."

Ich spüre, wie mein Handy in meiner Hosentasche vibriert und hole es heraus. *Connor.* Für einen Augenblick ist das Handy im Mittelpunkt der Aufmerksamkeit; eine Chance für die Mareks, sich neu zu formieren. Ich drücke Connor weg und lege das Handy wieder auf den Tisch, außer Reichweite des schwachsinnigen Sohnes, falls er sich für einen Vandalen hält.

„Das Hotel wird auf diesem Grundstück gebaut. Wir haben Ihre Konten gesehen; mein Angebot ist viel höher, als das Restaurant wert ist", rufe ich ihnen in Erinnerung. „Ich habe mit fünf anderen Bauträgern einen Bieterkrieg um das Grundstück geführt. Die anderen waren nur bereit, Ihnen die Hälfte meines Angebots zu bieten. Sehen Sie das als Chance, nicht als

Bedrohung.“

„Sie sind wirklich ein verdammter Heiliger, Quinn“, speit Alfred Jr. Ich schaue angewidert auf die Tropfen, die auf dem Tisch gelandet sind. „Sitzen in Ihrem Glaskasten und halten sich für besser als uns. Sie glauben, Sie können Ihre Wurzeln vergessen? Ihre Familie kam aus dem Nichts.“

„Sind Sie fertig?“, frage ich ihn kalt. „Denn Sie haben sich das Leben deutlich schwerer gemacht.“

Ich tippe auf mein Handy, um den Sicherheitsdienst zu alarmieren.

„Unsere Gemeinde wird das nicht zulassen.“ Alfred Jr. erhebt sich. „Es wird bis auf die Grundmauern niedergebrannt werden, mit euren ganzen verdammten Bonzen von der Insel darin. Ihr habt keine Unterstützung in Queens, und jetzt habt ihr auch keine mehr in Brooklyn.“

Ich betrachte ihn kühl. Das ist nichts Neues. Ich bin in Queens aufgewachsen. Killian Quinn Sr., von dem ich meine Gene geerbt habe, war nach Meinung aller Iren im Umkreis von fünfzehn Kilometern Abschaum. Ein Mann, der bei der Abschiedsfeier eines Toten auftauchte, um kostenloses Essen abzugreifen und dann mit dessen Witwe zu schlafen. Leider erstreckte sich sein Ruf auch auf die erweiterte Familie. Zum Glück starb er, ehe ich ins Teenageralter kam.

„Die Zeit ist um“, sage ich mit ruhiger Stimme. Ich stecke mein Handy wieder in die Hosentasche, stehe auf und schiebe meinen Stuhl zurück, als es an der Tür klopft. Ein Sicherheitsmann öffnet die Tür und blickt mich mit hochgezogener Augenbraue an. Er hat dieses Spielchen schon gespielt. Zwei weitere Sicherheitsmänner stehen hinter ihm.

„Unterlassungsklagen einreichen, protestieren, versuchen, den Laden in die Luft zu jagen. Gegen mich werden Sie nicht gewinnen, Alfred.“ Ich wende mich an den Senior, denn der Junior ist ein Idiot. „Ich habe Sie für klüger gehalten. Wenn Sie mich nun entschuldigen würden, ich habe noch eine Besprechung.“

Alfred Sr. erhebt sich und geht zu seinem Sohn. „Sie tun mir fast leid, Quinn. Sie verstehen nicht, was es bedeutet, Teil einer Gemeinschaft zu sein, oder?“

„Nach Ihnen.“ Ich signalisiere ihnen mit meinen Handflächen, dass sie hinausgehen sollen, während sich die beiden Sicherheitsleute zwischen die Mareks und mich stellen.

Ich wende mich an Sarah und den heftig schwitzenden jungen Rechtsanwaltsgehilfen, die nun auf den Beinen sind und unbedingt gehen wollen. „Sarah, informiere das Team, dass wir unsere Bauphasen ändern müssen, weil die Mareks sich weigern, zu verhandeln.“

Wir werden um sie herum bauen.

„Ich weiß nicht, warum wir von einem Psychopathen etwas anderes erwartet haben. Jeder in Queens weiß, was Sie getan haben“, schnaubt Junior hinter mir.

Alle erstarren.

Die Worte kriechen wie Parasiten unter meine Haut.

Ich drehe mich langsam zu ihm um.

Seine Augen funkeln vor selbstgefälliger Genugtuung, erfreut darüber, dass sein Seitenhieb zum Abschied eine Reaktion hervorgerufen hat.

Ich hebe meine Hand, um die Sicherheitsleute daran zu hindern, ihn durch den Flur zu ziehen, ohne meinen Blick von Junior zu wenden. „Und was genau ist das?“

Er versteift sich und sein Mut schwindet, obwohl die Sicherheitsleute zwischen uns sind.

„Lass es gut sein, mein Sohn“, mahnt sein Vater leise neben ihm.

Junior verengt seine Augen und richtet sich auf. „Sie sind die schlimmste Sorte Abschaum. Sie war die Mutter Ihres Kindes.“

„Raus. Hier. Verdammt“, knurre ich mit zusammengebissenen Zähnen und habe Mühe, die Wut zu kontrollieren, die in mir aufsteigt. Ich kneife die Augen zusammen, meine Fingerknöchel werden weiß, als ich mich an der Tischkante hinter mir festhalte.

Auf mein Signal hin eskortiert mein

Sicherheitsteam die Mareks zügig hinaus.

Ich beobachte, wie sie im Flur aus dem Blickfeld verschwinden.

Es macht mir keinen Spaß, seine Familie oder sein Restaurant zu zerstören. Das ist rein geschäftlich. Aber er hat daraus etwas Persönliches gemacht. Nun will ich sein verdammtes Restaurant abreißen und dafür sorgen, dass mein Kasino die einzige Aussicht ist, die er von seinem Haus aus hat.

Mandy, meine Assistentin, kommt von dort, wo sie zugesehen hat. Vielleicht sollte ich mir mehr Sorgen darüber machen, wie unbeeindruckt sie von dieser Szene ist.

„Gehen und reden, Mandy“, sage ich mit so ruhiger Stimme, wie es mir möglich ist. Ich nehme ihr den Kaffee ab und gehe in Richtung meines Büros.

Sie folgt mir in einem leichten Joggingschritt, während die Leute uns aus dem Weg eilen. „Ihr Vier-Uhr-Termin ist im Sitzungssaal zwei“, beginnt sie und deutet auf ihren Notizblock. „Dann wartet ein Auto für Ihr Meeting um fünf Uhr zehn am anderen Ende der Stadt auf Sie. Oh, und die *New York Times* hat angerufen. Sie wollen ein Zitat von Ihnen über die bevorstehende Liquidation der Dante Carlo Hotelgruppe.“

Ich bleibe kurz im Flur stehen. „Warum zum Teufel wollen die ein Zitat von mir?“

Mandy sieht mich merkwürdig an, ehe sie

antwortet. „Weil Sie Killian Quinn sind."

„Gut, lass von der PR-Abteilung ein Zitat vorbereiten und leg es mir vor. Sag den Fünf Uhr Zehn-Termin ab. Ich möchte zu Hause sein, wenn Teagan von der Schule zurückkommt, denn wir haben diese Woche kein Kindermädchen."

„Aber, Mr. Quinn ..."

„Kein Aber."

Sie beißt sich auf die Lippe und nickt, während wir weitergehen, bis wir mein Büro erreichen. „Ich habe ein Abendessen für den Geburtstag Ihrer Tochter reserviert." Sie wirft wieder einen Blick auf den Block. „Oh, und ich habe Mrs. Daltons Tochter ein paar Blumen geschickt."

„Gut. Ist sie schon in die neue Klinik verlegt worden?"

Sie nickt lächelnd. „Sie genießt die VIP-Behandlung. Aber Mrs. Dalton will mindestens zwei Monate bei ihr in Boston bleiben."

Ich atme tief durch und stoße dann die Tür zu meinem Büro auf.

Ich verstehe das schon. Ich habe eine Tochter und ich würde auch alles für sie tun. Ich habe die Schecks für die Verlegung von Mrs. Daltons Tochter in die beste Klinik des Landes unterschrieben und dabei keine Kosten gescheut. Die sind irrelevant.

Aber Mrs. Daltons Abwesenheit erfüllt mich mit mehr Angst als irgendetwas sonst in den letzten Jahren, und auf mich wurde zweimal geschossen. Sie lebt schon seit Jahren als Kindermädchen und Haushaltshilfe bei Teagan und mir. Sie ist eine vernünftige irische Frau Anfang fünfzig, deren Kinder alle erwachsen sind. Sie ist so anständig und diskret wie nötig, um mit meiner Tochter zusammenzuleben.

Da Teagan fast dreizehn ist und zur Schule geht, braucht sie nur abends jemanden, bis ich nach Hause komme. Es ist mir egal, für wie erwachsen Teagan sich hält. Mein Sicherheitsteam ist kein guter Umgang für Mädchen im Teenageralter. Das ist mein verzweifelter Versuch, eine etwas mütterlichere Figur in ihrem Leben zu haben.

Aber einen geeigneten Ersatz zu finden, ist ein verdammter Albtraum.

Mein jüngerer Bruder, Connor, stolziert auf mich zu. „Wie kommt es, dass du der Einzige bist, der von deinen Meetings zurückkommt und nicht aussieht, als wolle er aus dem Fenster springen?"

„Danke, Mandy." Ich nicke ihr zu, damit sie geht und wende mich dann an Connor. „Schön, dass du dich amüsiert hast."

Er lehnt sich an die Wand. „Der alte Mann will also nicht unterschreiben?"

„Sie werden schon irgendwann unterschreiben. Es ist nur schade, dass sie die Zeit aller verschwenden."

„Ich weiß nicht, warum du dir die Mühe

gemacht hast, mit ihm zu reden."

„Was soll ich sagen? Ich bin ein netter Kerl", gebe ich trocken zurück und trinke einen Schluck Kaffee. Ich erzähle ihm nicht, dass sein Sohn mich wegen Harlows Tod verhöhnt hat. „Manchmal fühlen sie sich besser, wenn sie ihre Meinung sagen dürfen. Mir wäre es lieber, wenn sie schweigend unterschreiben würden."

„Wenn du willst, dass sie schweigend unterschreiben, stell ihnen jemand Charmantes vor die Nase."

Ich starre ihn ausdruckslos an.

Er lacht leise, als Marcus, unser Personalchef, sich nach Zigarettenrauch stinkend zu uns gesellt. Vielleicht werde ich ihn zwingen, damit aufzuhören.

Marcus' Augenbrauen schießen nach oben, als er Connor ansieht. „Sie haben sich den Kopf rasiert."

Connor gluckst. „Killian hat es nicht einmal bemerkt."

„Natürlich habe ich es bemerkt", schnauze ich. „Ich habe Besseres zu tun, als Connors Ego zu tätscheln, indem ich ihm sage, wie sehr mir seine neue Militärfrisur gefällt."

Connor lacht und stößt sich von der Wand ab. „Mein Gott, er ist heute noch mürrischer als sonst. Viel Glück!" Er klopft Marcus auf den Rücken, ehe er geht.

„Ich habe wirklich gute Nachrichten für Sie", sagt Marcus. „Ich habe den perfekten Ersatz für

Mrs. Dalton gefunden."

Meine Augenbrauen heben sich. „Ach ja?"

„Ich dachte, diesmal könnte es mit einer anderen Strategie funktionieren. Ich hoffe, dass jemand, der so verzweifelt ist, nicht wegläuft."

„Hoffen wir mal", grunze ich. „Ihre derzeitige Strategie ist absolut miserabel."

Er verschränkt die Arme vor der Brust. „Mein Job ist nicht nur, ein Kindermädchen für Sie zu finden, Chef. Die letzte, haben Sie zum Weinen gebracht, und die davor, ist wegen Teagan in Tränen ausgebrochen."

Ich werfe ihm einen finsteren Blick zu. Er kann von Glück sagen, dass er seit zehn Jahren für mich arbeitet.

„Sie können die Neue am Sonntag kennenlernen. Sie werden sie mögen; sie ist Irin. Sie wird einen guten Einfluss auf Teagan haben. Wir haben sie überprüft. Keine Drogen, Krankheiten, Geschlechtskrankheiten. Krätze. Keine Vorstrafen wegen Terrorismus." Sein Grinsen wird breiter. „Sauberer als eine irische Nonne."

Das klingt vielversprechend.

„Muss ich mir Sorgen wegen Ihrer Prioritätenliste machen?", frage ich trocken. „Es hört sich an, als hätten Sie die irische *Mary Poppins* für mich gefunden."

„Ich hätte sie selbst nicht besser beschreiben können. Es ist, als hätten Sie sie schon kennengelernt."

„Schicken Sie mir ihren Lebenslauf und die Ergebnisse der Überprüfung." Ich fühle mich nicht wohl dabei, dass schon so bald jemand bei uns einzieht, aber ich habe nur sehr wenige Optionen. Mrs. Daltons Abwesenheit kam kurzfristig. Und mein Sicherheitsteam ist auf jedes Szenario vorbereitet – ob Krätze, Terrorismus oder sonst was.

Er hält inne und schwingt seinen Kaffee in der Tasse. „Sie ist jünger als Mrs. Dalton."

Ich werfe ihm einen fragenden Blick zu. „Und?"

Er zuckt mit den Schultern. „Nichts und. Das war's. Ich liefere Ihnen nur alle Fakten."

Ich betrachte ihn misstrauisch.

5

Clodagh

Ich blicke auf das Stadthaus in der Fifth Avenue und zähle sechs Stockwerke bis zur Spitze. Ich muss meinen Hals recken, um alles zu erfassen. Ich wette, sie haben von dort oben einen atemberaubenden Blick auf den Central Park.

Ich habe Orla grübelnd und mit dem Versprechen, wiederzukommen, zurückgelassen und bin zu Mr. Quinns Fahrer Sam ins Auto gestiegen – ein schwarzer Geländewagen mit verdunkelten Scheiben, die mit kugelsicherem Glas verstärkt waren, was Sam zu meiner Freude bestätigte.

Dank Onkel Seans verstorbener Frau Kathy trage ich einen langen, geblümten Rock und eine weiße Bluse, die meine Armtattoos verdeckt. Ich wische eine verschwitzte Handfläche an meinem Rock ab. Er ist hässlich, Gott sei der armen Kathy gnädig. Normalerweise trage ich T-Shirt und Leggings und bin nicht wie eine *zauberhafte Nanny* gekleidet.

Es hat ganze zehn Minuten gedauert, meine Sachen in einen Rucksack zu stopfen. Kleidung, Pinzette, Rasierer, Creme gegen Fieberbläschen, Haarprodukte, um meine rote Krause zu bändigen, und einige Spielzeuge für Erwachsene, die ich in dem Wissen, dass Onkel Sean und Tante Kathys Geist im Haus sind, nicht benutzen konnte.

Ich erklimme die Stufen, bis ich die Doppeltür erreiche. So muss sich Alice gefühlt haben, als sie den Schrumpftrank getrunken hat.

Zwei steinerne Löwenstatuen mit geöffneten Mäulern stehen auf beiden Seiten der Tür Wache.

Mein Magen gerät vor Nervosität und aufgeregter Energie ins Taumeln. Ziehe ich hier wirklich ein?

Ich schnuppere kurz an meinen Achseln. Zwischen meinen Brüsten könnte ich ein Ei braten. Wir Iren beschweren uns *gerne und oft* über das Wetter.

Draußen muss es fünfunddreißig Grad Celsius oder, wie die Amerikaner sagen, hundert Grad Fahrenheit sein. So in etwa; Mathe war noch nie meine Stärke. Im Gegensatz zu dem Besitzer dieses Panzers von einem Herrenhaus. Man wird kein Milliardär, wenn man nicht gut in Mathe und anderen Fächern ist.

Ich atme tief ein und drücke auf die Klingel.

„Nennen Sie Ihren vollen Namen“, sagt eine männliche Stimme, ehe ich den Finger vom Knopf nehme.

Das ist nervenaufreibend. Wartet sein Butler auf der anderen Seite?

„Clodagh Kelly“, sage ich langsam, unsicher, wohin ich meine Stimme richten soll.

„Sehen Sie direkt in die Kamera.“ Es folgt eine lange Pause. „Clodagh.“

Wow! Beeindruckend fehlerfreie Aussprache.

Meine Augen weiten sich und ich suche nach der Kamera. Da ist sie – ein glänzendes rundes Objekt über der Türklingel. Es bewegt sich, bis es direkt auf mein Gesicht gerichtet ist.

In Filmen würde ich in diesem Moment vernichtet werden.

Mit einem schmallippigen Lächeln stehe ich starr vor der Kamera, unsicher, ob ich mit einem Menschen oder einem elektronischen Gerät spreche. Dafür, dass es eine Türklingel ist, hat sie meinen Namen schnell gelernt. Es könnte sogar Killian Quinn selbst sein; ich weiß nicht, wie er klingt.

„Netzhautscan eingeleitet“, informiert mich die monotone, männliche Stimme.

Ich behalte mein gezwungenes Lächeln und frage mich, ob ich beobachtet werde. Das ist schlimmer als die JFK-Passkontrolle.

„Netzhautscan abgeschlossen“, verkündet

die Stimme.

Ich warte. Und nun?

Mein Magen zieht sich zusammen, als sich innen Schritte der Tür nähern.

Die Doppeltüren öffnen sich und ...

Er ist es.

Natürlich ist er es.

Unsere Blicke begegnen sich, während er kräftig die Stirn runzelt. Ich sehe, wie es in seinem Kopf arbeitet ... wie er versucht, sich zu erinnern ... wie er versucht, mich einzuordnen.

Ich warte.

In dem Moment, in dem Erkennen in diesen arktischen Augen aufflackert, kribbelt meine Haut, als wäre sie von tausend Eisbergen zerklüftet worden und ich würde langsam erfrieren.

Er verschränkt die Arme vor der Brust und sein finsterer Blick wird noch intensiver.

Gott steh mir bei. Ich dachte, die Manhattans hätten meine Sicht getrübt; dass Killian Quinn nicht so irritierend sein könnte, wie ich es in Erinnerung habe. Mein Gott, er ist noch schlimmer.

Er ist gewaltig, übertrieben maskulin und absolut furchteinflößend. Ist er gewachsen, seit ich ihn im Hotel gesehen habe?

Sein strenger Blick wandert über mich und streift jeden Zentimeter meines Körpers. Eine Inspektion bei der ich monumental durchfalle. Als er bei meinem Gesicht ankommt, fühle ich mich, als wären mir Kathys geblümter Rock und die Rüschenbluse vom Leib gerissen worden.

Japp, er erinnert sich an mich.

Ich widerstehe dem Drang, auf die Straße zu flüchten.

„Mr. Quinn?“ Ich schlucke heftig. „Ich bin Clodagh Kelly.“

„Sie“, sagt er schließlich und sein Kiefer verkrampft sich sichtlich.

„Ich. Äh, tut mir leid wegen des kleinen Zwischenfalls im Hotel. Ich …“

„Ich habe erwartet, dass Sie älter sind“, unterbricht er mich, seine Stimme so kalt wie seine Augen.

„Oh.“ Ich blinzle, weil ich nicht weiß, wie ich dieses Problem beheben soll. „Es tut mir leid?“

Ich wische meine verschwitzte Handfläche an meinem Rock ab, ehe ich meine Hand ausstrecke. Marcus wäre vielleicht nicht so zuversichtlich, wenn er mich jetzt sehen könnte.

Er mustert mich erneut von oben bis unten, und sein Kiefer wird noch angespannter. Der Mann sieht aus, als würde er mir gleich die Tür vor der Nase zuschlagen.

Er ergreift meine Hand.

Ich verstecke meine Nervosität hinter meinem strahlendsten Lächeln, als seine Hand die meine umschließt. Mein Puls beschleunigt sich durch den Kontakt mit seiner Haut ein wenig. „Ich bin noch nie von einer Türklingel überprüft worden."

Sein Stirnrunzeln vertieft sich, als würde ihm bereits mein Anblick missfallen, und er lässt meine Hand fallen.

Ich ziehe unauffällig meinen zwischen den Pobacken eingeklemmten Rock hervor und verschiebe mein Gewicht unbehaglich von einem Fuß auf den anderen. „Hm …"

Lässt er mich rein? Wenn ich wegen ein paar fehlender Seifen entlassen werde, kann er mich dann nicht endlich aus meinem Elend erlösen, verdammt noch mal?

„Kommen Sie rein", sagt er mit rauer Stimme. Er klingt, als wolle er mich nicht auf der Insel Manhattan und schon gar nicht in seinem Haus haben. Er öffnet die Tür weiter und ich zwinge meine Füße, sich in Bewegung zu setzen, um an ihm vorbei ins Foyer zu kommen.

Heiliger Strohsack. Alles ist riesig. Und weiß. Ich komme mir wie eine Ameise vor.

Ich möchte mich um mich drehen und all die komplizierten Details betrachten – den Kronleuchter, die prachtvolle Treppe mit den glänzend weißen Stufen, die Leisten, die Türrahmen und den Marmorboden, der so sauber aussieht, dass man ihn ablecken könnte.

Sogar die verdammten Türgriffe sehen aus wie etwas aus dem Museum of Modern Art. Ich weiß es; ich bin auf dem Weg hierher daran vorbeigekommen. Der Raum sieht aus, als wäre er direkt aus einem Film, der in New York spielt, entnommen worden.

Killian oder Mr. Quinn, denn er hat mir nicht gesagt, wie ich ihn nennen soll, geht auf eine Tür links von der Treppe zu. Ich nehme an, dass ich ihm folgen soll.

Doppeltüren öffnen sich wie von Zauberhand, wenn er geht. So leben also Milliardäre? Sie brauchen keine Zeit für solch banale Aufgaben wie das Öffnen von Türen zu verschwenden.

„Ihr Zuhause ist wunderschön", sage ich atemlos und wünschte, mir fiele etwas Eloquenteres ein.

„Danke", erwidert er unwirsch. „Es ist ein Bosworth-Design."

Ich tue so, als hätte ich verstanden, was er gesagt hat, und stoße ein „Ohh" aus, als er mich in einen atemberaubend großzügigen Aufenthaltsbereich mit riesigen weißen Couches und einem Kamin führt, der deutlich größer ist als ich.

Ich bin das Schmuddeligste im ganzen Raum.

Er deutet auf eine der Couches. „Setzen Sie sich."

Ich lasse mich auf die Couch sinken, aber meine Füße können den Boden nicht erreichen. Ich versuche, gelassen zu wirken, und rutsche nach vorne, bis ich auf der Couchkante sitze.

Quinn lässt sich auf der Couch mir gegenüber nieder. Er legt seine Unterarme auf beide Seiten der Couch und spreizt seine kräftigen Schenkel weit, während er mich wieder kritisch betrachtet.

Der Anzug ist verschwunden. Nun trägt er eine dunkelblaue Jeans, ein schwarzes T-Shirt und Turnschuhe. Ich meine, *Sneakers*.

Ich winde mich in meinem Rock, der dank des Nylonstoffs an meiner Haut klebt.

Marcus machte den Eindruck, als wäre der Job in trockenen Tüchern, doch so wie mein potenzieller Chef mich ansieht, bin ich mir da nicht mehr sicher. Mein Herz rast so heftig in meiner Brust, dass ich glaube, er kann es hören.

„Wie alt sind Sie?"

„Ich dachte, so etwas darf man in einem Vorstellungsgespräch nicht fragen", scherze ich kleinlaut.

Er lächelt nicht. „Ich habe alle Informationen über Sie, einschließlich Ihrer Blutgruppe, in meiner Akte. Es wäre für uns beide besser, wenn Sie mir die Zeit ersparen, sie abzurufen und einfach die Frage beantworten."

Ich räuspere mich und antworte etwas ernster. „Fast fünfundzwanzig."

„Sie sehen jünger aus", gibt er trocken zurück.

„O okay … ähm … danke?" Was hat er gegen jüngere Menschen?

Ein weiterer Moment vergeht, und sein

finsterer Blick verdüstert sich. Er erhebt sich abrupt, und ich tue es ihm beinahe nach, bis er mich wieder nach unten winkt. „Ich muss einen Anruf tätigen. Machen Sie es sich bequem. Ich bin in zehn Minuten zurück."

Ich beobachte, wie er durch die Glastüren in einen anderen Raum schreitet und sie zuschlägt. Unbehagen macht sich in meinem Magen breit.

Das ist der Unterschied zwischen einem Flugticket nach Hause und einem Leben in New York. Es ist offensichtlich, dass ich nicht das bin, was Quinn erwartet hat. Ich reibe untätig Kreise über die Rosen auf Kathys Rock. Vielleicht ist das die Strafe dafür, dass ich mir den Rock einer toten Frau geliehen und ihn hässlich genannt habe.

Ist er so mürrisch, weil ich Seife und ein Glas aus seinem Hotel gestohlen habe? Oder hat er etwas in meiner Pinkelprobe gefunden? Liegt es an meinem Akzent? Die meisten Amerikaner lieben ihn. Ich habe schon ein paar betrunkene Heiratsanträge bekommen.

Während er mit jemandem am Telefon spricht und immer noch finster dreinschaut, checke ich ihn diskret ab.

Er ist zu imposant, zu eindringlich, zu streng. Er nimmt zu viel Raum ein.

Er ist verdammt nochmal zu ... *groß*.

Ich knabbere an einem Fingernagel. Als der abgekaut ist, gehe ich zum nächsten über. Was macht er denn da drin? Ruft er die verdammte Einwanderungsbehörde an oder so?

Er dreht sich abrupt um und sieht mich scharf an, als würde er das Gewicht meines Blicks spüren. Seine Lippen bewegen sich, aber sein Blick bleibt nur auf mich gerichtet.

Ich wünschte, ich könnte Lippenlesen, aber das Zucken in seinem Kiefer ist besser als Zeichensprache.

Ich habe es versaut.

Niedergeschlagen versinke ich in der Ledercouch und wünsche mir, dass sie mich auf magische Weise verschluckt.

Auf Wiedersehen, New York. Hallo, Belfast.

Die Türen schwingen auf, er betritt wieder den Raum und lässt sich mit einem genervten Grunzen auf die Couch vor mir sinken. „Die Haushaltshilfe, die Sie vertreten, hat jahrzehntelange Erfahrung. Das habe ich auch von Ihnen erwartet. Sie sind kaum älter als meine Tochter.“ Er sieht mich an, als wäre ich ein zweiköpfiges Biest, das man zur Strecke bringen muss.

Der Kerl ist ganz schön unverschämt.

Ich blicke in sein attraktives Gesicht und wünschte, ich könnte ihm sagen, dass er sich seinen Job in seinen sexy Hintern schieben soll. „Bei allem Respekt, Sir, Ihre Tochter ist kaum ein Teenager. Ich bin eine erwachsene Frau“, sage ich unverblümt. „Mein Alter macht mich nicht inkompetent.“

Wut flammt in seinen blauen Augen auf. Quinn wird nicht gerne herausgefordert. „Ich hole diese Person in mein Haus, unter das gleiche Dach *wie meine Tochter.* Es spielt keine Rolle, ob sie Hausarbeit macht. Ich brauche sie als positives Vorbild. Glauben Sie, dass ich das auf die leichte Schulter nehme?"

„Nein", sage ich lapidar. Sie nehmen nichts auf die leichte Schulter, Kumpel.

„Warum denken Sie, dass *Sie* qualifiziert sind, Miss Kelly?"

Wir starren uns an, die Spannung fließt zwischen uns wie ein Stromkabel.

Ich habe mir versprochen, dass ich nicht zulassen würde, dass noch ein Mann mir das Gefühl gibt, wertlos zu sein.

„Ich heiße Clodagh", korrigiere ich ihn trotzig. „Ich bin vielleicht keine Milliardärin, Mr. Quinn, oder habe einen Abschluss in Kinderbetreuung, aber das heißt nicht, dass ich keine vertrauenswürdige Angestellte bin."

„Das entscheide ich."

Es hat keinen Sinn, den Kerl zu verarschen, also bleibe ich bei dem, was ich weiß. „Na schön. Okay, ich gebe zu, dass ich als Au-pair ich nicht viel Erfahrung habe, aber ich habe dabei geholfen, drei raufl ustige jüngere Brüder aufzuziehen." *Viel Erfahrung* bedeutet in diesem Fall *keine Erfahrung*.

Er grunzt als Antwort und macht mir klar, dass mein Gerede keine Wirkung zeigt.

„Ich bin eigentlich gelernte Schreinerin." Ich halte kurz inne, um seine Reaktion zu sehen und mir zu überlegen, wie ich daraus etwas Relevantes mache. „Das ist vielleicht keine große Leistung, aber als Frau in einem Handwerksberuf bin ich ein gutes Vorbild." Ich halte inne, um durchzuatmen. „Und Marcus hat gesagt, Sie bräuchten am besten schon gestern jemanden und ich kann heute anfangen."

Ich bleibe ruhig und halte den Atem an, um nicht als erste den Blick abzuwenden. Ich werde nicht kampflos untergehen.

„Schreinerin?", wiederholt er knapp, als hätte er mich nicht richtig verstanden.

Ich halte die Stellung und schaue ihm direkt in die Augen. Ich hatte schon häufiger mit chauvinistischen Typen zu tun, die denken, dass das Schreinerhandwerk nichts für Frauen ist. „Ja, genau."

Keiner von uns wendet den Blick ab. Keiner von uns blinzelt.

Zeig's mir, Quinn. Ich fordere dich verdammt noch mal heraus.

„Bewundernswert."

Er klingt, wie soll ich sagen ... respektvoll? Ich bin verblüfft.

„Wie sind Sie Schreinerin geworden?", fragt er und sieht dabei aufrichtig neugierig aus.

„Ich bin mit sechzehn von der Schule abgegangen." Ich ziehe geistesabwesend an einem verirrten Faden an meinem Rock und fühle mich unruhig. „Ich war nicht sehr belesen, aber ich habe gerne Sachen erschaffen. Das hat besser zu meinem Verstand gepasst. Nach der Schule bekam ich einen Verwaltungsjob in einem Möbelhaus und habe den Schreinern bei der Arbeit zugesehen. Dann habe ich angefangen, ein paar einfache Möbel zu bauen. Ich konnte es kaum glauben, als ich in den Schreinerkurs der Belfast Met aufgenommen wurde." Ich lächle und erinnere mich an den Tag, an dem ich die E-Mail erhielt.

„Zeigen Sie mir Ihr Portfolio."

„Mein Portfolio?", frage ich langsam.

„Ja, einige der Stücke, die Sie geschaffen haben", sagt er weniger geduldig und gestikuliert mit seinen Händen, als könnte ich ein Portfolio aus dem Nichts zaubern.

Darauf war ich nicht vorbereitet, hole aber mein Handy heraus, um ihm Fotos zu zeigen. Ich beobachte mit Unbehagen, wie er jedes Bild anschaut, sein Gesichtsausdruck ist nicht zu entziffern. Ich habe keine Nägel zum Knabbern mehr übrig. Bald werde ich mit seinen anfangen müssen.

„Ich möchte bald etwas Professionelleres aufziehen, wie einen Etsy-Store", sage ich und fühle mich zunehmend ernüchtert, als er keine Reaktion zeigt.

Er blickt vom Display auf. „Warum haben Sie nicht versucht, ein eigenes Geschäft zu gründen?"

„Das habe ich." Ich winde mich auf der Couch. „Es hat nicht geklappt."

Bitte lassen Sie es gut sein. Ich bewerbe mich, um zu putzen und auf Ihr Kind aufzupassen, nicht, um Ihnen eine neue Küche zu bauen.

„Warum nicht?"

Verdammt noch mal. „Mein Geschäftspartner und ich hatten unterschiedliche Ansichten."

Mein Ex hat mich letztes Jahr dazu überredet, ein Geschäft zu gründen – ein Geschäft, von dem ich nie gedacht hätte, dass ich den Mut dazu haben würde. Ich hatte ein paar Jahre in einem Möbelhaus gearbeitet und maßgefertigte Schränke hergestellt, und er kam mit einem Plan zu mir. Wir würden das Dreamteam sein. Ich war die kreative Hand, er das Gehirn fürs Geschäftliche. Er würde sich um das Geld kümmern.

Und Mann, hat er sich um mein Geld gekümmert.

Naiv übergab ich ihm zweitausend Euro. Er redete sich damit heraus, dass er in Marketing investieren wolle, und ließ mich dann ein paar Monate später sitzen.

Im Namen der weiblichen Schreiner habe ich versagt.

Nun bin ich richtig abgestumpft. Das ist einer der Gründe, der mich angespornt hat, in die USA zu gehen. Zu Hause weiß *jeder* über mein gescheitertes Geschäft Bescheid.

„Ich bin nicht Ihre Zielgruppe, aber die sind gut." Er gibt mir das Handy zurück, und ich atme etwas leichter. „Gibt es noch etwas, das ich über Sie wissen sollte, Miss Kelly? Irgendwelche ungewöhnlichen Hobbys? Es wird nämlich einfacher sein, wenn Sie es mir sagen."

„Nein", sage ich, während sich mein Puls bei dem Gedanken an mein albernes Vorstrafenregister beschleunigt. „Das war es schon über mich. Ich bin eine einfache Frau."

Er mustert mich einen unbehaglichen Augenblick lang. „Sie sind gelernte Schreinerin und haben Ihren Beruf aufgegeben, um sich als Haushaltshilfe zu bewerben", sagt er sachlich mit erhobener Augenbraue.

„Ich habe ihn nicht aufgegeben", erwidere ich genervt. „Mein langfristiger Plan ist es, in New York zu leben und das zu tun, was ich liebe. Ich muss nur die Schritte von A bis Z herausfinden."

„Der Job ist anspruchsvoll. Sie werden eine Assistentin sein, die hier wohnt und ständig auf Abruf bereitsteht. Wenn Sie glauben, Sie hätten Zeit für Holzarbeiten, dann gehen Sie zur Tür hinaus. Ich bezahle Sie dafür, dass Sie auf Abruf für mich da sind."

„Ich stehe auf Abruf für sie bereit, Mr. Quinn", antworte ich, ohne zu zögern.

Unsere Augen begegnen sich. Hat es jemals jemand geschafft, diesem Mund ein Lächeln zu entlocken? Quinn muss lernen, sich zu entspannen. Machen Sie Yoga. Gesichtsyoga.

„Marcus sieht offensichtlich etwas in Ihnen ..."

Mein Puls rast, während ich versuche, meine nervöse Energie mit einem Husten zu überspielen. Ich tappe in dieser Sache ebenso im Dunkeln wie Quinn.

„Und ich vertraue seinem Urteil." Quinn lehnt sich entspannt auf seine Couch zurück und legt ein Bein über das andere, um es auf seinem Knie abzustützen. „Sie arbeiten fünf Tage die Woche, aber Sie müssen flexibel sein. Meine Mitarbeiter müssen vorausschauend und sorgfältig sein und Eigeninitiative zeigen. Das gilt auch für meine Hausangestellten. Wenn ich sage, dass Sie zu einer bestimmten Zeit irgendwo sein sollen, sind Sie zehn Minuten vorher da. Wenn ich Sie bitte, etwas zu tun, dann bitte ich Sie nur einmal."

Heißt das, dass ich noch im Rennen bin, wenn er mir das erzählt?

„Ja, Sir!" Ich streiche mit den Handflächen über meinen Rock. Ich fühle mich, als würde ich für die Armee rekrutiert werden.

„Sie haben Ihre eigene Unterkunft, alles inklusive", sagt er gedehnt. „Essen und Spesen werden zusätzlich zum Lohn bezahlt."

Ich versuche, keine Reaktion zu zeigen.

Oder ohnmächtig auf seinen Boden zu sacken. Dieses Gehalt und keine Rechnungen … Ich werde das reichste Kinderhausmädchen der Vereinigten Staaten sein.

Quinn ist ein Meister der unlesbaren Mimik. Mit diesem Pokerface ist es kein Wunder, dass er Kasinos besitzt. Selbst sein Haussicherheitssystem zeigte mir mehr Emotionen.

Ich? Ich bin das Gegenteil davon. Mein Gesicht gibt all meine Geheimnisse preis.

„Sie haben eine Probezeit."

„Natürlich." Ich nicke atemlos. Ich habe es geschafft. Ich habe den Job, verdammt noch mal. „Wie lange?"

„Solange ich es für nötig halte." Er erhebt sich von der Couch und geht zu dem großen Glastisch neben dem Fenster. Nachdem er ein großes gebundenes Heft und ein Handy geholt hat, kehrt er zurück und reicht mir beides. „Das ist Ihr Handbuch, das von meiner langjährigen Hilfe, Mrs. Dalton, zusammengestellt wurde. Hier finden Sie all Ihre Aufgaben aufgelistet."

Ich nehme das beunruhigend dicke Heft zur Hand, während er über mir steht, die Hände in den Hosentaschen, und jede meiner Bewegungen beobachtet.

Das ist das zweite Mal, dass ich auf Augenhöhe mit seinem Schwanz bin.

„Sie ist sehr gründlich", murmle ich und blättere die Seiten durch, ohne sie zu lesen. Ich hasse es, wenn Leute von mir verlangen, in ihrem Beisein etwas zu lesen.

„Eine Eigenschaft, die ich von meinem Team erwarte. Behalten Sie das im Hinterkopf."

„Ja, natürlich. Auf jeden Fall." Meine Lippen verziehen sich zu einem angespannten Lächeln. „Ich werde das verinnerlichen."

„Heute Abend bitte, denn morgen früh fangen Sie an." Seine Augenbraue hebt sich. „Haben Sie einen Freund? Eine Freundin?"

Ich schüttle den Kopf und werde rot.

Mit den Händen in den Hosentaschen schlendert er nach hinten und starrt aus dem Fenster. „Jeder, mit dem Sie ausgehen, wird überprüft. Wenn Sie sich verabreden, dann außerhalb des Hauses. Ich lasse keine Männer hier übernachten, auch nicht in den Personalunterkünften. Das ist eine strenge Regel, meiner Tochter zuliebe."

„Natürlich." Ich kann mit dem Zölibat umgehen, wenn es bedeutet, in einem Stadthaus der Upper East Side zu leben. Mit Killian Quinn unter einem Dach zu leben, ist schon furchterregend genug.

Er dreht sich wieder zu mir um. „Ich setze viel Vertrauen in meine Mitarbeiter, aber wenn Sie dieses Vertrauen missbrauchen, wird mein Sicherheitspersonal in wenigen Minuten hier sein. Überall auf dem Gelände sind Kameras."

„Überall?" Ich werde mein Geschäft nicht verrichten, wenn Quinns Sicherheitsteam

zusieht. „Sogar auf den Toiletten?"

„Nein, nicht auf den Toiletten. Ihre Wohnräume sind auch ausgenommen."

Ich schaue mich ängstlich im Raum um. „Aber ich werde die ganze Zeit beobachtet?"

„Nein." Seine Lippen zucken, als er sich an das Fensterbrett lehnt. Das ist das, was bis jetzt einem Lächeln bei ihm am nächsten kommt. „Nur nach dem Ausnahmeprinzip. Die Sicherheitsvorkehrungen sind sowohl für Sie, Miss Kelly, als auch für mich und Teagan von Vorteil. Jeder Raum im Haus hat einen Panikknopf. Mein Team wird Ihnen zeigen, wie Sie einen Notfall auslösen können. Außerdem werden Sie eine App auf Ihrem Handy installieren, die mein Team sofort alarmiert, wenn Sie in Gefahr sind."

„Panikknöpfe?", wiederhole ich fassungslos.

„Ich bin eine Person des öffentlichen Lebens. Das gehört dazu", sagt er trocken. „Ich möchte, dass Sie sich hier sicher fühlen."

Das ist der erste Anflug von Mitgefühl, den ich bei ihm spüre.

„Ich habe nicht vor, Ihr Vertrauen zu missbrauchen, Mr. Quinn."

„Schön, dass wir uns verstehen." Er deutet mit dem Kinn auf das Handy neben mir. „Das ist Ihres. Ich erwarte, dass Sie es immer bei sich tragen."

Es klopft hinter mir. Ich drehe mich um und sehe, wie sich die Doppeltür öffnet und Sam, der nette Ire, der mich von Queens hergefahren hat, eintritt. „Chef.“

Quinn nickt ihm zu, ehe er sich wieder mir zuwendet. „Sam wird Sie in Ihre Wohnung bringen.“

Er stößt sich vom Fensterbrett ab, und ich nehme das als Zeichen, aufzustehen.

„Teagan ist bei ihrer Großmutter, Sie können Sie sie also jetzt nicht kennenlernen. Sam wird Ihnen Ihr Quartier zeigen und Ihnen Zugang zum Grundstück verschaffen. Den Rest des Abends können Sie sich einrichten, Miss Kelly.“

So sehr mir auch der Klang meines Nachnamens mit seiner tiefen, rauen Stimme gefällt ...

„Bitte nennen Sie mich Clodagh. Niemand nennt mich Miss Kelly.“

„Clodagh.“

Mir stellen sich die Nackenhaare auf.

Er fährt sich mit der Hand über sein kräftiges Kinn. „Nenn mich Mr. Quinn.“

Ich beginne zu lachen und merke dann, dass er nicht amüsiert ist. „Oh. Tut mir leid, ich dachte, Sie scherzen.“

„Sehe ich wie ein Komiker aus?“

Will er eine Antwort darauf? Meine Nerven sind am Ende.

„Nein, Mr. Quinn“, sage ich heiser. „Ich freue mich darauf, für Sie zu arbeiten. Chef.“

Sein Mundwinkel zuckt leicht. „Wir sehen uns morgen früh um fünf Uhr.“

Moment, was?

Zum x-ten Mal während unseres Gesprächs versuche ich, keine Reaktion zu zeigen.

Wer braucht schon um fünf Uhr morgens eine Haushaltshilfe? Ich schätze, die Antworten stehen im Handbuch.

Mit einem knappen Nicken schreitet Killian davon.

„Bereit?“ Sam lächelt mich mitfühlend an.

Zu mitfühlend.

6

Killian

Ich gebe der kleinen rothaarigen Seifendiebin mit den smaragdgrünen Augen bis Ende der Woche.

7

Clodagh

Sam bringt mich in einen gesicherten Raum, um das Sicherheitssystem am Eingang zu programmieren, damit ich Zugang zum Haus habe. Ich drücke meinen Daumen gegen einen Scanner und halte still, während das Gerät mein Netzhautmuster liest.

Ich habe noch nie ein Haus mit meinen Augen aufgeschlossen.

Wenigstens besteht nicht die Gefahr, dass ich meine Schlüssel verliere.

„Bereit, deine neue Bude zu sehen?" Sam grinst. Meine Ausgelassenheit scheint ihn zu amüsieren.

Das Licht im Foyer ist an, doch im Erdgeschoss ist keine Spur von Killian oder seiner Tochter zu sehen, und ich bin erleichtert. Ehe ich ihn sehe, will ich dieses Handbuch lesen und verstehen, womit ich es zu tun habe.

Ich folge Sam an der Doppeltreppe vorbei,

durch den Flur zu einer weiteren Treppe ins untere Geschoss.

„Der Kerker“, scherze ich halb, während ich hinter Sam hinabsteige.

Er knipst ein Licht an und … heilige Scheiße.

Quinn hat bei den Personalräumen im Untergeschoss nicht gespart. Ich folge Sam in einen wunderschönen, rot gemauerten Wohnküchenbereich. Der sollte in der Werbung für New Yorker Loftwohnungen zu sehen sein.

Er lässt meine Tasche auf die Couch fallen.

„Wow“, sage ich laut und drehe mich um mich. Diese Wohnung zu mieten, würde *Tausende* von Dollar im Monat kosten. „Ich darf hier wohnen … allein? Das heißt … es gehört mir allein?“

Ich drehe mich zu Sam, der sich mit einem leichten Grinsen an den Kühlschrank lehnt.

„Es gehört dir allein, Clodagh.“

„Leck mich“, hauche ich. Orla wird ausflippen, wenn sie diese Wohnung sieht.

Ich schlucke schwer und nehme jedes Detail des Raumes in mich auf. Ich dachte immer, Kellerwohnungen wären dunkel und schmuddelig. In dieser hier sind weiche Möbel und ein flauschiger weißer Teppich, bei dessen Anblick ich mich auf dem Boden zusammenzurollen und nie wieder gehen möchte. Der Raum ist *perfekt*, um meine Online-Yogakurse für die Freundinnen meiner

Gran zu Hause abzuhalten.

Und ein schöner Ort, um sich vor Quinn zu verstecken.

„Ist mein neuer Chef immer so ernst?“, frage ich Sam, während ich durch das Wohnzimmer gehe.

„Ja. Er erwartet, dass die Dinge auf eine bestimmte Weise erledigt werden.“

„Auf seine Weise.“

„Du lernst schnell.“ Ich schaue zu ihm hinüber und sehe, dass er grinst. „Du bist ganz anders als Mrs. Dalton. Sie ist viel – er macht eine Pause – „mütterlicher.“

„Äh, Sam? Angesichts meiner neuen Berufsbezeichnung weiß ich nicht, ob das ein Kompliment oder eine Beleidigung ist.“

„Nur eine Beobachtung.“

„Er hat mich nicht ausgesucht“, sage ich leise und lasse mich auf die Couch plumpsen, um sie auszuprobieren. „Das war Marcus, der Typ, der für ihn arbeitet.“

„Hm.“ Sam runzelt die Stirn und lässt seinen Blick auf den Boden gerichtet.

Ich warte auf eine Erklärung, bekomme aber nichts. „Du erfüllst mich nicht mit Zuversicht“, schnaufe ich. „Und ich habe noch nicht einmal mit dem Job angefangen.“

Er schüttelt den Kopf und grinst. „Tut mir leid. Ich bin sicher, du wirst einen Weg finden, ihn zu verzaubern.“

Killian Quinn verzaubern? Ich hätte größere

Chancen, Hannibal Lecter zu verzaubern. Typen wie er sind nicht an Mädchen wie mir interessiert, die noch nichts auf die Reihe bekommen haben.

Das sage ich aber nicht.

„Kommst du aus Dublin?“, frage ich, um das Thema zu wechseln. Ich habe eine Schwäche für den Dubliner Dialekt.

„Gut geraten.“ Er lächelt und durchquert den Raum, um mir näher zu kommen.

Ich nutze die Gelegenheit, um Sam dezent genauer unter die Lupe zu nehmen. Er sieht gut aus; ein stereotypisch gutaussehender irischer Mann. Seine Haut ist mit süßen Sommersprossen übersät und seine braunen Haare sind zerzaust und passen gut zu seinen strahlend blauen Augen. Ich schätze ihn auf dreißig. Er muss bei den amerikanischen Mädchen gut ankommen. Er ist viel charmanter als sein Chef.

„Dein nordirischer Akzent ist zu weich, um aus Belfast zu sein. Ich würde sagen, du kommst vom Land. Fermanagh?“, sagt er.

Ich bin beeindruckt. „Nah dran.“ Ich grinse. „Donegal. Noch weiter nördlich und du bist im Atlantik.“

Er lacht leise. „Ich war noch nie so weit im Norden.“

„Komischerweise scheinen wir mehr amerikanische Touristen zu haben als Dubliner“, sage ich. „Wie lange bist du schon in

New York?“

„Ungefähr sechs Jahre.“

Sam ist also legal hier. Natürlich ist er legal hier, wenn er für Quinn arbeitet. „Und wie lange arbeitest du schon für Killian Quinn?“

„Fünf Jahre.“

Oh. „Du musst ihn gut kennen.“

Er lacht wieder leise. „Ich bin mir nicht sicher, ob irgendjemand Mr. Quinn wirklich kennt. Außer seinem Bruder, Connor.“

„Aber du hast fünf Jahre mit dem Kerl überstanden.“ Ich mustere sein Gesicht. „Hast du irgendwelche Tipps, die mir helfen, nicht gefeuert zu werden?“

„Stell dich einfach gut mit ihm.“

Ich stöhne und lehne mich in die Couch zurück. „Das ist ein bisschen oberflächlich. Hast du etwas Konkreteres?“

Er grinst und wirft mir einen kurzen Blick zu. „Tut mir leid, Clodagh. Ich denke, wenn es einfach wäre, würde er nicht so viele Leute feuern.“

Ganz und gar nicht das, was ich hören wollte.

Es ist an der Zeit, das Bett auszuprobieren. Die Wohnzimmertür öffnet sich zum Schlafzimmer.

„Wohnst du auch hier im Haus?“, frage ich neugierig und wende mich an Sam, der hinter mir ins Schlafzimmer geschlendert ist.

Er schüttelt den Kopf. „Ich wohne ein

paar Türen weiter. Mr. Quinn besitzt mehrere Häuser in der Straße. Die meisten Mitarbeiter des Sicherheitsdienstes wohnen in der Nähe." Unsere Blicke treffen sich. „Ich bin in der Nähe, wenn du mich brauchst."

Das beruhigt mich nicht. Zu mehreren ist man sicherer. „Warum wohne ich dann hier und nicht bei den anderen Mitarbeitern? Warum bin ich die Einzige?" Ich lasse mich auf das Bett sinken und teste die Matratze. Ich werde schlafen wie eine Tote.

Er sieht mir zu, wie ich auf und ab hüpfe, dann wendet er verlegen den Blick ab. „Du räumst auf und kochst für ihn und Teagan. Wenn Teagan etwas will"– er macht eine Pause – *„egal was*, dann musst du nah genug sein, um zu springen."

Ich erstarre mitten im Hüpfen. Teagan klingt verwöhnt. „Sie ist ein bisschen zu alt für ein Kindermädchen." Wenn ich daran denke, was ich mit zwölf Jahren gemacht habe ... *du lieber Himmel.*

„Milliardäre denken anders." Er nickt in Richtung des Handbuchs, das ich auf das Bett fallen lassen habe, und grinst. „Ich bin mir sicher, dass Mrs. Dalton alles in diesem Handbuch abgedeckt hat. Ich mache mich besser auf den Weg. Schlaf gut, Clodagh." Ein Lächeln umspielt seine Lippen, als er von der Wand wegtritt. „Du wirst den Schlaf brauchen."

„Kein Scheiß." Meine Finger verkrampfen sich um das Handbuch. „Warum steht er so früh auf?"

Er zuckt mit den Schultern. „Man wird kein Milliardär, indem man ausschläft."

„Ich dachte, deshalb wird man überhaupt nur Milliardär", murmle ich.

Sam lässt mich allein, damit ich mich einrichten kann. Mit einrichten meine ich, dass ich fünf Minuten damit verbringe, meine kleine Tasche mit Klamotten in einen Schrank zu räumen.

Dann lasse ich mich mit der Nase zuerst auf das Bett fallen, schlage mit Händen und Beinen um mich und stoße ein tiefes, kehliges *„Juhu" aus.*

Das gibt es doch nicht. In der Fifth Avenue zu wohnen, kann man sich nicht leisten, ohne eine Million Nullen auf dem Bankkonto zu haben. Das ist ein Hirngespinst.

Ich rolle mich auf den Rücken und stoße einen langen, verträumten Seufzer aus, während ich die Decke anstarre. Ich kann mich in diesem Bett wie ein Seestern hinlegen und meine Füße und Arme reichen nicht bis zu den Seiten. Die Matratze fühlt sich an, als würde ich in einem warmen Bad schweben. Vielleicht ist das der Grund, warum Quinn so früh aufstehen kann.

Ja, ich bin die angeheuerte Hilfe für drei

Monate, und dann bin ich wieder in demselben beschissenen Szenario ohne Visum ...

Aber jetzt bin ich hier.

Ich könnte voll bekleidet auf der Decke einschlafen ... nur dass das Licht über mir von dem laminierten Heft reflektiert wird.

Das Wichtigste zuerst, erst die Arbeit, dann das Vergnügen. Ich stütze mich auf den üppigen Kissen ab, schlage die erste Seite auf und mir wird übel.

Das verdammte Ding ist umfangreich wie die Bibel. Dafür werde ich die ganze Nacht brauchen. Bei digitalen Texten kann ich wenigstens Text-to-Speech oder meine Software benutzen, aber bei gedruckten Texten kann ich die Dinge nicht so leicht verarbeiten. Ich muss es ungefähr dreimal lesen, ehe ich es richtig verstehe.

Die Abstände zwischen den Wörtern sind zu eng. Ich hasse die Schriftart. *Überall* sind Unterstreichungen und Kursivschrift. Deshalb *hasse* ich es, gedruckte Exemplare zu lesen. Die meisten von ihnen sind nicht legasteniefreundlich.

Mein Lesestift ist besser für kleine Textmengen geeignet, nicht für Romane in voller Länge wie dieses Ungetüm. Er liest zwar Zeile für Zeile vor, aber das dauert ewig.

Beim Durchblättern sehe ich jede Menge Text, der von Bildern unterbrochen ist. Hat Quinn seine Haushälterin, Mrs. Dalton, wirklich dazu gebracht, dieses lächerlich detaillierte Handbuch für die Reinigung seines Hauses zu erstellen?

Vielleicht sind es alles Lügen. Ich werde an einem Friedhof in der Nähe des Central Parks vorbeigehen und ein Grab mit der Aufschrift *Mrs. Dalton* entdecken, die zwei Tage vor meiner Ankunft verstorben ist.

Das Handbuch ist in verschiedene Abschnitte gegliedert – Arbeitswochenplan, detaillierte Hauseinteilung, Ernährungsbedürfnisse, Gesundheit und Sicherheit, Schutzmaßnahmen und Notfallkontakte.

Ich blättere zurück zum ersten Abschnitt mit der Überschrift „Der Wochenplan der Familie Quinn".

Montag. Quinn steht um 5 Uhr morgens auf und erwartet, dass sein Protein-Smoothie und sein Kaffee auf ihn warten, ehe er Laufen geht. Sein eiweißreiches Frühstück muss bis 6 Uhr zubereitet sein. Um 6:30 Uhr geht er zur Arbeit.

5 Uhr morgens. Wie ätzend.

Ich fahre ein paar Mal mit dem Stift darüber, in der Hoffnung, dass er defekt ist.

Ich stehe nur dann um 5 Uhr morgens auf, wenn ich mich auf einen frühen Walk of Shame begebe oder einen Flug erwischen muss. Montage sind auch ohne unnötige zusätzliche Qualen hart genug. Die Gehirne von Milliardären müssen anders verdrahtet sein als die von normalen arbeitenden Menschen.

Teagan wacht um 7 Uhr auf, und ich muss das Frühstück um 7:20 Uhr fertig haben, damit sie um 7:45 Uhr losfahren kann. Ich bereite eine gesunde Snackbox für sie vor, die sie mit in die Schule nehmen kann.

Vater und Tochter sehen sich also nicht einmal morgens.

Langsam überfliege ich die seitenlangen, detaillierten Pläne für die Familie Quinn.

Alles ist bis ins kleinste Detail geplant. Jedes Frühstück, jedes Abendessen, jeder Abend, jede Aktivität.

Teagan hat so viele außerschulische Aktivitäten, dass ich sie kaum beaufsichtigen muss. Ich muss dafür sorgen, dass sie ihre Hausaufgaben vor dem Abendessen macht und sie kontrollieren, wenn sie fertig ist. Unsinn. Ich war schon beim ersten Mal in der Schule nicht besonders gut.

Was ist mit den Tagen, an denen Quinn zu viel getrunken hat und ihm der Kopf platzt? Oder wenn es draußen in Strömen regnet und er nicht bereit ist, einen Lauf zu wagen?

Solche Tage gibt es nicht. Zumindest nicht auf dem Papier.

Teagan übernachtet an manchen Dienstagabenden bei ihrer Großmutter, wenn Mr. Quinn möglicherweise weibliche Gäste zu Besuch hat. Klingt wie eine Transaktion.

Wenn Mr. Quinns Gäste zu Besuch sind, wird

Diskretion erwartet.

„Mein Gott", sage ich laut und blinzle. Alles ist für Quinn vorbereitet, sogar der Sex. Ist er jemals spontan?

Ich frage mich, wie seine Dienstags-Freundinnen so sind. Wahrscheinlich sind es hochrangige Führungskräfte, die nur einmal in der Woche Zeit für Sex haben. Wie die schöne Frau, mit der er im Hotel war.

Die Kreditkarte des Unternehmens wird für alle Einkäufe verwendet. Hausangestellte haben ein persönliches Taschengeld von 1500 USD pro Woche für Essen, Kleidung und Unterhaltung. Jede Erhöhung muss von Mr. Quinn genehmigt werden.

Ich lese es noch einmal.

Und noch einmal.

Dann plumpse ich auf die Matratze und schlage mit den Beinen auf dem Bett um mich, als ob ich Rückenschwimmen würde.

Das Geräusch, das aus mir herausbricht, ist pure, rohe Hysterie.

Beim nächsten Abschnitt fallen mir wirklich die Augen aus dem Kopf.

Tabubereiche.

Die folgenden Bereiche dürfen nicht betreten werden, es sei denn, man hat eine ausdrückliche Erlaubnis von Mr. Quinn. Die verbotenen Bereiche sind auf dem Grundrissplan rot markiert.

Natürlich hat sie auch einen Grundriss mit roten Kreisen eingefügt. Ich fühle mich, als würde ich einen Masterstudiengang zur Gouvernante machen.

Schränke in seinem Büro. Sein Nachttisch. Der Dachboden.

Sie hätte diesen Abschnitt nicht einfügen sollen. Ich kann jetzt an nichts anderes mehr denken.

Was versteckt Quinn auf dem Dachboden? Was für ein perfekter Horrorfilm. Das Kinderhausmädchen erstellt ein Handbuch mit kryptischen Hilfetexten. Das neue Hausmädchen findet ihre Leiche auf dem Dachboden.

Ich stoße einen langen Atemzug aus.

Das ist nicht förderlich.

Die Wanduhr schlägt elf Uhr und lässt mich aufschrecken. Mein Wecker klingelt in fünf Stunden. Ich gebe mir morgen früh mehr Zeit, bevor Quinn aufwacht. Bisher habe ich nur einen kleinen Teil des Handbuchs durchgearbeitet. Die Leute begreifen nicht, dass mein Gehirn manchmal doppelt so hart arbeiten muss und das ist anstrengend.

Als ich auf die Uhr schaue, fühle ich mich plötzlich unsicher.

Ich lebe in einem Stadthaus im Zentrum von New York mit dem absolut attraktivsten Mann, den ich je gesehen habe, und meine Lebensmittel und Rechnungen werden bezahlt. Legal in Manhattan zu leben, ist mein Traum.

Doch in Queens befinde ich mich in meiner

Komfortzone. Ich arbeite in der Bar, wohne mit Orla zusammen, unterrichte Yoga im Park und esse Bagels mit der tollen knusprigen Kruste und viel Frischkäse von Tony's. Dort gibt es immer „craic". Spaß.

Quinn versetzt mich in höchste Alarmbereitschaft, sodass ich jederzeit bereit bin, mir in die Hose zu machen. Oder sie anders feucht zu machen.

Es ist eine komische Vorstellung, dass er ein paar Stockwerke über mir ist. Seine Tochter muss auch im Bett sein.

Ich starre die Decke an und versuche mich dazu zu zwingen einzuschlafen. Ich frage mich, ob Quinn im Bett liegt und das Gleiche tut.

Sein Bett sieht auf dem Grundriss riesig aus. Kein Wunder, wenn man bedenkt, wie groß der Körper ist, den es beherbergen muss. So unwohl ich mich auch fühlte, als ich ihn kennengelernt habe, konnte ich nicht umhin zu bemerken, wie sein T-Shirt über seinem Oberkörper spannte.

Wahrscheinlich liegt er gerade nackt auf seinem Bett ausgestreckt. Fällt es einem Mann wie ihm leicht einzuschlafen? Vielleicht holt er sich einen runter, damit er müde wird.

Vielleicht holt er sich jetzt gerade einen runter.

Warum muss ich *daran* denken? Solche Gedanken sind nicht gerade förderlich.

Aber es ist schwer, es nicht zu tun.

Wenn ich die Augen schließe, denke ich die ganze Zeit an Killian Quinns missbilligenden Blick, der mich streift, das Raue in seiner markanten Stimme, den eisigen Stahl in seinen Augen …

Miss Kelly.

Meine Hände gleiten unter den Spitzenrand meines Höschens.

Taut er jemals auf? Ich wette, sein Orgasmusgesicht sieht wütend aus.

Nein, an das finstere Gesicht meines Chefs zu denken, während er auf mir liegt, ist *nicht* gerade förderlich.

8

Clodagh

Dies ist *nicht* die Stadt, die niemals schläft. Die einzigen beiden Menschen, die wach sind, sind Quinn und ich. Der Rest Manhattans schläft.

Im Handbuch wurde keine Kleiderordnung erwähnt. Ich hätte erwartet, dass ein Kontrollfreak wie Quinn Uniformvorschriften hat, wie ein viktorianisches Hausmädchen-Outfit mit Schürze.

Vielleicht bin ich zu hart, aber es ist schwer, diesen Kerl nicht zu verfluchen, nachdem ich zwanzig Minuten lang mit einer schicken Kaffeemaschine mit dreißig verschiedenen Einstellungen gerungen habe, während es draußen noch stockdunkel ist.

„Arschloch", fauche ich die blöde Maschine an. Sie gurgelt als Antwort laut und trotzig.

Ich stoße einen besiegten Atemzug aus. Ich könnte weinen. Ich habe bei der ersten Aufgabe versagt. Kaffee kochen.

„Morgen", ertönt es rau von hinten. „Ich

hoffe, das war nicht an mich gerichtet."

„Mr. Quinn!", quieke ich und erschrecke mich fast zu Tode. Ich drehe mich zu ihm um und spüre, wie mir das Blut ins Gesicht schießt. Warum bin ich nur so verdammt nervös? Ich weiß, dass er hier wohnt, um Himmels willen.

Es ist nur ...

Seine Gestalt füllt die Türöffnung aus und versperrt die Sauerstoffzufuhr zu der Küche.

Eine graue Baumwoll-Jogginghose und ein weißes T-Shirt schmiegen sich um seine harten Kanten und Muskeln. Seine Haare sind zerzaust und sehen aus, als wäre er eben erst aus dem Bett gestiegen, und er hat eine leichte Knitterfalte vom Schlafen im Gesicht.

Die Jogginghose sitzt *viel* zu tief und ich bin mir nicht sicher, ob ihm das klar ist oder ob es ihm scheißegal ist.

5 Uhr morgens zu zweit fühlt sich langsam sehr intim an.

„Guten Morgen", zwitschere ich mit einem geschäftsmäßigen Nicken. Zu gezwungen.

Sein strenger Blick fällt auf mich. Ehe er die Tür versperrt hat, fühlte sich die Küche luftig an. Nun fühle ich mich von seinem bedeutsamen Blick niedergedrückt, während er mein Unterhemd und meine Leggings begutachtet.

Ich hätte die Tattoos bedecken sollen. Er kann sie nicht leiden.

„Gibt es ein Problem?", knurrt er. Ein

richtiges *Knurren.* Vielleicht sind seine Stimmbänder noch nicht aufgewacht.

Ich schlucke heftig. „Nein. Sie bekommen gleich einen Kaffee. Im Handbuch stand nichts von einer Kleiderordnung“, sage ich verlegen. „Ich dachte, es wäre am besten, bequeme Kleidung zu tragen, um leicht saubermachen zu können. Sie wissen schon, damit man sich bücken und an die schwer zugänglichen Stellen kommen kann.“ Ich lache nervös. „Ich kann auch ein Hausmädchen-Outfit tragen, wenn Ihnen das lieber ist.“

Das erregt seine Aufmerksamkeit. Etwas blitzt in seinem sonst so unleserlichen Gesicht auf. „Du musst dich nicht wie ein Dienstmädchen anziehen. Zieh an, was bequem ist.“ Sein Blick wandert über mich. „Aber bedecke deine Tattoos vor meiner Tochter. Ich will nicht, dass sie auf dumme Gedanken kommt.“

„Natürlich.“ Was für ein Griesgram. „Setzen Sie sich und machen Sie es sich bequem.“

Es ist wahrscheinlich nicht der beste Zeitpunkt, um zuzugeben, dass eines meiner Tattoos *möglicherweise* ein türkisches Mafia-Tattoo ist, das bestimmte Häftlinge tragen. Der Mann in der Strandkabine sagte mir, dass es auf Türkisch *Loyalität* bedeutet. Es stellte sich heraus, dass es Loyalität gegenüber einer bestimmten türkischen kriminellen Organisation bedeutet.

Quinn nimmt auf einem Barhocker an der Kücheninsel Platz. Ich stelle den grünen Protein-Smoothie mit unnötiger Kraft auf den Tresen und schiebe ihn zu ihm hinüber. Ich will ihm nicht zu nahekommen, falls er Angst riechen kann.

„Slainté!"

Ich weiß nicht, warum ich das gesagt habe. Es bedeutet „Prost" auf Gälisch. Es ist eines der wenigen Wörter, an die ich mich aus der Schule erinnere.

Er ignoriert mich und nimmt das Glas. Während er schluckt, wippt der markante Adamsapfel in der breiten Spalte seines Halses auf und ab. Er trinkt den Smoothie in einem Zug aus. Beeindruckend, wenn man bedenkt, dass ich eine Tüte Spinat und Mandeln verflüssigt habe. Er knallt sein Glas auf den Tresen und widmet sich seinem Handy.

„War er okay?", frage ich.

Ich fasse sein Grunzen als Zustimmung auf und wende mich wieder der kompliziertesten Maschine der Welt zu.

Aufgeregt lese ich *noch einmal* die Anleitung und füge einen weiteren Siebträger mit Kaffeebohnen und Wasser hinzu. Das ist Versuch Nummer sechs, vielleicht auch sieben, aber ich will meinen Lesestift nicht vor Quinn zücken.

Dieser Kaffee sieht gut aus. Besser als die letzten paar Versuche. Ich würde ihn heimlich probieren, wenn er nicht hinter mir sitzen würde. Stattdessen drehe ich mich um und stelle die Tasse vor ihm ab.

Er sieht nicht auf. Seine dunklen Augenbrauen ziehen sich zusammen, als er etwas auf seinem Handy liest, das ihn wütend macht.

Ich beobachte, wie er die Kaffeetasse an seine Lippen hebt und einen Schluck nimmt. Unsere Blicke treffen sich, als er die Tasse mit einem dumpfen Geräusch abstellt.

Ich lächle. „Wie ist er?“

„Der schlechteste Kaffee, den ich je getrunken habe“, schimpft er.

Ich warte darauf, dass er mein Lächeln erwidert.

Als er das nicht tut, weiten sich meine Augen vor Entsetzen und mein Lächeln erstirbt.

Er atmet geräuschvoll aus und rutscht vom Barhocker. „Mir ist egal, was du anziehst, aber du musst wissen, wie man anständigen Kaffee macht.“

„Tut mir leid“, sage ich beschämt, als er neben der Maschine über mir aufragt. „Ich kenne dieses Modell nicht.“

„Ist mir aufgefallen.“ Er ist so nah, dass unsere Schultern aneinanderreiben. Es war sicherer, als wir die Marmorinsel zwischen uns hatten. Der Mann strahlt zu viel Männlichkeit aus. Mir bleibt der Atem in der Kehle stecken und ich hoffe, dass er es nicht bemerkt. „Pass auf."

Ich bin mir meines eigenen Atems zutiefst bewusst, während ich ihn dabei beobachte, wie er Wasser nachkippt und den Siebträger füllt.

„Die Einstellung der Mahlkonsistenz ist das Geheimnis."

Sein warmer Unterarm streift erneut meinen und schickt einen Ruck der Spannung durch meinen Körper. Wollte er das tun? Er hat die Unterarme, um Holz zu hacken. Oder um aggressiv zu fingern. Beides ist gleichermaßen sexy.

Ich nicke und versuche, nicht die Hitze zu spüren, die von seinem Körper ausgeht. Ich glaube, ich weiß, was ich falsch mache, aber es ist schwer, sich zu konzentrieren, wenn er aus der Kunst des Kaffeekochens etwas Sexuelles macht. Wie er mit dieser tiefen, heiseren Stimme vom Mahlen redet und dabei versehentlich meinen Arm mit seinem streift.

Ich versuche, seine Worte zu verinnerlichen. Es ist eine Kaffeemaschine, um Himmels willen. Ich kann damit umgehen.

Aber seine Augen, so blau und stürmisch wie der Atlantik, lenken mich ab. Nun bin ich also Dichterin.

„Der Mahlgrad bestimmt die Intensität. Wenn man zu lange mahlt, werden die Bohnen zu fein gemahlen, und der Kaffee wird bitter."

Aus der Nähe sehe ich, dass er eine

Narbe hat, die sich durch eine seiner dichten Augenbrauen zieht.

„Hörst du mir zu?“ Er starrt mich finster an, als hätte ich die Aufmerksamkeitsspanne einer Fliege.

Kann er meine Gedanken lesen?

„Ja“, sage ich hastig und nicke. „Richtig mahlen. Verstanden.“

Unbeeindruckt heben sich seine Augenbrauen, als er sich zu mir umdreht. Ich beobachte, wie er den Kaffee an seine Lippen führt und einen Schluck trinkt. Dann hält er ihn mir unter die Nase. „Riech mal.“

Ich beuge mich vor und schnuppere intensiv. Mmm, der Duft eines echten Mannes. Er hat noch nicht geduscht. Meine Periode ist fällig. Das letzte Mal, als ich meine Periodenhormone die Entscheidungen treffen ließ, ist das mit Liam passiert.

„Nun probiere ihn.“

Er reicht mir die Tasse nicht. Stattdessen hält er sie an meine Lippen.

Als ich einen Schluck trinke, wandert sein Blick zu meinen Lippen und bringt meinen Puls zum Rasen. Er ist stärker, als ich meinen Kaffee normalerweise trinke. „Spuren ... von ... Nuss“, schwafle ich, während ich mir Tropfen vom Kinn wische.

„Das musst du jeden Morgen machen. Meinst du, du schaffst das?“

„Alles klar, *Sir*“, antworte ich mit einem

Unterton in der Stimme, ehe ich mich bremsen kann.

Er wirft einen Blick auf seine Uhr und kippt dann den Kaffee hinunter. Mit einer raschen Bewegung zieht er sein Shirt aus und wirft es auf den Barhocker, sodass er nur noch in seiner tiefsitzenden Jogginghose dasteht.

Ich huste, um das erstickte Geräusch in meiner Kehle zu unterdrücken und versuche, meinen Blick abzuwenden.

Der Typ hat einen riesigen Schwanz. Ich *weiß* es einfach. Das markante V kann nicht auf einen winzigen Penis deuten. Wozu sollte das gut sein?

Nur kann ich meinen Blick nicht abwenden, denn ich bin eine warmblütige Frau und nicht einmal wilde irische Pferde könnten meine Augen nun vom Kurs bringen.

Der steife Killian Quinn hat ein Brusttattoo. Ein graues, sexy keltisches Brusttattoo.

Meine Eierstöcke erwachen zum Leben wie Leuchtfeuer, die ein SOS aussenden. Mein Blut ist kochend heiß.

Ich kann es nicht ... Ich kann es einfach nicht gut sein lassen. „Sie haben ein Tattoo. Ich dachte ...“

Er stößt einen langen Atemzug aus. „Wenn meine Tochter eine attraktive junge Frau mit Tattoos sieht, werde ich die nächsten zwei Jahre damit genervt, warum sie keine haben darf.“

Attraktive junge Frau. Meine Kehle wird trocken. „Oh."

„Ich gehe jetzt joggen. Wir sehen uns in fünfundvierzig Minuten."

Ich nicke wie ein Roboter. Tolle Idee. Hau ab, Mann, hau ab!

„Hast du nicht etwas vergessen?" Er sieht mich direkt an, während er seinen muskulösen Arm über den Kopf streckt und mir so den Blick auf seine Achselhaare freigibt. Abwechselnd streckt er seine Arme aus und beugt sie. So sieht die Achselhöhle eines echten Mannes aus.

Japp, meine Hormone haben die Kontrolle.

Ich blinzle, verwirrt über die Frage, die mir gestellt wird und die Show vor mir. Haben sie miteinander zu tun? „Ähmm ..."

Seine Hände stützen sich auf seine Hüften. „Du musst jeden Morgen mit mir abklären, ob es zusätzliche Aufgaben zu erledigen gibt."

„Oh!" Mist. Mrs. Dalton hatte das fett geschrieben. „Tut mir leid, natürlich. Gibt es heute welche?"

Er runzelt die Stirn. „Mein Smoking muss vor der Gala in die Reinigung. Sprich mit meiner Assistentin darüber, zwei zusätzliche Karten zu organisieren." Er hält inne. „Oh, und frag beim Sicherheitsdienst nach, ob Stephen heute kommt. Achte darauf, dass du zur Verfügung stehst, falls er dich braucht."

Meine Augen weiten sich. Gala? Wann? Stephen, wer sind Sie, und was wollen Sie von mir?

Ich öffne meinen Mund, schließe ihn aber wieder, als mir klar wird, dass seine Anweisungen nicht für eine Klarstellung offen sind. Ich danke Gott für Mrs. Daltons Auge fürs Detail. „Natürlich."

Quinn steckt sich die Ohrstöpsel in die Ohren, stakst aus der Küche, und ich stöhne erleichtert auf. Es ist kaum nach fünf Uhr und meine Nerven liegen blank.

Mir ist gerade aufgefallen, dass der Typ nicht gelächelt hat. Kein einziges Mal.

Das ist zutiefst anstrengend. Wie hat Jane Eyre das geschafft?

Wie im Handbuch beschrieben, kommt Quinn um fünf Uhr fünfundvierzig von seinem Lauf zurück und wie durch ein Wunder habe ich sein proteinreiches Frühstück bestehend aus pochierten Eiern, Brokkoli und Vollkorntoast fertig. Der Mann isst schon vor sechs Uhr Brokkoli, während der Rest von uns sich abmüht, seine 5 Portionen Gemüse am Tag zu sich zu nehmen.

Ich werde von einem frisch geduschten Quinn begrüßt, der eine dunkelblaue Hose und ein weißes Hemd trägt und in der einen Hand einen Laptop und in der anderen eine Krawatte hat. Sein Haar ist nass und zerzaust.

Verdammt!

„Hi." Er nimmt an der Kücheninsel Platz und legt die Krawatte auf dem Tresen ab.

„Hi", gebe ich leise zurück. „Guter Lauf?"

Er blickt kurz auf, ehe er seinen Laptop aufklappt. „Ja." Das war's dann auch schon.

Ich halte den Atem an, als er die ersten Bissen seines Frühstücks hinunterschluckt und warte darauf, dass er mich zurechtweist.

Nach einem Moment nickt er unwirsch in meine Richtung. „Es ist anders als Mrs. Daltons."

Das kann man schon beinahe ein Kompliment nennen. Ich lasse meinen Atem los. Gott sei Dank. Ich wusste, dass ich gute Eier mache.

Er isst sein Frühstück, während er tippt. Er steckt sich Ohrstöpsel in die Ohren, um mir mitzuteilen, dass unser Gespräch beendet ist. Vielleicht macht er höchst wichtige Milliardärssachen. Vielleicht ist er aber auch schlicht ein Arschloch.

Ich drehe mich um, um die Spülmaschine einzuräumen.

„Oliver", knurrt er laut hinter mir, wodurch ich zusammenzucke. „Wie weit sind wir mit den Ausschreibungsunterlagen für den Standort Vegas?"

Sechs Uhr an einem Montagmorgen, und der Typ redet schon über Geschäftliches.

Er bellt hinter mir Forderungen an Oliver, während ich die Spülmaschine so leise wie möglich einräume.

Als ich mich umdrehe, um seinen schmutzigen Teller zu nehmen, ist sein Blick mit einem tiefen Stirnrunzeln auf meine untere Hälfte gerichtet.

Er schaut mir definitiv auf den Hintern.

Ich habe einen großen Hintern für meine Größe. Wenn ich ein weiblicher Pavian wäre, würde man mich anhimmeln. Mir wurde gesagt, dass er anständig ist. Er ist nicht supermodelhaft, aber er ist rund und voll, und es gab noch keine Beschwerden.

Als er mir in die Augen schaut, starrt er mich finster an, als hätte *ich* etwas Falsches getan.

Ich wende mich wieder dem Geschirrspüler zu und spanne meine Pobacken an.

Ich wünschte, er würde gehen, damit ich richtig durchatmen kann. Diese seltsame Spannung ist erdrückend.

Hinter mir klappt der Laptop zu, und er räuspert sich. „Ich gehe jetzt zur Arbeit, also werde ich nicht hier sein, um dir Teagan vorzustellen." Er hält inne, als ich mich zu ihm umdrehe.

„Sie erwartet dich", fügt er in einem leiseren Tonfall hinzu, der andeutet, dass er sich bewusst ist, dass er ein Arschloch ist, weil er nicht zur Begrüßung bleibt. „Ich gehe früh zur Arbeit, damit ich nach Hause kommen und mit ihr zu Abend essen kann. Achte darauf, dass sie ihre Hausaufgaben macht. Und halte sie von ihrem verdammten Handy fern."

Er wartet nicht auf meine Antwort. Ich sehe zu, wie er mit offener Krawatte davongeht und mich allein in der Küche zurücklässt. Eine Fremde zieht ein und er kann seinen Zeitplan nicht einmal für einen Morgen ändern, um ihr seine Tochter vorzustellen?

Mein Puls beschleunigt sich, als ich Schritte in der Küche höre. Ich bin aufgeregt, seine Tochter kennenzulernen. Dreizehn zu werden ist das seltsame Alter, in dem Schwärme, Pubertät und der Hass auf die Welt aufeinandertreffen und eine emotionale Achterbahn der Angst verursachen.

Das Mädchen, das die Küche betritt, hat die Gene ihres Vaters geerbt. Im Gegensatz zu ihm hat sie feuerrotes Haar, ähnlich meinem. Hatte ihre Mutter rote Haare?

Sie trägt einen rot karierten Rock, der ihr bis zu den Knien reicht, mit einer Krawatte und knielangen Socken. Ich hätte die Hölle auf Erden ausgerufen, wenn ich das in ihrem Alter hätte tragen müssen.

Der einzige Hauch von Rebellion ist der schwarze Eyeliner.

„Hi, Teagan." Ich strahle sie an. „Ich

bin Clodagh. Ich freue mich sehr, dich kennenzulernen."

Sie beäugt mich misstrauisch. Noch etwas, das sie mit ihrem Vater gemeinsam hat. „Hi."

Weiß sie, wer ich bin? „Ich bin das neue Kinderhausmädchen. Ich meine die neue Hausangestellte", verkünde ich zur Klarstellung.

Sie verdreht ihre Augen so weit in den Kopf, dass ihre Pupillen in den hinteren Augenhöhlen zu verschwinden drohen. „Das weiß ich."

Ich stelle das Frühstück vor ihr ab. „Ich hoffe, es schmeckt dir so. Sag mir einfach, wenn nicht."

„Danke."

Gerade als ich etwas sagen will, holt Teagan ihr Handy heraus und scrollt mit einer Hand darauf herum, während sie mit der anderen ihr Essen auf dem Teller herumschiebt.

Ich lehne mich unruhig an die Spüle und wünschte, Mrs. Dalton hätte Anweisungen für den Umgang mit einem launischen Vater-Tochter-Duo hinzugefügt. Ich soll dafür sorgen, dass sie nicht am Handy ist, glaube aber nicht, dass es klug wäre, unsere gemeinsame Zeit damit zu beginnen, sie zu schelten.

„Du gehst also auf die Upper East Side Ladies' Academy?" Klingt nobel.

Ihr Blick flackert für einen Moment nach oben. „Ja."

„Gefällt es dir?“

„Es ist okay.“ Sie schenkt mir ein angestrengtes Lächeln, ehe sie sich wieder ihrem Handy widmet.

Das ist doch nicht richtig. Wie kann sie sich nicht mit einer Fremden unterhalten wollen, die bei ihr eingezogen ist?

Ich bleibe hartnäckig. Früher oder später werde ich auf eine Gemeinsamkeit stoßen. „Im Handbuch steht, dass du Ballett machst. Das wollte ich schon immer mal ausprobieren. Es klingt nach Spaß.“

„Wenn im Handbuch steht, dass es Spaß macht, muss es wohl so sein“, höhnt sie.

„Als ich in der Schule war, war das keine Option“, füge ich fröhlich hinzu und ignoriere ihre Stichelei. „Vielleicht kannst du mir ein paar Moves zeigen.“

Sie wirft mir einen seltsamen Blick zu. „Klar.“

„Ich gebe in meiner Freizeit Yogakurse“, fahre ich fort. „Das soll super für Balletttänzer sein.“

Meine neue Mitbewohnerin antwortet nicht.

Ich führe Selbstgespräche. Die Familie Quinn ist von ihrer neuen Untermieterin genauso begeistert wie von einer Spinne an der Wand.

Während Teagan ihr Frühstück isst und an ihrem Handy klebt, gehe ich im Kopf meine täglichen Aufgaben durch.

In zwanzig Minuten wird sie von einem Fahrer und einem Sicherheitsmann zur Schule gebracht. Das klingt furchtbar. Als ich so alt war wie sie, war das Quatschen mit Orla im Schulbus der beste Teil meines Tages.

Das wird eine harte Nuss, die es zu knacken gilt.

9

Killian

„Die Mareks sind eingeknickt“, sagt Connor vom anderen Ende des Tisches im Sitzungssaal und blickt mit triumphierendem Glänzen in den Augen von seinem Laptop auf. „Ihr Anwalt hat vor fünf Minuten eine E-Mail geschickt.“

Ich lehne mich in meinem Stuhl zurück und bewundere durch das Fenster die Skyline von New York City. Siebzig Stockwerke hoch ist mein privater Sitzungssaal und der einzige Ort, an dem ich dieser Tage die Sonne genießen kann. „Ich bin froh, dass sie zu Verstand gekommen sind.“

„Ich gebe den Bauunternehmern grünes Licht für den Abriss. Wenn der Wind günstig steht, werden wir das Fundament des Kasinos noch vor Weihnachten fertigstellen.“

Ich nicke zustimmend. „Sind wir fertig?“

„Jepp.“ Er schaukelt in seinem Stuhl zurück, während er seine Schulter rotiert. „Gerade rechtzeitig für meine Massage. Bist du sicher, dass du keine möchtest? Vielleicht kann sie dir helfen, dich ein bisschen zu entspannen, du weißt schon, dir den Stock aus dem Hintern zu ziehen. Das brauchst du, ehe du mit dem Bürgermeister plauderst."

Ich ignoriere ihn, klappe meinen Laptop auf und klicke auf die Haussicherheits-App.

Der Bildschirm meines Laptops leuchtet auf und zeigt alle Räume in meinem Haus an. Aus den Lautsprechern des Laptops ertönt ein sanfter irischer Frauengesang. Ich suche, in welchem Zimmer, sie ist.

„Da fällt mir ein ... bringen wir auch Dates zu diesem Plauderabend mit?"

Es dauert eine Minute, bis ich seine Frage registriere. Abendessen mit dem Bürgermeister wegen der Kasinoentwicklung in Brooklyn. Ich bin der Gastgeber, damit wir offen darüber reden können, was der alte Mann braucht, um die bürokratischen Einschränkungen, die uns der Stadtrat bezüglich des Designs auferlegt hat, zu reduzieren.

„Das kommt darauf an." Ich blicke zu Connor auf. „Wenn du eine Frau mitbringst, die für den *Playboy* modelt, dann nicht."

„Wäre es dir lieber, wenn ich eine mit Perlen und in Strickjacke mitbringe?", fragt er gedehnt.

„Eine, die dich nicht am Esstisch betatscht, wäre nett. Der Bürgermeister bringt seine Frau mit."

„Du verlangst viel von der Dame." Er grinst und verschränkt die Arme vor der Brust. „Und wen bringst *du* mit?"

„Maria Taylor."

Connor brummt zustimmend.

Die Begegnung mit Maria war eine überraschende Wendung. Zum ersten Mal seit langer Zeit habe ich vielleicht eine Frau gefunden, bei der mein Interesse von Dauer ist. Sie hat eine Ivy-League-Ausbildung und ist ein absoluter Hingucker.

„Schön. Sie passt gut zu dir. Vielleicht ziehst du ja etwas Ernstes in Betracht."

„Diesmal geht es eher um das Geschäft als um das Vergnügen. Sie ist mit der Frau des Bürgermeisters befreundet." Obwohl ich überlege, mich mit Maria auf etwas Ernstes einzulassen. Es ist schon lange her, dass ich etwas Intimeres als Sex hatte. In letzter Zeit habe ich das Gefühl, dass es vielleicht an der Zeit ist, es wieder zu versuchen.

„Gute Idee." Er zieht die Augenbrauen zusammen. „Was ist das für ein Geräusch?"

„Ich sehe nach, was die neue Mrs. Dalton macht", sage ich grimmig und vergrößere den Raum, in dem sich etwas bewegt.

Meine Hand erstarrt über der Maus.

Mein Schlafzimmer.

Connor beugt sich vor und schließt meinen Laptop an den Projektor im Sitzungssaal an, sodass Clodagh in voller Größe auf der Leinwand erscheint.

Ich versteife mich.

Sie steht mit dem Rücken zur Kamera in meinem Schlafzimmer. Sie trägt Shorts, die so winzig sind, dass sie auch als Unterwäsche durchgehen könnten, und dasselbe weiße Tank-Top, das sie schon heute Morgen trug. Ihre roten Haare sind zu einem lockeren Pferdeschwanz zusammengebunden und auf ihrem Rücken glänzt Schweiß, während sie sich um mein Bett bewegt und die Kissen zurechtrückt.

Sie halbnackt in meinem Schlafzimmer zu sehen, geht mir genauso unter die Haut wie dieser feminine irische Dialekt, der jeden Satz musikalisch klingen lässt.

„*Das* ist die neue Mrs. Dalton?"

„Ja", sage ich leise.

Mit dem Rücken zu uns blättert sie etwas auf dem Bett durch und murmelt vor sich hin. Ah, das Handbuch.

Connor beugt sich vor, um einen genaueren Blick zu erhaschen. „Nette Tattoos auf ihrem Arm. Sieht sie von vorne genauso gut aus wie von hinten?"

Ja. Besser.

„Du solltest dir einen Streaming-Dienst besorgen. Es gibt eine Menge erstklassiger Kindermädchenpornos. Da ist das Risiko einer Klage ist geringer."

„Halt die Klappe. Sie ist eine Angestellte“, murmle ich und lasse Clodagh nicht aus den Augen. „Mir ist scheißegal, wie sie aussieht. Ich bezahle sie dafür, dass sie auf meine Tochter aufpasst und saubermacht.“ Mein Kiefer verkrampft sich. „Sie ist nicht die Richtige für den Job.“

Er lacht leise und schnappt sich die Bildschirmfernbedienung von mir. „Warum hast du sie dann nicht entlassen, wie die letzten beiden? O warte, vielleicht, weil es schön ist, wenn eine hübsche Irin die Kissen für dich aufschüttelt?“

Ich schlucke meine Verärgerung hinunter, ohne den Blick vom Bildschirm zu nehmen. Das nenne ich mal einen Hintern zum Versohlen. „Sie wurde nicht gefeuert, weil Marcus mich überzeugt hat, sie zu behalten, während er nach einer anderem sucht.“ Ich hätte sie schon dafür feuern sollen, dass sie Produkte aus meiner Hoteltoilette gestohlen hat.

Clodaghs gutturales Trällern erfüllt den Raum, als Connor die Lautstärke aufdreht.

Meine Hände verkrampfen sich um den Laptop.

Seine Augenbrauen heben sich. „Nordirin?“

„Fast. Donegal.“

„Verdammt.“ Seine Stimme kommt als leises Stöhnen heraus. „Sie klingen wütend, auch wenn sie es nicht sind. Sie kann sagen, was sie will. Ich verstehe vielleicht nicht alles, aber ich werde trotzdem zuhören.“

Mein Kiefer verkrampft sich noch mehr, als sie eine Fluchtirade loslässt, die eine ganze Galeere von Seeleuten mit Stolz erfüllen würde.

Connors Augen weiten sich, als er leise lacht. „Hat sie dich gerade ein Arschloch genannt?“

„Ja, ich glaube, das hat sie“, sage ich mit zusammengebissenen Zähnen. Und so wütend ich auch bin, zu hören, wie mich die Frau mit ihrem breiten Dialekt beleidigt, steigt etwas in meiner Brust an, das nur noch selten auftaucht.

Adrenalin.

„Fantastisch.“ Connor schwingt sich in seinem Stuhl zurück und kippt auf die beiden hinteren Beine. Ich hoffe, er verliert das Gleichgewicht. „Willst du ihr das durchgehen lassen? Ich helfe dir gerne, wenn sie gezüchtigt werden muss.“

„Klappe“, knurre ich den Klugscheißer an und entreiße ihm die Fernbedienung.

Ich will ihn gerade aus dem Sitzungssaal werfen, als Clodagh sich mit dem Handbuch in der Hand umdreht und in die Kamera schaut, ohne zu bemerken, dass wir sie beobachten.

Ihre Wangen sind gerötet. Ihre Augenbrauen sind zu einem Stirnrunzeln zusammengezogen, während sie sich den Schweiß von der Stirn wischt. An ihrer Stupsnase glänzt es silbern. Ich kneife die Augen zusammen und zoome mit der Fernbedienung heran ... was ist das?

Ein silberner Ring in Form eines Hufeisens geht durch ihre Nasenscheidewand. Sie muss ihn herausnehmen, wenn ich da bin.

Lächerlich. Wenn Teagan sich so ein Ding machen ließe, würde ich an die Decke gehen.

Ich versteife mich, als mein Blick ihren nicht einmal 1,55 m großen Körper hinunterwandert.

Sie hat die sichtbaren Bräunungsstreifen einer Touristin, die nicht weiß, wie stark die Sonne in New York sein kann.

Sie trägt keinen BH. Ihre Brust glänzt, während Schweißperlen in cremefarbenen Kurven verschwinden. Die Brustwarzen ragen durch ihr dünnes Unterhemd und zeigen kleine, feste Brüste, die meine Hände verschlingen würden. Erregung regt sich wenig hilfreich in mir.

Sie ist winzig. Ein Mann wie ich würde sie zerquetschen.

Aufgebracht fahre ich mit der Hand über meinen Kiefer. Ich habe jetzt zwei Ansichten von ihr, eine auf dem Widescreen und eine, die meinen Laptop-Bildschirm ausfüllt.

Connor pfeift leise und starrt auf den Breitbildschirm. „Nett. Das trägt sie, wenn sie dein Haus saubermacht?"

Das stand nicht in dem verdammten Handbuch. Als ich sagte, es gäbe keine

Kleiderordnung, habe ich das nicht wörtlich gemeint. Ich werde es dahingehend ändern müssen, dass sie diesen hässlichen geblümten Rock tragen muss.

Meine Hände umklammern die Fernbedienung fester, als Clodagh sich bückt, um den Staubsauger anzumachen und uns einen guten Blick auf ihre Brüste gewährt.

Connor grinst verschwörerisch. „Komisch, dass Marcus sich eine ausgesucht hat, die vor zehn Jahren dein Typ gewesen wäre. Schade, dass sie zu jung für dich ist."

„Wohl kaum", knurre ich. „Sie sieht aus wie ein verwachsener Teenager mit einem Bullenring in der Nase. Und so viel wie sie mit sich selbst redet, ist sie vollkommen verrückt."

„M-hm." Er grinst und macht mich damit noch wütender.

Das Kindermädchen mag mich vielleicht erregen, aber attraktive kleine Rothaarige gibt es in Manhattan wie Sand am Meer, und wenn ich eine wollte, könnte ich mir eine aussuchen, die ein bisschen kultivierter ist, ohne vor die eigene Haustür zu machen.

„Sie hat nicht einmal Qualifikationen als Kindermädchen. Und sie scheint keinerlei Erfahrung als Haushaltshilfe zu haben." Ich halte inne und lasse meinen Blick über ihren gesamten Körper schweifen. „Sie ist gelernte Schreinerin."

„Schreinerin? Das ist cool. Ich kenne keine

weiblichen Schreiner."

Ich muss ihm zustimmen: In ein paar Jahren und mit der richtigen Anleitung könnte Clodagh ein anständiges kleines Unternehmen haben.

Wir beobachten, wie sie den Staubsauger über den Teppich hin und her bewegt. Er macht ein knirschendes Geräusch, als würde etwas darin feststecken.

Nein ... nein ...

Ich atme scharf aus, als der Staubsauger gegen den Nachttisch knallt und das Bild von Teagan und mir umwirft.

Connor lacht bellend. Er scheint die Situation für lustiger zu halten, als sie ist. „Vielleicht solltest du deine Wertsachen ganz oben aufbewahren."

Laut fluchend stoppt sie den Staubsauger mit einem Tritt und beugt sich nach unten, um das Bild anzuheben und uns einen Blick auf ihren Hintern zu gewähren.

„Warum spionieren wir deiner heißen jungen Putzfrau nochmal hinterher? Ich könnte ihr den ganzen Tag zusehen, aber selbst ich verfüge manchmal über Moral."

„Ich überprüfe, ob sie einfache Anweisungen befolgen und sich benehmen kann. Ich traue ihr noch nicht." Ich spanne meinen Kiefer an.

Als sie das Foto zurückstellt, öffnet sich die Nachttischschublade einen Zentimeter. Unentschlossenheit flackert über ihr Gesicht.

„Tu es nicht, verdammt", knurre ich die Kamera an, als ihre Hand darüber schwebt.

Sie tut es. Unverfroren öffnet sie meine verdammte Schublade. Nur ein paar weitere Zentimeter, doch das reicht schon.

Ich drücke die Lautsprechertaste. „Was suchst du in einem Tabubereich?"

Schreie dringen aus den Lautsprechern des Sitzungssaals.

Connor und ich zucken zusammen, als sie sich in alle Richtungen dreht, um die Quelle der Stimme zu finden. Es ist Surround Sound.

Sie schließt die Schublade mit solcher Wucht, dass das Bild erneut vom Nachttisch fällt und diesmal höre ich, wie der Rahmen zerbricht.

„Was zum Teufel?", kreischt sie und ihre grünen Augen huschen panisch durch den Raum.

Connor zieht amüsiert eine Augenbraue hoch. „Ihr habt *Tabu*bereiche in eurem Haus?"

„Es ist gut, Grenzen zu setzen. Wie hier deutlich zu sehen war, kann man den Menschen nicht trauen."

Schon gar nicht einer Frau mit solch einem Hintern.

Sie läuft zur Tür, um nachzusehen, ob jemand davor steht, dann geht sie wieder in die Mitte des Zimmers und atmet tief ein. „Das ist das Haussicherheitssystem", sagt sie leise. „Er hat es so programmiert, dass es in einem

Tabubereich ausgelöst wird."

„Nein, Clodagh." Meine Stimme hallt durch das Schlafzimmer. „Das ist dein Chef."

Sie erstarrt und sieht aus, als würde sie gleich aus der Haut fahren. Ich würde wie Connor lachen, wenn ich nicht so wütend wäre.

Sie dreht sich wieder zur Schlafzimmertür, um zu sehen, ob ich da bin. Als ich nicht auftauche, fängt sie wieder an, wild in der Luft nach Kameras zu suchen. Sie kann nicht herausfinden, woher meine Stimme kommt, weil sie aus allen vier Ecken der Decke zu hören ist.

„Jetzt sieht sie langsam schon ein bisschen verrückt aus", sagt Connor.

„Sie kann dich hören. Der Lautsprecher ist an."

„Q-Quinn?", flüstert sie laut in ihrem unverwechselbaren Tonfall. „Mr. Quinn?"

„Dein erster Tag im Job und du ignorierst bereits meine Regeln."

Sie atmet scharf ein. „Beobachten Sie mich durch Kameras?"

„Ja." Ich tue mein Bestes, um zu ignorieren, wie sich ihre Brust bei jedem Atemzug hebt und senkt. „Erklär mir, warum du das Bedürfnis hast, meinen Nachttisch zu öffnen."

Die Schamesröte auf ihren Wangen vertieft sich. „Es tut mir leid. Ich wollte nur sichergehen, dass Sie kein Serienmörder sind."

„Durch meinen Nachttisch?“

„Man kann viel über Menschen erfahren, wenn man weiß, was sie in ihrem Nachttisch haben.“ Sie schaut Zustimmung heischend zur Decke, als wäre das ein akzeptabler Grund, in meine Privatsphäre einzudringen.

„Ich werde es nicht wieder tun“, fügt sie hinzu, während sich Panik in ihrer Stimme breitmacht. Sie blickt an sich hinunter, als würde sie plötzlich merken, dass sie kaum mehr als Unterwäsche anhat und wischt sich den Schweiß von der Brust.

Verdammt, Weib, hör auf damit.

Connor lacht neben mir leise und sieht unerklärlich selbstzufrieden aus, ohne dass es dafür einen Grund gibt.

„Musst du nicht irgendwo hin?“, schnauze ich und wedle mit der Hand, damit er verschwindet.

„Nein“, antworten Connor und Clodagh gleichzeitig.

„Nicht du, Clodagh“, sage ich energisch und wende meine Aufmerksamkeit wieder dem Bildschirm zu. „Du bleibst.“

Sie steht starr wie eine Kadettin mit steifen Armen an den Seiten. Es sieht aus, als hätte sie aufgehört zu atmen.

„Auf keinen Fall“, sagt Connor und lehnt einen Arm über seinen Stuhl. „Ich muss nirgendwo dringender sein als hier.“

Ich seufze frustriert und schalte die

Sicherheits-App stumm. „Na schön. Wenn du darauf bestehst, zu bleiben, das hier ist in weniger als fünf Minuten vorbei."

Ich drücke erneut auf die Freisprecheinrichtung. „Der Sicherheitsdienst wird in fünfzehn Minuten da sein. Du hast dreißig, um deine Sachen zu packen."

Sie lacht zittrig. „Das war für die Person im Zimmer, richtig?"

„Es ist ganz offensichtlich, dass es an dich gerichtet war. *Clodagh.*"

„W-Was?" Ihre Hände heben sich, um sich den Mund zuzuhalten. „Mr. Quinn, *bitte.*" Sie fuchtelt mit den Armen in der Luft herum. „Sir. *Nein.* Ich werde so etwas *nie* wieder tun. Sie haben mich überprüfen lassen. Meinen Sie nicht, dass ich auch eine Überprüfung machen sollte?" Sie macht eine Pause, um zu Atem zu kommen. „Es wäre fast unverantwortlich von mir, es nicht zu tun. Das war alles, was ich getan habe, aber meine Überprüfung ist jetzt abgeschlossen."

Ihre Unverfrorenheit ist fast bewundernswert.

Connor lacht grunzend, und ich werfe ihm einen weiteren finsteren Blick zu.

„Ich kann niemanden in meinem Haus haben, dem ich nicht vertraue", sage ich kühl. Wenn Clodagh denkt, dass dies das erste Mal ist, dass ein hübsches Gesicht versucht, mich für sich zu gewinnen und enttäuscht wurde, wird sie eine böse Überraschung erleben. „Du wohnst unter demselben Dach wie meine Tochter."

Das ist das Entscheidende für mich.

Ihr Gesicht nimmt einen ungesunden Weißton an.

„Du bist ein bisschen hart", sagt Connor lässig.

„Ich stimme ihm zu", meldet sich Clodagh zu Wort und entlockt Connor ein Lächeln.

„Bitte", fleht sie. Die smaragdgrünen Augen treffen den richtigen Punkt, um direkt in die Kamera zu starren. „Ich muss Ihnen auch vertrauen können. Ich habe mir letzte Woche diese Netflix-Serie über Serienmörder angesehen und Angst bekommen. Was weiß ich, die letzte Haushaltshilfe könnte auch tot auf dem Dachboden liegen. Ich höre viel True Crime, also wollte ich ein paar Nachforschungen anstellen." Sie kaut auf ihrer Unterlippe herum. „Wenn ich doch mit einem fremden Mann zusammenziehe und so."

„Hör auf zu reden." Ich drücke wieder auf die Stummtaste. „Sehe ich wie ein verdammter Serienmörder aus?", murmle ich Connor zu.

Er zuckt mit den Schultern. „Ach komm, Mann. Das Mädchen ist den Tränen nahe. Sei nicht so streng mit ihr. Ich verstehe, dass eine junge Frau Angst hat, mit dir zusammenzuleben." Seine Lippen zucken. „Das ist, als würde man mit einem gemeingefährlichen Irren zusammenleben."

Ich verdrehe empört die Augen.

Auf dem Bildschirm rückt Clodagh verlegen ihre Shorts zurecht und verlagert ihr Gewicht von einem Fuß auf den anderen.

„Ich bin die Verletzliche hier." Ihre Stimme erfüllt den Sitzungssaal. Offenbar weiß sie jetzt, wo die Kamera ist, denn diese stechend grünen Augen starren mich unverwandt an. So einen Farbton habe ich noch nie gesehen. Sind das Kontaktlinsen? Das Schlucken in ihrer Kehle ist auf dem Bildschirm zu sehen. „Wo ich doch in das Haus eines fremden Mannes eingezogen bin."

Ich drücke wieder auf den Lautsprecher, um ihr zu sagen, dass sie meine Zeit verschwendet, wenn sie eigentlich packen sollte, aber Connor legt seine Hand auf meine.

„Sei nicht voreilig."

„Halt dich da raus. Ich brauche in meinem eigenen Haus keine Ablenkung und kein Drama."

Seine Augenbraue wölbt sich. „Welches Drama hat sie verursacht?"

„Ich dachte, Sie kontrollieren die Kameras nur in Ausnahmefällen", fährt Clodagh leise fort und lenkt meinen Blick wieder auf sie. „Mir war nicht klar, dass Sie mich *beobachten* würden."

Ich presse meine Lippen zu einer schmalen Linie zusammen. Weist sie mich gerade zurecht?

„Ein neues Kindermädchen ist ein Ausnahmefall", murmle ich unwirsch durch den Lautsprecher.

Sie nickt dramatisch. „Okay, gutes Argument. Aber bitte, geben Sie mir noch eine Chance. Bitte? Ich habe nicht versucht, etwas zu stehlen." Sie hält inne und zieht eine Schnute. „Ich wollte nur sichergehen, dass Sie ein anständiger Kerl sind."

Connor schnaubt. „Das wird aber eine Enttäuschung für sie."

Ich drehe verwirrt meinen Kopf.

„Sind Sie noch da?", meldet sich Clodagh über den Lautsprecher. Sie knabbert an ihren Lippen, als wolle sie sie abkauen. „Wo immer Sie auch sind." Sie wedelt mit beiden Händen in der Luft umher und lacht nervös. „Sehe ich in die richtige Richtung? Das ist wirklich nervenaufreibend."

„Killian." Connor beugt sich vor und drückt auf „stumm", sein Blick wird ernst. „Gib dem Mädchen eine zweite Chance. Wie alt ist sie, etwa zwanzig?"

„Vierundzwanzig", korrigiere ich und meine Nasenflügel blähen sich auf. „Fast fünfundzwanzig."

„Komm schon, mach dich ein bisschen locker. Glaubst du wirklich, dass Reinigungskräfte nicht in Nachttischen herumstöbern? Besorg dir ein Schloss, wenn du dir deshalb solche Sorgen machst. Außerdem hast du im Moment keine anderen Optionen. Du müsstest jemand anderen überprüfen." Er zuckt mit den Schultern und hält immer noch die Stummtaste gedrückt. „Was kann schlimmstenfalls passieren?"

Ich lenke meinen Blick von Connor zurück auf Clodagh.

Ich schlucke schwer und beobachte, wie sie sich den Nacken reibt. Ich beobachte, wie sich ihr Brustkorb von flachen Atemzügen hebt und senkt. Ich sehe, wie ihre grünen Augen von Adrenalin und Angst glühen, in dem Wissen, dass meine nächsten Worte über ihr Schicksal in Amerika entscheiden werden.

„Bitte, Mr. Quinn." Ihr sanfter Tonfall ist überraschend stählern.

Bettel mich nicht an. Das hat bei den Mareks nicht funktioniert und es wird auch nicht bei ...

Verdammt!

Aus einem Impuls heraus drücke ich auf die Lautsprechertaste. „Keine Fehler mehr. Ich gebe keine zweiten Chancen, Miss Kelly."

Der Atem rauscht aus ihr heraus. Sie bricht mit solcher Wucht auf meinem Bett zusammen, dass ihre kleinen Brüste wackeln. „Danke, Mr. Quinn. Ich werde Sie nicht enttäuschen. Nicht nochmal."

Ein irritierender Funke der Emotion entzündet sich in mir, als ich dieses Megawattlächeln sehe. Es ist ein Lächeln, das man mit Geld nicht kaufen und mit einer Operation nicht fälschen kann.

Jetzt bin ich also ein Weichei.

„Fantastisch", dröhnt Connor und klatscht in die Hände. „Ich kann es kaum erwarten, dich kennenzulernen, Clodagh."

„Gleichfalls", ruft sie verwirrt aus.

„Die Show ist vorbei." Connor erhebt sich und klopft mir energisch auf den Rücken. „Versuch, dich nicht in dem Kindermädchen zu verlieren."

„Mein Gott", zische ich und starre finster seinen Rücken an, während er geht. Er wollte, dass sie das hört.

„Äh, Mr. Quinn?" fragt Clodagh mit ruhiger Stimme nach einem langen Augenblick. „Brauchen Sie noch etwas? Wenn nicht, mache ich mich wieder an die Arbeit."

Ich merke, dass ich sie angestarrt habe. „Nein. Hast du die Anweisungen für Montagabend gelesen?"

Sie nickt. „Ich werde das Abendessen für Sie beide um sieben Uhr fertig haben. Ist Option vier von der Menüliste für heute Abend okay? Lachs und gebratenes Gemüse?"

„Klar. Wobei ... nein." Ich bringe sie lieber gleich ins Schwitzen. „Teagan isst gerne einen gut gemachten Huntsman Pie. Das ist deine Chance, deinen Ruf wiederherzustellen. Mrs. Dalton macht einen hervorragenden Pie."

„Einen Huntsman ... Super." Ihr Lächeln

verblasst für einen Augenblick, aber sie fängt sich schnell wieder. „Betrachten Sie es als erledigt."

Sie steckt sich die Haare hinters Ohr und schnappt sich den Wäschekorb. Die Vorstellung, dass sie meine Unterwäsche anfasst, ist zu intim.

„Mr. Quinn ... werden Sie mich heute weiter beobachten? Das könnte mich nämlich ein bisschen paranoid machen."

„Nein." Mein Kiefer verkrampft sich. „Es mag dich überraschen, dass ich zu arbeiten habe, wenn man bedenkt, dass ich der Geschäftsführer bin."

Sie lacht, während sie den Wäschekorb hält. „Na gut. Äh, sonst noch was?"

„Das ist momentan alles." Ich mache eine Pause. „Wir haben eine Klimaanlage, weißt du? Wenn ich nach Hause komme, zeige ich dir, wie man sie bedient."

Oder vielleicht auch nicht.

Ich drücke die Stummtaste.

„Tschüss!", ruft Clodagh. Ihr Blick schweift wachsam durch den Raum und sie fragt sich, ob sie immer noch beobachtet wird.

Mein Finger fährt über die App-Schaltfläche, um sie zu schließen, gerade als mein Handy klingelt.

„Ja." Ich stelle Mandy auf Lautsprecher.

„Alfred Marek war an der Rezeption und hat verlangt, mit Ihnen zu sprechen.

Der Sicherheitsdienst hat ihn nach draußen begleitet, aber er treibt sich noch vor dem Gebäude herum.“ Sie macht eine Pause. „Ich dachte, das sollten Sie wissen.“

„Der Sohn?“

„Ja.“

„Wie lange?“

„Etwa fünfundvierzig Minuten. Sollen wir die Polizei rufen? Technisch gesehen tut er nichts Illegales. Er beobachtet nur das Gebäude.“

„Er wartet auf mich.“ Ich seufze und reibe mir mit der Hand über das Gesicht. Ich habe keine Zeit für solchen Scheiß. Es klingt, als hätte Junior die Entscheidung seines Vaters nicht gut aufgenommen. „Ruf die Polizei. Ich will nicht, dass er einen der Mitarbeiter belästigt. Ich werde mit ihnen reden, wenn du das willst.“

„Sofort, Sir.“ Sie wählt und ich wende mich wieder dem Bildschirm zu, wo Clodagh gerade saubermacht.

Ich muss zwar los ... aber ...

Ich drücke die Zoomtaste und zoome ... zoome ... zoome, bis Clodaghs Gesicht den Bildschirm ausfüllt.

Hitze fließt durch meine Adern. Ich rutsche unruhig auf meinem Stuhl herum und frage mich, warum ich mit dem Gedanken spiele, mein ungehorsames Kindermädchen übers Knie zu legen, weil es dem Herrn des Hauses nicht gehorcht.

Das ist krank.

Die Tochter von Frau Dalton muss so schnell wie möglich wieder gesund werden.

◆ ◆ ◆

Go lasadh solas na bhFlaitheas ar d'uaigh.

Möge das Licht des Himmels auf dein Grab scheinen.

Ich starre auf den irischen Segen und das Foto von Harlow auf ihrem Grabstein, in der Zeit stehen geblieben.

Lächelnd, sorglos und voller Freude über das, was die Welt ihr zu bieten hatte. Voller Freude darüber, Mutter zu sein.

Nur, dass ich dir das alles genommen habe, Harlow.

Ich habe dir deine Hoffnungen, Träume und deine Zukunft genommen.

Du hattest so viele Träume.

Unserer wunderschönen Tochter eine Mutter sein.

Beweisen, dass das Kind aus der falschen Ecke von Queens des New Yorker Balletts würdig war.

Dich in einem kleinen Dorf an der Küste Irlands zur Ruhe setzen, mit deinen Kindern um dich herum.

Ich habe dir alles genommen.

Es tut mir leid, dass ich dich enttäuscht habe.

Es tut mir leid, dass ich Teagan enttäuscht habe.

Die Zeit heilt alle Wunden. Stimmt's, Harlow?

Stimmt nicht.

Teagan ist fast dreizehn, Harlow. Eine Teenagerin. Ich kann nicht glauben, dass unser kleines Mädchen so schnell erwachsen wird.

Ich weiß nicht, warum ich dir das erzähle, das würdest du nie vergessen. Ich gehe mit ihr an ihrem Geburtstag zu einem Popstar mit langen Haaren, aber wie ich Teagan so kenne, hat sie ihn schon längst vergessen und sich in einen anderen Kümmerling verliebt.

Sie trägt immer noch Make-up, und bedeckt ihr schönes Gesicht, aber wenn ich etwas dazu sage, streiten wir uns. Ich brauche dich mehr denn je. Es war einfacher, als ich im Kleiderschrank nach Monstern geschaut habe. Jetzt muss ich nachschauen, ob sie ihr Handy nicht unter der Bettdecke versteckt hat, damit sie nicht die ganze Nacht daran verbringt.

Wir haben wieder einen Ersatz für Mrs. Dalton. Meine Kindermädchen würden nicht wegrennen, wenn du hier wärst. Meine Kindermädchen würden nicht gebraucht werden, wenn du hier wärst. Nicht, dass ich sie als Kindermädchen bezeichnen dürfte. Teagan sagt, sie ist zu alt dafür.

Ich glaube, du würdest sie mögen, obwohl sie den Eindruck einer tickenden Zeitbombe macht. Sie stellt meine Geduld auf die Probe. Du warst schon immer nachsichtiger als ich.

Du musst mir antworten.

Aber das tut sie natürlich nicht, denn die Toten lassen dich mit deinen quälenden Gedanken allein.

Ich lege die frischen Blumen auf das Grab. Nach Queens komme ich nur, um Harlows Grab zu besuchen. Manchmal mit Teagan, häufig allein.

Niemand weiß von meinen spontanen mittäglichen Ausflügen hierher. Ich muss kommen, aber es ist zu schmerzhaft, um zu bleiben.

„Tschüss, Harlow", sage ich leise. Ich spanne meinen Kiefer an und gehe zurück zu meinem Fahrer.

10

Clodagh

Was zum Teufel ist ein Huntsman Pie? Ist das so etwas wie ein Chicken Potpie, aber mit australischen Spinnen anstelle von Huhn?

Kein Grund zur Panik.

Gerate. Nicht. In. Panik.

Er stellt mich auf die Probe. Er will einen Grund, mich zu feuern. Noch einen Grund.

Ich starre entsetzt auf mein Handy, als die Seite geladen wird. Schweinefleisch ... Hühnerfleisch... den Teig kneten. Garzeit: drei Stunden, dreißig Minuten, ich bin also schon zu spät dran.

Und ich muss noch seinen Smoking in die Reinigung bringen. Und das obere Stockwerk des Hauses putzen.

Ich öffne den Kühlschrank. Schließe den Kühlschrank. Öffne den Kühlschrank.

„Willst du mich verarschen?", rufe ich in den Kühlschrank, in dem kein Schweinefleisch, kein Hühnerfleisch und kein Teig ... Zeug ...

woraus auch immer Teig gemacht wird, ist. Das Echo ist einigermaßen befriedigend. Gott, er ist ein Schwätzer. Oder ein *Trottel*, sollte ich in den Staaten wohl sagen.

Das alles nur, weil ich einen unschuldigen Blick in seine Kondomschublade geworfen habe. Ich werde eine Therapie brauchen, weil ich in seinem *Tabu*bereich erwischt wurde.

Als der körperlose Quinn mich ausgeschimpft hat, war ich noch aufgelöster als damals, als mich die Polizei nach meiner Serie von unglücklichen Zwischenfällen, wie Orla sie nennt, zum Verhör mitnahm.

Mein Herz hat sich gerade erst auf ein normales Tempo verlangsamt.

Wenigstens hat er nicht gesehen, wie ich direkt davor in der Nase gebohrt habe.

Oder hat er das *doch*?

„Siri, suche Restaurants, die Huntsman Pies in der Nähe des Central Parks machen." Ein Hoch auf Lieferdienste.

„Tut mir leid", sagt Siri. „Das habe ich nicht verstanden."

„Ich habe keine Zeit für deinen Scheiß, Siri!", schnauze ich sie an.

Ich atme tief durch und wiederhole die Bitte in meinem schönsten und langsamsten amerikanischen Dialekt.

Sie versteht sofort und lässt sich fröhlich auf ein Gespräch ein. Was für eine Frechheit.

Auf der anderen Seite des Central Parks

serviert das Le Grand Cochon preisgekrönte Pies aus Biofleisch.

Erledigt. Verkauft für einhundert Dollar. Ich atme tief aus.

„Hi“, sagt eine tiefe Stimme hinter mir und erschreckt mich zu Tode.

Ich drehe mich um. „Sam!“

Er lehnt sich an die Wand und seine Augen funkeln amüsiert. „Da ist aber jemand nervös. Nervös, weil es der erste Tag ist?“

„So ähnlich. Ich wurde außerhalb der Grenzen erwischt.“

„Hm?“

„Vergiss es.“ Ich seufze. „Hey, ich gehe davon aus, dass Stephen, der heute herkommen *könnte*, Stephen, der Entwässerungstechniker, ist und nicht Stephen, der Zahnarzt oder Pater Steve, der Priester. Ich kann keinen von ihnen erreichen, um das zu überprüfen.“

Seine Lippen verziehen sich. „Der Entwässerungstyp. Du machst das gut, Clodagh. Es wird leichter.“

„Das hoffe ich doch.“ Ich versuche, ihn nicht anzustarren, aber es fällt mir schwer, wenn er seine Uniform aus schwarzer Hose und schwarzem Hemd trägt, bei dem die obersten Knöpfe offen sind. Das ist ein heißer Look. „Wenn ihr verdeckt arbeitet, solltet ihr dann nicht etwas tragen, das weniger nach *Men in Black* aussieht?“

„Es ist unsere Aufgabe, aufzufallen. Mr.

Quinn möchte, dass es offensichtlich ist, dass ein Sicherheitsteam anwesend ist."

„Ich habe bisher nur dich kennengelernt, Sam. Wo ist der Rest des Teams?"

„Der Rest beobachtet und wartet." Er grinst und schlendert näher zu mir. „Ich schaue nach meiner Landsfrau, falls sie etwas braucht."

„Danke." Ich lächle. „Aber … *beobachten*? So macht man ein Mädchen doch paranoid."

Er lacht leise, als er sich direkt neben mich stellt. „Brauchst du nicht sein. Es ist ein langweiliger Job, rumzuwarten. Mr. Quinn prüft uns manchmal mit falschen Scharfschützen, aber die meiste Zeit sind wir im Haus und trainieren, um uns die Zeit zu vertreiben."

„Falsche *Scharfschützen*? Willst du mich verarschen?" Vor Schreck spucke ich Sam ein wenig an. Das klingt sehr dramatisch. „Er wird doch nicht einen falschen Scharfschützen auf mich ansetzen, oder?"

„Nur wenn du ihm Grund dazu gibst." Er grinst. „Entspann dich. Nur das Sicherheitsteam muss wissen, wie man mit Scharfschützen umgeht. Du bist sicher."

„Ja, weil man sich sehr sicher fühlt, in einem Haus zu wohnen, das von Scharfschützen angegriffen werden könnte." Ich unterdrücke ein Stöhnen. „O mein Gott, deshalb bin ich angestellt worden. Sie wissen, dass mich in Amerika niemand vermissen wird."

Sein Mundwinkel zuckt. „Oh, man wird dich vermissen."

Ich erröte und weiche ein wenig zurück. Sams Flirten hat ein wenig an Fahrt aufgenommen. Nicht, dass ich mich beschweren würde.

„Ich weiß, dass er superreich ist, aber das kommt mir doch extrem vor. Braucht er wirklich so viel Sicherheit? Das Haus ist doch schon wie Fort Knox."

„Jepp."

Mehr erfahre ich nicht. Dahinter steckt eine Geschichte, die er mir nicht erzählen will. Vielleicht hat er *doch* Angst, dass Quinn zuhört. Ich werde es aus ihm herausbekommen, wenn wir nicht im Haus sind.

Ich tue so, als würde ich ernst schauen. „Ihr großen, kräftigen Beschützer sitzt also in diesem Haus herum und trainiert, was?" Das klingt wie die perfekte Grundlage für einen umgekehrten Harem. „Vielleicht sollte ich mal vorbeikommen und Hallo sagen."

„Verdammt, ich hätte meinen Mund halten sollen. Die wären nicht in der Lage, mit einem schönen Mädchen wie dir umzugehen." Sein Grinsen wird breiter und betont das Grübchen auf seiner rechten Wange. „Ich werde als Kontaktperson zwischen dir und dem Rest des Teams fungieren."

„Kannst du die Kontaktperson zwischen Mr. Quinn und mir sein?" Ich flüstere, für den Fall, dass Quinn durch seine Kameras zuschaut.

„Ach, keine Sorge.“ Er schüttelt abweisend den Kopf. „Du bist sicher. Er hat es nicht auf Mitarbeiter abgesehen. Und eigentlich auch nicht auf normale Mädchen.“

„Ich meinte nicht, dass ... Moment, was meinst du mit ‚*normale* Mädchen‘“?

„Er hat einen speziellen Frauentyp.“ Sam scheint mich nicht beleidigen zu wollen, was den Hieb noch schlimmer macht.

„M-hm.“ Vor den Kopf gestoßen wechsle ich das Thema. „Kannst du mir zeigen, wie man die Klimaanlage richtig bedient? Wenn ich sie einschalte, verwandelt sie sich von Wüstenhitze in arktische Bedingungen.“

Meine Brustwarzen sind verwirrt.

Gerade als er antworten will, summt sein Handy. So schnell habe ich noch nie jemanden nach seinem Handy schauen sehen. Sie müssen die ganze Zeit in höchster Alarmbereitschaft sein.

„Verdammt“, murmelt er. Sein Gesicht entspannt sich, damit ich weiß, dass es kein Notfall ist. „Ich bin bald wieder da und zeige es dir, okay?“

Ich nicke lächelnd. Außerdem habe ich eine Pie-Lieferung, um die ich mich kümmern muss.

Er dreht sich um, aber nicht ohne mir frech zuzuzwinkern. „Ach, und nur damit du es weißt, Clodagh, ich freue mich, dass du hier arbeitest."

Nachdem ich das mit dem Abendessen geklärt habe, mache ich die letzte Etage des Hauses sauber, Teagans Etage. Hier oben hat sie ihr eigenes Chill-out-Zimmer mit einem riesigen Fernseher und Gaming-Equipment.

Ich gehe durch den Flur zu ihrem Schlafzimmer. Es ist gigantisch. Teddybären und Disney-Kissen stehen neben Schachteln und Regalen mit Eyeliner, Lippenstift, Haarprodukten und Parfüm. Ein Mädchen wird zu einer jungen Frau.

Ich überblicke das Chaos, das überall im Raum herrscht. Es sieht aus, als wäre es geplündert worden.

Ich räume unzählige Lippenstifte von der Kommode, um sie zu reinigen. Darüber hängt eine Collage mit Fotos eines Babys und einer Frau, auf ein paar ist auch Killian zu sehen.

„Ihre Mutter", murmle ich vor mich hin.

Sie ist wunderschön. Die blonden Locken kommen überraschend; ich dachte, sie wäre rothaarig wie Teagan. Sie sieht jung aus. Vielleicht jünger als ich.

I gcuimhne grámhar Harlow Murphy, lese ich unter einem der Bilder.

In liebevoller Erinnerung an Harlow Murphy.

Amerikanischer Vorname. Irischer Nachname.

Es bricht einem das Herz, dass sie Teagan nicht aufwachsen sehen kann. Marcus sagte, sie sei gestorben, als Teagan zwei Jahre alt war. Ich habe so viele Fragen. Morbide Fragen wie: Wie ist sie gestorben? Aber auch, wie war sie so? Wie waren *sie* zusammen?

Es ist ein ziemlich einzigartiger Name.

Ich hole mein Handy heraus und google *Harlow Murphy.* Nach ein paar Klicks sehe ich Teagans blauäugige, lächelnde Mutter.

Mann, 35, angeklagt des Mordes an der Mutter Harlow Murphy in Woodside, Queens.

Sie wurde *ermordet*. Gott, mir ist schlecht.

Miss Murphy war die Partnerin des aufstrebenden Hotelunternehmers Killian Quinn.

Der Artikel ist vage gehalten. Es geschah bei ihr zu Hause, aber es wird kein Motiv genannt. Haben Killian und Harlow eine Zeit lang in Queens gelebt? In meiner Vorstellung wohnt Killian schon immer in Manhattan.

Es fühlt sich falsch an, das in Teagans Zimmer nachzuschauen. Ich räume schnell auf und habe das Gefühl, dass ein Geist hier ist.

Ich muss meine Nase da raushalten; das Privatleben der Familie Quinn geht mich nichts an.

◆ ◆ ◆

„Und? Wie war dein erster Tag?“, ruft Orla durch die Leitung.

An den Hintergrundgeräuschen erkenne ich, dass sie im *The Auld Dog* ist. Ein Anflug von Neid übermannt mich, während ich in der Küche des prunkvollen Multimillionen-Dollar-Stadthauses stehe.

Absurd.

„Er ist noch nicht vorbei“, murmle ich und klemme mein Handy zwischen Ohr und Schulter, während ich strategisch Gemüse um den frisch gelieferten Huntsman Pie platziere. Ich bin erleichtert, dass ich nur drei Abende die Woche kochen muss und sein Sieben-Sterne-Hotel an den anderen Abenden liefert. „Und der Teil im Handbuch über Dienstag ist dick ... wenn ich es bis dahin schaffe.“

„Ich kann dich kaum hören“, ruft sie. „Sprich lauter.“

„Ich kann nicht“, zische ich laut flüsternd. „Er könnte zuhören.“

„Ist er gerade da?“

„Nein.“ Ich halte inne und spreche noch leiser. „Aber er könnte mich über die Kameras beobachten. Am Anfang hat er mich beobachtet. Es war ein ziemliches Desaster, ehrlich gesagt.“

„Ich hoffe wirklich, dass ich den letzten Teil falsch verstanden habe, Clodagh. Die Jungs hier lassen grüßen." Es gibt eine Pause. „Besonders Liam. Er will mit dir reden."

Geschwafel. Seitdem ich nach Manhattan gezogen bin, hat er die Intensität erhöht. Das muss ich im Keim ersticken.

„Hol ihn verdammt noch mal nicht ans Handy, Orla. Er macht mich wahnsinnig. Er hat mir heute bestimmt *zehn* SMS geschickt. Wenn er sich nicht beruhigt, werde ich ihn ghosten."

Ich höre ihre Schritte am Handy. „Okay, ich bin von ihm weggegangen. Komm schon, du weißt doch, dass es in Queens unmöglich ist, einen Iren zu ghosten. Hier ist es noch schlimmer als in Donegal. Außerdem wirst du ihn dieses Wochenende sehen, wenn du herkommst."

Ich stöhne auf und drücke den Pie mit den Fingerknöcheln platt, damit er weniger professionell aussieht. Sie hat recht. „Er hört nicht auf mich. Ich habe versucht, so unverblümt wie möglich zu sein. Ich *will* sein One-Night-Stand sein. Ich will nicht, dass er mir den *Hof macht*, wie er es immer wieder androht. Sag ihm, ich bin kurz davor, die Einwanderungsbehörde anzurufen."

„Ach, komm schon. Vielleicht solltest du ihm eine Chance geben. Liam ist ein gutaussehender Kerl."

„Auf keinen Fall." Ich schaudere und schlage

den Pie mit einem verärgerten Grunzen. „Jedes Mal, wenn mein Handy klingelt und sein Name auftaucht, möchte ich in eine braune Tüte atmen."

„Na gut. Also ... schnell ... erzähl ... wie ist Quinn so? Ist er ein Psycho?"

Ich öffne den Ofen und stelle die Teller auf ein Warmhaltefach. Das ist alles, was ich in den nächsten fünfzehn Minuten tun muss, also gehe ich ins Wohnzimmer. „Ich habe eine Vertraulichkeitsvereinbarung unterschrieben, also selbst, wenn er es ist, kann ich es dir nicht sagen." Ich bleibe stehen, um mir einige der Familienfotos an den Wänden anzusehen und starre in die eisblauen Augen eines jüngeren Quinns. Sind das Psycho-Augen?

„Wir erzählen uns alles", schnauft sie. „Meinst du, wir können uns Donnerstagabend auf ein paar Drinks treffen? Wir könnten in diesen Club im Meatpacking District gehen, über den wir gesprochen haben."

„Nicht diesen Donnerstag." Ich betrachte ein Foto von Killian und Teagan an der Wand. Teagan sieht etwa sechs Jahre alt aus. Killian macht ein versteinertes Gesicht, obwohl er lächelt. „Am Freitag muss ich zu früh aufstehen. Nachmittags habe ich meistens frei, also kann ich wenigstens Yoga und einen Spaziergang machen. Ich habe Zeit, nachdem ich ihnen das Abendessen gekocht habe, aber so wie ich mich gerade fühle, möchte ich um acht Uhr einfach nur noch ins Bett fallen. Wir werden bis zum Wochenende warten müssen."

In der Leitung erklingt ein hörbares Schnalzen. „Das klingt nicht nach Spaß."

„Nein, noch macht es keinen Spaß", erwidere ich trocken.

Meine Hand wandert über ein Foto von Killian und Teagan mit einer älteren Frau, wahrscheinlich seiner Mutter. Auf einem anderen Foto ist Quinn mit einem Mann zu sehen, der genauso aussieht wie er: dieselben dunklen Haare, die gleichen gutaussehenden, männlichen Gesichtszüge und auffallend blaue Augen. Das muss sein Bruder sein. Ein paar weitere Fotos von einem viel jüngeren Killian mit Harlow und Teagan. Harlow hat das breiteste Lächeln von allen.

„In Wahrheit", flüstere ich, „ist der Typ ist verdammt unheimlich. Er scheint ständig einen Stock im Hintern zu haben. Ich weiß ehrlich gesagt nicht, wie lange ich das durchhalte."

„Ich gebe dir noch zwei Tage", höhnt eine weibliche Stimme hinter mir.

Ich drehe mich entsetzt um und sehe, dass Teagan, das Dämonenkind, mich mit einem Ausdruck von entweder Gleichgültigkeit oder Abscheu beobachtet. Vielleicht auch beides.

„Tut mir leid, Orla", stottere ich und lege auf.

„Teagan", sage ich zittrig und setze ein Lächeln auf. Warum spioniert mir diese

Familie hinterher? „Würdest du mir glauben, wenn ich sage, dass das mit dem Stock in Irland ein Ausdruck der Zuneigung ist?"

Sie verdreht ihre Augen. Sie ist nicht mehr ganz so herausgeputzt wie heute Morgen, aber ihr dicker schwarzer Eyeliner sieht frisch aus.

„Du müsstest doch beim Musikunterricht sein", sage ich atemlos und sehe zu, wie sie ihre Schultasche auf den Tisch wirft. Ich bin sowas von am Arsch. Wenn Teagan mich verpfeift, wird ihr Vater mich mit Sicherheit rausschmeißen. Könnte ich sagen, dass sie mich falsch verstanden hat? Den Dialekt dafür verantwortlich zu machen, könnte funktionieren.

„Ich bin krank", sagt sie und erdreistet sich dann, ein unverhohlen sarkastisches falsches Husten hinzuzufügen.

„Was kann ich tun, um zu helfen? Ist dir übel?"

Sie ignoriert mich und stapft durch die Flügeltür in die Küche.

Ich folge ihr. Wenn ich Daddys Liebling nicht bei Laune halte, hebe ich schneller von der Startbahn ab, als ich *slan leat* sagen kann. Das ist Gälisch für „Auf Wiedersehen".

„Kann ich dir etwas zu trinken oder so machen?", frage ich.

„Schon gut." Sie öffnet Schränke und knallt sie zu, als würde sie etwas suchen. So krank scheint sie nicht zu sein. Vielleicht schwänzt sie den Musikunterricht.

Ich bleibe hartnäckig. „Wie war es in der Schule?“

Sie wirft mir einen bösen Blick zu. „Du musst nicht so tun, als ob du dich für mich interessieren würdest. Wir brauchen nicht miteinander zu reden.“

Oje. Mission gescheitert. „Hast du dich mit Mrs. Dalton nicht unterhalten?“

„Du bist *nicht* Maggie“, schnauzt sie. „Sie kommt in ein paar Monaten wieder.“

Ich versuche mich daran zu erinnern, wie es war, frischgebackene Teenagerin zu sein. Alles und jeder ist scheiße. „Ich verstehe schon. Es ist nervig, dass eine Fremde in deinem Haus wohnt.“

Sie zuckt abwehrend mit den Schultern. „Ich bin es gewohnt, dass die Angestellten da sind. Ich habe in der Schule Sicherheitsleute.“

Die Angestellten.

Meine Augen weiten sich. „Wow.“

„Die habe ich schon seit dem Kindergarten.“ Teagan mustert mich seltsam. „Was ich nicht verstehe, ist, warum er *dich* genommen hat. Du bist überhaupt nicht wie Maggie oder die beiden anderen.“

„Die beiden anderen?“

„Die Kindermädchen, die vor dir gefeuert wurden.“

Großartig.

Völlig entnervt schalte ich den Backofen aus.

„Dein Vater hat mich nicht ausgesucht“, erkläre ich ihr ernüchtert. „Und ich glaube, das hätte er auch nicht getan. Marcus, ein Mitarbeiter deines Vaters, hat es getan.“

„Vielleicht liegt es daran, dass du Irin bist.“ Ihre Augen verengen sich. „Ich wette, du bist nur hier, um meinen Vater anzumachen.“

Meine Augen treten mir aus dem Kopf. Wie kommt sie denn *darauf*? „Wie bitte?“

„Ach komm. Er kann nicht einmal in den Supermarkt gehen, ohne dass ihn Frauen anbaggern. Das ist wahrscheinlich der einzige Grund, warum du dich beworben hast.“

„Erstens“, schnauze ich und stemme meine Hand in die Hüfte. „Bezweifle ich sehr, dass dein Vater in den Supermarkt geht, und *zweitens* kann ich kaum mit ihm *reden*.“ Ich schnaube entrüstet. Ich lasse mir von einem Teenager nicht einreden, dass ich auf Geld aus bin. „Deinen Vater anzubaggern ist das Letzte, was ich tun würde. Ich will diesen Job behalten. Das ist sehr voreingenommen, wenn man bedenkt, dass du mich gerade erst kennengelernt hast.“

Sie beäugt mich einen langen Moment skeptisch. „Wie auch immer.“

„Pass auf“, sage ich etwas ruhiger. „Ich möchte, dass du mir die Chance gibst, die ich verdiene. Lass uns einander kennenlernen. Wenn die Schule in ein paar Wochen vorbei ist, werden wir mehr Zeit miteinander verbringen."

„Warum machst du dir die Mühe? In ein paar Monaten wirst du nicht mehr mit mir reden müssen."

Ich runzle die Stirn. „Wie findet man denn mit dieser Einstellung Freunde?"

Sie starrt mich finster an. „Ich habe genug Freunde."

„Mit zwölf?" Ich stemme meine Hände in die Hüften. Jetzt ist es an mir, dramatisch die Augen zu verdrehen. „Hör zu, wenn du in meinem Alter bist, wirst du mit der Hälfte der Leute von heute nicht mehr befreundet sein. Wenn du Glück hast, findest du in der Zwischenzeit neue Leute."

Ihr Aufwachsen erscheint mir so fremd. Ich fange an zu glauben, dass das Aufwachsen in einem Multimillionen-Dollar-Stadthaus nicht so toll ist, wie es scheint. Die meisten Zimmer, die ich heute saubergemacht habe, waren Gästezimmer. Teagans Schlafzimmer befindet sich auf einer anderen Etage als das ihres Vaters. Ich habe den Eindruck, dass ich nicht die Einzige bin, die wie eine Fremde in diesem Haus lebt.

„Was ist, wenn wir uns am Ende gut verstehen und in Kontakt bleiben?", lenke ich ein.

„Das bezweifle ich." Sie stellt sich neben mich und holt eine Flasche Wasser aus dem Kühlschrank.

Sie gibt kein Stück nach.

Ich stoße einen ergebenen Seufzer aus. „Kann ich dich *irgendwie* davon überzeugen, deinem Vater nicht zu erzählen, was du mich hast sagen hören? Oder dass ich geflucht habe?“

„Ich bin keine *zehn*. Und Dad flucht ständig.“ Sie lächelt mit einem bösen Schimmer in den Augen, der durch den Eyeliner noch verstärkt wird. „Es ist lustiger, zu sehen, wofür du letztendlich gefeuert wirst.“

„Ich habe diesen Job noch keinen Tag, also weiß ich nicht, woher dein fehlendes Vertrauen kommt“, schimpfe ich. „Aber du hast recht, ich bin mehr als fähig, die Kündigung allein zu bekommen, also wenn du das nicht beschleunigen könntest, wäre das toll.“

„Tut mir nicht leid“, höhnt sie.

„Es gibt keinen Grund, so schnippisch zu sein“, schnauze ich. *„Mein Gott.* Verschone mich.“

Zu meiner Überraschung sieht sie ein wenig zerknirscht aus. Ich stöhne und scanne die Küchendecke. „Dein Vater hört wahrscheinlich gerade zu.“

„Wahrscheinlich.“

Wenigstens habe ich Teagan zum Reden gebracht. Das ist schon mal ein Anfang.

„Sag ehrlich, warum schwänzt du Musik?“

Sie schnaubt. „Warum? Denkst du, du bekommst Extrapunkte bei meinem Dad, wenn du mich verpetzt?“

„Ich verpetze dich nicht, wenn du mich nicht verpetzt.“ Ich grinse. „Glaub mir, ich habe mehr Ärger mit deinem Vater als du.“

Sie verdreht die Augen, aber ihre Mundwinkel zucken. „Ich spiele Cello. Das ist total krank.“

Krank ist was Schlechtes, nehme ich an.

„Verstehe. Ich kann es dir nicht verdenken. Oh, und deine Ausdrucksweise. Pass auf, wie du redest“, sage ich halbherzig. Es kommt mir verlogen vor, sie zurechtzuweisen, obwohl ich in ihrem Alter geflucht habe. „Ich wette, dein Vater würde dich nicht so reden lassen.“

Wieder ein Achselzucken. „Er ist ständig so verdammt pissig. Es ist egal, was ich sage.“

Mein Gott, bei diesem Tempo brauche ich einen Übersetzungsführer für Teenager.

„Hat das weh getan?“, fragt sie und macht einen Schritt auf mich zu. Ich runzle kurz die Stirn. Ich weiß nicht, wovon sie spricht.

Meine Hand fliegt zum Nasenring, direkt durch meine Nasenscheidewand. Verdammt, ich dachte, ich hätte ihn rausgenommen. Ich habe die Tattoos verdeckt, aber den Ring vergessen.

„Ja.“ Ich lächle. „*Gewaltig.* Sie benutzen eine Nadel und keine Pistole. Sobald die Nadel drin war, habe ich wie am Spieß geschrien.“

„Mein Vater würde an die Decke gehen, wenn ich das machen lassen würde. In welchem Alter hast du es machen lassen?“

„Siebzehn.“

Ihr klappt der Mund leicht auf, dann versteckt sie ihre Überraschung schnell. Mir fällt ein, dass in ihrem Alter jede andere Reaktion als Gleichgültigkeit uncool ist. „Ist deine Haarfarbe echt?“

„Ja“, sage ich mit einem Lächeln. „Wie deine.“

Ihr Gesicht verzieht sich. „Gar nicht wie meine. Deine sind glatt.“

„Oh, das kenne ich noch.“ Endlich, ein Anknüpfungspunkt mit Teagan. „Ich habe gerade erst herausgefunden, wie ich es bändigen kann, nachdem ich es jahrelang versucht habe. Ich wurde früher ständig aufgezogen, weil meine Haare kraus waren. Wenn du willst, kann ich dir mit deinen helfen. Ich habe gute Haarprodukte, die die Krause rausbekommen.“

„Vielleicht.“ Sie schnieft. „Ich hasse meine. Und Dad will nicht, dass ich etwas dagegen unternehme.“

„Als ich jünger war, wollte meine Mutter auch nicht, dass ich mir die Haare färbe, aber ich wollte sie so unbedingt verändern, dass ich Lebensmittelfarbe benutzt habe. Sie ist ausgeflippt. Aber es hat funktioniert! Meine Haare waren etwa drei Tage lang neonrot. Nicht gut.“ Ich lache bei der Erinnerung daran. „Aber anders.“

Eine Spur von Belustigung zieht über ihr

Gesicht. „Wie dumm."

„Was soll ich sagen? Man lebt und lernt."

Ich werde durch das Summen meines Handys in meiner Tasche abgelenkt. Ich hole es heraus und habe eine SMS von einer unbekannten Nummer.

Wie hast du dich eingelebt? Ist Killian der Unmensch, für den du ihn gehalten hast? Marcus.

Schlimmer, antworte ich ihm lieber nicht. *Ich würde lieber bei der Addams Family unterkommen.*

Jetzt verstehe ich, warum er jemanden brauchte, der verzweifelt ist. Es ist noch nicht einmal das Ende des ersten Tages, und ich bin mit den Nerven am Ende.

11

Killian

Als ich von der Arbeit nach Hause komme, hat der Rotschopf das Haus erstaunlicherweise nicht niedergebrannt. Ich höre Stimmen, als ich auf die Küche zugehe. Gelächter. Weibliches Lachen, gemischt mit den tieferen Tönen eines Mannes.

Sam und Clodagh lehnen an der Kücheninsel, ihre Unterarme berühren sich fast. Es ist eine schöne Überraschung, dass Teagan auf einem Barhocker sitzt und sich an dem Gespräch beteiligt, statt sich in ihrem Zimmer zu verstecken.

Sam sagt etwas, und beide Mädchen lachen. Clodaghs Lachen ist laut, zu laut; ihre warme, helle Stimme füllt die Küche, und ich frage mich, was Sam so Lustiges gesagt hat.

Mir stellen sich sofort die Nackenhaare auf. Mein Sicherheitspersonal kann keine Ablenkungen gebrauchen. Das führt dazu, dass Menschen verletzt werden.

„Hallo“, rufe ich, mehr als Warnung, denn als Begrüßung, und gehe auf meine Tochter zu. „Prinzessin.“ Ich ziehe Teagan an mich und gebe ihr einen Kuss auf die Stirn.

Clodagh bleibt das Lachen in der Kehle stecken. „Mr. Quinn.“

„Chef“, sagt Sam schnell und richtet sich auf. „Ich habe nachgesehen, ob Clodagh etwas braucht. Schließlich ist es ihr erster Tag.“

„Mach dich wieder an die Arbeit, Sam“, sage ich abrupt. „Soweit ich weiß, bist du im Dienst.“

Mein scharfer Ton erschreckt ihn, aber er nickt und antwortet mit einem leisen „Ja, Sir“, als er geht.

Aber nicht bevor Clodagh ihn mit diesem Megawattlächeln anstrahlt, das mich ohne ersichtlichen Grund richtig nervt. Gott sei Dank hat sie mehr Kleidung an als heute Nachmittag. Nun trägt sie Jeans und ein kurzes, enges T-Shirt mit einem albernen Cartoon-Hasen und Ärmeln, die ihre Tattoos verbergen sollen. An ihrem Bauch schaut ein Stückchen Haut hervor. Ihre dunkelroten Haare hat sie auf ihrem Kopf zu einem lockeren Dutt gebunden.

Ihr Lächeln wird etwas gemessener, während sie sich zum Backofen bewegt. „Das Essen ist fertig.“

„Genau pünktlich.“ Mein Blick sinkt zu dem ablenkenden Hasen. Ist ihr bewusst, dass sich die Augäpfel des Hasen auf Höhe ihrer

Brüste befinden? Sie sieht sogar jünger aus als vierundzwanzig. Ich will, dass sie wieder diesen großen, alten, geblümten Rock trägt, wie bei ihrer Ankunft.

Ich lasse meine Krawatte auf den Tisch fallen und frage meine Tochter: „Wie war die Schule, Prinzessin?"

Teagan schaut nicht von ihrem Handy auf. „Gut."

„Wenn ich mit dir spreche, Teagan, erwarte ich, dass du mich ansiehst."

Sie schaut langsam auf. Verdammt noch mal. Wir drehen uns im Kreis, was das schwarze Zeug angeht, dass sie sich immer über die Augen schmiert. Sie ist zu jung für dieses Geschmiere im Gesicht.

Heute Abend fehlt mir die Geduld für einen Streit.

„Das Sicherheitsteam hat mir gesagt, dass du heute Nachmittag nicht zum Cellounterricht gegangen bist. Was ist los?"

Sie zuckt mit den Schultern. „Ich hatte Kopfschmerzen." Meine Tochter ist eine furchtbare Lügnerin.

Ich befühle ihren Kopf. „Tut er noch weh?"

Sie lehnt sich von mir weg. „Mir geht's gut, Dad; mach nicht so ein Drama daraus."

„Na gut. Was hast du heute gelernt? Ist etwas Lustiges passiert?"

„Das Übliche", sagt sie, ohne aufzuschauen.

Ich nehme ihr das Handy aus der Hand. Sie

blickt mich finster an und schnalzt mit der Zunge.

Noch ein Abend, an dem ich Selbstgespräche führe. „Wo sind deine Manieren, Teagan?"

Sie möchte die Augen verdrehen, hütet sich aber davor. „Heute Morgen hatte ich Erdkunde und habe gelernt, dass wir uns langsam umbringen und auf die Ausrottung zusteuern. Heute Nachmittag hatten wir eine Stunde Religionsunterricht. Reicht das, Dad?"

„Hör auf, dich so aufzuführen", sage ich scharf und versuche, meinen Ärger zu zügeln. „Ich interessiere mich für deinen Tag."

„Ich habe in der Pause mit Becky rumgehangen. *Ihre* Mutter erlaubt ihr, dass sie sich Strähnchen ins Haar machen lässt."

Sie blickt mich empört an und ich seufze. Nicht das schon wieder. „Tja, Beckys Haare sind wahrscheinlich nicht so schön wie deine."

Sie stößt die Luft aus. „Kann ich bitte mein Handy zurückhaben?"

Ich widerstehe dem Drang, das verdammte Ding quer durch den Raum zu feuern und ihr zu verbieten, Elektronik zu benutzen, bis sie dreißig ist. „Nein, Prinzessin. Wir hatten dreißig Minuten am Tag vereinbart."

„Woher willst du wissen, dass ich meine Minuten schon aufgebraucht habe?", jammert sie.

Ich atme aus, stütze mich mit den Unterarmen auf den Tresen und reibe mir die

Stirn.

„Äh ... soll ich servieren?“, fragt Clodagh zögernd.

Ich nicke ihr zu, während ich die obersten Knöpfe an meinem Hemd öffne. Sie wendet rasch den Blick ab.

„Ich esse in meinem Fernsehzimmer.“ Teagan schnappt sich ihren Teller. „Danke, Clodagh.“

Mein Kiefer verkrampft sich. „Ich möchte, dass wir zusammen zu Abend essen, Teagan.“

Sie hebt trotzig ihr Kinn und versucht, an mir vorbeizukommen. „Ich will mit Becky reden.“

„Na, so eine verdammte Überraschung“, schnauze ich und bereue es sofort. „Teagan“, rufe ich ihr hinterher, aber sie ist schon weg.

Ich lasse sie gehen, denn ich bin zu müde für noch einen Streit heute Abend. Traurigkeit macht sich in mir breit. Wie kann es sein, dass meine Angestellten nervös um mich herum huschen, aber meine eigene Tochter so unverschämt ist, mir den Rücken zuzukehren?

Als ich mich umdrehe, sieht Clodagh aus, als hätte ihr jemand eine Zitrone in den Mund gesteckt und von ihr verlangt, sie auszusaugen. Ich kann es nicht gebrauchen, in meinem eigenen Haus von einer jungen Frau verurteilt zu werden, die keine Kinder hat. „Hast du etwas zu sagen?“, schnauze ich.

Ihre Augen weiten sich und sie sieht leicht

verärgert aus. „Nein, Mr. Quinn. Äh, essen Sie im Esszimmer oder ...“

„Hier ist in Ordnung.“ Ich beobachte, wie sie unbeholfen mit Messer und Gabel hantiert. „Heute noch.“

Sie stellt den Teller energisch vor mir ab und macht eine kleine Verbeugung. „Ja, *Sir*. Sie sind ein großer Kerl, also habe ich Ihnen eine extragroße Portion aufgetan.“

Ich blicke sie mit zusammengekniffenen Augen an. Wenn ich noch eine schnippische Teenagerin wollte, hätte ich eine adoptiert.

Sie beugt sich über die Kücheninsel, sodass mir der Hase direkt in die Augen schaut. Will sie mich verarschen?

Ich will ihr gerade sagen, dass sie sich nach ihrer heutigen Schnüffelaktion bereits auf einem schmalen Grat bewegt, als der Inhalt meines Tellers meine Aufmerksamkeit erregt. Beeindruckend.

Aber natürlich ist es beeindruckend; in meinen Restaurants beschäftige ich Michelin-Sterneköche.

„Du kannst aber kochen.“

Ihr Gesicht wird heiß. „Ich gebe mir Mühe.“

Ich weiß nicht, ob ich sie übers Knie legen soll, weil sie mich belogen hat, oder ob ich ihr eine Gehaltserhöhung geben soll, weil sie den Mut hat, mich zu täuschen.

„Eine beeindruckende Frau.“ Ich grinse. „Dafür musst du Stunden gebraucht haben.“

Das Rot ihrer Wangen rührt etwas in mir an, das wenig hilfreich ist.

„M-hm." Sie strahlt, ganz süß und locker. „Ja doch, es hat ein wenig gedauert."

Ich hebe eine Gabel und fahre die schwachen Überreste des Schweinelogos vom Restaurant entlang, das in den Pie geprägt ist. „Iss mit mir zu Abend."

„Nein, ich werde Sie in Ruhe ..."

„Setz dich." Ich deute auf den Barhocker mir gegenüber.

Sie sieht aus, als würde sie lieber ihre Zunge verschlucken, als mit mir zu Abend zu essen, schneidet sich aber schweigend ein kleines Stück Pie ab, legt es auf einen Teller und lässt sich zaghaft auf den gegenüberliegenden Hocker sinken.

Ihre Augen weiten sich, als ich einen großen Bissen nehme. „Du hast dich wirklich selbst übertroffen. Ich weiß nicht, wie du neben dem Durchwühlen meiner privaten Sachen die Zeit gefunden hast, das zu kochen. Und das am ersten Tag."

Sie versteift sich. „Zu meiner Verteidigung: Das Bild ist heruntergefallen und ich wollte es wieder an seinen Platz stellen. Aber es tut mir leid, dass ich Ihren Bilderrahmen kaputt gemacht habe. Können wir von vorne anfangen? Sagen Sie mir einfach, was Sie von mir wollen."

Glaube mir, das willst du nicht wissen.

„Ehrlichkeit, Clodagh.“ Ich ziehe eine Augenbraue hoch. „Ich will Ehrlichkeit.“

„Was ist, wenn Ihnen nicht gefällt, was ich zu sagen habe?“

„Es braucht viel, um mich aus der Fassung zu bringen.“

„Okay.“ Sie nickt. „Wenn ich ehrlich sein darf, warum ist Ihr Nachttisch tabu, wenn Sie dort nur Kondome aufbewahren?“

„Du hast wohl das versteckte Fach für meine Messer nicht gefunden.“

Ihre Augen weiten sich. Sie stellt ihr Glas ab.

„Die sind dafür da, ungehorsame Kindermädchen zu maßregeln.“

„*Oh*. Das sollte ein Witz sein.“

„Das *sollte* es. Hast du schonmal daran gedacht, dass ich meinen Mitarbeitern meine Kondome nicht zumuten möchte?“

Sie grinst. „Ich weiß, dass Sie ... Freundinnen haben. Dienstags.“

„O Gott, lass mich raten: Mrs. Daltons Handbuch?“

Sie lacht. „Sie haben es nicht gelesen?“

„Verdammt“, murmle ich und schiebe mir Pie in den Mund. „Nein, habe ich nicht.“

„Sie weiß wirklich viel über Sie.“ Sie grinst. „Und jetzt weiß ich es auch.“

„In diesem Fall, gut, dass deine Lippen durch eine Vertraulichkeitsvereinbarung versiegelt sind.“

„Ich bin mir nicht sicher, ob Sie sich

überhaupt Sorgen machen müssten, auch ohne Vertraulichkeitsvereinbarung."

Mein Blick fällt auf ihre Lippen, als dieses ablenkende Lächeln sich auf ihrem Gesicht ausbreitet. Das ist aber auch ein Lächeln. „Und warum nicht?"

„Das gäbe nicht gerade das beste Exposee. Der Milliardär Killian Quinn steht um fünf Uhr auf, trinkt seinen Smoothie und arbeitet dann den ganzen Tag."

„Bezeichnest du mich als langweilig, Clodagh?"

„Nein!" Teigflöckchen fallen auf ihre volle Unterlippe und sie streicht sie verlegen weg. Sie scheint hin- und hergerissen zwischen dem Versuch, anmutig zu essen und dem Verschlingen des Pies. „Laut dem Handbuch sind Sie bloß nicht gerade ... der spontane Typ. Darin steht nichts, was sich so anhört, als ob es nur zum Spaß wäre. Abgesehen vom Training. Was tun Sie zum Beispiel, um sich zu entspannen?"

„Vögeln." Die Worte rutschen mir heraus, bevor ich sie stoppen kann. Wahrscheinlich, weil sie mich provoziert.

Sie verschluckt sich an einem Husten. „Morgen. Dienstag."

Gott. Kann ich dieses Handbuch in Brand stecken? „Hör zu, ich kann nicht einfach tun, was ich will, wann ich will", sage ich schroff und bin irrational verärgert, weil sie mich für einen langweiligen alten Mann hält. „Eines Tages, wenn du Verantwortung übernehmen musst, wirst du das verstehen. Teagan ist meine Priorität."

Sie runzelt die Stirn. „Ich muss Verantwortung übernehmen."

Ich hebe eine Augenbraue und warte darauf, dass sie das näher ausführt.

„Für *mich*. Mein Handbuch mag kürzer sein als Ihres, aber es wird auch noch geschrieben."

Ich lache darüber und nehme einen Schluck Wasser. Ich betrachte sie und erinnere mich an den Anblick von ihr in dem dünnen Baumwoll-T-Shirt und den Shorts. „Wo ist der Ring hin?"

Sie rutscht unbehaglich auf ihrem Sitz hin und her. „Mein Nasenring? Ich verstecke ihn, wenn Sie in der Nähe sind. Mir war heute Nachmittag nicht klar, dass Sie mich durch die Kameras beobachten."

„Mir ist egal, was du gepierct hast." Meine Augen fixieren ihre. „Trag einfach mehr Kleidung als heute, wenn ich in der Nähe bin."

Sonst kriegen wir beide Probleme.

Ihre Wangen erröten. „In den meisten irischen Häusern gibt es keine Klimaanlagen. Das ist auch nicht nötig. Mein Zimmer in Queens war auf dem Dachboden und da gab es auch keine. Wir haben uns daran gewöhnt zu schwitzen. Ich hatte hier dummerweise vergessen, die Klimaanlage einzuschalten. Jetzt weiß ich Bescheid."

Mein Blick wandert kurz zu den übergroßen Hasenaugen, ehe ich ihn wieder auf ihr Gesicht richte. Ich habe immer noch das Bild von Clodagh in meinem Schlafzimmer vor Augen und die Luft um uns herum fühlt sich plötzlich aufgeladen an. Mein Griff um das Glas wird fester. „Jetzt weißt du Bescheid."

Während des Essens verfallen wir in Schweigen. Während sie die Gabel zum Mund führt und winzige Bissen nimmt, nehme ich jede ihrer Bewegungen wahr und frage mich, warum ich so aufgebracht bin.

Vielleicht liegt es daran, dass meine Tochter mich so sehr verachtet, dass sie den Gedanken nicht ertragen kann, mit mir zu Abend zu essen. Vielleicht liegt es daran, dass Clodaghs Anwesenheit in meinem Haus mir auf eine Weise unter die Haut geht, wie es bei Mrs. Dalton nicht der Fall war. Vielleicht liegt es daran, dass Clodagh, obwohl sie ein Vermögen für einen Job bezahlt bekommt, für den sie unterqualifiziert ist, ganz offensichtlich nicht mit mir essen möchte.

Vielleicht ein bisschen von allen dreien.

Ich räuspere mich. „Ist deine ganze Familie in Irland?"

Ihre Gabel hält auf halbem Weg zum Mund inne, als ob sie von der Frage überrascht wäre. „Ja. Meine drei jüngeren Brüder, Mam und Granny Deirdre."

„Stehst du ihnen nah?" Mein Arm streift

ihren, als ich nach dem Pfeffer greife. Es ist eine unschuldige Berührung, aber so wie sie mich ansieht, könnte man meinen, ich hätte ihr Verbrennungen dritten Grades zugefügt.

„Ja." Sie nickt. „Ich vermisse sie. Deshalb wollte ich sicherstellen, dass ich legal hierbleibe, damit ich sie besuchen kann, wenn ich will."

Ihre Förderung basiert auf diesem Job. Marcus ist angewiesen worden, einen Ersatz zu suchen, aber das weiß Clodagh natürlich nicht.

Ich atme schwer aus.

Als ob sie meine Gedanken lesen könnte, bewegt sie sich unruhig auf ihrem Hocker und legt ihre Gabel ab. Sie blickt mir direkt in die Augen. „Ich weiß, dass Sie nicht viel von mir halten, aber ich möchte, dass Sie mir eine faire Chance geben. Ich arbeite hart. Und ... ich brauche diesen Job wirklich."

Ich zögere. Ich mache keine Versprechen, die ich nicht halten kann. „Diese Position war nie eine dauerhafte Lösung für dich."

Sie nickt, macht ein langes Gesicht, und ich verspüre ein schlechtes Gewissen.

„Warum willst du unbedingt in New York City leben? Du bist so weit weg von deiner Familie."

Sie lächelt. „Aus demselben Grund aus dem die Iren seit Jahren in die USA einwandern. Wir glauben an das Versprechen des amerikanischen Traums." Ihr Lächeln verschwindet so schnell wie es gekommen ist, als sie auf ihren Teller schaut. „Und manchmal müssen wir einfach verschwinden."

„Wovor läufst du davon, Clodagh?"

„Nichts Wichtigem." Sie schüttelt den Kopf und macht dicht.

Ihre Augen richten sich auf meine. „Erzählen Sie, wie war es, in Manhattan aufzuwachsen? Ich kann mir nicht vorstellen, wie das als Kind gewesen sein muss."

„Bin ich nicht. Ich bin in Queens aufgewachsen."

Ihr Mund formt ein kleines *O*.

„Meine Eltern waren Iren", sage ich amüsiert über ihren Schock. „Aus Dublin. Aber ich wohne schon seit fast zwei Jahrzehnten nicht mehr in Queens. Ich bin mit meiner Mutter und meinem Bruder Connor vor Jahren nach Manhattan gezogen."

„Wow", haucht sie. „Ich habe gelesen, dass Sie ein Selfmademan sind. Ihre Mutter muss sehr stolz sein."

Ich zucke leicht mit den Schultern. Ich mache das schon so lange, dass Mom kaum mit der Wimper zuckt, wenn ein weiteres Hotel auftaucht.

Clodagh fummelt an einer Haarsträhne herum und will mich noch etwas anderes fragen, hält sich aber zurück. Was immer es ist, sie ist nicht mutig genug, zu fragen.

Ich esse den Pie auf, während sie mich über

meine Kinderstube in Queens ausfragt. Ich halte mich mit den Details zurück und lasse die beschissenen Teile aus, die niemand hören muss, wie zum Beispiel, dass mein Vater ein Versager war.

Sie hat eine frische Unschuld an sich, die liebenswert ist. Die meisten Leute wollen wissen, wie ich Milliardär geworden bin. Clodagh interessiert sich mehr dafür, wie es war, in der Stadt aufzuwachsen. Ich muss lachen, als ich ihr erzähle, dass ich mit zehn Jahren allein mit der U-Bahn gefahren bin.

Ihr Handy piept auf dem Tisch und lenkt uns ab, als eine SMS aufblitzt. Es liegt nah genug, dass ich sie lesen kann.

Du bringst mich noch um meinen verdammten Verstand.

Sie schiebt das Handy neben sich und schürzt die Lippen, während sie liest.

„Ist das dein Freund in Queens?“, frage ich.

„Nein. Nur ein Typ, der auf einer anderen Wellenlänge ist als ich.“ Verärgerung flackert über ihr Gesicht, als sie die SMS erneut betrachtet.

„Brauchst du Hilfe bei etwas?“

Sie dreht das Handy um, um das Display zu verbergen. „Damit werde ich schon fertig.“

Ihr Gesichtsausdruck verrät mir, dass sie das Thema nicht näher ausführen will. Sie springt von ihrem Hocker auf und beginnt, sich am Waschbecken zu beschäftigen.

Ich stehe ebenfalls auf und stelle mich dicht hinter sie, so dicht, dass wir uns fast berühren.

Sie erstarrt mit dem Teller in der Hand. Ich glaube, sie hat aufgehört zu atmen.

Meine Brust streift ihren Rücken, als ich mich vorbeuge, um den Mülleimer zu öffnen. „Wenn du mich noch einmal anlügst, setze ich dich persönlich in den nächsten Flieger zurück nach Irland, Süße“, raune ich ihr ins Ohr, während ich den Le Grand Cochon-Behälter aus dem Mülleimer nehme und ihn vor ihr auf die Arbeitsplatte stelle.

Sie erstarrt vollkommen. Wenn ich meine Finger an ihren Hals legen würde, würde ich feststellen, dass ihr Puls rast.

„Okay“, krächzt sie und neigt ihren Kopf, um zu mir aufzuschauen. „Ich werde mich bessern.“

Ganz aus der Nähe blicken ihre smaragdgrünen Augen in meine. Ich kann mir lebhaft vorstellen, wie es wäre, wenn sie mich ansehen würde, während sie meinen Schwanz in den Mund nimmt.

Ihre Augen weiten sich, als ich ein frustriertes Knurren ausstoße.

Was zum Teufel mache ich da?

Ich trete zurück. „Feierabend. Du bist für heute fertig.“

12

Clodagh

Ich starre die Decke an. Warum macht der Körper das Gegenteil, wenn man weiß, dass man einschlafen muss?

Mein vierter Tag als professionelles Kinderhausmädchen. Ich werde zwar nicht die Haushaltshilfe des Jahres, aber aus irgendeinem Grund hat er mich trotz seiner Drohungen nicht gefeuert.

Noch nicht.

Ich hasse putzen. Es ist beschissen. Die Gästezimmer werden jeden zweiten Tag gereinigt. Die Schlafzimmer von Killian und Teagan werden täglich gereinigt. Es ist ein nie endender Kreislauf häuslicher Folter. Die Bäder müssen so sauber sein, dass man aus dem Waschbecken essen kann. Mrs. Dalton hat das zwar nicht gesagt, aber die ganzen unterstrichenen Wörter haben es mir verraten.

Trotzdem kann ich mich nicht beschweren. Ich putze Toiletten in der Fifth Avenue.

Dann wären da noch die unverblümten SMS von Quinn. Drei gestern und fünf heute – mit unklaren Anweisungen, Erledigungen für ihn zu machen.

Ich habe das Gefühl, ständig in Schwierigkeiten zu stecken.

Sein Satz von Montagabend erklingt in meinem Kopf. Wenn du *mich noch einmal anlügst, setze ich dich persönlich in den nächsten Flieger zurück nach Irland, Süße.*

Mein Gott, er drohte mit Abschiebung, aber es klang so sexuell. Ich spürte die Hitze, die von seinem Körper ausging. Es war … beängstigend.

Seitdem bekomme ich nur noch Ein-Wort-Antworten oder Grunzen, oder er ignoriert mich einfach komplett. Ich möchte ihn anschreien: *Sehen Sie nicht, dass ich mir Mühe gebe, Mister?* Jedes Mal, wenn Quinn die Küche betritt, stehen mir alle Haare zu Berge.

Von Teagan bekomme ich ein Schleudertrauma. Neunzig Prozent der Zeit ist sie mir gegenüber mürrisch und bissig, und die restlichen zehn Prozent ist sie entzückend. Aber sie denkt, sie kann mich für dumm verkaufen. Heute Abend hat sie versucht, mich davon zu überzeugen, dass das Video mit den Babyziegen etwas mit ihren Hausaufgaben zu tun hat.

Das Handbuch gibt mir mehr Antworten als diese beiden.

Ich frage mich, ob Quinn oben schläft. Woran denkt er, ehe er einschläft? Wahrscheinlich an seine Milliarden. Ich kann mir nicht vorstellen, dass er echte *Gefühle* für jemanden hat. Außer für Teagan, meine ich.

Gott, wenn er sie so anlächelt, laufe ich Gefahr, dahinzuschmelzen. Ich will noch keine Kinder, aber ich weiß, dass man will, dass der Mann deine Babys so ansieht.

Ich lasse meine Hände über meinen Bauch in meine Hose gleiten. Er hat es nicht verdient, dass ich von ihm fantasiere, aber vor dem Schlafengehen an meinen Chef zu denken, ist zu meinem schmutzigen Vergnügen geworden.

Ich schließe meine Augen und spreize meine Schenkel weiter, stelle mir vor, wie seine Finger meine Klitoris umkreisen. Stelle mir vor, wie seine großen Hände meine Lust kontrollieren und mich zum Pulsieren und Kribbeln bringen, während er seine Finger wieder und wieder in mir versenkt.

Stelle mir vor, wie sein Mund hungrig seine Finger ersetzt …

Stelle mir vor, wie er mich mit verhangenem Blick ansieht, die eiskalten blauen Augen voller Feuer … seine tiefe, heisere Stimme ganz rau vor Emotionen … das Gewicht seiner kräftigen, muskulösen Oberschenkel auf mir, während sein großer, harter Schwanz mich ausfüllt …

Stelle mir vor, dass er von meiner Lust so erregt ist, dass er explodieren würde, wenn er mich nicht fickt.

Ja ... ja ...

Nein. Nein.

Es ist sinnlos.

Ich brauche etwas Stärkeres als meine Fantasie. Frustriert ausatmend greife ich nach dem Nachttisch und öffne ihn.

Wenn Quinn jemals in *meine* Nachttischschublade schaut, wird er einen Schock bekommen, wenn er ein Monster von der Größe eines Subway-Sandwichs findet. Und zwar Footlong.

Ich hole meinen vibrierenden Freund heraus und mache mich an die Arbeit. Es ist Mitternacht, und Effizienz ist das A und O. Ich muss diese sexuelle Spannung loswerden, denn wenn Quinn morgen früh von seinem Lauf zurückkommt, ohne Hemd und verschwitzt, könnte ich sonst auf der Stelle vor ihm explodieren.

Oh. Ja, genau da.

Ganz. Genau. Da.

Leider wird dieser kleine Helfer bald in den Ruhestand gehen. Alle paar Monate muss ich mir ein neues Sexspielzeug kaufen. Es ist, als ob mein Körper gegen alles immun wird. Das ist wirklich scheiße, denn Sexspielzeug ist nicht recycelbar und man kann es natürlich nicht spenden.

Selbst mit Spielzeug brauche ich so lange zu kommen, dass es peinlich ist.

Und mit echten Penissen, Zungen oder Fingern kommen?

Keine Chance. Ich bekomme den Kopf nicht frei.

Männer erwarten einen Orgasmus. Sie erwarten, dass du mit einem Fingerschnipsen von Null zu weltbewegenden „Ja, ja, ja"-Orgasmen kommst. Die peinliche Wahrheit ist, dass ich beim Sex noch nie gekommen bin.

Mein Ex hatte mit seiner Zunge die gleiche Technik, als würde er mit einer Malerrolle eine Wand streichen – lange, breite Striche. Nachdem ich ihm gesagt hatte, dass es nicht darum geht, die ganze Fläche abzudecken, sondern sich auf die richtige Stelle zu konzentrieren, war das Spiel für uns aus.

Die Tatsache, dass ich nicht kommen konnte, wurde zu einem großen Problem in unserer Beziehung und Sex wurde eine lästige Pflicht.

Würde mein Chef von oben es schaffen, dass ich komme? Ich war noch nie mit einem Mann wie ihm zusammen. *Mein Gott*, die Beule in seinen Laufshorts war heute Morgen so auffällig, dass ich mich fragte, ob er nicht ein bisschen steif war.

Die vertraute Hitze baut sich zwischen meinen Schenkeln auf.

Langsam ... langsam.

Ich zwinge mich, den Kopf auszuschalten und stelle mir Quinns harten Körper auf meinem vor.

Ja … ich bin auf dem besten Weg.

Mein Atmen verwandelt sich in Stöhnen, das niemand hört.

My lass, don't leave me alooooone.

Ich erstarre mitten in der Bewegung. Was zum Teufel ist das?

Gesang. *Schrecklicher* Gesang auf der Straße direkt vor meinem Fenster.

Der Typ schmachtet weiter, singt in einem schmerzhaften, klagenden Tonfall, wie eine männliche Todesfee. Mein Schlafzimmer befindet sich in der Vorderseite des Hauses, aber ich kann den Verkehr kaum hören, der Typ singt also *wirklich* laut.

Er steigert sich zu einem höheren Ton.

Verpiss dich, du Idiot.

Ein nerviges Summen begleitet den schlechten Gesang. Mein Handy.

Wer ruft mich denn um Mitternacht an? Wenn es jemand von zu Hause ist, der die Zeitverschiebung vergisst, den bringe ich um. Es sei denn, es handelt sich um einen Notfall. O Gott! *Granny Deirdre.*

Ich greife nach dem Handy und verfluche das Arschloch am anderen Ende der Leitung. Er gibt nicht auf.

Scharfes grünes Licht sticht mir in die Augen und der Anrufer blinkt auf dem

Bildschirm auf.

„Verpiss dich, Liam“, zische ich. Dumpfbacke.

Laut stöhnend drücke ich auf „Ablehnen“ und lasse meine Wut an dem Handy aus.

Nun, da sich Liam in meinen Kopf geschlichen hat, werde ich niemals kommen können. *Das* war mal ein Typ, der schnell kommen konnte. Ich brauchte nur ein wenig an seinem Lümmel zu ziehen und schon explodierte er schneller als ein Benzintank an einem brennenden Streichholz.

Der Verrückte draußen klingt, als würde er betrunken weinen.

„Geh ans Handy, Clodagh!“

Fuck.

Doppelt Fuck.

Bitte sag, dass das nicht wahr ist.

Ich springe so schnell aus dem Bett, dass mir schwindlig wird. Der Vibrator fällt mit einem dumpfen Geräusch zu Boden. Mein Puls hämmert, aber meine Glieder sind wie erstarrt.

Steine schlagen gegen das Fenster. Nicht nur gegen mein Fenster, sondern gegen das Haus im Allgemeinen.

Das ist nicht gut. Ganz und gar nicht gut.

Das betrunkene Geschrei wird lauter.

Ich schleiche mich zum Fenster, reiße die Jalousien hoch, und sehe einen derangierten Liam, der auf dem Bürgersteig hin und her stolpert.

Er hat mich noch nicht bemerkt.

Bitte wecke meinen Chef nicht.

Liam singt irische Liebeslieder. Er ändert den Text, damit er zu meinem Namen passt, aber das funktioniert nicht. Seine Füße hüpfen, als ob der Boden in Flammen steht.

„Clooooodagh!" Es ist der verzweifelte Schrei eines verwirrten Mannes, als würde ihm die Seele aus dem Leib gerissen. Er schließt die Augen, krümmt seinen Rücken und wippt mit den Hüften hin und her, als würde er den Mond anbeten.

Wegen diesem Arschloch werde ich noch gefeuert.

Ich renne durch die Wohnung zur Eingangstür, ohne mir die Mühe zu machen, Socken, Schuhe oder einen Morgenmantel anzuziehen. Es ist mir egal, dass ich die Treppe hinaufstolpere und mir das Knie aufschürfe. Ich werde ihn umbringen.

Wenn Quinn herauskommt, ist das Spiel vorbei.

Mein Herz hämmert in meiner Brust, als ich in den Hauptflur laufe, der Marmor fühlt sich kalt an meinen nackten Füßen an. Ich war noch nie in meinem Leben so wütend.

Die Haustür ist schwer und lässt sich nicht leicht öffnen. Schließlich ziehe ich sie mit Gewalt auf.

Mitten im Satz hört Liam auf zu singen und starrt zu mir hoch, als wäre ich nicht echt.

Dann besitzt er die Frechheit zu lächeln.

„Was soll der Scheiß, Liam?", speie ich und blicke ihn wütend an.

Seine Augen sind blutunterlaufen und glasig. Sein Haar ist ein einziges Durcheinander. Er hält Blumen in der Hand, die aussehen, als wäre man darauf herumgetrampelt.

„Ich habe dich vermisst, Clodagh", lallt er und macht einen Schritt nach vorne. „Ich bin gekommen, um dich zu sehen." Er stolpert die erste Stufe des Stadthauses hinauf. „Wegen dir habe ich seit acht Wochen keinen Sex mehr gehabt."

„Was erwartest du, eine verdammte Medaille? Bleib weg!", kreische ich auf und suche im Flur nach etwas, mit dem ich ihn nach hinten stoßen kann. „Du solltest nicht hier sein."

„Clodagh!" Es ist ein weiteres lautes Heulen tief aus der Magengrube.

„Halt die Klappe, Mann." Ich versuche ihn mit den Händen wegzuscheuchen. „Deinetwegen werde ich noch gefeuert! Hau ab! Verpiss dich, Alter. Geh nach Hause!" Ich setze mein grimmigstes Donegal-Knurren ein. „*Sofort*."

Oben bewegt sich etwas.

„Liam, *bitte*", wimmere ich und flehe ihn mit jeder Zelle meines Körpers an. „*Bitte*. Geh einfach, bevor du mich in Schwierigkeiten bringst."

Er rülpst.

„Da-das tut mir leid. Nein." Er schüttelt wütend den Kopf. „Nein. Das kann ich nicht machen." Er macht noch einen Schritt nach oben, bis er in Schlagdistanz ist. „Diese Nacht, Darling. Meine Güte, diese *Nacht*. Seitdem kann ich an nichts anderes mehr denken."

Er sinkt auf die Knie, streckt die Blumen vor sich aus und beginnt wieder laut zu schmachten. Er schließt die Augen und eine Ader auf seiner Stirn pocht, als leidvolles Krächzen aus ihm herausbricht. Man darf davon ausgehen, dass er es nicht an den Broadway schaffen wird.

Ich sehe rot.

Die kalten Steinplatten fühlen sich wie Eis unter meinen Füßen an, als ich aus der Tür trete und ihm die Blumen aus den Händen reiße.

Dann schlage ich zu. Ich schlage und schlage und schlage.

Damit hat er nicht gerechnet. Er hört mitten im Wimmern auf und Grunzen ersetzt den Gesang.

Ich bin nicht zu bremsen. Ich beschimpfe ihn und schlage ihm immer wieder die Blumen auf den Kopf. Die Blütenblätter fliegen überall hin, doch das ist mir egal.

„Du machst mich verrückt, Clooodagh! Du treibst mich in den Wahnsinn", jammert Liam unter den Blumen. Sein Atem riecht, als ob er gerade einem Schwein einen geblasen hätte.

Ich reiße ihn am Arm und zerre ihn mit überraschender Kraft die Treppe hinunter.

„Was zum Teufel ist hier los?“

Beim Klang der tiefen, rauen Stimme überkommt mich das Grauen.

Ich drehe mich mit vor Schreck zusammengepressten Pobacken um und sehe einen halb benommenen, halb wütenden Quinn in tiefsitzenden Boxershorts, der mich finster anblickt. Er fährt sich mit einer Hand durch seine dunklen Haare.

Das entspricht meiner Fantasie zu sehr.

Seine Augen bohren sich in meine und seine Wut steigt, als er sich das Desaster vor seiner Haustür ansieht.

„Es tut mir so lei...“

Arme legen sich um meine Beine und ein betrunkener Liam hebt mich von den Füßen, ehe ich zu Ende sprechen kann.

Ich stoße einen durchdringenden Schrei aus, als er auf die Füße stolpert und mich über seine Schultern hebt, bis ich in der Luft bin. Liam ist stark. Er arbeitet auf dem Bau. Selbst in seinem betrunkenen Zustand hebt er mich mühelos hoch. Mit einem Arm wirft er mich über die Schulter. Ich falle nach hinten auf seinen Rücken, bis mein Gesicht an seinem Hintern liegt.

Was zum Teufel ist hier los?

Mein Arsch frisst meine Pyjama-Shorts.

„Ich bringe dich wieder nach Queens", schreit Liam, als ein ohrenbetäubender Alarm ertönt. Die Polizei?

Nein, das ist Quinns Hausalarm.

Töte mich.

Ich baumle wie eine Stoffpuppe von Liams Schultern und das Blut schießt mir in den Kopf.

Quinn ruft etwas, aber ich kann es nicht verstehen, weil mein Kopf gegen Liams Hintern knallt.

„Lass mich runter!", krächze ich und schlage mit meinen Fäusten auf seinen Rücken.

Er bewegt sich. Ich spüre jeden Schritt, den er macht, in meinem Hals. Er wird mich fallen lassen und ich werde auf meinem Kopf landen. „Liam, lass mich runter, verdammt. *Sofort!*"

Der Hausalarm übertönt meine Schreie. Jeder in der Straße muss mittlerweile von dem Lärm aufgewacht sein.

Liam legt ein ordentliches Tempo vor, während ich kopfüber hänge und beobachte, wie sich die Steine auf dem Bürgersteig unter mir bewegen.

Ich bin über Wut hinaus.

Um diese Tortur noch schlimmer zu machen, ist das wohl der am wenigsten schmeichelhafte Blickwinkel auf meinen Arsch.

Ich will nur, dass Liam mich hinunterlässt, damit ich mir etwas anziehen, meine Sachen packen, zu Orla gehen und diese schreckliche Erfahrung hinter mir lassen kann.

Mir ist *eiskalt.*

Er bleibt abrupt stehen.

„Lass sie runter“, sagt eine tiefe amerikanische Stimme über mir. Quinn. Er klingt nah.

„Sie ist mein Mädchen“, schnauzt Liam und packt meine Hüfte fester.

„Das soll sie selbst entscheiden.“ Quinn klingt wütend.

Ich sehe ein zweites Paar Füße auf dem Bürgersteig. Haarige große Zehen. Ein warmer Arm gleitet unter meinen Bauch und hebt mich von Liams Schultern auf noch breitere Schultern.

Quinn.

Er atmet schwer. Seine Brust fühlt sich warm an meinem Körper an, wenn man bedenkt, dass er ohne Kleidung draußen steht.

Nun umkreisen uns weitere Füße.

Ich hänge kopfüber über Quinns Rücken und greife mir das Bündchen seiner Boxershorts. Warum setzt er mich nicht ab?

„Sir“, sagt eine andere Stimme mit irischem Akzent. O Gott, ich hoffe, es ist nicht Sam.

„Äh, Mr. ...“, beginne ich.

„Warum habt ihr so lange gebraucht?“, knurrt Quinn, der mich immer noch über die Schulter geworfen hat. „Kümmert euch um den Kerl.“

„Ja, Sir, sofort“, antwortet eine zweite Stimme mit amerikanischem Akzent, während Quinn mich langsam hinunterlässt, bis meine Brust auf seiner Augenhöhe ist.

Ich umklammere seinen Hals, um Halt zu finden, und spüre, wie sich seine Schultermuskeln unter meinem Griff anspannen.

Mein Körper schmiegt sich an seinen, als er mich auf dem Boden absetzt. Ich atme tief ein und versuche, mein rasendes Herz zu beruhigen. Meine Brustwarzen sind durch die kühle Luft hart geworden und streifen durch mein dünnes Tank-Top leicht seine Brust. Sein warmer Atem kitzelt meine Haare, und die Wärme seiner Hände strahlt durch meinen unteren Rücken und verbindet mich mit ihm.

Er fühlt sich wie ein harter, warmer Fels an.

Ich bin *absolut kochend heiß.*

Seine blauen Augen schießen zu den meinen herunter, als hätte ich ihn mit einem elektrischen Blitz getroffen. Dann entlässt er mich ruckartig aus seinem Griff und tritt zurück.

Da sehe ich, mit wem er spricht.

Etwa zehn (ich bin zu aufgelöst, um nachzuzählen) schwarz gekleidete Männer bilden einen Kreis um uns. Alle tragen die gleichen schwarzen Hosen, schwarzen Hemden und Ohrstöpsel.

Ich fühle mich, als würde ich mir einen Film

in Zeitlupe ansehen. Zwei von ihnen schleifen einen streitlustigen Liam an den Achseln die Straße hinunter. Er schreit meinen Namen, als sie ihn wegschleppen.

Ich weiß nicht, wohin sie ihn bringen, aber ich hoffe, es ist ein anderer Staat, denn wenn ich ihn noch einmal sehe, werde ich ihn mit bloßen Händen umbringen.

Während ich Liam beobachte, klappern mir die Zähne und mein ganzer Körper fühlt sich wie Eis an, aber das ist mir egal.

Er hat mich gerade mein Visum gekostet.

„Clodagh, du hast keine Schuhe an, verdammt noch mal“, knurrt Quinn.

Ich kehre in die Realität zurück und drehe mich benommen zu ihm um. Wir berühren uns nicht, und doch fühlt es sich so an.

Sein finsterer Blick wird eindringlicher.

Ich schaue nach unten. Er steht in seinen Boxershorts auf der Straße. Er hat auch keine Schuhe an.

Einer der Männer in Schwarz räuspert sich. „Sir, sollen wir ...“

„Nein“, unterbricht ihn Quinn. Er atmet aufgebracht aus und starrt mich an, als wäre ich die größte Nervensäge in seinem Leben. „Clodagh kann dir morgen früh eine Aussage geben.“

Mir dreht sich der Magen um. Eine Aussage?

Ich schaue mir die Jungs an. Sie sehen alle genauso unruhig aus wie ich. Ich schätze, sie haben es auch versaut, weil sie nicht schneller zur Stelle waren.

Da ist Sam.

Mein schwaches Winken wird mit einem verlegenen Lächeln quittiert, ehe sich seine Aufmerksamkeit auf meine Brust richtet.

Quinns Kiefer spannt sich an. „Geh rein."

Die Nachbarn sehen so eine Show wahrscheinlich nicht sehr oft. Was bekommt man, wenn man einen betrunkenen Iren, ein schlechtes Kinderhausmädchen und einen wütenden Milliardär zusammenbringt?

Eine Abschiebung.

So schnell wie sie gekommen sind, verschwinden die Männer auch wieder.

Ich versteife mich, als Quinn seine Hand auf meinen unteren Rücken legt und mich zum Haus führt. Die Berührung seiner Hand brennt auf meiner Haut. Das muss eine Kombination aus der kalten Nachtluft und meiner Verlegenheit sein. Noch vor wenigen Minuten habe ich davon geträumt, dass diese Hände mich im Bett streicheln.

Ich spüre seinen Atem an meinem Hals, als er spricht. „Pass auf, wo du hintrittst. Da ist Glas."

Quinn führt mich ins Haus und schließt die Tür hinter uns. Er atmet kräftig aus und dreht sich dann zu mir um, die Arme vor der nackten Brust verschränkt.

Ich stehe wie erstarrt im Flur, meine Zähne

klappern und mein Herz hämmert. „Diesmal bin ich aber gefeuert, richtig?“ Die Frage kommt quietschend und schwach heraus.

Ich lasse ihn nicht antworten. „Tun Sie es nicht. Ich will nicht aus New York weg.“

An seine emotionale Seite zu appellieren, funktioniert nicht, wenn man nach dem genervten Kräuseln seiner Lippen geht.

Ich lächle schwach. „Wenn Sie es nicht für mich tun wollen, dann tun Sie es für die Einwanderer.“

Witze funktionieren auch nicht.

Sein Kiefer bewegt sich, während er mich finster anblickt. Er bewegt sich immer. „Du bist verdammt anstrengend.“

Hmm. Das sind nicht gerade Worte der Zuneigung, aber es ist auch kein „Du bist gefeuert“.

Ich versuche mich an einem weiteren schwachen Lächeln. „Immerhin wird es mit mir nicht langweilig. Es tut gut, mal von dem Plan abzuweichen.“

„Hast du ihn gebeten, hierher zu kommen?“

„Was?“ Ich stottere. „Nein. Auf keinen Fall.“

„Ist er dein Ex?“

Ich schüttle entschieden den Kopf. „Nein! Er ist nur jemand, mit dem ich … ich einen Fehler gemacht habe, und er mag mich.“

„Das habe ich mitbekommen“, murmelt er trocken. „Ist das der Typ, der dir SMS geschickt hat?“

Ich nicke. „Ich scheine mich ständig nur bei Ihnen zu entschuldigen", sage ich mit leiser Stimme.

Der Muskel in seinem Kiefer macht Überstunden. „So scheint es. Und es sind erst vier Tage vergangen. Bei Mrs. Dalton sind noch nie solche Idioten vor meiner Tür aufgetaucht. Andererseits sieht Mrs. Dalton auch nicht aus wie du."

Sein Blick fällt auf meine Brust. Ich habe vergessen, dass ich halbnackt bin. Fast.

Als er wieder in meine Augen blickt, blitzt etwas darin auf, das sehr nach Verlangen aussieht. Ich muss von der Kälte im Delirium sein.

„Ist das der letzte von den Typen, die von dir besessen sind, oder soll ich meinen Männern sagen, dass sie nach mehr Ausschau halten sollen?"

Wenn er Witze macht, dann bin ich noch nicht gefeuert.

Macht er Witze?

Er lächelt nicht.

„Die anderen habe ich in Irland gelassen."

Sein finsterer Blick lässt nicht nach.

„Äh, was werden sie mit ihm machen?", frage ich etwas besorgt wegen Liam. Der Typ ist ein Arsch, aber ich will nicht, dass er wegen eines betrunkenen Fehlers in ernsthafte Schwierigkeiten gerät.

„Es ist unwahrscheinlich, dass du noch

einmal von ihm hören wirst.“

Oje.

„Sie werden ihn … umbringen?“

Ich erbleiche wohl, denn er lacht beinahe. *Beinahe*. „Nein, Clodagh, ich bin kein Mörder. Sie werden ihn mit einer strengen Verwarnung in ein Taxi verfrachten.“

„Oh“, hauche ich. „Sie haben einen Witz gemacht.“ Ich seufze erleichtert. „Es tut mir so leid, dass ich Sie geweckt habe. Ist Teagan wach?“

„Sie verschläft alles. Anscheinend ist das eine Fähigkeit von Teenagern.“

Ich nicke und spüre, wie sich ein kalter Schauer über meine Schultern legt. Ich werfe einen Blick auf meine Brustwarzen, die wie Kleiderhaken hervorstehen, und verschränke abrupt die Arme vor der Brust.

Killian erstarrt.

Keiner von uns beiden spricht.

Mein Blick fällt an seinem köstlichen Oberkörper hinunter auf den Umriss seines Schwanzes in den Boxershorts. Ist er halbsteif? Hitze durchflutet mich, während ich hinunterstarre. Er ist ein richtiger Mann.

Ich höre auf zu atmen.

Als ich wieder hochschaue, starrt er mich mit verhangenen Augen an, die vor unverhohlenem Hunger glühen.

Er will mich ficken. Denke ich. Nein, ich weiß es. Ich weiß, dass er das will. Genau hier im Flur, so hart wie er kann.

Der Mann würde mich in Stücke reißen.

Meine Lippen öffnen sich unwillkürlich. Meine Oberschenkel spreizen sich leicht. Mein Herz setzt einen Schlag aus.

Er wird mich küssen.

Bitte.

„Geh ins Bett", sagt er, seine Stimme ist rau.

Er dreht sich abrupt um und macht ein paar Schritte in Richtung der großen Treppe zu seinem Schlafzimmer, ehe er stehen bleibt. „Willst du einen Schlummertrunk?"

„Klar", flüstere ich.

Er nickt knapp. „Zieh dir einen Morgenmantel oder so über." Seine Stimme ist besonders schroff, während sein Blick ein letztes Mal über meinen Körper gleitet und einen weiteren heftigen Schauer auslöst.

Ich habe wohl eine Unterkühlung.

13

Killian

Ich hätte die ganze verdammte Angelegenheit vielleicht komisch gefunden, wenn ich nicht so gereizt wäre. Gott allein weiß, warum ich sie nicht auf der Stelle gefeuert habe. Stattdessen sitze ich hier, wider besseres Wissen, und warte für einen Schlummertrunk auf Clodagh.

Leise Schritte tapsen auf die Küche zu. Ich schaue auf und sehe sie in einen Morgenmantel gehüllt. Gott sei Dank. Auf ungewollte Erregung kann ich gut verzichten.

„Hi", sagt sie verlegen und bleibt in der Küchentür stehen, als hätte sie Angst, dass ich sie beiße.

Sie wirft einen Blick auf mein Outfit – eine graue Jogginghose und ein weißes T-Shirt – und sieht erleichtert aus, dass ich nicht länger nur Unterwäsche anhabe.

Ich erhebe mich von dem Barhocker, gehe zum Getränkeschrank und nicke ihr zur Begrüßung leicht zu.

Sie stellt sich neben mich und lungert unbeholfen umher. Ihr Morgenmantel sitzt lockerer, als mir lieb ist. Ich wende meinen Blick von dem Schlitz an ihrem Oberschenkel ab, der weiche, cremige Haut enthüllt.

„Soll ich einschenken?"

Ich deute mit dem Kinn auf den Barhocker. „Du bist jetzt nicht im Dienst."

Sie lächelt kokett und neigt den Kopf nach oben. „Wenn ich nicht im Dienst bin, heißt das, dass Sie gerade nicht mein Chef sind?"

Ich trete näher an sie heran, nah genug, um ihren Duft zu riechen und jede helle Sommersprosse auf ihrer Nase zu sehen.

Lust überkommt mich zum denkbar schlechtesten Zeitpunkt und mein Schwanz wächst in meiner Jogginghose. Ich befinde mich auf dem Niveau eines Höhlenmenschen und will sie ficken. Ihren Körper auf den Küchentisch legen, meinen wütend pulsierenden Schwanz tief in ihrer engen jungen Muschi vergraben und spüren, wie sie sich um mich herum zusammenzieht.

Doch dass ich sie körperlich begehre, bedeutet nicht, dass ich so dumm bin, dem auch nachzugeben. In New York wimmelt es nur so von schönen Frauen, und ich habe nicht vor, mit der kleinen irischen Unruhestifterin irgendwelche Grenzen zu überschreiten.

„Ich bin immer dein Chef. Tu, was man dir sagt und setz dich."

Ihr Gesicht errötet, während sie nervös lacht und versucht, ihre offensichtliche Reaktion auf mich zu verbergen. Wird diese kleine Muschi gerade feucht für mich?

Sie tut wie geheißen und setzt sich.

Ich schenke zwei großzügige Gläser Whiskey auf Eis ein, ehe ich zur Kücheninsel gehe und mich auf den gegenüberliegenden Hocker setze. Auf diese Weise kann ich den Schlitz an ihren Schenkeln nicht sehen, während sie sitzt.

Ich reiche ihr das Glas und unsere Blicke treffen sich, als sie es entgegennimmt. „Die Iren machen Whisky nicht so gut wie die Schotten. Das ist einer der besten Whiskys, den du je trinken wirst, über dreißig Jahre lang in den Highlands gereift."

„Älter als ich." Sie hält ihn sich unter die Nase und bricht in einen Hustenanfall aus. „Ich glaube es Ihnen auch so."

„Probiere ihn."

Sie schnuppert ein zweites Mal daran. „Was, wenn ich Whisky verabscheue? Habe ich denn keine Wahl?"

„Du wirst ihn nicht verabscheuen."

Wenig überzeugt führt sie das Glas an ihre Lippen und nimmt zögernd einen Schluck. Ihr Gesicht verzieht sich, als die Flüssigkeit in ihrer Kehle ankommt.

„Gut?", frage ich.

„Stark. Ich habe nicht viel, womit ich ihn

vergleichen könnte." Sie versucht sich an einem zweiten Schluck. „Es brennt auf dem Weg nach unten."

Sie dreht sich leicht auf dem Hocker und ihre Augen kräuseln sich zufrieden. „Ich bin froh, dass wir den unglücklichen Vorfall heute Abend hinter uns haben."

„Wir haben noch nichts hinter uns. Ich überlege noch, ob ich dich maßregeln soll."

„Oh." Ihr Mund klappt auf, während sie versucht herauszufinden, ob ich es ernst meine. Sie beißt sich nervös auf die Unterlippe und ihre Augen verraten die Erregung, die sie zu verbergen versucht. „Wie ... wie würden Sie mich maßregeln?"

Unsere Blicke treffen sich und die rasch anschwellende Energie lädt sich in der Luft zwischen uns auf.

Mein Griff um das Glas wird fester. „Willst du wirklich damit anfangen?" Ich halte den Blickkontakt und ihr Gesicht wird knallrot.

Sie unterdrückt es. Nervös zwirbelt sie eine Locke ihres tiefroten Haares und schaut auf ihr Glas hinunter. „Ich verstehe nicht, wie Liam an die Adresse gekommen ist", sagt sie leise und versucht, die Spannung in der Luft zu entschärfen. „Die Einzige, die sie hat, ist meine Freundin Orla, und sie würde sie ihm nicht geben."

„Meine Adresse steht im Internet."

„Sehen Sie?" Sie stößt einen Atemzug aus.

„Das können Sie mir nicht vorwerfen. In Wirklichkeit bin ich das Opfer." Sie führt das Glas erneut an ihre Lippen und trinkt diesmal einen viel größeren Schluck.

Ihr Morgenmantel lockert sich. Darunter trägt sie noch immer das fadenscheinige Oberteil. In einem anderen Leben wäre ich dichter zu ihr gegangen und hätte ihr den Morgenmantel sanft von den Schultern geschoben, um ihre glatte Haut freizulegen. Ich hätte an ihrem Hals angefangen und wäre langsam zu ihren Brüsten hinuntergewandert, wo meine Zunge jede liebkost hätte, bis sie mich angefleht hätte, sie zu ficken. Verdammt noch mal! Ich werde schon bei dem Gedanken daran hart.

„Versuchst du, an meine Gefühle zu appellieren?", frage ich mit rauer Stimme.

„Ja." Ihre Augen fixieren meine, während ich einen großen Schluck aus meinem Glas nehme. „Funktioniert es?"

„Nein." Aber ich kann mir den Anflug eines Grinsens nicht verkneifen. „Du bist ein zähes kleines Ding, was? Du hast es ihm mit diesen Blumen wirklich gegeben. Fast hätte ich nicht eingreifen müssen."

Sie lacht und die Anspannung fällt ihr von den Schultern ab. „Ich habe eine Menge Übung dadurch mit drei verrückten Brüdern aufgewachsen zu sein. Ich verstehe, dass Sie sich Sorgen um Teagan machen, aber Liam wird sich hier nicht mehr blicken lassen. Ich schwöre, ich bringe ihn selbst um, wenn es sein muss."

„Erstens", beginne ich langsam, meine Finger umschließen das Glas. „Ich weiß, dass dein Freund nicht zurückkommen wird, das garantiere ich. Zweitens ist er keine Gefahr für das Wohl meiner Tochter. Und drittens hast du mir heute Abend Grund gegeben, mir Sorgen um *dein* Wohlergehen zu machen."

Sie blickt überrascht drein. „Das müssen Sie nicht tun, aber das ist sehr nett."

„Es ist nicht nett. Als Arbeitgeber habe ich eine Pflicht. Wenn mein Personal aus meinem Haus entführt wird, geht mich das etwas an."

Sie macht ein langes Gesicht. „Okay. Nun ... trotzdem danke, dass Sie mich gerettet haben. Das hätten Sie nicht tun müssen."

„Das hätte ich nicht tun müssen sollen." Ich seufze. „Es wird eine Untersuchung eingeleitet, um herauszufinden, warum das Team so langsam reagiert hat."

„Was?" Vor Entsetzen macht sie große Augen. „Sie dürfen meinetwegen niemanden feuern!"

„Es wird nicht deinetwegen sein. Sie kennen ihre Aufgabenstellung."

„Nun, ich fand sie schnell. Ich schwöre, sie sind einfach aus dem Nichts aufgetaucht."

Mein Mund zuckt vor Belustigung leicht. „Das Sicherheitssystem hat ungewöhnliche

Aktivitäten festgestellt und sie alarmiert."

„Ich schätze, ein jaulender betrunkener Ire ist auf der Fifth Avenue ein wenig ungewöhnlich." Sie bewegt sich unbehaglich und sieht zerknirscht aus. „Liam tut mir fast leid. Er hat nicht mit einer Armee von Leibwächtern gerechnet."

„Dann ist er ein Narr. Ich bin der dreizehntreichste Mann in den Staaten. Natürlich habe ich ein Sicherheitsteam."

„Aber in diesem Teil New Yorks wirkt es so sicher." Sie runzelt verwirrt die Stirn. „Ich hätte nicht gedacht, dass Sie so viele Sicherheitsvorkehrungen brauchen."

„Nirgendwo ist es sicher. New York ist kein Märchenschauplatz." Harlow war wie Clodagh – sie glaubte, die Welt sei voller guter Menschen und verstand nicht, warum irgendjemand Schutz brauchen sollte. Meine Brust zieht sich bei dem Gedanken zusammen, dass Clodagh unter meiner Aufsicht etwas zustoßen könnte.

Nichts wie dieser irische Idiot. Eine *echte* Bedrohung.

Ich trinke noch einen Schluck Whisky und studiere sie. „An diesem Typ Mann bist du also interessiert?"

Sie sieht beleidigt aus. „Jetzt habe ich das Bedürfnis, meinen Männergeschmack zu verteidigen. Er ist nicht immer so ein Trottel." Sie hält inne und streicht mit den Fingern über den Gläserrand. „Am Anfang war er süß. Er wurde nur ein bisschen besitzergreifend, nachdem wir …"

Meine Augenbrauen heben sich. „Ich habe gerade einen Kerl davon abgehalten, dich zu entführen und dich mitten in der Nacht wie einen Sack Kartoffeln durch die Straße zu tragen. Ich glaube nicht, dass du dich in einer Position befindest, deinen Männergeschmack zu verteidigen."

Sie blickt mich finster an. „Ich möchte nicht mit einem Sack Kartoffeln verglichen werden, vielen Dank. Sollte das ein rassistischer Scherz sein? Glauben Sie mir, ich kenne alle Kartoffelwitze, die es über die Iren gibt."

Ich kann mir ein leises Lachen nicht verkneifen. „Die Iren sind keine Rasse, Clodagh."

„Ich entspreche allerdings dem Klischee", sagt sie grinsend. „Ich liebe Kartoffeln. Man sollte sie zum Frühstück, Mittag- und Abendessen essen. Es gibt nichts Besseres, als Butter, die über das cremige, fluffige Paradies fließt und auf der Zunge zergeht. Alles andere auf dem Teller ist nur Beiwerk." Sie leckt sich tatsächlich über die Lippen.

Mein Gott, bei ihr klingt Kartoffeln essen tatsächlich erotisch.

„Es gibt nicht genug Kartoffeln in Ihrer Menüauswahl."

„Du kannst welche hinzufügen."

Sie schnappt nach Luft und täuscht einen Schock vor. „Ich darf *Änderungen* am Handbuch vornehmen?“

Ich fange an, Mrs. Dalton ihre Gründlichkeit zu verübeln. „So festgefahren bin ich nicht.“

Ihr Grinsen deutet an, dass sie das Gegenteil glaubt. „Bin ich das schlechteste Hauskindermädchen, das Sie je hatten?“

„Wahrscheinlich, aber die letzten beiden haben nicht lange genug durchgehalten, als dass ich mir sicher sein könnte.“

Sie nickt. „Sie haben sie verscheucht.“

„Muss ich wohl.“ Ich halte inne. „Mache ich dir Angst, Clodagh?“

Ich beobachte, wie sie die Antwort in Gedanken abwägt. „Ich finde Sie einschüchternd. Sie machen mich ein bisschen nervös.“

Ich versuche nicht, sie zu beschwichtigen und lasse ihre Worte in der Luft hängen. „Heute Nacht warst du dankbar, dass ich jemanden verscheucht habe.“

„O *Gott*“, stöhnt sie. „Das ist mir so peinlich. Ich verspreche Ihnen, dass Sie niemanden mehr verscheuchen werden müssen.“ Sie zieht ihre Unterlippe zwischen die Zähne, um ein Lächeln zu unterdrücken. „Obwohl Sie sicher eine Menge verrückter Verehrerinnen haben.“

„Weil ich Milliardär bin?“

„Nein, weil Sie ... hmm ...“ Sie wendet rasch den Blick ab. „Es ist offensichtlich, dass Sie viele

Verehrerinnen haben. Das steht im Handbuch."

„Ich schätze, das Handbuch hat mich gut durchschaut."

Sie leert den letzten Schluck aus ihrem Glas und schenkt mir dann ein verschmitztes Grinsen, bei dem ich sie übers Knie legen will, um ihr genau zu zeigen, wie ich sie für heute Abend maßregle. „Ich bin mir nicht sicher, dass Sie irgendjemand durchschaut hat, Mr. Quinn."

Ich fahre mir aufgebracht mit der Hand über den Kiefer. Wenn sie mich weiter so anschaut, drohe ich, meine eigene Regel zu brechen, mich nicht mit dem Personal zu verbrüdern.

Stattdessen höre ich mich sagen: „Du hast das breiteste Lächeln, das ich je gesehen habe."

Ihr Lachen klirrt durch die Küche. „Soll das ein Kompliment sein?"

„Du hast ein schönes Lächeln", korrigiere ich mich. Ihr Lächeln ist das erste, was mir an ihr aufgefallen ist.

Ihre Augen weiten sich überrascht. „Die Leute sagen, es sei zu breit für mein Gesicht."

„Diese Leute sind Idioten."

Verblüfft stammelt sie: „Danke." Sie sieht so verblüfft aus, dass ich ihr ein Kompliment gemacht habe, dass ich mich frage, ob sie mich für ein Monster hält.

Ich bin eher ein Heiliger, nachdem sie mich diese Woche derart auf die Probe gestellt hat. In mancher Hinsicht ist sie völlig durcheinander. In anderen Bereichen scheint sie vernünftig zu sein.

Aber Teagan wird mit ihr schneller warm als mit den anderen Kindermädchen, und meine Tochter steht an erster Stelle.

„Warum sehen Sie mich so an?“, fragt sie.

Ich runzle wohl die Stirn. „Ich werde aus dir nicht schlau.“

„Gerade von Ihnen klingt das komisch. Ich bin ein offenes Buch. Was wollen Sie wissen?“

„Warum bist du wirklich nach New York gekommen? Warum hast du dein Leben in Irland hinter dir gelassen?“

Sie atmet durch und lächelt dann. „Vielleicht war mein Leben in Irland nicht so, wie ich es mir gewünscht habe.“

Meine Neugierde ist geweckt. „Erkläre mir das.“

Ihr Blick richtet sich auf das Glas auf dem Tisch. „Ich habe Ihnen ja erzählt, dass das mit meinem Geschäft nicht funktioniert hat“, beginnt sie schließlich. „Ich habe es vor etwa einem Jahr mit meinem Ex gegründet. Er hatte diese großen Pläne über Marketingstrategien, die Anmietung eines Raums, einen Online-Shop ... Ich habe mich mitreißen lassen und meine Ersparnisse hineingesteckt. Keine Milliarden, aber genug, um mir wehzutun.“ Sie lächelt traurig.

„Seinetwegen hatte ich große Träume, ohne Verständnis für die Details.“ Ihre Brust hebt sich mit einem Seufzer.

„Eines Tages war das Geld dann einfach … weg. Puff. Einfach so. Mir ist alles um die Ohren geflogen. Bis heute weiß ich nicht, wofür er es ausgegeben hat." Ihre Stimme geht in ein verbittertes Lachen über. „Ich glaube, er hat es für sein neues Auto ausgegeben."

Ihr Gesichtsausdruck rührt einen Beschützerinstinkt in mir an. Ich würde jeden Mistkerl umbringen, der versucht, Teagan zu verarschen.

Sie sieht kleinlaut zu mir auf. „Ich habe meinen Job gekündigt, um das Geschäft zu gründen. Es war immer mein Traum, in New York zu leben, und als mir dann alles um die Ohren flog, dachte ich, es sei der richtige Zeitpunkt, zu verschwinden. In Irland zu bleiben, hat mich nur die ganze Zeit daran erinnert, wie dumm ich bin."

„Du bist nicht dumm, Clodagh", erwidere ich leise. „Du bist einfach vertrauensvoll. Du hast es verdient, besser behandelt zu werden. Er scheint ein Mistkerl zu sein."

„Ich bin wohl eher naiv. Ich habe zu ihm aufgesehen, weil er so klug war. Ich hätte nie gedacht, dass ich mein eigenes Geschäft gründen könnte. In der Schule war ich in den wichtigen Fächern das Schlusslicht." Sie erbleicht. „Das sollte ich Ihnen wahrscheinlich nicht erzählen. Wenn ich Ihre Tochter wäre, wären Sie sehr enttäuscht von mir. Ich bin überwältigt davon, wie viel Teagan leistet, ganz zu schweigen von ihren Schularbeiten."

„Du bist nicht meine Tochter." Ich starre sie an und spüre, wie sich mein Kiefer verkrampft. „Und so funktioniert das Vatersein nicht. Man liebt alles an seiner Tochter, auch ihre Schwächen."

Sie zuckt mit den Schultern. „Jedenfalls ist nicht alles schlecht. Ich wollte schon in New York leben, seit ich mit acht Jahren *Kevin – Allein in New York* gesehen habe. Und hier bin ich nun."

„Wenn das Leben in New York doch nur ein Disney-Märchen wäre."

„Ich brauche kein Märchen. Ich wäre glücklich, wenn ich in New York leben und Türen schleifen könnte. Das reicht. Ich bin ein einfaches Mädchen. Keine großen Träume." Sie sieht mich neugierig an. „Was ist Ihr Traum? Sind sie alle in Erfüllung gegangen?"

„Ich habe keine Träume."

Sie beäugt mich skeptisch. „Das glaube ich nicht. Jeder hat Träume, auch wenn er Angst hat, darüber zu reden."

„Wenn du das sagst."

„Das tue ich." Ihr Grinsen lässt vermuten, dass sie eine unausgesprochene Schlacht zwischen uns gewonnen hat. Ihre Fingerspitzen streichen über den Rand ihres Glases und deuten an, dass sie nachgeschenkt bekommen möchte. „Ich glaube auch, dass Sie hinter Ihrem coolen Äußeren nicht so furchteinflößend sind, wie Sie die Leute glauben machen wollen."

Meine Brust zieht sich zusammen, als sie mich anblickt. In ihren Augen glüht eine Mischung aus Hitze und Hoffnung. „Zweifle nicht daran, das bin ich."

Sie zieht eine leichte Schnute. „Muss ich Sie wirklich immer noch Mr. Quinn nennen? Darf ich Sie nicht Killian nennen? Killy?"

Ich leere mein Glas und erhebe mich. „Geh ins Bett. Wir müssen beide um fünf Uhr aufstehen."

Ihre smaragdgrünen Augen weiten sich vor Enttäuschung, doch sie nickt.

Als sie aufsteht, rutscht ihr Morgenmantel von einer Schulter und gibt den Ansatz ihrer perfekten, kleinen Brüste frei. Jetzt werde ich garantiert nicht mehr einschlafen.

„Und doch, du darfst mich Killian nennen. Erwarte nicht, dass du deinen Job behältst, wenn du mich auch nur einmal *Killy* nennst."

Am Morgen bin ich erschöpft. Nach meinem Lauf habe ich beschlossen, später zur Arbeit zu gehen. Es wird schön sein, einmal mit meiner Tochter zu frühstücken. Wir verbringen nicht genug Zeit miteinander, und wenn doch, bekomme ich dieser Tage nur mürrische Blicke und Wutanfälle ab. Mein kleines Mädchen dazu zu bringen, mit mir zu reden, ist vergebliche Liebesmüh.

„Hi“, zwitschert Clodagh, als ich die Küche betrete. Sie reicht mir einen Kaffee. „Ich habe es bis zum Ende der Woche geschafft.“

Meine Augenbrauen heben sich. Das ist ein bisschen voreilig, wenn man die Ereignisse der letzten Nacht bedenkt. „Die Woche ist noch nicht vorbei.“

Sie blickt finster drein, weiß aber, dass sie es gut sein lassen muss.

Das Geräusch von Teagans Schritten im Flur lässt mich lächeln. Sie weiß nicht, dass ich hier bin.

Ich drehe mich um, um sie zu begrüßen. „Morgen, Scha… Was zum Teufel?“ Ich hoffe, das ist ein Scherz. „Sag mir, dass das eine Perücke ist!“

Das schöne, von Natur aus dunkelrote Haar meiner Tochter hat eine schreckliche neonrote Farbe. Ihre Stirn sieht aus, als würde sie einen Ausschlag bekommen.

Teagan zuckt zusammen, hebt aber trotzig ihr Kinn, als sie die Küche betritt.

Ich knalle meinen Kaffee hin und stehe auf. „Was zum Teufel hast du getan?“ Sie sieht aus wie ein verrückter Clown.

Sie nimmt den Frühstücksteller von Clodagh entgegen und weicht meinem wütenden Blick aus. „Danke, Clodagh.“

„Teagan“, knurre ich und versuche, meine

Wut zu zügeln.

Schließlich blickt sie mir in die Augen, als sie den Teller abstellt und sich setzt. „Es sind meine Haare. Ich kann damit machen, was ich will."

Ich verenge meine Augen. „Nein, das kannst du verdammt noch mal nicht. Sieh dir an, wie dein Kopf aussieht! Wie zum Teufel willst du so zur Schule gehen?"

„Achte auf deine Ausdrucksweise, Dad."

Ich lehne mich an den Tresen und kneife mir in den Nasenrücken. Gib mir verdammt noch mal Kraft. „Du bist zwölf Jahre alt. Du darfst so etwas nicht ohne meine Erlaubnis tun. Nein, streich das; du darfst *nichts* ohne meine Erlaubnis tun."

„Du hättest es mir nicht erlaubt!", schreit sie und spießt ihre Eier mit der Gabel auf. „Und ich bin fast *dreizehn!*"

„Verdammt richtig, das hätte ich nicht", brülle ich.

Sie schnaubt, als ich ihr Kinn in die Hand nehme und ihre Stirn begutachte. „Du siehst aus, als hättest du eine verdammte allergische Reaktion."

Ich habe kein bisschen geschlafen. Alles, was ich wollte, war ein schönes Frühstück mit meiner Tochter, und nun das.

„Du hast ohne meine Erlaubnis Haarfärbemittel gekauft. Ich sage dir ständig, dass du zu jung bist, um dir die Haare zu färben, aber du hast dich meinem Verbot trotzdem widersetzt." Und das billigste, übelste Zeug, das es auf dem Markt gibt, wenn man den schrecklichen Zustand ihres Kopfes betrachtet. „Wann?"

Sie entzieht sich meiner Berührung. „Ich habe nichts gekau... es ist ... Lebensmittelfarbe und ein wenig Götterspeise."

Ich starre sie ungläubig an. „Bist du verrückt?"

Meine Brust spannt sich an, als ich ausatme. Ist dieses Verhalten normal für junge Mädchen? Warum sollte sie so etwas Lächerliches und Scheußliches tun wollen?

„*Clodagh* hat es gemacht, als sie so alt war wie ich", sagt Teagan trotzig.

Ich drehe mich zu Clodagh um. Sie ist so still, dass ich vergessen habe, dass sie in der Küche ist.

Sie schaut mit offenem Mund in entsetzter Stille zu.

„Tut mir leid, Clodagh", sagt Teagan kleinlaut neben mir.

Clodagh schluckt einen Mundvoll Luft, die Fröhlichkeit ist aus ihrem Gesicht gewichen. „Ich habe nur gesagt, dass ich meine Haare gehasst habe, als ich jünger war und ..." Ihre Stimme verliert sich. „Ich wollte nicht, dass Teagan das macht."

„Das machen Kinder nun mal so, Clodagh", sage ich mit zusammengebissenen

Zähnen. „Sie spiegeln die Erwachsenen. Sie wiederholen, was wir tun."

O Gott. Das ist meine Schuld, weil ich ein junges Kindermädchen ohne Erfahrung eingestellt habe.

„Ich bin fast dreizehn", jammert Teagan hinter mir. „Ich kann meine eigenen Entscheidungen treffen."

Ich rucke meinen Kopf herum und werfe meiner Tochter einen mörderischen Blick zu. „Teagan, wenn du noch ein Wort sagst, verlängere ich deinen zweiwöchigen Hausarrest um eine Woche."

Ihre Lippen beben, als sie Messer und Gabel auf ihren Teller knallt. „Aber ich treffe mich morgen mit Becky. Ich *hasse* dich. Das ist nicht fair!"

„Ich weiß, dass du mich hasst", knurre ich. „Aber du musst mir trotzdem etwas Respekt entgegenbringen."

„Auf ein Wort, Clodagh", sage ich mit zusammengebissenen Zähnen und nicke in Richtung der hinteren Terrasse. Dank meiner Tochter und ihrem Kindermädchen werde ich bis zum Mittag nur noch Stümpfe als Zähne haben.

Sie folgt mir schweigend nach draußen.

„Hast du eine Ahnung, wie man ein verantwortungsvoller Erwachsener ist?", schnauze ich sie an, sobald sie die Schiebetüren schließt.

Sie sieht mich stirnrunzelnd an. „Ich weiß nicht, ob du darauf eine ernsthafte Antwort haben willst."

„Was hast du noch getan, das ich wissen sollte? Wird meine Tochter als nächstes schwanger nach Hause kommen?"

Ihr Stirnrunzeln verwandelt sich in etwas Wütenderes. „Das ist wirklich unangebracht, Killian. Ich habe meine Jungfräulichkeit erst mit einundzwanzig verloren, wenn du es unbedingt wissen willst. Ich war Spätzünderin."

Vor drei Jahren.

Das hätte ich nicht wissen müssen.

Ich lehne mich an die Wand und überrage sie. „Ich will ganz deutlich sein. Du wirst meine Tochter in keinster Weise beeinflussen. Hast du mich verstanden?"

Sie presst die Lippen zusammen, während Schmerz in ihrem Gesicht aufblitzt. „Ich finde, du überreagierst. Sie hat weder sich selbst noch jemand anderem etwas angetan. Du tust, als hättest du sie beim *Meth-Konsum* erwischt."

„Du hast mir nicht zu sagen, ob ich überreagiere", schnauze ich und verschränke meine Arme. „Du hast keine Ahnung davon, wie es ist, ein Elternteil zu sein."

Sie versteift sich, richtet sich auf und versucht, meinem Blick zu begegnen. „Nein, aber ich war auch mal Teenagerin."

Als sie sich aufbäumt, ist sie ganz nah, so

verdammt nah, dass ihr Duft nach Kokosnuss und Blumen meine Sinne überflutet. So berauschend, sexy, verdammt lecker. Für einen Moment vergesse ich fast, warum ich wütend bin. Wenn ich nur ein wenig nach vorne trete, würde ich ihre weichen Lippen auf meinen spüren ...

Stattdessen stoße ich einen angespannten Seufzer aus. „Teagan lässt sich leicht beeinflussen. Du musst vorsichtig sein, was du in ihrer Gegenwart sagst."

„Verstanden." Sie nickt. „Pass auf, wenn du wirklich willst, dass sie deine Warnungen beherzigt, musst du ihr erklären, warum, und sie nicht einfach mit ‚*Das ist schlecht für dich, weil ich es sage*' abspeisen." Ihre Stimme wird tiefer, als sie meinen Dialekt nachahmt, und ich schaue sie finster an. „Sie will sich nur ausdrücken, das ist alles. Weißt du überhaupt, warum es schlecht für sie ist, ihre Haare zu färben?"

Mein Kiefer krampft sich vor Frustration zusammen. „Es ist voller Chemikalien. Offensichtlich ist es schlecht für sie."

„Aber sie sieht, dass Erwachsene es benutzen, also ist das keine gute Antwort für sie. Ich glaube, es liegt daran, dass junge Menschen dünneres Haar haben, das sich noch entwickelt, und dass Färbemittel deshalb schädlicher ist. Aber zitiere mich nicht. Ich bin keine Ärztin. Offensichtlich." Achselzuckend hebt sie die Schultern. „Aber du solltest dich damit befassen und es Teagan so erklären, dass sie es auch versteht."

Ich öffne meinen Mund, um zu antworten, und schließe ihn wieder. Verdammt! Clodagh hat da nicht ganz unrecht. Meine Antwort beruht nicht vollständig auf Tatsachen, und das weiß sie. Ich wiederhole nur, was ich für wahr halte.

Ich atme schwer aus, der Kampfeswille verlässt mich.

„Nur fürs Protokoll: Es tut mir leid, dass ich den Streit verursacht habe", sagt sie leise, als ich stumm bleibe. „Und ich dachte, ich hätte die erste Woche überstanden. Berühmte letzte Worte, was?"

14

Clodagh

Am Freitagabend denke ich mir, wenn ich nicht im Haus bin, kann ich keinen Ärger bekommen und Killian kann abkühlen. Zum Glück bestellt er Essen in einem seiner schicken Restaurants, sodass ich Feierabend machen kann, sobald er von der Arbeit nach Hause kommt.

Teagan stromert wie ein wütender Stier durch das Haus. Ich versuche, sie aufzumuntern, aber nichts kann die Miesepetrigkeit durchbrechen, die sie durch den Hausarrest hat.

Als ich also am Freitagabend über die Brücke zurück nach Queens fahre, bin ich tatsächlich ein wenig erleichtert.

Da Orla nicht an der Bar arbeiten muss, sehen wir uns eine Comedy-Show an und flirten mit Typen, die versuchen, unseren Dialekt nachzuahmen (gähn), verzeihen ihnen aber, weil sie gut aussehen. Ich bin flatterhaft.

Am Samstagmorgen gebe ich meine

Yogastunde, dann gehen Orla und ich im Park spazieren. Ich liebe die New Yorker Parks an den Wochenenden. Perfekt, um Leute zu beobachten.

„Liam hat mich gebeten, dir eine Nachricht zu auszurichten, weil du ihn ignorierst", sagt Orla zu mir. „Er möchte, dass du ihm noch eine Chance gibst."

Ich kann mir ein Schnauben nicht verkneifen. „Sag ihm, die Nachricht wurde nicht zugestellt."

„Er ist völlig fertig. Er tut mir fast leid." Sie grinst mich verlegen an. „Er ..."

„Er was? Spuck's aus."

„Er hat allen in der Kneipe erzählt, dass du mit deinem neuen Chef schläfst."

Ich halte kurz inne und verschlucke mich fast an meinem Kaffee. „Was zum Teufel? Warum zum Teufel erfindet er so einen Scheiß? Nur weil ich nicht auf *ihn* stehe? Mann."

Ich hätte nicht gedacht, dass ich noch wütender auf Liam sein könnte. Da habe ich mich geirrt.

„Ich bin nur die Botin." Sie zuckt mit den Schultern. „Er meinte, er hat gesehen, wie Killian dich neulich Abend angesehen hat."

„Als ob er mich umbringen wollte?"

„Nein, als ob er Liam und alle anderen, die sich ihm in den Weg stellen, um an dich heranzukommen, ausschalten würde. Ich habe versucht, ihm zu sagen, dass das Blödsinn ist. Mit Killian zu schlafen, steht nicht zur Debatte." Sie wirft mir einen Seitenblick zu. „Stimmt's?"

Ich verdrehe die Augen und schaue weg. *Also hat sogar Liam die aufgeladene Atmosphäre zwischen Killian und mir in dieser Nacht bemerkt.* „Liam konnte nicht mal sehen, was direkt vor seiner Nase war. Er war nicht in der Lage, irgendetwas zu beurteilen."

Hat das Sicherheitspersonal die seltsame Spannung auch bemerkt? Ich kann Sam auf keinen Fall danach fragen.

Mein Handy piept und ich ziehe es aus der Tasche meiner Yogahose.

Killian: Wo bist du?

Keine Nettigkeiten. Kein Anzeichen der Stimmung.

Mein Gott, was ist nur los mit mir? Mein Herz klopft wie wild. Es ist nur eine SMS. Und ich arbeite heute nicht, also bin ich ihm keine Antwort schuldig.

„Liam?", fragt Orla.

„Nein", sage ich, den Blick auf das Handy gerichtet, während ich umherwandere. „Killian."

„Warum schreibt er dir an einem Samstag?" Sie runzelt die Stirn. „Du arbeitest doch heute gar nicht."

„Er will wissen, wo ich bin", murmle ich. *Aber warum?*

„Arschloch. Ich hoffe, er versucht nicht, dich

in Arbeit zu verwickeln.“

Ich schreibe ihm zurück und sage ihm, dass ich mit Orla in Queens bin.

Fast sofort tauchen seine Tipp-Punkte auf.

Killian: Einer aus dem Team wird dich abholen, wenn du wieder zurück nach Manhattan willst.

Ich zeige Orla die SMS. „Ich glaube, er versucht, nett zu sein?“

Sie liest sie und runzelt die Stirn. „Du musst nicht abgeholt werden. Er ist nicht dein Vater.“

Ich schreibe **schon gut** und sofort klingelt das Handy in meiner Hand.

„Er ruft an? Gott, er ist so schwer von Begriff. Geh nicht ran.“

„Killian“, sage ich und halte das Handy an mein Ohr.

„Clodagh“, antwortet seine schroffe Stimme. „Warum willst du nicht abgeholt werden?“ Sein fast anklagender Ton lässt mein Herz schneller schlagen.

„Ich übernachte heute bei meiner Freundin Orla.“ Ich bleibe ruckartig stehen und lasse die Hundeausführer und Jogger um mich herumströmen. Habe ich etwas im Handbuch übersehen, das ich heute machen sollte? „Ist das ein Problem? Ich dachte nicht, dass du mich heute brauchst.“

Ich ignoriere Orlas wütende Blicke und wende mich von ihr ab. Warum braucht er so lange, um zu antworten?

„Ich brauche dich nicht“, sagt er schließlich mit tiefer und harter Stimme. „Es ist nur so, dass ... du für mich arbeitest. Ich will sichergehen, dass es dir gut geht.“

Hitze steigt mir ins Gesicht, während ich den Drang zu lächeln bekämpfe. „Rufst du alle deine Angestellten an, die in diesem großen gläsernen Wolkenkratzer arbeiten, um zu fragen, ob es ihnen gut geht?“ Ich kann mir nicht helfen.

Ich kann die Frustration in seiner Stimme hören, als er antwortet: „Nein, aber du wohnst bei mir. Ich muss dafür sorgen, dass auf dich aufgepasst wird.“

„*Fehle* ich dir?“ Die Worte purzeln aus meinem Mund, ehe ich es mir anders überlegen kann. O Gott, warum habe ich das gefragt? „Vergiss es. Mir geht’s gut, Killian. Du musst dir keine Sorgen um mich machen.“

„Zur Sicherheit ist ein Peilsender an deinem Handy angebracht. Du kannst das Team jederzeit anrufen, wenn du etwas brauchst.“ Er räuspert sich unbeholfen. „Oder mich.“

Mir fällt auf, dass er meine Frage, ob ich ihm fehle, nicht beantwortet hat.

Warum ist er so sehr um meine Sicherheit besorgt? Was zum Teufel glaubt er, was mir in einem Park in Queens zur Mittagszeit, umgeben von Joggern und Hundespaziergängern, passieren wird?

Fairerweise muss man sagen, dass ich

letzten Donnerstagabend fast entführt worden bin.

„Danke. Was machst du heute?"

„Teagan hat immer noch Hausarrest, aber wir werden ihre Großmutter besuchen. Meine Mutter."

„Das freut mich für sie." Es sollte mir egal sein, aber ich bin froh, dass Killian und Teagan heute Zeit miteinander verbringen. „Ich mache jetzt besser Schluss", sage ich, während Orla die Arme vor der Brust verschränkt und mich mit zusammengekniffenen Augen ansieht. „Viel Spaß, Killian."

„Denk daran, die Kreditkarte für alles zu benutzen, was du brauchst."

Ich hatte bisher zu viel Angst, sie für etwas anderes als Essen und Fortbewegung zu benutzen. „*Alles*?"

Er lacht. Er *lacht.* Das könnte das erste Mal sein, dass ich ihn richtig lachen höre. „Alles. Es ist mir egal, wofür du sie benutzt, aber bleib bei legalen Dingen. Wir sehen uns morgen. Ich muss los."

Die Leitung ist tot.

„Orla." Ich grinse. „Wir müssen noch ein wenig einkaufen gehen."

Als der Montag kommt, bereue ich es, mit meiner neuen, glänzenden und voll bezahlten

Kreditkarte geprahlt zu haben. Gestern waren Orla und ich einkaufen, um die sexy Unterwäsche zu kaufen, die ich an dem Tag gesehen habe, an dem ich Killian zum ersten Mal begegnet bin.

Wie sich herausstellt, macht das Einkaufen in den Designerläden der Fifth Avenue nicht so viel Spaß, wie ich erwartet hatte. Einige der Verkäuferinnen waren etwas hochnäsig und ein Laden schien nur eine einzige Handtasche zu verkaufen.

Daraus wurde ein Brunch mit unbegrenztem Alkohol, das in eine Cocktail-Happy-Hour überging, gefolgt von einem Absacker in einer Jazz-Bar bis spät in die Nacht, dann war es Shots o'clock.

Heute Morgen bin ich um fünf Uhr aus dem Bett gehüpft und habe mir vorgemacht, dass ich keinen Kater habe, was wahrscheinlich am restlichen Alkohol lag, der meinen Körper verließ.

Ich habe gut gelaunt das Frühstück für Killian und Teagan zubereitet. Ich habe Killians Anzüge in die Reinigung gebracht. Ich habe alle Zimmer im Erdgeschoss geputzt.

Jetzt ist ein Uhr, und ich bin spektakulär am Ende. Ich bin vollkommen im Arsch.

Deshalb beschließe ich, es wäre ein Verbrechen, die schönste Badewanne, die ich je gesehen habe, nicht zu benutzen, als sie mir ins Auge fällt.

Es ist eine freistehende weiße Marmorwanne mit einer hohen, schrägen Rückenlehne, die auf zwei Stufen aus blauen Fliesen steht. Ich brauche nur ein schönes Bad, um den Rest des Alkohols aus meinen mitgenommenen Poren zu saugen. Die Badewanne in meiner Wohnung ist gut, aber das hier ist die nächste Stufe; eine Sieben-Sterne-Badewanne.

Killian benutzt die Wanne nie. Ich weiß das, weil ich sie jeden Tag putze. Er duscht nur in der riesigen Zwei-Personen-Dusche.

Ich ziehe meine Jeansshorts und mein Top aus und werfe sie mit meiner Unterwäsche auf den Stuhl.

Technisch gesehen breche ich keine seiner Regeln. Im Handbuch steht nicht ausdrücklich, dass ich das Badezimmer auf Killians Etage *nicht* benutzen darf, sondern nur, dass ich es saubermachen muss. Und ich habe noch Stunden Zeit, ehe Killian von der Arbeit nach Hause kommt.

Das Wasser rauscht aus den schicken, an der Wand befestigten Wasserhähnen.

Ich steige in die Wanne und versinke im süßen Paradies.

„*Ja*", stöhne ich laut, als das Wasser meine Schultern erreicht. Es ist wie ein Bad in der Blauen Lagune in Island. Sie ist so tief, dass ich von den abfallenden Seiten verdeckt werde.

Ich lehne meinen Kopf zurück und schließe

für einen Moment die Augen. Ein Stadthaus in der Fifth Avenue zu putzen ist kein Spaß. Zu meinem Glück kontrolliert er nicht die Hälfte der Dinge, die ich tun sollte, und er und Teagan nutzen nur einen Bruchteil des Hauses. Eine ziemliche Verschwendung eigentlich.

Ich streue etwas beruhigendes Badesalz in das Wasser und spiele dann an den Einstellungen der Hydrodüsen herum. Die Düsen sind überall – sowohl an den vier Seiten der Wanne als auch am Boden.

Oh.

Oh.

Das ist schön. Wirklich sehr schön.

Das pulsierende Wasser trifft auf meine entblößte Klitoris und verursacht wellenartige Empfindungen.

Wenn ich mich ein paar Zentimeter bewege ...

Heiliger Strohsack!

Ich habe mich noch nie mit Jacuzzi-Düsen befriedigt. Vielleicht ist das eine unerschlossene Vorliebe.

Ich stelle meine Füße links und rechts auf den Wannenrand und hebe meine Hüften strategisch an, um einen besseren Winkel über dem Wasserstrahl zu haben, dann drehe ich voll auf.

Volle Fahrt voraus und freihändig.

Meine Zehen krümmen sich um den Wannenrand und meine Hände umgreifen die Seiten, während ich mich sanft und kreisförmig um die Düse unter meiner Muschi bewege.

Das ist *heftig.*

Die Muskeln in meinem Innern ziehen sich vor Lust zusammen, als das kraftvolle Pulsieren mich wieder und wieder trifft.

Hydrotherapie pur, geile Glückseligkeit. Fitnessstudios sollten dies in ihre Wasseraerobic-Kurse aufnehmen.

Ich bin so geschwollen, so bereit vor Verlangen ... und nun stelle ich mir vor, wie mein mürrischer Chef zu mir in die Badewanne steigt. Der Gedanke daran löst ein Kribbeln in meinem Körper aus. Köstliche Schockwellen bringen mich zum Aufbäumen und dazu, mich in der Wanne umherzuwerfen.

Was würde ich nicht dafür geben, seinen Schwanz jetzt tief in mir zu haben. Ich will, dass er mich so hart fickt, dass der New Yorker Stadtrat eine Warnung wegen Lärmbelästigung aussprechen muss.

Ich muss wirklich dringend Sex haben.

Mit Killian Quinn unter einem Dach zu leben, ist so erregend, dass ich ein notgeiles Durcheinander bin. Ich muss jemanden finden – nicht Liam – der mich ablenken kann.

Das Geräusch der Düsen vermischt sich mit meinem atemlosen, verzweifelten Stöhnen, das im Badezimmer widerhallt. Nichts anderes ist wichtig, außer meinem überwältigenden,

Urbedürfnis, mit Hilfe eines Jacuzzi-Düsenstrahls heftig zu kommen.

Ich bin schamlos.

Ich stoße einen letzten Schrei aus und erschaudere, als mich der Orgasmus überrollt.

Nun, das war interessant und unerwartet.

Dreißig Minuten später bin ich eine Trockenpflaume. Ich habe die Düsen auf die niedrigste Stufe gestellt und öffne träge das Fenster über der Badewanne, um den Dampf abzulassen.

Ich kann nicht glauben, dass ich mich gerade mit einem Sprühstrahl zum Kommen gebracht habe, während mein Ex es nicht ein einziges Mal geschafft hat. Unglaublich.

Ich könnte ein postkoitales Glas Wein gebrauchen, aber ich muss noch mehr Hausarbeit erledigen, also muss ich mich aus dieser Wanne zwingen. Wie durch ein Wunder wird das Wasser nicht einmal kalt.

Der Dampf hat sich verzogen, was bedeutet, dass ich meinen verschrumpelten Hintern wieder an die Arbeit bewegen muss. Ich schwinge ein Bein über die Wanne. Ich schaffe das.

Nur dass ich von einem Geräusch unten in der Badewanne erstarre.

Scheiße.

Was zum Teufel war das für ein Geräusch?

Mein Hintern krampft sich vor Angst zusammen und ich habe Angst, dass er den Stöpsel einsaugt.

Jemand kommt die Treppe hoch. Näher ... näher. Derjenige bewegt sich zu schnell vorwärts, als dass ich noch aufspringen und mich rechtzeitig anziehen könnte.

Wer zum Teufel ist das?

Teagan ist in der Schule und Killian ist auf der Arbeit. O mein Gott, was ist, wenn es ein Eindringling ist? Oder weiß sein Sicherheitsteam, dass ich in der Wanne bin? Gibt es Sensoren in der Wanne oder so?

Ich schalte den Whirlpool aus, sodass das einzige Geräusch das leise Plätschern des Wassers ist, als ich mein Bein wieder in die Wanne ziehe.

Die Badezimmertür schwingt auf. Ich ducke mich gerade noch rechtzeitig und tauche alles außer meinem Gesicht in das Wasser.

Er ist es.

Killian.

Ich erkenne es schon an seinem Atem.

„Connor, dieses Arschloch taucht jeden Tag im Büro auf“, knurrt er von der Tür aus.

Lieber Gott, sind zwei von ihnen im Badezimmer?

Ich höre das entfernte Geräusch eines Mannes, der ihm antwortet. Nein ... er telefoniert nur.

Er kann mich nicht sehen, denn das Badezimmer hat die Größe einer Einzimmerwohnung und ich sitze zusammengekauert in der Wanne am anderen Ende.

Jetzt ist der richtige Zeitpunkt, um mit der Hand zu winken und meine Anwesenheit mitzuteilen.

Nur bin ich nackt und das ist ein kleines bisschen ungünstig.

Langsam hebe ich meinen Kopf, um über die Wanne zu linsen.

Er ist vollkommen nackt. Er brummt etwas ins Telefon, irgendetwas über ein Kasino in Brooklyn, während er zur Dusche schreitet.

Ich ziehe mit hämmerndem Herzen meinen Kopf wieder ein.

Ich habe seinen riesigen Schwanz nur ein paar Sekunden lang gesehen, aber er wird sich für immer in mein Gedächtnis einprägen. Kein Wunder, dass er so arrogant ist. Die ganzen verflüssigten Mandeln zahlen sich für ihn aus.

Wie sieht mein Plan aus?

Was zum Teufel tue ich denn hier? Warum melde ich mich nicht zu Wort? Warum sage ich nicht, dass ich in der Badewanne bin? Hmm. Es fühlt sich an, als wäre ich nur eine schlechte Entscheidung davon entfernt, gefeuert zu werden.

Ich höre, wie die Duschtür aufgeschoben wird.

Mein Plan ist es, einfach zu atmen. Atme, Frau, atme.

Für mich gibt es längst kein Zurück mehr. Es ist zu viel Zeit vergangen, und ich kann jetzt nicht einfach sagen: „Hey! Lass dich nicht stören!“

Ich wage einen weiteren Blick. Er betritt die Dusche und schaltet sie von oben ein. Nun habe ich eine Seitenansicht seines prächtigen, muskulösen Hinterns und seines schweren Schwanzes.

Er spreizt seine breiten Oberschenkel weiter, während er sein Gesicht in den Wasserstrahl von der Decke richtet. Seine Augen müssen geschlossen sein. Er ist in seiner eigenen Welt.

Verdammt! Seine Rückenmuskeln sehen noch besser aus, wenn Wasser darüber läuft.

Und diese Oberschenkel. Ich liebe Rugbyspieler-Oberschenkel.

Er dreht sich zu mir und ich beiße mir auf die Unterlippe, um nicht aufzukreischen.

Ich spiele mit dem Feuer, weil ich mich nicht verstecke. So panisch ich auch bin, ich kann den Blick nicht abwenden. Seine Augen sind geschlossen, während er sich das Wasser übers Gesicht laufen lässt, aber er könnte sie jeden Moment öffnen.

Gierig nehme ich jeden Zentimeter seines breiten, durchtrainierten Körpers in mich auf. Das Wasser läuft über sein V bis zu seinem dicken Schwanz. Der braucht definitiv zwei

Hände. Meine Muschi zieht sich zusammen, als ich mir vorstelle, wie sein Schwanz in mich eindringt.

Er fährt sich mit beiden Händen durch die Haare, und lieber Gott, ich schwöre, das könnte der erregendste Anblick meines Lebens sein. Ich schmelze im Badewasser dahin.

Jeder Schwanz hiernach kann nur noch suboptimal sein.

Dieser Mann muss irgendeinen körperlichen Makel haben; er kann nicht perfekt sein. Er muss Ballenzehen oder so etwas haben. Seine Zehen sahen in der Nacht, in der Liam versucht hat mich zu entführen, etwas haarig aus.

Nach einem langen Moment nimmt er Duschgel und verteilt es auf seiner Brust.

Das ist mein Stichwort, um mich wieder ins Wasser zu ducken. Wenn ich leise bin, kann ich damit durchkommen. Er wird nie erfahren, dass ich hier bin.

Beeil dich, Mann. Du bist sauber!

Mein Hals kribbelt. Ich habe den Drang zu husten, aber ich kämpfe dagegen an und schlucke schwer, um das Gefühl zu unterdrücken. Meine Nervosität steigt, denn der Hustenreiz will einfach nicht verschwinden.

Ein lautes Stöhnen aus der Dusche erschreckt mich zu Tode. Gefolgt von einem weiteren, leiseren Stöhnen.

Nein.

Bitte nicht.

Nicht hier. Nicht jetzt.

Geräusche der Bewegung kommen aus der Dusche. Vielleicht macht er nicht das, was ich denke.

„Hi, Leute!“, sagt eine muntere amerikanische Frauenstimme. „Ich habe euch vermisst. Es ist superheiß hier in Kalifornien, also werde ich es mir mal bequemer machen.“ Eine kurze Pause folgt.

„Oh, das fühlt sich so viel besser an“, gurrt sie in einem tiefen, gehauchten Ton.

Dem Geräusch von Killians schwerem Atem nach zu urteilen, kann ich nur annehmen, dass sie sich gerade auszieht.

Das ist nicht gut. Er wird wütend sein, wenn er erfährt, dass ich seine persönliche Bibliothek der Fantasien aus erster Hand mitbekomme.

Die Frau hört auf zu sprechen, und von Killian kommen weitere Bewegungsgeräusche.

Eine zweite Frau meldet sich zu Wort, ihre Stimme ist rauer und weniger fröhlich. „Nach zehn Minuten wirst du das Brennen in deinen Beinen spüren“, sagt sie.

Eine Sekunde lang glaube ich, dass ich gesprochen habe. Das ist die einzige Erklärung dafür, warum ich meine eigene Stimme hören kann.

Ich *bin* es.

Das ist eine meiner Plié-Squat-Stunden, die

ich auf YouTube eingestellt habe.

Ich muss hinsehen. Wenn ich das nicht tue, werde ich es für den Rest meines Lebens bereuen.

Killian stöhnt lauter, ein wilder Laut, der Hitze durch meinen Körper schickt.

Ich recke meinen Kopf.

Eine Handfläche liegt auf der Duschwand über seinem Kopf, während die andere aggressiv seine Länge umschließend auf und ab fährt.

Durch den Dampf kann ich gerade so sein Handy erkennen, das vor ihm auf der Duschablage liegt.

„Es trainiert wirklich die inneren Oberschenkel", sage ich im Video.

Killian Quinn masturbiert zu einem selbstgemachten Pilates-Video von *mir*.

„Clodagh." Es ist ein tiefes und langgezogenes Stöhnen. Es klingt, als hätte er Schmerzen. Noch nie hat ein Mann meinen Namen so ausgesprochen. Ich spüre es zwischen meinen Schenkeln. *„Ja."*

Er pumpt seinen dicken, wütenden Schwanz heftiger und schneller, während ich meine Stimme höre, die die Zuschauer anweist, ihre Beine in eine schöne tiefe Kniebeuge zu bringen. Ich sehe, wie sich sein sexy Unterarm beim Pumpen anspannt.

Ja. Ich stimme ihm zu. O fuck, ja, ja, ja.

Es ist ein riesiger Penis. Ein Biest, doppelt so

groß wie alles, was ich je erlebt habe. Dieses Ding würde mich in Stücke reißen. Tatsache.

Ich wünschte, ich könnte sein Gesicht richtig sehen. Ich möchte sehen, wie er aussieht, wenn er die Kontrolle verliert.

Ich schlage mir die Hand vor den Mund, um nicht zu schreien, als ein weiteres Stöhnen von ihm ertönt. Köstlicher weiblicher Ohrenschmaus.

Ist das so etwas, wie wenn sich die Menstruation anpasst? Führt das Zusammenleben mit jemandem zu einer Synchronisierung der Masturbation?

Die Hand, die nicht seinen Schwanz massiert, fummelt am Handy herum und der Ton wird leiser, sodass mein irischer Dialekt verschwindet.

Sollte ich beleidigt sein?

Seine Atmung wird immer aggressiver und schwerfälliger. Er schaut sich das Video nicht mehr an. Er ist schon zu kurz davor. Seine Hüften wippen, und ich frage mich, ob er sich vorstellt, gerade in mich zu stoßen.

Seine Stirn lehnt an der Duschwand, als er sich versteift und seine Pobacken zusammenpresst.

Sein ganzer Körper spannt sich an und er erschaudert mit einem gutturalen Knurren, das in meiner Klitoris widerhallt.

Mit einer letzten Bewegung verkrampft sich jeder Muskel in seinem Körper und er kommt *heftig.*

Niagarafall-mäßig.

Ich höre auf zu atmen. Das halte ich nicht aus.

Seine Erlösung scheint eine Ewigkeit zu dauern. Sie rinnt seine Schenkel hinunter und wird vom Wasser fortgespült. Er stemmt sich mit den Händen an der Wand ab, um sich abzustützen.

Jeder Muskel in meinem Körper spannt sich mit ihm an, als wären wir miteinander verbunden. Ich bin verängstigt, verwirrt und erregt, alles in einem.

„Fuck", murmelt er mit zusammengebissenen Zähnen.

Ich senke meinen Kopf wieder und schließe die Augen. Die Show ist vorbei.

Atme tief und ruhig und du wirst das überstehen. Sei tapfer.

Die Duschtür gleitet auf. Er räuspert sich unbeholfen, während ich höre, wie er sich mit einem Handtuch die Haut trockenreibt.

Bitte komm nicht hierher.

Die Badezimmertür öffnet sich und erfüllt den Raum mit einem Luftzug. Ich bin in Sicherheit. Er geht. Gott sei Dank, denn das Kribbeln in meinem Hals ist mit aller Macht wieder da.

Ich bewege mich leicht in der Wanne, um einen Krampf in meiner Hüfte zu lösen.

Ein schlechter Plan.

Eine furchtbare Idee.

Ein verhängnisvoller Fehler.

Das Glück der Iren ist heute nicht mit mir.

Der Stöpsel ist nicht mehr im Abfluss. Houston, wir haben ein Problem.

Mein Hintern blockiert den Abfluss und hält das abfließende Wasser auf. Ein nerviges, hohes Pfeifen ertönt unter mir, während das Wasser langsam durch den Engpass an meinem Hintern abläuft.

Ich kann es nicht aufhalten. Ich kann diese Katastrophe nicht abwenden. Ich kann mich nicht bewegen, aus Angst, dass das Wasser noch schneller abläuft.

Wenn doch nur ein Föhn in der Nähe wäre, mit dem ich mir einen tödlichen Stromschlag verpassen könnte. Das wäre einfacher.

Und da steht er.

Er ragt mit seinem riesigen, wütenden Schwanz über den Badewannenrand, nackt, und starrt mich wütend an, mit Augen, die vor lauter Unglauben glühen.

Meine Würde fließt mit dem Wasser den Abfluss hinunter. Das ist schlimmer, als wenn Killian mein Vorstrafenregister entdeckt hätte.

„Hi“, krächze ich mit über der Brust verschränkten Armen wie ein Vampir im Sarg, als das letzte Wasser mit einem lauten Gluckern und einem unwürdigen Quietschen versickert.

15

Killian

Mein Mund klappt bis auf den Marmorfliesenboden auf.

„Clodagh?“

Ich weiß nicht, warum das als eine verdammte Frage herauskommt. Vielleicht, um zu prüfen, ob mein Gehirn einen Kurzschluss hat oder ob Clodagh da wirklich nackt in der Wanne liegt.

„Was zum Teufel machst du da?“, knurre ich und atme schwer.

Sie starrt zu mir hoch, ihr Gesicht ist errötet. „Ich nehme ein Bad.“

Mein ganzer Körper versteift sich daraufhin. Eine Hälfte von mir, der Gentleman, ist durcheinander, während die andere Hälfte, der primitive Höhlenmensch, beim Anblick der kleinen, tätowierten Sexgöttin verdammt erregt ist.

Ich versuche, nicht auf die Wassertropfen zu schauen, die ihre Brüste hinunterrinnen. Ich versuche, mir nicht vorzustellen, wie ich in ihre sich verhärtenden rosa Brustwarzen beiße und daran sauge, während meine Hände ihren Körper hinunterfahren und ihre süße Muschi erkunden.

Was zum Teufel macht sie hier?

Mir wäre aufgefallen, dass die Badezimmertür offen ist, was bedeutet …

„Du warst die ganze Zeit hier?“, frage ich und versuche, meinen Blick abzuwenden. „Damit ich das richtig verstehe. Du hast *ein Bad genommen*, während ich geduscht habe?“

„Ich konnte keinen guten Zeitpunkt finden, um dir zu sagen, dass ich hier bin“, sagt sie mit erstickter Stimme. „Ich wollte warten, bis du fertig bist, und dann gehen.“

Mein Gott. Sie hat gesehen, wie ich mich unter der Dusche selbst befriedigt habe.

Erregung durchströmt mich, als mein Blick wieder zu ihr gleitet. Am liebsten würde ich einen leichtsinnigen Fehler machen, in der Badewanne auf sie steigen und die Wassertropfen von ihrer cremigen Haut lecken.

Sie erhebt sich in eine sitzende Position, wobei sie darauf achtet, dass ihre Beine eng beieinanderbleiben, und schiebt ihr rotes Haar schnell über ihre entblößten Brüste. „Zu meiner Verteidigung: Ich war zuerst hier.“

Ich blicke sie warnend an.

Mein Schwanz schwillt wieder an, schwer

und dick wegen des nackten Kindermädchens in meiner Badewanne. In meinem Schock, sie nackt zu sehen, habe ich vergessen, dass ich selbst nackt bin.

„Zieh deine verdammten Klamotten an", knurre ich mit zusammengebissenen Zähnen, immer noch halb überzeugt, dass ich träume. „Ich bin spät dran. Wir besprechen das heute Abend, wenn ich nach Hause komme."

„Ja, Sir", erwidert sie flüsternd.

Ich kneife mir in den Nasenrücken und stürme aus dem Bad. Erst dann bemerke ich, dass ich mein Handy auf der Duschablage vergessen habe.

Ich steuere auf einen verdammten Rechtsstreit zu.

◆ ◆ ◆

„Clodagh?", rufe ich und schiebe die Terrassentür zu. Sie ist nirgendwo im ersten Stock und sie ist zu spät für unsere Besprechung. Wenn sie mich weiter provozieren möchte, hat das den gewünschten Effekt.

Ich bin früh nach Hause gekommen, um unsere kleine peinliche Situation zu klären, ehe Teagan von der Schule nach Hause kommt.

Nun ist sie nicht einmal zu der von mir angegebenen Zeit hier. Mein Kiefer verkrampft sich.

Dieser Nachmittag war ein Reinfall. Ich habe mit einer schönen, intelligenten Frau zu Mittag gegessen und alles, woran ich denken konnte, war Clodagh in der Badewanne. Ich musste Maria sagen, dass ich durch die Arbeit abgelenkt war.

Ich gehe auf die Treppe zu, die hinunter zu ihrer kleinen Wohnung führt.

Meine Nasenflügel blähen sich auf, als ich drinnen eine Männerstimme höre.

Ich klopfe kräftig an die Tür und Clodagh öffnet sie.

„Killian." Ihr Blick wandert rasch zur Wanduhr und sie atmet scharf ein. Das T-Shirt, das sie trägt, rutscht von einer ihrer Schultern. „Tut mir leid. Ich habe die Zeit aus den Augen verloren. Ich bin gleich oben."

Mir stellen sich sofort die Nackenhaare auf, als ich einen Blick von Clodagh zu Sam werfe, der lässig an ihrem Kühlschrank lehnt.

Er richtet sich auf und blickt mich verlegen an. „Chef."

„Ich habe dir doch gesagt, dass mir keine Männer ins Haus kommen", sage ich frostig zu Clodagh.

Sie starrt mich an, als wäre ich geistesgestört. „Das ist Sam."

„Ich weiß, wer das ist."

„Er ist überprüft worden. Er gehört zu *deinem Personal.*"

Mein Kiefer spannt sich an. Dass Clodagh

mich in einer kompromittierenden Position erwischt hat, heißt nicht, dass sie mir widersprechen kann.

Und vielleicht gefällt mir die Vorstellung nicht, dass Sam in ihrer Wohnung ist. „Ich habe dir gesagt, dass du meine Sicherheitsleute nicht ablenken sollst, Clodagh. Was tust du hier, Sam?"

Ein verletzter Ausdruck zieht über ihr Gesicht.

„Ich wollte nur eine Spinne für Clodagh loswerden", sagt Sam und seine Absichten stehen ihm ins Gesicht geschrieben.

„Sie sind riesig in New York", fügt Clodagh abwehrend hinzu. „Gigantische Spinnen. Sie kommen wohl aus dem Central Park rüber. Ich habe eine Phobie, denn einmal bin ich in Irland aufgewacht, um auf die Toilette zu gehen, und als ich wieder ins Bett kam, war eine Spinne auf meinem Kopfkissen."

Ich werfe Sam einen strengen Blick zu und ignoriere Clodagh. „Ich beschäftige dich nicht, um ein Spinnenfänger für Jungfrauen in Not zu sein", sage ich sarkastisch. „Ich beschäftige dich, damit du meine Tochter beschützt."

„Ja, Chef", murmelt er.

„Teagan ist in der Schule." Sie schaut mich böse an. „Ich finde, du überreagierst."

Versucht sie absichtlich, mich zu provozieren?

„Geh nach Hause, Sam", knirsche ich und

reiße die Tür etwas weiter auf. „Clodagh. Nach oben. Sofort."

Ihre Wangen erröten, doch sie nickt und folgt mir schweigend die Treppe hinauf.

„Was spielst du da?", frage ich leise, sobald sie im Wohnzimmer Platz genommen hat. Ihre Beine sind an den Knöcheln gekreuzt, ihre Hände im Schoß gefaltet, und sie sitzt aufrecht, als ob sie versucht, die ehrfürchtigste Position zu finden, um mich zu besänftigen.

Ihr Gesicht verzieht sich verwirrt. „Was meinst du?"

„Ich erwarte, dass sich meine Angestellten nicht in der Badewanne verstecken, während ich dusche", schnauze ich und stelle mir ihre kecken kleinen Brüste in der Badewanne vor. „Wenn ich ein voyeuristisches Kindermädchen wollte, hätte ich das in der Stellenanzeige angegeben."

Ihre Augen weiten sich vor Entsetzen. „*Was*? Ist das dein Ernst? Ich wollte doch nur ein entspannendes Bad nehmen."

„Du hast eine Badewanne in deiner eigenen Wohnung."

„Sie hat nicht die ganzen verschiedenen Düseneinstellungen", schimpft sie und verschränkt die Arme vor der Brust. „Ich hatte nicht vor, dich zu beobachten! Du hättest um diese Zeit gar nicht zu Hause sein sollen.“

„Ich kann nicht nach Hause kommen und in meinem eigenen Haus duschen?“

Sie brummt verärgert. „Ich habe dich nicht da erwartet. Mehr will ich damit nicht sagen.“ Sie lässt sich noch tiefer in ihren Sitz sinken. „Es tut mir leid, dass ich nichts gesagt habe, als du reingekommen bist. Ich bin einfach erstarrt.“

„Du hättest mir sagen müssen, dass du da bist. Du hättest nicht zulassen dürfen, dass ich ...“ Ich fahre mir mit der Hand über den Kiefer und denke daran, wie erregt ich war. „Tue, was ich getan habe.“

Ihr Gesicht wird knallrot und sie wendet ihren Blick von mir ab. Eine offenkundige Erinnerung daran, was ich vor ihren Augen getan habe, daran, wie heftig ich vor ihr kam. Ihretwegen.

Aber das ist das letzte Mal. Das muss nun aufhören. Ich stoße einen Seufzer aus. „Auch wenn ich dachte, dass ich allein bin, hätte ich meinen Impulsen nicht nachgehen dürfen. Es war unbestreitbar falsch von mir – ich verstehe, wenn du dich hier nicht mehr wohlfühlst und kündigen willst. Du sollst nur wissen, dass du hier sicher bist.“

Das wäre die beste Lösung. Wenn sie kündigt, kann Marcus einen vernünftigen Ersatz einstellen, der mein Blut nicht in Wallung bringt.

„Kündigen? Ich werde nicht kündigen." Sie schüttelt den Kopf so heftig, dass ihr die Haare ins Gesicht fliegen. „Auf keinen Fall. Ich war nur überrascht, das ist alles. Ich hätte einfach nie gedacht, dass du mich so siehst."

„Wie siehst?"

Ihre Wangen sind jetzt feuerrot. „Hmm ... als Frau."

Mein Stirnrunzeln vertieft sich. Ich kann es deutlich in ihrem Gesicht sehen. Sie nimmt das, was geschehen ist, und macht daraus ihre Version der Ereignisse.

„Das hier ist keine Liebesgeschichte", sage ich schärfer als beabsichtigt. „Leg das nicht falsch aus. Du bist eine attraktive junge Frau, und ich bin nicht immun dagegen." Ich nicht und auch kein verdammter Mann meines Sicherheitsteams, wenn man an das Drama von neulich Abend denkt. „Aber du gehörst zu meinem Personal. Dieser Moment war ein Fehler, einer, den ich nicht noch einmal machen werde. Es war ein unangemessenes und dummes Verhalten meinerseits, auf das ich nicht stolz bin."

Ihre grünen Augen lodern. Sie schweigt einen Augenblickt, ehe sie antwortet. „Verstanden. Mach dir keine Sorgen, Killian. Ich weiß, ich bin nicht dein Typ."

„Ich habe kein Problem damit, zuzugeben, dass ich dich sexuell anziehend finde. Aber das war es auch schon. Du bist das Kindermädchen meiner Tochter und meine vorübergehende Haushaltshilfe, wenn auch keine sehr gute."

Sie presst ihre Lippen zusammen. Vielleicht habe ich es übertrieben. „Verstanden, laut und deutlich. Sir."

Ich seufze und trete von ihr zurück. Wie wäre es gelaufen, wenn ich zehn Jahre jünger wäre und keine Verpflichtungen hätte? „Ich hoffe, ich muss dich nicht an deine Vertraulichkeitsvereinbarung erinnern. Alles, was in meinem Haus passiert, darf nicht außerhalb besprochen werden."

„Natürlich", sagt sie kurz angebunden.

„Gut. Ich bin froh, dass wir uns verstehen."

Wir sehen uns eine ganze Weile in angespanntem Schweigen an. Ihre Lippen bilden eine gerade Linie. Ich weiß, dass ich sie beleidigt habe; es steht ihr ins Gesicht geschrieben.

„Laut meinem Vertrag darf ich mich verabreden", sagt sie in einem knappen Ton und steht auf. „Ich darf nur keine Männer mitbringen, richtig?"

„Korrekt."

„Und in meinem Vertrag steht auch nichts, was mir verbietet, mit jemandem vom Sicherheitspersonal auszugehen, oder?"

Was will sie damit sagen? „Technisch gesehen verstößt es nicht gegen die Bedingungen."

„Also können Sam und ich zusammen

ausgehen, wenn wir nicht arbeiten."

Meine Augen verengen sich. „Du und Sam könnt außerhalb der Arbeitszeit machen, was ihr wollt. Hauptsache, es ist nicht in meinem Haus."

„Gut." Sie reckt ihr Kinn. „Das werde ich."

Ein seltsames Gefühl macht sich in meiner Brust breit. „Du willst mit Sam ausgehen?", schnauze ich.

„Vielleicht."

Meine Muskeln spannen sich an. Was zum Teufel ist los mit mir? „Lenke ihn nicht ab, wenn er arbeitet."

Sie sieht aus, als wolle sie etwas Bissiges erwidern, hält sich jedoch zurück. „Nein, natürlich nicht", sagt sie mit einer leichten Schärfe in ihrer Stimme.

Sie schweigt wieder und ich will gerade gehen, als sie fragt: „Ich habe noch eine Frage. Kann ich mir Dinge ins Haus liefern lassen?"

„Natürlich", sage ich und bin erleichtert, dass Clodaghs Liebesleben nicht mehr Thema ist. „Sie werden vom Team auf Sprengstoff geprüft."

Ihr klappt der Mund auf. „Ich bin doch keine *Terroristin.*"

„Dann hast du keinen Grund zur Sorge. Was bekommst du geliefert? Klamotten?"

„Nein. Holz. Ich möchte ein paar Dinge in meinem Schlafzimmer in Angriff nehmen."

„Gut." Ich zucke mit den Schultern.

„Brauchst du sonst noch etwas von mir, Killian?“

Wenn du wüsstest.

Ich begegne ihrem Blick und winke ab. „Nein.“

Sie geht und lässt mich mit dem unangenehmen Bild einer nackten Clodagh zurück, die in ihrem Schlafzimmer Holzarbeiten macht.

16

Clodagh

Schicke einen Blumenstrauß an Maria Taylor. Blumenladen auf der Fifth Avenue.

Ich starre die SMS von Killian mit einem seltsamen Gefühl der Verärgerung an und höre seine raue Stimme praktisch die Worte in meinem Kopf sagen.

Heute Morgen war er besonders distanziert und sprach mit mir auf eine geschäftsmäßige Weise. Als wollte er mir zu verstehen geben, dass das gestrige Bad-Intermezzo nichts zu bedeuten hat. Ich hatte auch nicht gerade angenommen, dass wir gemeinsam in einer Pferdekutsche durch den Central Park in den Sonnenuntergang fahren würden.

Was soll ich schreiben?, schreibe ich zurück.

Ich bin mir sicher, dass Maria Taylor die Frau war, mit der ich ihn im Hotel gesehen habe. Sie war dunkelhaarig, vielleicht Lateinamerikanerin, und hatte endlos lange Beine. Ein absoluter Hingucker. Vom Aussehen her passte sie perfekt zu ihm.

Ich wette, sie hat seinen riesigen Schwanz angefasst.

Ich stelle mir vor, wie die Frau aus dem Hotel zwitschernd sagt: *„Es ist superheiß hier, also werde ich es mir bequemer machen“*, während er masturbiert.

Igitt.

Bin ich eifersüchtig?

Warum quäle ich mich? Ich spüre, dass ich von dem Stress Fieberbläschen bekommen werde.

Mein Handy summt mit einer Benachrichtigung.

Killian: Meinen Namen? Ergreif die Initiative.

Idiot. Er hätte mir etwas Kontext geben können. Hat sie Geburtstag? Entschuldigt er sich für etwas? Ich hätte ihn nicht für einen Romantiker gehalten. Andererseits ist es auch nicht sonderlich romantisch, wenn du einen Blumenstrauß vom Kinderhausmädchen deines Liebhabers bekommst. Ich frage mich, wie viele reiche Männer ihre Geschenke tatsächlich selbst verschicken.

Ich habe noch nie Blumen von einem Mann bekommen.

Ich wähle Sams Nummer. Ich habe nur halb geblufft, als ich sagte, dass Sam und ich ausgehen sollten. Er ist ein toller Typ. Ein Teil von mir wollte sehen, ob Killian eifersüchtig werden würde. Dann hätte ich gewusst, ob diese merkwürdige sexuelle Spannung zwischen uns echt oder eingebildet ist.

Der Versuch ist kläglich gescheitert.

Sam geht nach dem dritten Klingeln ran. „Clodagh", sagt er freundlich. Im Hintergrund ist Verkehr zu hören, also muss er draußen sein.

„Hey, Sam. Ich brauche etwas Hilfe. Ich schicke Maria Taylor Blumen von Killian. Kannst du mir ihre Adresse schicken?"

„Klar doch, das mache ich nach unserem Gespräch." Er klingt ein wenig außer Atem, als würde er laufen.

„Habe ich dich zu einem schlechten Zeitpunkt erwischt?"

„Nein, ich verlasse nur gerade Teagans Schule nach meiner Schicht." Im Hintergrund ertönt eine Sirene.

„Du musst vor der Schule warten?"

Er lacht ein wenig. „Es klingt schlimmer, als es ist, wenn du das so sagst. Aber ja, ein paar von uns übernehmen Schichten, während Teagan in der Schule ist."

Mein Gott. Was für ein seltsames Leben.

„Äh, also Killian hat mir keinen Kontext gegeben, also weiß ich nicht, was ich auf die Karte schreiben soll. Sind sie in einer Beziehung?", erkundige ich mich beiläufig.

„Sie waren ein paar Mal aus." Sam hält einen Moment inne. „Mr. Quinn ist nicht wirklich der Typ für ernsthafte Beziehungen. Allerdings scheint er von Miss Taylor ziemlich angetan zu sein, also wer weiß. Bleib einfach vage.“

Die irritierende Eifersucht in meiner Brust verschärft sich.

„Ja, er scheint nicht der Typ zu sein, der mit Liebesbezeugungen um sich wirft.“ Ich lache leicht. Ich frage mich, ob Maria Killians weiche Seite zu sehen bekommt. „Danke, Sam. Ruf an, wenn du Teagan vom Ballett absetzt.“ Sam zu sehen, wird eine nette Ablenkung sein. Im Vergleich zu Killian ist er wie ein Sonnenstrahl.

„Na klar“, sagt er. „Denk daran, dass wir heute Abend dreißig Minuten später kommen. Sie hat ihre monatliche Vorführung.“

„Ihre was?“

„Einmal im Monat gibt es eine Vorführung, bei der die Eltern und andere zuschauen können.“

„Oh.“ Teagan hat das heute Morgen nicht erwähnt, aber sie ist auch nicht gerade ein Morgenmensch. „Ist das eine große Sache?“

„Ich weiß nicht genau, tut mir leid, Clodagh. Das ist alles, was ich weiß. Ich warte draußen und passe auf, dass niemand versucht, sie umzubringen.“

Ich kichere ein wenig und denke, dass er einen Scherz macht, doch dann fällt mir auf, dass er es nicht tut. „Wow. Ein ganz normaler Arbeitstag, was? Ist die Gefahr wirklich so groß?“

Die Leitung wird für einige Augenblicke still. „Er geht kein Risiko mehr ein."

Ich überlege, ob es eine gute Idee ist, dieses Gespräch zu vertiefen, mache aber trotzdem weiter. „Es geht um Teagans Mutter, richtig?"

„Ja. Es ist bekannt ... aber Mr. Quinn spricht nicht gerne darüber." Sam klingt vorsichtig. „Ich muss los. Wir hören uns später, Clodagh."

„Hey, Sam?", sage ich rasch. „Warte mal. Geht Killian, ich meine Mr. Quinn, zu der Vorführung?" Im Ernst, darf Sam ihn nach fünf Jahren nicht Killian nennen? „Du hast gesagt, dass Eltern dabei sind?"

„Nein, tut er nicht."

„Warum nicht?"

„Ich weiß es nicht", sagt er langsam und klingt überrascht über die Frage. „Das müsstest du ihn fragen." Er räuspert sich. „Aber das würde ich dir nicht raten."

„Gehen die anderen Eltern hin?"

„Ich sehe, wie andere reingehen. Ich halte hauptsächlich nach Bedrohungen Ausschau, also behalte ich sie nicht im Auge."

Es kommt also niemand für Teagan.

Je mehr Zeit ich mit Teagan verbringe, desto mehr schmerzt mein Herz ihretwegen. Hinter ihrer Launenhaftigkeit verbirgt sich ein verletzliches kleines Mädchen. Sie bekommt eine tolle Ausbildung, sie lebt in einer luxuriösen Villa im nobelsten Teil New Yorks, sie reist mit ihrem Vater um die ganze Welt und hat mehr elektronische Geräte als ganz Japan.

Aber ich würde ihr Leben in ihrem Alter nicht wollen. Sie scheint mehr Zeit mit Sicherheitsleuten als mit ihrer eigenen Familie zu verbringen.

Ich weiß, dass Killian sich Mühe gibt. Er kommt jeden Abend nach Hause und sieht erschöpft aus, aber er versucht trotzdem, Zeit mit Teagan zu verbringen.

„Ich werde mit dir zum Ballett gehen", sage ich zu Sam. „Kannst du mich auf dem Weg abholen?"

Vielleicht tue ich nicht das Richtige. Wer weiß, wie Teagan reagieren wird, wenn ich auftauche, aber ich werde ein schlechtes Gewissen haben, wenn ich es nicht wenigstens versuche.

„Natürlich." Sam klingt erfreut. „Ich würde mich über die Gesellschaft freuen."

Ich lege auf, rufe im Blumenladen an und bitte sie, ihren prächtigsten Strauß an Maria Taylor zu schicken.

Ergreife die Initiative.

Ich werde ihm Initiative zeigen.

„Wie lautet die Nachricht?", fragt sie mich.

Ich grinse. „Für meine Süße", sage ich langsam. „Von deinem Traummann, Killian. Schreiben Sie dann zehn Küsse und zehn Umarmungen."

Technisch gesehen tue ich, was er mir gesagt hat.

Sam geht wieder hinaus, um sich ins Auto zu setzen, während ich in die Zuschauergalerie des Ballettstudios geführt werde.

Ich bin zutiefst nervös. Ist das eine dumme Idee? Was ist, wenn Teagan mich hier nicht haben will? Ich habe ihr nicht gesagt, dass ich komme.

Ich erwarte eine Schulsporthalle, wie die, in der ich früher Netzball gespielt habe, aber ich finde mich in einem großen, einschüchternden Studio mit Spiegeln an allen Wänden und hellen Lichtern, die reflektiert werden, wieder. Die Zuschauergalerie über der Bühne ist voll besetzt.

Ich brauche einen Moment, um zu erkennen, welche Tänzerin Teagan ist. In ihren blauen Gymnastikanzügen und weichen Satinschuhen sehen sie alle gleich aus, während sie sich auf ihren Zehenspitzen aufwärmen. Durch die Spiegel an den Studiowänden sieht es so aus, als wären sie doppelt so viele.

Immerhin ist die Lebensmittelfarbe zu einem matten Rot verblasst.

Einige plaudern und wirken entspannt. Andere stehen wie Statuen da, tief in Konzentration versunken.

Teagan sieht nervös aus. Sie ist allein, als sie

sich dehnt, ihren Körper wölbt und ihre Arme zur Decke streckt. Sie schaut nicht einmal zur Tribüne hoch.

Der Menschenmenge in der Zuschauertribüne nach, sind alle Eltern hier, außer Teagans Eltern. Sogar ein paar Kinder sind da.

Ich quetsche mich auf den einzigen freien Platz in der zweiten Reihe hinter all die plaudernden Eltern.

Das scheint eine größere Sache zu sein, als Sam dachte. Weiß Killian das?

„Auf die Plätze, meine Damen!“, bellt die Lehrerin. Alle Mädchen stellen sich in einer Reihe auf.

Gerade als die Musik beginnt, schaut Teagan auf und sieht mich. Ihre Augen weiten sich überrascht, dann verzieht sich ihr Mund und sie runzelt verwirrt die Stirn. O nein, sie sieht nicht erfreut aus.

Ich winke nervös.

Daraufhin nickt sie langsam und lächelt. Ihre Lippen verziehen sich zu einem schiefen Lächeln, ihr Gesicht ist zwischen zwei Gefühlen hin- und hergerissen.

Es ist ein Anfang.

Sie holt tief Luft und tritt vor, als sich die Musik ändert. Meinem begrenzten Wissen nach denke ich, dass sie aus dem *Schwanensee* stammt, obwohl ich noch nie ein Ballett gesehen habe.

Ihre Füße fliegen über den Boden, während sie sich ständig drehen und springen. Ich bin absurd stolz.

Und traurig. Killian sollte hier sein, um seine Tochter zu sehen.

„Teagan Quinn!“, sagt die Lehrerin scharf. „Bitte versuche, mitzuhalten. Weniger Ego, mehr Konzentration.“

Weniger Ego? Das war unnötig. Sie hätte sie nicht so scharf zurechtweisen müssen. Würde sie sie auch so behandeln, wenn Killian hier wäre?

Teagans Gesicht glüht vor Scham, als sie stolpert und leicht aus dem Takt der anderen Tänzerinnen fällt.

Sie versucht, ihre Fassung wiederzuerlangen, aber die zickige Lehrerin blafft eine weitere passiv-aggressive Anweisung, und sie hat Mühe, wieder ins Gleichgewicht zu kommen.

Einige der anderen Mädchen werden zurechtgewiesen, aber das geschieht in einem viel sanfteren Ton. Bei Teagan hat es einen stärkeren Unterton.

Was hat diese Frau für ein Problem? Sie beobachtet Teagan, bereit, auf jeden Fehler anzuspringen.

Die Lehrerin schnauzt sie erneut an, und ich widerstehe dem Drang, sie anzuschreien, damit sie aufhört. Es ist wirklich unangenehm, das mitanzusehen. Es ist, als *wollte* sie nicht, dass Teagan gut abschneidet.

Aufgeregt nickt Teagan und versucht, ihren Anweisungen zu folgen, aber das Miststück hilft ihr nicht; sie macht sie nur nervös.

Ich werfe einen Blick auf einige der anderen Eltern und frage mich, ob ich paranoid bin. Sie lächeln in ihrer eigenen Seifenblase und sind nur von den Leistungen ihrer Kinder fasziniert.

Aber je mehr ich Teagans Gesicht beobachte, desto mehr weiß ich, dass ich mir das nicht einbilde.

Sie zuckt ein wenig zusammen, als sie eine einzelne Drehung macht und unglücklich landet. Sie hat ihr Selbstvertrauen verloren.

Mein Herz schmerzt ihretwegen. Ich möchte zu ihr laufen und sie umarmen. Das erinnert mich an eine Lehrerin, bei der ich mich auch so gefühlt habe. Sie dachte, ich würde mich querstellen, hat sich aber nie die Zeit genommen, um herauszufinden, dass ich nicht faul war, sondern mir nur das Lesen schwerfiel.

Als die letzten Töne der Musik verklingen und die Mädchen in ihre Ausgangspositionen zurückkehren, juble ich laut los. Viel zu laut. Der Rest der Menge applaudiert zivilisiert. Den missbilligenden Blicken der Eltern nach zu urteilen, ist es hier nicht üblich, wie auf einem Konzert zu johlen.

Das leichte Lächeln von Teagan ist es wert.

„Ich kann nicht fassen, dass Dad die Kindermädchen jetzt schon dazu bringt, sich das Ballett anzusehen", murrt sie, als sie mich am Empfang des Studios auf sie warten sieht.

„Hat er nicht." Ich nehme ihr eine ihrer Sporttaschen ab. „Sam hat mir davon erzählt."

„Oh." Sie runzelt die Stirn und ich fürchte, einen Fehler gemacht zu haben.

Ich öffne die Flügeltüren zur Straße, wo Sam und der andere Sicherheitsmann in dem kein bisschen auffälligen Geländewagen mit verdunkelten Scheiben auf der anderen Straßenseite warten.

„Macht es dir was aus, dass ich gekommen bin, um dir zuzuschauen?", frage ich zögernd, als wir am Fußgängerüberweg stehen. „Ich habe gehört, dass heute Zuschauer erlaubt waren, und ich wollte deinen Auftritt sehen."

Ihr Stirnrunzeln vertieft sich. „Keine Zuschauer. Die Familie."

Verdammt! Ich habe es vermasselt.

Ich verlangsame meinen Schritt, als wir die Straße überqueren, damit ich sie ansehen kann. „Es tut mir leid, wenn ich aus der Reihe getanzt bin."

„Nein, schon in Ordnung." Sie zuckt leicht mit den Schultern, ihre Stimme ist ruhig. „Du hast mich nur überrascht, das ist alles. Du hättest nicht kommen müssen."

„Ich wollte aber." Ich lächle. „Du warst

großartig! Dein Vater muss so stolz auf dich sein."

Die Art, wie sie abwehrend mit den Schultern zuckt, macht mich fertig. War Killian *jemals* bei einem ihrer Auftritte? Wenn ja, hätte er die seltsame Stimmung zwischen ihr und ihrer Lehrerin bemerkt.

Ich verstehe diesen Mann nicht.

„Ist deine Lehrerin immer so?", frage ich und überlege, wie ich es formulieren soll. „Sie schien ein bisschen hart zu dir zu sein. Hatte sie vielleicht einen schlechten Tag?"

„Nein, sie ist immer so." Sie blickt finster drein, als wir uns durch die Menschenmenge schlängeln. „Sie ist ein Miststück. Sie hasst mich."

„Hast du das deinem Vater erzählt?"

„Er tut es einfach ab. Er sagt, dass wir im Leben nicht immer mit jedem zurechtkommen." Sie lächelt sarkastisch. „Sie ist die Beste in New York, warum sollte er mich also zu jemand anderem schicken?"

„Wenn sie dich unglücklich macht, ist es egal, ob sie die Beste der Welt ist. Hat er sie je kennengelernt?"

„Nein."

Ich zögere, weil ich nicht weiß, was ich sagen soll. „Er ist nicht gekommen, um dir zuzuschauen?"

„Nö. Er wird mir nie zuschauen."

„Warum nicht?", dränge ich behutsam.

Ihr Gesicht strafft sich. „Weil Mom professionelle Balletttänzerin war. Er will, dass ich die Tradition weiterführe, aber er sagt, es tut ihm zu sehr weh, zuzuschauen."

Wir kommen am Auto an, also kann ich nicht weiter in sie dringen. „Das mit deiner Mutter tut mir leid. Ich habe das Bild von ihr an der Wand deines Schlafzimmers gesehen."

„Schon gut. Ich erinnere mich nicht an sie."

„Warte." Ich legte meine Hand auf ihre, um sie davon abzuhalten, die Tür zu öffnen.

Ihre Augen verengen sich misstrauisch, während sie mich ansieht.

„Hör zu, ich weiß, ich bin nicht so mütterlich wie Mrs. Dalton, aber wenn du reden willst, bin ich für dich da." Ich lächle und versuche, die Stimmung aufzulockern. „Und ich kann diese Lehrerin bestimmt in einem Kampf fertig machen, wenn du willst."

„Schon okay." Sie verdreht dramatisch die Augen, aber immerhin lächelt sie. „Nächste Woche werde ich dreizehn und dann komme ich hoffentlich in eine andere Klasse."

„Du bist Zwilling, genau wie ich!"

„Glaubst du echt an diesen Schwachsinn?"

„Nur an die guten Teile", sage ich, während ich neben ihr auf den Rücksitz steige.

Die Jungs vorne nicken uns zu.

„Was hast du an deinem Geburtstag vor?", frage ich.

„Dad nimmt mich mit zu Cayden Aguilar.

Wir gehen auf das Konzert und danach treffen wir ihn."

Ich halte in meinem Kampf mit dem Sicherheitsgurt inne und schaue sie erstaunt an. „*Der* Cayden Aguilar? Der Sänger? Ist das dein verdammter Ernst?"

Er ist im Moment der größte Popstar der Welt. Jeder Teenager hat Poster von ihm an der ganzen Wand hängen.

Ein Grinsen ziert ihren Mund. „Ja. Der."

Die Jungs auf dem Beifahrersitz lachen, sie sind diesen Lebensstil offensichtlich gewohnt.

„Was ist mit dir?", fragt Teagan. „Wie sehen deine Geburtstagspläne aus?"

Ich blinzle, noch immer geschockt, als Sam losfährt. „Das kann ich auf keinen Fall toppen. Ich werde wahrscheinlich einfach im Pub abhängen."

Sams Blick begegnet im Rückspiegel meinem und er zwinkert mir zu.

Teagans Gesicht verrät, dass sie das für einen beschissenen Plan hält, aber sie sagt leise: „Du solltest Dad bitten, dir den Tag freizugeben."

Ich grinse sie an. „Hör zu, meine Dame, es ist mir egal, ob ich an meinem Geburtstag eure Kloschüsseln schrubben muss. Ich bin einfach nur froh, in New York zu sein."

In dem Moment, in dem Killian von der Arbeit zur Tür hereinkommt, merke ich, dass er nicht in der Stimmung ist, zu reden. Er grunzt als Begrüßung, ehe er seine Krawatte abnimmt und ein paar Knöpfe aufmacht.

„Ich muss mit dir reden", sage ich rasch. „Ich war heute Abend bei Teagans Ballettaufführung."

Seine Augenbraue hebt sich. „Warum?"

Warum? Was hat diese Familie nur mit dem Ausfragen? „Um sie zu unterstützen. Viele der anderen Eltern gehen hin." Ich fahre fort, solange ich noch den Mut verspüre. „Du solltest auch mal hingehen."

Das wütende Blitzen in seinen Augen ist eine Warnung, dass ich den Mund halten sollte. Aber ich muss es sagen, sonst habe ich keine Ruhe, und nun, da Teagan oben in ihrem Zimmer ist, ist es ein guter Zeitpunkt dafür.

„Wusstest du, dass sie sich nicht mit ihrer Lehrerin versteht?", frage ich.

„Ihre Lehrerin ist die beste in New York", sagt er knapp und öffnet den Kühlschrank. „Sie treibt sie hart an. Natürlich beschwert sich Teagan."

„Nein, ich glaube, es ist mehr als das. Die Lehrerin scheint irrational heftig zu ihr zu sein. Viel mehr als zu den anderen Kindern. Ich denke, du solltest etwas unternehmen. Vielleicht solltest du sie sogar in eine andere

Klasse stecken."

Er knallt die Kühlschranktür zu. „Teagan ist fast dreizehn; sie muss lernen, Autorität zu respektieren."

„Ich finde, du solltest Teagan fragen, was sie will. Im Moment hat sie keinen Spaß am Ballett. Sie scheint es nur zu tun, weil du es von ihr verlangst."

Er kommt näher, sein Blick verdunkelt sich mit jedem Schritt, während er mich an die Spüle drängt. Meine Kehle zieht sich zusammen, als hätte sich dort ein Kloß festgesetzt. Ich bewege mich hier auf sehr dünnem Eis.

Wir sind uns gefährlich nahe; es fühlt sich wieder an wie #huntsmanpiegate. Seine Augen verlassen mein Gesicht nicht, als er seinen Kopf zu meinem senkt.

„Habe ich dich nach deiner Meinung zur Erziehung meiner Tochter gefragt?" Seine Stimme ist leise. Es wäre mir fast lieber, wenn er mich anschreien würde. „Du wohnst hier seit einer Woche und jetzt erzählst du mir, wie ich mein Kind erziehen soll?"

„Du warst nicht dabei", erwidere ich leise. „Du kannst unmöglich wissen, ob das, was ich sage, stimmt."

Ich ignoriere seinen finsteren Blick, nehme mein Handy aus der Tasche und scrolle zu den Fotos, die ich von Teagan beim Ballett gemacht habe.

So wie er das Handy ansieht, könnte man meinen, ich würde ihm Bilder von Tierquälerei zeigen.

„Kümmere dich um deinen eigenen Kram, Clodagh“, knurrt er mit zusammengebissenen Zähnen und stößt sich von mir ab.

Zu meinem Entsetzen schießen mir die Tränen in die Augen. Ich werde heute Abend nicht mit diesem arroganten Mann essen. Ich schnappe mir meinen Teller und husche an ihm vorbei, raus aus der Küche und die Treppe hinunter in meine Wohnung.

Er kommt nicht nach.

Gerade als ich in meine Pyjamashorts und mein Unterhemd schlüpfe, klopft es an der Wohnungstür.

Ich wappne mich für die zweite Runde und öffne Killian die Tür.

Er schaut mich vorsichtig von oben bis unten an. „Kannst du nächsten Dienstag um acht Uhr Abend hier sein?“ Er hält inne. „Ich möchte, dass du bei Teagan bleibst. Ich gehe in die Ballettschule, um mit der Lehrerin zu sprechen.“

„Klar“, antworte ich und unterdrücke ein Lächeln.

Er nickt mir leicht zu, ehe er geht.

Näher werde ich einer Entschuldigung nicht

kommen.

◆ ◆ ◆

Es ist schon Mitternacht, als ich merke, dass ich mein Handy nicht bei mir habe. Ich muss meinen Wecker stellen, habe es aber oben gelassen, als ich übereilt weggelaufen bin.

Ich schleiche die Treppe hinauf, ohne das Licht einzuschalten, und finde eine große Gestalt auf dem Sofa vor.

Killian.

Nackt, nur mit Shorts bekleidet.

Sein breiter Bizeps ragt über die Seite der Couch hinaus, der andere ruht auf seinem nackten, durchtrainierten Bauch. Seine Beine sind gespreizt, eines davon über den Rand der Couch gestreckt. Es steht außer Frage, dass er ein schöner Mann ist. Wenn er schläft, sieht er fast verletzlich aus. Jungenhaft.

Träumt er?

Er schnarcht laut und grunzend, und ich halte mir die Hand vor den Mund, um mir ein Kichern zu verkneifen.

Was ist, wenn er die ganze Nacht hier schläft und am Morgen nicht rechtzeitig aufsteht? Soll ich ihn wecken? Lieber nicht; er wird mich nur anschreien.

Ganz behutsam ziehe ich die Decke, die zu seinen Füßen gebündelt ist, über seine Beine und seinen Bauch.

Als ich aufschaue, ist er wach und starrt mich direkt an.

Ich erstarre. „Tut mir leid, ich ...“

Plötzlich bewegt er seine Hand abrupt an meine Wange, fast so, als hätte er sich vergessen.

Die Hitze seiner Berührung geht in meine Haut über und ich vergesse zu atmen.

Er erstarrt vollkommen, keiner von uns sagt ein Wort. Auf seinem Gesicht spielt sich ein innerer Kampf wider, während er darüber nachdenkt, was er als Nächstes tun soll.

Küss mich.

Dann lässt er seine Hand von meiner Wange fallen. „Geh ins Bett, Clodagh.”

17

Killian

Jeder, der im Laufe der Jahre „Warte nur, bis sie Teenager ist“, zu mir sagte, hatte recht.

Ich dachte, dass das „Periodengespräch“ die schwierigste Unterhaltung sein würde, aber es war nur der Anfang. Ohne Blaupause ist jeder Tag ein wilder Ritt durch die Emotionen der Teenager, während ich versuche, mich blindlings durch die Höhen und Tiefen zu tasten.

Das heutige Gefühl des Tages ist Wut, und es richtet sich gegen mich, den liebsten Dad.

Teagan betrachtet mich mit einem finsteren Blick, der Stahl schneiden könnte, als ich nach dem Training die Küche betrete. Ich versuche, nicht zu beleidigt zu sein. Davon, Vater einer Teenager-Tochter zu sein, habe ich ein dickeres Fell bekommen, als davon, ein Milliardenunternehmen zu führen.

Ihr Haar hat zum Glück wieder seine natürliche Farbe.

„Guten Morgen, meine Schöne." Ich beuge mich vor, um ihr einen Kuss auf die Stirn zu geben, aber sie dreht sich auf ihrem Hocker von mir weg. Ich bin überrascht, dass sie an einem Samstagmorgen um diese Zeit überhaupt aus ihrem Zimmer kommt.

„Sprich nicht mit mir. Ich hasse dich immer noch."

Daraufhin atme ich schwer aus. „Ich weiß, Prinzessin." Ich frage mich, ob das so bleiben wird, bis sie achtzehn ist.

„Nenne mich nicht Prinzessin."

Wenn sie ihre Augen noch weiter nach hinten dreht, muss ich einen Priester für einen Exorzismus rufen.

„Verdreh die Augen nicht. Sonst bleiben sie so."

Ich stelle eine Tasse unter die Kaffeemaschine und mache mir meinen morgendlichen Espresso. „Wenn du schon Hausarrest hast, warum nutzt du den Tag nicht, um das Stück zu üben, das dein Cellolehrer dir gegeben hat? Ich würde es mir gerne anhören. Der Musikwettbewerb ist schon in drei Wochen."

„Ich sollte mich heute *eigentlich* mit Becky treffen", schießt sie verächtlich zurück.

„Und das würdest du auch tun, wenn du dir nicht die Haare gefärbt hättest", sage ich ruhig, denn ich weiß, dass es für ein zwölfjähriges Mädchen die schlimmste Strafe ist, von ihren

Freunden getrennt zu sein. „Du kanntest die Regeln und die Konsequenzen, bist das Risiko aber trotzdem eingegangen. Du hast noch drei Tage Hausarrest."

Sie spießt mich mit einem zornigen Blick auf, auf den die Mareks stolz sein würden. „Das ergibt nicht mal einen Sinn! Warum beendest du ihn nicht einfach? Warum muss ich noch drei Tage Hausarrest haben?"

Ich kippe den Espresso hinunter. „Weil ich es sage."

Ich habe ihr bereits erklärt, warum Haarfärbemittel für Menschen unter sechzehn Jahren nicht geeignet sind. Wir haben uns zusammengesetzt und Artikel darüber gelesen. Obwohl sie nicht glücklich darüber war, ist sie klug genug, ihr Haar nicht schädigen zu wollen.

Und weiter zum nächsten Streit.

„Aber warum *drei*? Warum müssen es drei sein?"

Mir fällt nichts Vernünftiges ein. „Weil ich die Anzahl bestimme."

„Das ist so unfair", jammert sie und wirft ihre Hände in die Luft.

„Das Leben ist nicht immer fair. Nächstes Mal denkst du besser über die Konsequenzen nach."

Ich setze mich zu Teagan auf einen Barhocker an der Insel. Wir sitzen in einseitigem, wütendem Schweigen, während sie auf ihr Handy starrt.

Was würde Harlow sagen, wenn sie hier wäre? Hätten wir dann diese Streitereien?

Bin ich das alles falsch angegangen? Sie ist noch ein Kind. Ich will nicht, dass sie sich die Haare färbt oder Make-up trägt. Meine Tochter wird sich mit zwölf Jahren nicht sexualisieren. Wenn sie dreißig wird, kann sie Kosmetika benutzen.

Was würde Clodagh sagen?

Ich räuspere mich. „Was guckst du dir an?"

Ihre Augen schießen zu mir hoch. „Warum fragst du überhaupt, wenn du es wahrscheinlich schon weißt? Du hast meinen Passcode."

Ich seufze. „Ich schaue mir dein Handy nicht an. Ich habe ihn aus Sicherheitsgründen, Teagan. Du weißt, dass es Risiken birgt, wohlhabend aufzuwachsen."

„Manchmal wünschte ich, sie *würden* mich entführen", sagt sie wütend.

„Etwas weniger frech bitte. Ich weiß, dass du sauer bist, weil du Becky nicht sehen kannst, aber wie wäre es, wenn ich dich zum Mittagessen einlade?" Ich schnippe spielerisch ihr Kinn an, lächle und biete ihr die weiße Fahne der Unterwerfung. „Das wäre eine Abwechslung zu deinem Hausarrest für den Nachmittag. Wir hatten schon lange kein Daddy-Tochter-Date mehr."

„So kannst du es nicht mehr nennen. Ich bin

zu alt."

„Prinzessin, so werde ich es auch noch nennen, wenn du dreißig bist."

Ihr Stirnrunzeln wird weicher und ich merke, dass sie mein Angebot annehmen will, aber zu stur ist, um Ja zu sagen. „Nein", antwortet sie schließlich. „Schon in Ordnung. Ich bleibe lieber hier."

Ich kann nicht behaupten, dass die Zurückweisung nicht schmerzt.

Aus dem Flur ertönen Schritte.

Eine weitere Erinnerung daran, dass ich Mist baue. Ich habe mir vor dem Kindermädchen einen runtergeholt. Neulich hätte ich sie nachts fast geküsst. Was zum Teufel habe ich mir dabei gedacht?

Ich schaue auf und sehe Clodagh in der Küchentür stehen. Zu sagen, dass ich auf ihren Anblick nicht vorbereitet bin, wäre eine Untertreibung.

Sie trägt eine blassblaue Yogahose, ein Oberteil, bei dem ich mir nicht sicher bin, ob es ein Sport-BH oder ein Top ist, und darüber einen ärmellosen Hoodie. Die Hose liegt eng an ihrem wunderschönen Hintern an, sodass sie wie aufgemalt aussieht. Ihre Haare sind zu einem hohen Pferdeschwanz gebunden, was ihre ohnehin schon markanten Wangenknochen noch mehr hervorhebt. Sie sieht so frisch und entspannt aus – das Gegenteil von mir.

Das ist sexyer, als wenn sie in Spitzenunterwäsche hereinspaziert wäre und lenkt mich total ab.

„Guten Morgen“, zwitschert sie enthusiastisch und ihre Augen funkeln. Wahrscheinlich ist sie froh, dass Samstag ist und sie mir für eine Weile entkommen kann.

„Morgen“, antworte ich mit enger Kehle.

Teagan schnauft ohne aufzublicken ein *„Morgen“*.

Ich schaue Clodagh in die Augen und eine zarte Röte zieht über ihre Wangen. Hinter ihrem draufgängerischen Benehmen ist sie aufgebracht.

In jener Nacht wäre ich fast ausgerastet. Ich hätte sie beinahe zu mir auf die Couch gezogen und ihr genau gezeigt, was ich mit ihr anstellen wollte.

Seit dem katastrophalen Vorfall im Bad kämpfe ich damit, meine Erregung unter Kontrolle zu halten. Allein der Gedanke daran lässt mein Adrenalin wieder in die Höhe schießen.

Ich muss bald ficken. Sex mit einer anderen ist die einzige Möglichkeit, meine seltsamen Fantasien über mein schlechtes Kindermädchen zu unterdrücken.

Clodagh bricht den Blickkontakt zuerst ab und wendet sich stattdessen Teagan zu. „Oh, es sieht so aus, als wären deine Haare wieder normal!“

„Das wurde aber auch Zeit“, schimpfe ich und zerzause eine Strähne des Haares meiner Tochter.

„Siehst du?“ Teagan starrt mich wütend an, ehe sie sich wieder an Clodagh wendet. „Heißt das nicht, dass ich keinen Hausarrest mehr haben sollte?“

„Ich bin die Schweiz bei diesem Streit.“ Clodagh schüttelt schmunzelnd den Kopf. „So blöd bin ich nicht. Killian, ich wollte nur sichergehen, dass du mich heute nicht brauchst?“

Auf ihre Frage hin ziehe ich eine Augenbraue hoch. „Du arbeitest samstags nicht.“

„Super.“ Ihr breites Lächeln ist wie ein Schlag in die Magengrube. „Ich muss zu meinem Yoga-Kurs in Queens. Ich wünsche euch einen schönen Tag.“

„Bezahle ich dir so wenig, dass du einen Nebenjob machen musst?“

„Nein.“ Sie grinst. „Mit deinem Gehalt komme ich mit Sicherheit zurecht.“

„Warum machst du es dann?“

Sie sieht mich eigenartig an, dann verziehen sich ihre Lippen zu einem spöttischen halben Lächeln. „Ist das nicht offensichtlich, Killian? Ich *mag* es. Sie geben mir nur ein kleines Trinkgeld. Ich habe ein Schild an der Bar aufgehängt, und es hat ein bisschen Interesse geweckt.“ Sie schaut zwischen Teagan und mir hin und her. „Was habt ihr beide heute vor?“

„Ich sitze in diesem Gefängnis fest, weil ich nichts in meinem Leben entscheiden darf", sagt Teagan.

Clodagh lächelt sie mitfühlend an. „Wenigstens ist es ein schönes Gefängnis."

„Einer aus dem Team wird dich nach Queens fahren und wieder abholen", sage ich ihr.

„O nein, ist schon gut." Sie winkt wegwerfend ab. „Ich nehme die U-Bahn."

„Blödsinn." Ich greife nach meinem Handy und ärgere mich, dass sie mein Angebot, sie zu fahren, ablehnt. „Ich rufe einen aus dem Team an." Obwohl ich, so wie ich Sam und die anderen dabei ertappe, wie sie Clodagh anstarren, sie am liebsten selbst fahren würde.

„Es ist in Ordnung, wirklich", sagt sie fester. „Ich mag die U-Bahn."

„Du *magst* die U-Bahn?" Teagan schaut angewidert auf. „Aber sie soll doch schmutzig und überfüllt sein. Ich würde nie mit der U-Bahn fahren."

Clodagh klappt der Mund auf. „Was? Du meinst, du bist noch nie mit der U-Bahn gefahren?"

Teagans Gesicht verzieht sich. „Nö."

„Ernsthaft?" Clodagh lacht. „O mein Gott, es ist die einzige Art, auf die ich mich fortbewege. Für mich ist es eine Touristenattraktion. Es stand ganz oben auf meiner New Yorker Bucket List."

„Igitt." Teagan rümpft die Nase. „Du kannst

manchmal echt komisch sein, Clodagh."

„Benimm dich." Ich werfe Teagan einen warnenden Blick zu. „Nur weil du nicht mit der U-Bahn fährst, darfst du keine unhöflichen Bemerkungen über Leute machen, die es tun."

Clodaghs Hände wandern nach oben, um ihren Pferdeschwanz festzuziehen. „Wo ich in Irland herkomme, gibt es keine U-Bahn. Ich konnte von Glück reden, wenn der Bus pünktlich kam. Ich mag es, mit der New Yorker U-Bahn zu fahren und von so vielen Fremden umgeben zu sein. Das gibt mir das Gefühl, ein Teil von etwas Größerem zu sein." Sie zuckt mit den Schultern. „Für mich ist alles Neue aufregend."

„Alles?" Ich ziehe skeptisch eine Augenbraue hoch. „Ich bin mir nicht sicher, ob diese Theorie stimmt."

Sie verdreht die Augen und schwingt den Rucksack auf ihre Schultern, wobei sie ihre Brust herausdrückt. Ich versuche, nicht darauf zu achten. „Nun, man wird es nie wissen, wenn man es nicht ausprobiert. Du klingst genau wie die mürrischen Fußballer in meinem Yoga-Kurs. Die dachten immer, Yoga sei Zeitverschwendung." Sie lächelt. „Jetzt kommt die ganze Mannschaft gewissenhaft jeden Samstag."

„Die ganze Fußballmannschaft?", fragt Teagan mit einem Hauch von Interesse.

„Japp." Clodagh nickt. „Es ist lustig, dass

es als Aktivität für ein paar Damen begann, aber jetzt hauptsächlich aus jungen irischen Fußballern besteht."

„Oh." Teagan schaut noch faszinierter drein.

Clodagh hält inne und schaut mich an, ehe sie sich an meine Tochter wendet. „Willst du mitkommen, Teagan?"

„Nein", antworte ich für sie. „Sie hat Hausarrest."

„*Mann*", schreit Teagan und knallt ihr Handy auf den Tisch. „Du lässt mich nicht trainieren? Das ist total bescheuert."

Ich schaue meine Tochter mit zusammengekniffenen Augen an. Trainieren? So ein Quatsch. Wenn der Yogakurs nicht voller Fußballspieler wäre, würden wir dieses Gespräch nicht führen.

Clodagh kann ein Schmunzeln kaum verbergen.

„Außerdem", sage ich zu meiner finster dreinblickenden Tochter. „Drängst du dich Clodagh nicht in den Tag. Sie will uns an den Wochenenden nicht sehen."

„Das stimmt nicht", sagt Clodagh herzlich. „Es macht mir nichts aus."

„Ich wollte schon immer mal Yoga ausprobieren." Teagan schmollt. „Und ich muss mal aus dem Haus. Ich werde noch wahnsinnig."

„Ich bin nicht dumm, Teagan", warne ich sie. „Es hat mehr mit der Tatsache zu tun, dass

Fußballspieler dort sein werden. Ich habe doch gesagt, dass ich dich zum Mittagessen einladen würde."

„Aber ich würde lieber Yoga machen", schnieft sie und gibt mir ihren besten Hundeblick. „Biiiiiiitte, Daddy? Ich werde die Sicherheitsleute mitnehmen."

Ich weiß, wann man mich manipuliert. „Wenn du denkst, dass du mit irgendeinem der Fußballspieler sprechen wirst, hast du dich getäuscht."

Sie verdreht die Augen. „Als ob, wenn Sam und Co. zusehen."

Clodagh lacht. „Du weißt, dass das nur ein kleines gälisches Fußballteam aus Queens ist, oder? Es ist nicht die NFL. Und unser Fußball ist nicht wie euer Football."

„Ich weiß. Ich war mal mit Papa und Onkel Connor bei einem Spiel."

Ich sehe Clodagh an. Es ist nicht fair, ihr das zuzumuten.

Ihre Augen blicken in meine. „Du kannst auch mitkommen, wenn du willst, Killian", sagt sie leise.

„Toll", murmelt Teagan. „Dad wird mich vor allen Leuten Prinzessin nennen."

Ich will gerade etwas erwidern, doch dann nicke ich wider besseres Wissen. Trotz der Proteste von Teagan.

Harlow würde gehen.

Wenn ich bei einer Yogastunde zuschauen

muss, um Zeit mit meiner Tochter zu verbringen, dann ist das so. Auch wenn sie nur ungern Zeit mit mir verbringen möchte. Und vielleicht ist es schön, einen anderen Grund für einen Besuch in Queens zu haben, als Harlows Grab zu besuchen.

„In Ordnung“, antworte ich.

Clodagh sieht so schockiert aus, dass ich befürchte, sie könnte ohnmächtig werden.

„Unter einer Bedingung“, sage ich. „Ich fahre.“

Clodagh runzelt die Stirn. „Aber mit der U-Bahn ist es schneller.“

„Du hast noch nie in einem Ferrari gesessen, oder?“

„Okay, ich habe auch eine Bedingung.“

Meine Augenbrauen heben sich. „Erzähl.“

„Es ist Samstag, also ist alles inoffiziell, und nichts, was ich tue, wird dazu führen, dass ich entlassen werde.“

„Das werde ich bereuen, aber okay, abgemacht.“

Wir parken direkt vor dem Eingang des Parks in Queens.

„Das war unglaublich!“ Clodagh lacht, als ich ihr und Teagan die Autotür öffne. „Ich schätze, ein Ferrari ist manchmal besser als die U-Bahn.“

„So wie du geschrien hast, fange ich an zu glauben, dass du noch nie in einem Auto gesessen hast“, grummle ich.

Wir gehen zu dritt in den Park, wo eine Gruppe älterer Damen und ein Mädchen in Clodaghs Alter herumlungern. Sie tragen alle Sportkleidung.

„Morgen, meine Damen“, begrüßt Clodagh sie und läuft hinüber, um das Mädchen in den Zwanzigern zu umarmen.

Was zum Teufel mache ich hier?

Das Mädchen flüstert Clodagh etwas zu, und beide schauen in meine Richtung.

Teagan zappelt nervös neben mir; ich lege meine Hand zur Beruhigung auf ihren unteren Rücken.

„Hallo, Mr. Quinn“, sagt Clodaghs Freundin ehrfürchtig. „Ich bin Orla, Clodaghs beste Freundin.“

Der Klang ihres irischen Dialekts hat im Vergleich zu dem von Clodagh keine Wirkung; Gott sei Dank. Wenn alle irischen Frauen diese Wirkung auf mich hätten, würde ich nie wieder einen Fuß in einen irischen Pub setzen. Ich bin überzeugt, dass Clodagh mich mit ihrer Stimme hypnotisiert.

„Killian“, antworte ich.

„Und das ist Teagan“, sagt Clodagh und zieht sie in die Frauengruppe.

Wir tauschen Höflichkeiten mit Orla und den Damen aus. Weitere Frauen in den

Sechzigern kommen hinzu, bis ein Kreis von etwa zehn Frauen um mich herumsteht.

„Wo sind die Fußballspieler?", murmelt Teagan neben mir.

Ich werfe ihr einen strengen Blick zu.

„Wer ist dieser stramme junge Mann?", fragt eine der Frauen und zieht mich ungeniert mit ihren Augen aus. Ihr amerikanischer Dialekt hat den leisesten irischen Einschlag.

Ich lache leise. Es ist schon eine Weile her, dass ich jung genannt wurde.

„Das ist mein Chef Killian und seine Tochter Teagan", sagt Clodagh ihnen. Nun habe ich die Aufmerksamkeit aller Frauen. Weitere gesellen sich zu ihnen. Ihre Dialekte sind eine Mischung aus amerikanisch, irisch und ein paar anderen.

Clodagh grinst. „Unser neuer Junge, Killian, ist ein bisschen schüchtern, also heißt ihn willkommen, Mädels."

Die Frauen scharen sich um Teagan, stellen ihr Fragen und sagen ihr, wie hübsch sie ist.

Was mich betrifft, so werde ich getätschelt und gestreichelt. Eine Hand auf meinem Rücken wandert gefährlich nah an mein Hinterteil heran.

„Das ist Clodaghs reicher Chef aus Manhattan", flüstert eine von ihnen laut.

Eine andere Hand reckt sich, um über meinen Arm zu streichen. „Er ist sehr muskulös."

Jemand fährt mit den Fingern durch mein

Haar und ich höre ein leises Schnurren in meinem Rücken.

„Er trägt keinen Ring."

Eine andere Hand stupst mich in den unteren Rücken.

Verdammt noch mal, fühlen sich so Frauen in einem Stripclub? Ich hätte nicht gedacht, dass *Yoga mit Clodagh* so verdorben sein würde.

Clodagh kann ihr Grinsen kaum unterdrücken.

„Ist er single, Clodagh?", fragt sie eine von ihnen, ohne mich auch nur anzusehen. „Wenn du ihn nicht willst, meine Kelly lässt sich scheiden."

„Ist er beim Militär?", fragt eine andere kehlige Stimme hinter mir.

„O Gott." Teagan stöhnt neben mir. „Das ist ja widerlich."

Meine Güte! Ich werde von einer Schar unersättlicher, sexhungriger Frauen attackiert.

„Ich bin auch hier", murre ich. „Meine Ohren funktionieren."

„Lasst ihn in Ruhe, meine Damen." Clodagh grinst mich an. „Mr. Quinn lässt sich leicht einschüchtern. Ah, da kommen die Jungs."

Ich drehe mich um und sehe eine Gruppe kräftiger Männer in irischen Fußballtrikots vorbeischlendern. Sie sehen aus, als wären sie in ihren Zwanzigern.

Ich spüre Aufregung aus Teagan quellen.

„Ich behalte dich im Auge", warne ich sie.

Sie verdreht angewidert ihre Augen und huscht von mir weg, weil sie sich schämt, mit ihrem peinlichen Vater in der Öffentlichkeit gesehen zu werden.

„Hallo, Leute", sagt Clodagh zu der Männergruppe.

Es sieht so aus, als ob Clodagh eine Menge Jungs in ihren Bann gezogen hat. Sie umringen sie, fragen sie, wie es ihr geht und sagen ihr, dass sie großartig aussieht.

„Wie ist der neue Job, Clodagh?", fragt einer von ihnen mit einem breiten irischen Dialekt. „Orla hat gesagt, dein Mann ist ein richtiges Arsch..."

„La, la, la!", schreit Clodagh. „Das ist mein Chef, Killian!"

Die jüngeren Männer schauen mich misstrauisch an.

Clodagh räuspert sich und klatscht in die Hände. „Also gut, fangen wir an."

Ich stehe an der Seite, während der Rest der Gruppe seine Matten auf dem Gras ausrollt. Clodagh legt ihre rosa Matte ganz vorne hin.

„Teagan, das hier ist deine." Sie reicht ihr eine Matte. „Leg sie dort neben Marg."

Zur Freude meiner Tochter schälen sich einige der Jungs aus ihren Oberteilen. Herr, gib mir Kraft.

„Diese Matte ist deine, Killian." Clodagh hält mir eine Matte hin und lächelt mich an.

Meine Augenbrauen wandern hoch. „Ich

mache nicht mit." Ich deute mit dem Kinn auf eine Bank. „Ich schaue von da drüben zu."

„Blödsinn", blafft eine Frau neben mir.

Die anderen äußern lautstark ihre Einwände.

Clodagh geht zu einem Fleck Rasen neben einer der Frauen und legt die Matte ab. Als sie sich bückt, habe ich einen perfekten Blick auf ihre Brust, die in dem winzigen Sporttop verschwindet.

„Du brauchst die Vorteile von Yoga mehr als jeder andere." Sie lächelt unschuldig. *„Sir."*

Ich beiße die Zähne zusammen. „Nie im Leben."

„Es ist nur Yoga, Killian. Ich verlange ja nicht, dass du deinen Kopf in ein Feuer steckst. Weich zur Abwechslung mal vom Handbuch ab."

Ich grunze sie an. Ihre Kommentare machen mich wütend. Ich sehe, wie meine Tochter ihre Augen verdreht und die Fußballspieler mich süffisant anstarren, und aus irgendeinem unerklärlichen Grund will ich Clodagh beweisen, dass ich nicht der verklemmte Typ bin, für den sie mich hält.

Die Frauen jubeln und Teagan stöhnt, als ich mich auf den Weg zur Yogamatte begebe und mein T-Shirt ausziehe, um schamlos zu protzen. Mein Körper ist kräftig gebaut, auch wenn ich keine Gewichte stemme; meinen guten Körperbau habe ich von den Genen meines nutzlosen Vaters.

Clodaghs Augen werden groß, als sie auf meine Brust starrt. „Klasse! Spring auf deine Matte und lass uns loslegen."

Ich schmunzle darüber, wie aufgeregt sie ist.

Sie lässt sich im Schneidersitz auf ihren Hintern fallen, ihre Knie berühren das Gras. Ich weiß nicht, wie der Fachbegriff lautet, aber verdammt, ist das sexy.

Meine Oberschenkel sind vom Laufen angespannt und meine Knie berühren nicht einmal annähernd das Gras. Vielleicht habe ich einen unflexiblen Vater-Körper.

„Bist du zum ersten Mal beim Yoga, Schätzchen?", fragt die Frau neben mir, die aussieht, als sei sie in den Siebzigern.

Schätzchen? Meine Mundwinkel zucken. „Das bin ich."

„Du hast eine *wunderbare* Lehrerin." Sie strahlt und zwinkert mir zu.

„Heute werden wir ein richtig intensives Stretching machen", sagt Clodagh mit lauter, beruhigender Stimme. „Ich weiß, dass ihr Jungs gestern Abend ein Spiel hattet und einige von euch in einem sehr stressigen Umfeld arbeiten." Sie fängt meinen Blick auf und lächelt. „Ich möchte, dass all eure Sorgen und euer Stress dahinschmelzen."

Sie nimmt uns in die Dehnübungen mit. Wir sollen die Augen geschlossen halten. Ich beobachte, wie sich ihr Brustkorb auf und ab bewegt, während sie lange, tiefe Atemzüge macht und uns anweist, dasselbe zu tun. Ihre Lippen bilden ein perfektes O, während sie ein- und ausatmet.

Ohne Vorwarnung öffnet sie die Augen und sieht, dass ich sie beobachte.

Errötend fährt sie fort: „Okay, lasst uns eine schöne tiefe Grätsche machen."

Sie öffnet ihre Beine, bis sie fast im Spagat sind.

Fuck.

„Öffnet eure Oberschenkel so weit, wie ihr euch wohl fühlt. Legt eure Hände vor euch ab und macht mit euren Hüften einen schönen Kreis."

Sie blickt sich in der Gruppe um, während sie ihre Hüften kreisen lässt.

Ich begebe mich auf gefährliches Terrain. Ich habe nicht erwartet, dass Yoga so sexuell sein würde.

„Haltet euren Rücken gerade. Öffnet eure Brust", weist sie uns an. „Ich bin heute so verspannt. Wie geht es euch?"

Fuck.

Du bringst mich um, Clodagh.

Das Blut fließt ohne meine Erlaubnis Richtung Süden zu meinem steifer werdenden Penis.

Oje, nicht hier.

Nicht vor meiner Tochter.

Einige aus der Gruppe geben ihr scheinbar

unschuldige Antworten.

Mir war nicht klar, dass *Yoga mit Clodagh* die perfekten Bedingungen für ungewollte Erregung in der Öffentlichkeit bieten würde. Was mich zu einem Idioten macht, wenn man bedenkt, dass ich mir mit ihren Online-Videos einen runtergeholt habe.

Gott sei Dank hat sich Teagan entschieden, weit weg von mir zu bleiben. Sie hält mich bereits für einen peinlichen Vater. Das würde sie dazu bringen, mich zu verleugnen, und ich würde es ihr nicht verübeln.

Wir beginnen mit der ersten Position, in der wir mit geschlossenen Beinen stehen, wobei sich unsere Füße berühren.

„Haltet euren Rücken gerade und geht nach unten in den Stuhl."

Ich blinzle. Wo zum Teufel soll ich meine Eier lassen? Soll ich sie mir zwischen die Beine klemmen? Sie fangen schon an, von meinen verdorbenen Gedanken zu schmerzen.

Ich stoße ein unwillkürliches Stöhnen aus und Clodagh sieht mich an.

„Killian, du kannst deine Beine ein paar Zentimeter auseinandernehmen, wenn du dich unwohl fühlst."

Sie lächelt mich an, ganz süß und unschuldig. „Gut", schnurrt sie. „Gut gemacht, Killian."

Niemand sagt mir verdammt nochmal, dass ich etwas gut gemacht habe.

Die Zauberin verrenkt ihren Körper in Positionen, die es mir unmöglich machen, nicht erregt zu werden.

Hat sie das geplant?

Ich spanne meinen Kiefer an und schlucke schwer, um die Kontrolle zu behalten. Müssen die Eier beim Yoga so wehtun? Sie haben genug Treibstoff in sich, um ein Flugzeug zu fliegen.

„Jetzt gehen wir in die Brücke“, sagt sie, ein Bild der Ruhe. Das Gegenteil von mir.

Als Clodagh die Pose demonstriert, indem sie sich auf den Rücken legt und ihren Unterleib in die Luft streckt, wird mir klar, dass die Brückenposition nicht die beste ist, um meine massive Erektion zu verstecken.

Verdammt! Bei dem *herab Hund* oder wie er auch immer es heißt, konnte ich sie wenigstens verstecken.

„Das ist eine tolle Übung für den Beckenboden“, erklärt mir die Frau neben mir hilfsbereit mit einem Augenzwinkern.

Ich murmle Schimpfwörter vor mich hin. Ich bin darauf konditioniert, bei diesen Szenarien an Sex zu denken.

Ich werfe einen Blick auf die Männer, aber die Frauen sind im Weg. Ich kann nicht der einzige Perverse hier sein.

Clodagh lässt sich auf den Boden sinken und springt dann auf.

„Macht weiter“, ruft sie, während sie die Gruppe umkreist.

Sie bleibt stehen, um den Fuß eines Fußballers zu richten. Er grinst sie an und freut sich über die Aufmerksamkeit.

Ich versuche, meine felsenfeste Erektion zu verstecken.

Warum bewegt sie sich?

„Ich setze dieses Mal aus." Ich starre sie finster an, als sie auf mich zukommt. Es ist ihre Schuld, dass ich so in Fahrt bin.

„Bist du sicher?" Sie hebt eine Augenbraue. „Du siehst ziemlich verspannt aus, Mr. Quinn. Diese Dehnübung ist perfekt für steife Männer."

Mein Kiefer verkrampft sich. „Das glaube ich."

„Entspanne dich, Sir", flüstert sie mir ins Ohr, ehe sie wieder vorne auf ihren Platz zurückkehrt.

„Okay, jetzt ist es Zeit für die Katze-Kuh-Übung", erklärt sie, während sie auf dem Boden in eine vierbeinige Position rutscht.

O verdammt.

Am Ende der Trainingseinheit beobachte ich das Geschehen von der Bank aus der Ferne. Der Versuch, Clodagh aus ihrem Harem von Athleten und Seniorinnen herauszulocken, wird eine Herausforderung sein. Sie fressen ihr alle aus der Hand. Ich schwöre, ich habe gesehen, wie einer von ihnen an ihren Haaren geschnüffelt hat, als sie sie aus dem Pferdeschwanz ließ.

Ich kann ihre Unterhaltung fast hören. Clodagh hat den Arm um Teagan gelegt und die beiden werden von den Frauen mit unaufhörlichen Fragen bombardiert.

Clodaghs Lachen schallt durch den Park, laut und ansteckend. Drei Frauen haben bisher versucht, sie mit ihren Söhnen oder Enkeln zu verheiraten. In ihren Augen leuchten Schalk und Freude.

Dadurch fühle ich mich wie ein mürrischer alter Penner.

Der Anblick von einer so glücklichen Teagan ist fast schon bittersüß.

Queens hat ein echtes Gemeinschaftsgefühl abseits des Wolkenkratzer-Dschungels von Manhattan, besonders unter den Iren. Teagan hat dieses Leben verdient, aber ich habe es nicht geschafft, es ihr zu ermöglichen. Wäre sie besser dran gewesen, wenn ich ein Handwerker wäre, der in Queens lebt?

Gemeinschaft.

Das war es, wovon Marek gesprochen hat. Das war es, was Harlow für Teagan wollte. Was ich ihr nicht gegeben habe.

Als Clodagh mich auf der Bank warten sieht, entschuldigt sie sich und kommt herüber.

Ich stehe auf. „Bist du bereit zu gehen?“

Der Wind zerzaust ihr rotes Haar, und sie

streicht es sich aus dem Gesicht. „Ich bleibe heute wahrscheinlich in Queens."

„Ich wollte vorschlagen, dass ich uns zum Mittagessen ausführe und Orla könnte auch mitkommen."

„Tut mir leid, Killian. Das ist wirklich lieb, aber …" Sie blickt zurück in die Menge.

Meine Hand krümmt sich um die Autoschlüssel. „Kein Problem. Hast du dein Handy dabei?"

„Ja, und ich habe ein Fußballteam, das auf mich aufpasst." Sie grinst. „Ich schaffe das schon."

Das ist es, was mir Sorgen bereitet.

Ich grunze zustimmend, aber am liebsten würde ich sie hochheben, mir über die Schulter legen und sie mit zu meinem Ferrari nehmen. „Ruf mich an, wenn du etwas brauchst. Hast du die Kreditkarte dabei?"

Sie verdreht ihre Augen, genau wie meine Teenager-Tochter. „Ja, *Daddy*."

Jetzt bin ich wirklich richtig am Arsch.

Ich fahre mit Teagan zurück nach Manhattan und frage mich, warum ich mich so unruhig fühle.

18

Clodagh

Wir begutachten unsere Outfits im Spiegel.

Wir sind auf der anderen Seite der „Was-ziehe-ich-an"-Panik angelangt. Dank Big Daddys Kreditkarte ist das Problem dieser Tage eher wie zum Teufel ich mich für etwas entscheiden soll, und nicht, dass alles, was ich besitze, auseinanderfällt.

Wir glühen in meiner Wohnung etwas vor, ehe wir in einen neuen Club im Meatpacking District gehen.

Orla trägt enge Bluejeans und ein Spitzentop. Ich habe mich für ein enges grünes Lederkleid mit Doc Martens entschieden, um einen ausgefalleneren Look zu erzielen.

Ich sehe super aus, kann aber nicht atmen.

„Ich bekomme eine Panikattacke", sage ich zu Orla und versuche, tief durchzuatmen, aber es gelingt mir nicht. Alle meine Organe werden von der bauchverschlankenden Shapewear, die mir bis knapp unter die Brust reicht, eingequetscht.

Ich ziehe das enge Lederkleid über meine Hüften und fühle mich klaustrophobisch. „Nein! Zieh sie aus. Zieh sie aus!"

„Beruhige dich." Sie kichert und schnappt sich den Gummizug der quälenden Unterwäsche, während sie versucht, sie herunterzurollen.

Mich überkommt ein lächerlicher Kicheranfall.

„Hör auf zu zappeln. Du arbeitest hier gegen mich. Du bist heute so gut gelaunt."

Ich grinse durch mein Kichern hindurch, obwohl die Unterwäsche mich immer noch erdrückt. „Es war ein guter Tag."

„M-hm." Sie grinst mich an. „Das hat natürlich nichts damit zu tun, dass dein heißer, launischer Chef heute Morgen zum Yoga mitgekommen ist."

„Hast du den Chat der Yoga-Gruppe gesehen? Die sind ganz verrückt nach ihm."

„Ja, ich musste die Benachrichtigungen auf meinem Handy ausschalten. Außerdem schickt mir deine Granny Deirdre ständig Artikel über Morde in Manhattan. Das ist ein ganz schöner Stimmungskiller."

Ich seufze und richte meinen Fischgrätenzopf. „Ich weiß, tut mir leid. Sie teilt sie in dem Gruppenchat der Familie Kelly. Ich glaube, sie hat einen Alarm auf ihrem Handy für Morde in New York. Sie wird einen Herzinfarkt bekommen, wenn du bei der Polizei bist.“

Es sind zwei von uns nötig, um die beklemmende Shapewear bis zu meinen Knien herunterzuschieben. Ich ziehe sie aus und seufze erleichtert, als ich die frische, kühle Luft zwischen meinen Beinen spüre. „Ich werde einen Tanga anziehen. Mein Fett muss irgendwohin, und da kann es sich auch gleich ebenmäßig verteilen.“

„In Ordnung.“ Ich leere mein letztes Glas Wein. „Los geht’s. Ich muss noch mein Handy von oben holen. Benimm dich in Gegenwart von Killian und Teagan“, warne ich sie.

„Ich weiß nicht, wofür du mich hältst“, murmelt sie hinter mir.

Wir gehen nach oben in den Aufenthaltsraum, wo Teagan in einem Einteiler auf einem Sitzsack in der Mitte des Fußbodens liegt und Killian und ein anderer Typ – eindeutig sein Bruder Connor – auf der Couch sitzen.

Heiliger Strohsack. Gott war großzügig, als er die Gene an die Familie Quinn verteilt hat.

Der jüngere Quinn ist genauso umwerfend gutaussehend wie sein Bruder. Überraschenderweise ist es immer noch der ältere, mürrische Quinn, der es mir angetan hat.

Mein Blick trifft auf Killian und er hält in seinem Gespräch mit Connor inne.

Gott, diese eisblauen Augen.

Mein Magen schlägt einen Purzelbaum, als sein Blick meine Figur von Kopf bis Fuß abtastet und mich vorsichtig begutachtet. Als könnte ich ansteckend sein. „Das ist Connor", sagt er.

Keine Komplimente. Keine Höflichkeiten. Nicht die Andeutung eines Lächelns, nur dieser strenge, starre Blick.

„Hi, Connor." Ich schenke ihm ein Lächeln zur Begrüßung, während ich mein Handy vom Tisch hole. „Das ist meine Freundin, Orla."

„Heyyy", sagt Orla atemlos und glotzt die Würstchenparty auf der Couch an. Ihr läuft beinahe das Wasser im Mund zusammen. Ich werfe ihr einen warnenden Blick zu. Zweifellos haben die beiden genug Verehrerinnen, um ein Ego so groß wie das Empire State Building zu haben, ohne dass wir uns noch dazugesellen.

Ich checke rasch mein Handy. Sechzehn neue SMS von der Yogagruppe. Eine neue SMS von Granny Deirdre, in der sie mir sagt, ich solle nur Getränke aus der Dose kaufen und mit Gentlemen Gummis benutzen.

„Schön, dich endlich kennenzulernen", sagt Connor mit einem Grinsen. „Komm und trink etwas mit uns."

„Du siehst heiß aus, Clodagh", ruft Teagan, vage interessiert. „Wie eine Meerjungfrau mit grünen Schuppen und einem Zopf."

„Siehst du immer wie eine heiße

Meerjungfrau aus?", scherzt Connor. „Oder gibt es einen besonderen Anlass?"

„So sehen wir immer aus", scherze ich zurück. „Ich sehe beim Putzen gerne gut aus. Killian macht im Bad immer eine ganz schöne Saue..."

O Mist. Ich wollte gerade einen Meerjungfrauen-Witz machen. Mein Gesicht glüht, als ich an die Sauerei denke, bei der ich Killian im Bad gesehen habe.

Killians Kiefer arbeitet und seine Nasenlöcher blähen sich so sehr auf, dass er die Windgeschwindigkeit einfangen könnte.

„Nun, du siehst bezaubernd aus", fügt Connor hinzu.

Immer noch nichts von Killian. Ich schätze, Meerjungfrauen sind nicht seine bevorzugte Fantasie. Es ärgert mich, dass ich verärgert bin.

Seine Augenbrauen ziehen sich zusammen. Was zum Teufel ist sein Problem? Heute Morgen beim Yoga war er entspannt und, ich wage es zu sagen, *lustig*. Jetzt hat er sich den Stock wieder in den Hintern gesteckt.

„Gute Arbeit, dass du meinen steifen großen Bruder dazu gebracht hast, in einem Park Yoga zu machen." Connor grinst und amüsiert sich köstlich, während er verschwörerisch zwischen Killian und mir hin und her schaut. „Als Nächstes wird er im Central Park meditieren."

„Dad war furchtbar", meldet sich Teagan zu

Wort. „Er konnte nicht mal die Hälfte der Posen."

„Klassenletzter", necke ich, während Killian die Augen verdreht. „Im Gegensatz zu dir, Teagan. Du solltest weitermachen."

„Seid ihr sicher, dass ihr euch nicht zu uns gesellen könnt, Ladies?", fragt Connor. „Ich muss mehr hören."

Killians Blick begegnet meinem. „Wir wollten gerade eine Pizza bestellen und einen Film ansehen, aber ihr habt offensichtlich andere Pläne", sagt er ausdruckslos.

„Ja, wir gehen in den neuen Club im Meatpacking District", sage ich ihm, obwohl er nicht danach gefragt hat. „Vapor. Tut mir leid, Connor. Das wird warten müssen."

Connors Lächeln wird breiter, als er einen Blick mit Killian wechselt. „Vapor, ja? Gute Wahl. Sie werden dich dort gut behandeln. Du hast dir einen schönen Abend verdient, nachdem du es mit meinem Bruder ausgehalten hast. Wie ist es denn so, mit ihm zusammenzuleben? Er ist eine Nervensäge, oder?" Connor scheint es nicht eilig zu haben, uns gehen zu lassen.

„Die größte." Ich lächle. „Wenn ich Teagan nicht hätte, würde ich weglaufen."

Connor gluckst anerkennend.

Killian scheint unser Geplänkel nicht lustig zu finden. Er wirft mir einen finsteren Blick zu. „Das Sicherheitsteam wird euch begleiten." Er greift nach seinem Handy.

„Schon okay", versuche ich zu sagen, aber er unterbricht mich.

„Das steht nicht zur Debatte."

Meine Güte. Das tut es bei Killian Quinn nie.

◆ ◆ ◆

„Ich habe gehört, dass es eine Kunst ist, in einen New Yorker Club zu kommen. Sei entspannt, sei cool, aber unübersehbar."

„Ausweise", knurrt mich der Türsteher von der Größe eines Lastwagens an. Ist es eine Regel für Türsteher, niemals zu lächeln? Wir haben schon verstanden – du hast das Sagen und du bist furchteinflößend.

Misstrauisch gebe ich ihm meinen Ausweis. Ich habe noch nie in einer so attraktiven Warteschlange gestanden. Er könnte entscheiden, dass wir nicht gut genug aussehen, um reinzukommen. Und da es ein irischer Pass ist, bestehen einige darauf, einen amerikanischen Ausweis zu sehen.

Der Türsteher liest ihn, nickt über die Schulter einer Frau mit einem Klemmbrett zu und reicht ihr meinen Ausweis.

Was zur Hölle?

Wird er *beschlagnahmt*?

„Hey!", protestiere ich.

Die Frau scannt meinen Ausweis und schnippt dann mit den Fingern. „VIPs hier entlang."

„Wie bitte?", frage ich. Sie muss einen Fehler gemacht haben.

Sie sieht mich ausdruckslos an.

„Du hast sie gehört", zischt Orla in mein Ohr und schubst mich sanft. „Wir sind sehr wichtige Leute. Hältst du endlich die Klappe? Einem geschenkten Gaul schaut man nicht ins Maul, du Idiotin."

Wir werden von einer Hostess durch den dunklen Flur geführt, die so unfassbar schön ist, dass sie wie ein menschlicher Avatar aussieht.

„Ich verstehe das nicht", murmle ich Orla zu.

An der in Samt gehüllten Tür steht eine zweite Hostess, die uns ein Glas Champagner reicht.

Ich blinzle sie verblüfft an. Ist das was Irisches oder so?

Sie führt uns in eine Bar, in der all die schönen New Yorker abhängen. So einen Ort habe ich noch nie gesehen. Die Hostess führt uns an einen Tisch.

„Clodagh, sind das ...?", quietscht Orla.

„Die Hemsworth-Brüder?", beende ich für sie. „Ich glaube schon."

Ich könnte in Ohnmacht fallen. Ihr Anblick ist mehr, als meine Klitoris ertragen kann.

Eine Sirene heult an der Bar, und plötzlich marschieren vier Kellnerinnen in Cocktailkleidern mit einem Tablett zwischen sich nach vorne und tragen eine Flasche Champagner mit Wunderkerzen. Ich erinnere mich, dass ich etwas Ähnliches eines Nachts auf Ibiza erlebt habe, als ein unausstehlicher Typ die teuerste Flasche auf der Karte kaufte.

Die Frauen drehen sich um und kommen auf uns zu.

Als ich den Kopf drehe, steht niemand hinter uns. Wo ist der unausstehliche Typ?

„Hallo, Clodagh“, säuselt eine der Kellnerinnen. „Heute Abend seid ihr unsere Ehrengäste.“

Ich glotze sie an.

Killian. Das muss das Werk von Killian sein.

Die ganze Bar beobachtet, wie eine Flasche Champagner, aus der Funken sprühen, vor uns auf den Tisch gestellt wird.

„Ist das nicht die verrückte Komikerin, die Katzen auf die Bühne bringt?“, flüstert jemand neben mir und starrt in meine Richtung.

Ich werfe demjenigen daraufhin einen feindseligen Blick zu.

Orla sieht mich mit einem gefährlichen Funkeln in den Augen an. „Heute Nacht wird Parteeey gemacht.“

Ich könnte diesen wilden Lebensstil nicht jede Nacht durchhalten. Ich bin zu dem Schluss gekommen, dass man High-End-Clubs und schlichte irische Bars mischen muss, um beides zu schätzen.

Wir tranken den Champagner in rekordverdächtigen dreißig Minuten aus. Nachdem ich die Bestätigung hatte, dass wir *nicht* zahlen würden, war das Spiel aus. Die zweite Flasche Champagner war ein Fehler. Rückblickend hätten wir etwas mehr Anstand aufbieten sollen, falls wir überhaupt über so etwas verfügen.

Nun bin ich auf der Tanzfläche und unterhalte mich mit einem umwerfenden Kerl, aber ich muss mal Luft ablassen. Die Sektblasen haben schwere Magenbeschwerden verursacht.

Ich schaue zu Orla hinüber. Es scheint, als würde der Freund meines Typen ihr das Gesicht ablecken.

Sie arbeiten beide mit Hedgefonds an der Wall Street. Ehrlich gesagt, weiß ich nicht, was ein Hedgefonds ist. Ich denke an einen Raum voller Leute, die mit Karten winken und „Kaufen" oder „Verkaufen" schreien, obwohl ich sicher bin, dass es heutzutage nicht mehr so funktioniert.

Mein Typ scheint sich nicht an meinem mangelnden Wissen über Hedgefonds zu stören. Er will einen Fick und ich überlege, ob ich ihm einen gebe.

Er ist besser als der letzte Typ, mit dem ich gesprochen habe, der dachte, ich würde mir vor Lachen in die Hose machen, als er mit falschem irischen Dialekt „sicher, sicher!“ rief.

Japp, als hätte ich das noch nicht gehört.

American Andy presst seine Lippen auf meine und geht aufs Ganze. Er riecht nach Pfefferminz, also lade ich ihn in meinen Mund ein. Mit seiner Zunge in meinem Mund reibe ich meinen Bauch, ohne dass er es merkt.

Er unterbricht den Kuss. Seine Augen sehen ein bisschen chaotisch aus. „Willst du ficken?“

Ich weiche erschrocken zurück. Dreckiger Penner. Gute Manieren *sind* tot.

„Du kommst aber direkt zur Sache“, erwidere ich trocken.

Er will sich gerade zu einem weiteren Kuss vorbeugen, als er sich abrupt von mir löst.

„Was zum Teufel?“, höhnt American Andy. „Hau ab.“

Ich blinzle kurz und denke, dass er mit mir spricht. Habe ich meinen Magen zu sehr entspannt und mir ist einer herausgerutscht?

Dann bemerke ich, dass zwei Türsteher uns umringen. Einer von ihnen hat seine Hand auf American Andys Brust gelegt.

„Nimm deine Hände von mir“, sagt American Andy und seine Erregung steigt. Ich glaube, er hat irgendetwas genommen. Seine Pupillen sehen ziemlich wild aus.

„Es ist Zeit zu gehen, Clodagh.“ Das ist der Türsteher von draußen. Hat er ein fotografisches Gedächtnis, dass er sich die Namen aller Gäste anhand ihrer Ausweise merken kann? „Zeit zu gehen. Ihr Auto wartet."

Ich schaue verwirrt zwischen Andy und den Türstehern hin und her. „Werde ich wegen Küssen rausgeschmissen?"

„Nein." Türsteher Nummer zwei schreitet ein. „Sie werden nach Hause eskortiert."

Ich fühle mich umzingelt. „*Warum*?"

„Weil mein Arbeitgeber das sagt", sagt Türsteher eins mit einer angespannten Stimme, die *beeilen Sie sich verdammt noch mal, Lady* bedeutet.

Meine Augen verengen sich. „Ihr Arbeitgeber?"

„Mr. Quinn."

„Er ist der Besitzer des Clubs?"

„Ja."

Natürlich kam er nicht auf die Idee, es mir gegenüber zu erwähnen.

Scheiß drauf. Es ist noch nicht einmal Mitternacht. Ich bin nicht das verdammte Aschenputtel.

„Er ist auch mein Arbeitgeber, aber ich verstehe das nicht. Warum muss ich gehen?"

Er seufzt schwer und wirft mir einen mürrischen Blick zu. „Hören Sie, ich weiß es nicht, Lady. Können wir das auf die einfache Art machen? Ich habe nicht die ganze Nacht Zeit."

Türsteher Nummer zwei hat einen Arm zwischen meinen geklemmt, und Türsteher Nummer eins dringt in Orlas Seifenblase ein.

„Ich arbeite gerade nicht“, schnauze ich. „Ich bin in meiner Freizeit hier.“

„Das müssen Sie mit Mr. Quinn klären. Viel Glück“, sagt er trocken, während er mich über die Tanzfläche führt.

„Das ist gegen meine verfassungsmäßigen Rechte!“ Glaube ich. Killian Quinn soll zur Hölle fahren. Für wen hält er sich? Seine Arroganz ist *unfassbar*. Ich gehöre ihm nicht. Er schreibt mir nicht vor, was ich in meiner Freizeit mache.

Etwas Stärkeres schiebt sich durch den gefangenen Wind und verbrennt mich.

Wut.

Killian Quinn kann verdammt noch mal was erleben.

Ich gebe mir nicht die Zeit, meine Meinung zu ändern.

Ich stoße seine Schlafzimmertür auf und stürme, ohne das Licht einzuschalten, auf ihn zu, bis ich mit den Händen in den Hüften dastehe und ihn wütend anstarre.

Er ist wach.

Das Licht von seinem Nachttisch wirft Schatten auf sein Gesicht und lässt ihn gleichzeitig umwerfend attraktiv und tödlich aussehen.

Die Decke ist bis zum V seines unteren Bauchs heruntergeschoben. Für einen Moment lenken mich die dunklen Schamhaare ab. Er ist unter dieser Decke nackt.

Seine Augen blitzen vor Wut, als er mich in sich aufnimmt.

Ein Schauer durchfährt mich, aber ich spreize meine Beine zu einer trotzigen Haltung und ziehe meine Schultern zurück. Die Brust aufgeplustert. Der Hintern angespannt.

Ich bin das Alphatier hier. Du machst mir keine Angst, Mister.

„Wie kannst du es wagen!“, stottere ich.

„Was zum Teufel hast du vor?“ Seine Stimme wird zu einem heiseren Knurren, als er sich auf seine Unterarme stützt.

Erst da bemerke ich das Buch neben ihm, das mich für einen Moment entwaffnet. Heiße Typen, die lesen ... erotischer geht es nicht.

Ich zögere, mache aber weiter. Er ist hier das Arschloch. „Du kannst nicht einfach verlangen, dass ich in meiner Freizeit nach Hause komme. Ich gehöre dir nicht. Orla und ich hatten einen schönen Abend, dann wurde ich unsanft behandelt und nach Hause geschickt.“ Ich atme tief ein. Ich bin gerade richtig in Fahrt. „Du kannst mir keinen Hausarrest geben, wie du es mit Teagan machst. Ich bin nicht dein *Eigentum.*“ Spucke sprüht mir aus dem Mund, als ich meine letzten Worte zische.

Sehr attraktiv.

Er antwortet mit einem starren Blick, der keine Gefühlsregung erkennen lässt. „Alles in diesem Haus ist mein Eigentum.“

„Mann!“, schreie ich wütend auf, denn zu mehr bin ich nicht fähig.

Es ist das Grinsen auf seinen Lippen, das mich wieder in Rage versetzt, während sein Blick sich in mich hineinbrennt.

Ich weigere mich, nachzugeben.

„Geht dir einer dabei ab, ein Idiot zu sein? Ist es das?“, schnauze ich, ohne eine Antwort zu erwarten. „Menschen zu kontrollieren ist deine Version von Porno. Ja, *Mister Quinn*“, sage ich mit einem herablassenden Höhnen, das an eine Babystimme grenzt. „Drei Taschen voll, Mister *Quinn*. Gerade als ich Hedgefonds Andy kennenlernen wollte, hast du unsere Chance auf etwas Besonderes ruiniert.“ Gelogen.

Ich sehe, wie sein ganzer Körper starr wird und sich jeder Muskel in seiner massiven Brust anspannt. Sein Kiefer verkrampft sich. Seine Nasenlöcher blähen sich auf. Wütender Atem verlässt seine Lunge.

Ich *spüre,* wie die Luft durch seinen Zorn knistert.

Die Laken rascheln.

Scheiße. Er ist auf dem Vormarsch.

Die Laken werden weggeschleudert und seine Beine sind aus dem Bett heraus. Er richtet sich neben dem Bett zu seiner vollen Größe auf und gönnt mir einen Blick auf seinen Hintern.

Als er auf mich zukommt und darauf scheißt, dass sein massiver Schwanz gerade zur

Schau gestellt wird, wird mir klar, dass ich keinen Plan habe, wie ich weiter vorgehen soll.

„Das wäre dann alles. Gute Nacht!“, blaffe ich, ehe ich mich auf den Fersen umdrehe und aus seinem Schlafzimmer husche.

19

Clodagh

Das Geräusch schwerer Schritte, die sich der Wohnungstür nähern, lässt mein Herz Bongo gegen meine Rippen tanzen.

Das Zusammenleben mit dem arrogantesten Mann in New York und ein paar Drinks zu viel haben mich an die Grenze gebracht. Nun ist mein inneres Alphatier zu einem verängstigten kleinen Kind geschrumpft, das sich nichts sehnlicher wünscht, als unter das Bett zu kriechen und zu verschwinden.

Er wird mich heute Abend entlassen und auf die Straße setzen. Die Einwanderungsbehörde wird jeden Moment hier sein, um mich abzuschieben.

Ich hätte meine große Klappe halten können, aber stattdessen habe ich ...

Die Tür wird aufgerissen und knallt hart gegen die Wand.

Killian steht mit aufgeblähten Nasenflügeln in der Tür, der Kiefer ist zusammengebissen, das Gesicht eines Stiers, der zum Angriff ansetzt.

Ach du Scheiße!

Meine einzige Rettung ist, dass er Boxershorts angezogen hat.

Der Muskel in seinem Kiefer verkrampft sich so sehr, dass ich glaube, er könnte reißen. „Nein, das war nicht alles“, sagt er mit einem tiefen, heiseren Tonfall. In seinen Augen spiegelt sich nicht nur Wut wider, sondern auch etwas, das sehr nach Lust aussieht.

Er macht einen Schritt auf mich zu und schließt die Lücke zwischen uns.

Ich bin mir vage bewusst, dass ich zurückweiche, bis ich an die Wand gedrückt werde und seine muskulösen Arme eine Barriere auf beiden Seiten von mir bilden.

„Glaubst du, ich lasse mir so etwas von einer Angestellten gefallen? Du schuldest mir eine Entschuldigung.“

„Nein, du schuldest *mir* eine Entschuldigung, Killian.“ Ich versuche, meine Stimme ruhig zu halten, aber sie bleibt mir im Hals stecken.

Er ist so nah, dass mein Körper buchstäblich vor Vorfreude zittert, als würde er mich mit seiner Anwesenheit elektrisieren, obwohl er mich nicht berührt.

Seine Arme bleiben auf beiden Seiten von mir an der Wand verankert. Sein Atem ist heiß auf meiner Stirn. Sein ganzer Körper ist nur wenige Zentimeter von meinem entfernt. Er riecht nach seiner Körperlotion, die, an der ich jeden Tag schnuppere, wenn ich sein Bad putze. Er berührt mich nicht einmal, aber mein Körper summt wie wild.

Mein Atem geht rasend schnell, meine Wangen brennen und mein Inneres *pocht* vor Vorfreude und Verlangen.

Ich fühle mich überfordert und habe keine Kontrolle mehr.

„Warum hast du mich gezwungen nach Hause zu kommen, Killian?“, frage ich heiser. „Was kümmert es dich, ob ich in meiner Freizeit die ganze Nacht unterwegs bin?“

Er antwortet mir nicht.

Seine Augen blicken fest in meine und die sexuelle Energie ist so greifbar, dass ich kaum den Blickkontakt halten kann. Die Art, wie er mich ansieht, verursacht eine Gänsehaut auf meinen Armen und meiner Brust.

„Haben deine Leute mir nachspioniert?“ Ich mache weiter und weiß, dass ich mit dem Feuer spiele, aber ich kann nicht aufhören. „Warum hast du mich gezwungen, nach Hause zu kommen?“

„Ich glaube, du weißt verdammt gut, warum.“ Seine Stimme kommt so belegt und schwer vor Verlangen heraus, als hätte er Schmerzen.

Ich wölbe meine Hüfte gegen seine dicke Erektion.

Oh.

Er stößt ein zitterndes Stöhnen aus, ergreift sie und hält sie an sich gedrückt, sodass ich mich nicht bewegen kann.

Meine Handflächen gleiten über seine warme, feste Brust. Ich spüre das Flattern seines Herzens.

Ich bin so was von erledigt.

„*Verdammt noch mal*“, stöhnt er an meiner Stirn. „Was machst du mit mir?“

„Ich weiß nicht“, flüstere ich und unsere Münder berühren sich fast. „Das musst du mir erklären.“

Er stöhnt erneut. „Ich denke die ganze Zeit an dich. Ich denke bei der Arbeit an dich. Ich denke, wenn ich laufe an dich. Ich denke, wenn ich mit meiner Tochter fernsehe an dich, und ich *hasse* es.“

Ich will ihn gerade fragen, ob das ein Kompliment ist, als er sagt: „Ich muss wissen, wie es sich anfühlt, in dir zu sein.“

O Gott. Seine Stimme ist so männlich und erotisch, dass ich vor Verlangen *zittere*.

„Dann finde es heraus“, krächze ich, kaum hörbar.

Er löst sich von mir, um zu sehen, ob ich es ernst meine und seine Augen lodern.

Als er die unverhohlene Zustimmung sieht, zieht er mein Lederkleid bis zur Taille hoch, schiebt den Tanga zur Seite und lässt dann zwei Finger tief in mich hineingleiten.

Ich bin *klatschnass.* Ich bin so feucht, dass es peinlich ist.

Das Gefühl seiner Hände *da unten* bringt mich dazu mich zu winden, als wäre es das erste Mal, dass ich berührt werde.

Ich wölbe meinen Rücken in seine Hände, spreize meine Beine weiter und bewege mich auf seine Berührungen zu. Tausende von kribbelnden Empfindungen durchfluten mein Inneres, als sein Daumen um meine empfindlichste Stelle kreist.

„So feucht", sagt er mit absurd heiserer Stimme. „Du bist völlig durchnässt."

Er beugt sich herunter und küsst meinen Hals, während er mich mit seinen Fingern kontrolliert. „So ein ungehorsames Kindermädchen. Du willst unbedingt, dass ich dich ficke, nicht wahr? Das ist alles, was du willst, seit du hier eingezogen bist."

Ich wimmere daraufhin. *O Gott, das fühlt sich gut an.*

„Sag es", flüstert er an meiner Halsbeuge. „Flehe mich an. Flehe mich an, und ich werde dir geben, was du willst."

Arroganter Arsch.

„Bitte."

„Lauter. Ich kann dich nicht hören."

„Fick mich", keuche ich. „Bitte."

„So ein braves Mädchen. Das war doch gar nicht so schwer, oder?"

Seine Finger verlassen mich und ich stöhne

wegen des Verlusts. Dann merke ich, dass er das getan hat, um seine Boxershorts nach unten und von sich zu schieben.

Dann wendet er seine Aufmerksamkeit wieder mir zu. Mit einem verschlagenen Grinsen zieht er mir den Tanga von den Beinen. Ich halte mich an seinen Schultern fest, um das Gleichgewicht zu halten und hebe die Füße an, um ihn loszuwerden, wobei ich meine Ungeduld kaum zügeln kann.

Vor Verlangen ihn nackt zu spüren, lege ich meine Hand begierig um seinen Schwanz. Er ist so dick; das wird wehtun.

Als Antwort stöhnt er in mein Haar und hebt mich vom Boden, seine Hände fest um meinen Hintern. Mein Griff an ihm entgleitet.

Die Spitze seines Schwanzes stößt gegen meinen Eingang.

„Warte“, hauche ich.

„Verdammt“, zischt er und schließt die Augen, als wolle er sich selbst beruhigen. „Kondom. Hast du eins hier unten?“

Ich habe Mühe, Worte zu bilden und winke vage in Richtung meiner Handtasche auf dem Tresen.

Er beugt sich vor und kramt darin herum, bis er das Kondom herausholt.

Dann wird sein Schwanz wieder an meinen Bauch gedrückt.

Gott, ich bin so bereit.

Ich sehe ihm zu, wie er sich umhüllt.

Ich bin nutzlos. Entmündigt. Eine Masse aus bebendem Gelee.

Er beugt sich leicht, um sich meiner Größe anzupassen, und sein Mund trifft auf meinen, während die Spitze seines Schwanzes an meinen Eingang stößt.

Ich versuche, ihn zu küssen, bin aber zu nervös und erregt. Ich schlucke Luft und wimmere an seinem Mund.

Er hebt mein linkes Bein an und schlingt es um seine Taille. Ich bin noch immer vollständig bekleidet, einschließlich meiner Doc Martens.

Er dringt mit seinem harten, dicken Schwanz in meine feuchte Öffnung ein und ich keuche bei dem plötzlichen Gefühl. Mein Inneres zuckt vor Lust.

„Bist du okay?"

Ich nicke, außerstande, Worte zu bilden.

Seine Augen fixieren meine, während er seinen Schwanz tiefer in mich gleiten lässt. Mit offenem Mund atmet er zitternd aus, schließt die Augen und drückt seine Stirn an meine. „*Verdammt.* Das will ich schon tun, seit ich dich zum ersten Mal gesehen habe."

Der Anblick, von ihm, so erregt, das Gefühl, wie er mich ausfüllt, seine Worte ... Ich bin kurz davor, auf dem Boden zusammenzubrechen.

„*Fuuuck.*" Ein Knurren ertönt aus seiner Kehle, als sich meine Muskeln fest und besitzergreifend um ihn zusammenziehen.

„Ahhh", stöhne ich, als er zustößt. Ich kann nicht sprechen. Ich weiß nur, dass dies mein neues Lieblingsgefühl auf der Welt ist.

Seine vollen Lippen öffnen sich, und er stöhnt meinen Namen. Es ist das Erotischste, was ich je gehört habe. „Du fühlst dich so verdammt gut an. Unglaublich."

Meine Hände wandern über seine Brust, begierig und amateurhaft. Es ist mir egal.

Seine Stimme. Seine Haut. Sein Geruch. Ich brauche das alles.

Mein leises Stöhnen und Wimmern wird von seinem tiefen Knurren begleitet. Seine Augen fixieren meine, während er in mich eindringt und eine Stelle trifft, die so tief ist, dass er unmöglich noch tiefer in mich eindringen kann.

Ich umklammere seinen Hals, um mich festzuhalten.

Killian Quinn fickt mich. Killian Quinns Schwanz ist in mir. Ich bin so erfüllt von ihm, dass ich mich kaum noch an meinen eigenen Namen erinnern kann.

Sein Mund entspannt sich und sein Gesicht wird weicher, als er die Kontrolle verliert. Ihn so zu sehen, treibt mich nur noch mehr in den Wahnsinn.

Ich bin so kurz davor.

So, so kurz vor der Explosion.

„Ich kann es nicht aufhalten", sagt er mit abgehacktem Atem. „Ich komme. *Fuck.*"

Er stöhnt leise und tief. Sein Gesicht verzieht sich, sein Kiefer knirscht und ein Muskel in seiner Stirn zuckt, als er versucht, es hinauszuzögern und darauf zu warten, dass ich zum Orgasmus komme.

Aber er kann es nicht.

Sein Gesicht verzieht sich mit einer Mischung aus Lust und Schmerz und sein Mund bleibt offenstehen, als er sich mit einem letzten Ruck in mir entlädt und meine Hüften festhält, damit ich mich nicht bewegen kann.

Ich schließe meine Augen und halte ihn fest, während sich sein Körper an meinem entspannt.

Er lässt mein Bein fallen, aber sein Schwanz bleibt in mir und drückt mich weiter gegen die Wand.

Ich atmete schwer aus und presse meinen Kopf an seine Brust.

Dann ... ändert sich etwas. Die Luft ändert sich, die Stimmung ändert sich ... er ändert sich.

Sein ganzer Körper versteift sich unter meiner Berührung. Er löst die Umarmung und zieht sich aus mir zurück. Nun kann er mir nicht einmal mehr in die Augen sehen.

Er räuspert sich. „Es tut mir leid. Das war ein Fehler."

„W-Was?", stottere ich und versuche, mit seinen Worten Schritt zu halten. „Was meinst du?"

Mein Herz hämmert, während ich darauf warte, dass er lächelt.

„Das hätte ich nicht tun sollen", sagt er und sieht mir nicht in die Augen, während er das Kondom in den Mülleimer wirft und seine Boxershorts hochzieht. Sein Mund bildet eine harte Linie. „Vergiss, dass das passiert ist."

Ist das sein Ernst?

Ich starre ihn lange an und überlege, was ich sagen soll, aber er ignoriert mich.

Mir ist schlecht.

„Kannst du mich nicht mal anschauen?", rufe ich.

Als sein Blick meinem begegnet, starrt mir Bedauern entgegen. Er sieht fast *angewidert* aus. Es ist schmerzhaft und gemein und ... herzzerreißend.

„Es tut mir leid, Clodagh", wiederholt er, diesmal mit gedämpfter Stimme. „Es tut mir wirklich verdammt leid."

Er lässt mich mit klebrigen Schenkeln und Tränen in den Augen an die Wand gelehnt zurück und ich fühle mich so beschissen wie noch nie in meinem Leben.

Das Glück der verdammten Iren.

20

Clodagh

„Du bist eine Idiotin", flüstere ich dem Badezimmerspiegel zu.

Mein ungeschminktes, blasses Gesicht starrt mir entgegen, mit rotgeränderten Augen, fleckigen Wangen und einem charmanten neuen Pickel als Sahnehäubchen. Schlafmangel, Sex mit dem Chef, Schweißausbrüche vom Champagner und die Zurückweisung durch den Chef sind gleichbedeutend mit einem hormonellen Zusammenbruch.

Zwanzig Minuten lang mit heißem Wasser zu duschen, half nicht, meine Scham zu beseitigen.

Arschloch. Idiot.

Ich kann nicht glauben, dass ich mit ihm gevögelt habe. Ich bin das dämliche Kinderhausmädchen, das nach weniger als *zwei Wochen* im Job für ihren Chef die Beine breitmacht.

Ich wünschte, ich hätte ihn nie zum Yoga eingeladen.

Ich wünschte, ich wäre nie in sein Schlafzimmer gestürmt.

Und ich wünschte wirklich, ich hätte mich von ihm nicht für einen bequemen Fick benutzen lassen.

Ich wünschte, der ganze verdammte Tag wäre nie passiert.

Nun hat er die ganze Macht. Er ist in meine Wohnung marschiert, ließ mich darum betteln, dass er mich fickt, und warf mich dann weg wie eine schimmlige, verfaulte Kartoffel. Er hatte sich kaum aus mir zurückgezogen, ehe ihn der Ekel übermannte.

Penner.

Ich drehe mein nasses Haar mit einem Handtuch zu einem Dutt zusammen, dann gehe ich ins Schlafzimmer und rolle mich auf dem Bett zusammen, die Hände um die Knie gelegt.

Ich starre ins Leere und spüre, wie meine Augen sich erneut mit Tränen füllen. Alles, was ich sehe, ist sein angewiderter Gesichtsausdruck, und in meinem Kopf wiederholen sich seine Worte in einer Schleife.

Neben dem Rat, Gummis zu benutzen, warnte mich Granny Deirdre auch davor, meine Gefühle von einem Mann kontrollieren zu lassen. Ich habe mich für schlauer gehalten.

Ich habe mir geschworen, nie wieder

zuzulassen, dass mir ein Mann das Gefühl gibt, wertlos zu sein. Mein Ex nahm mir den Großteil meiner Ersparnisse weg und zerstörte das Selbstwertgefühl, das ich nach dem Abgang von der Schule aufgebaut hatte. Er hat eine riesige Granate in mein Leben geworfen und ein großes, hässliches Loch hinterlassen.

Nun hat Killian die Macht, das Gleiche zu tun.

Was ist, wenn er mich nicht mehr sehen will und mich loswerden will?

Mein Handy pingt. Mam im Gruppenchat der Familie. Es ist Essenszeit zu Hause.

Ich blicke auf das Bild von Mam, Granny Deirdre und meinen Brüdern beim Abendessen, bis meine Augen zu feucht sind, um es richtig zu sehen.

Es ist der sechzehnte Geburtstag meines jüngsten Bruders, Mick.

Zum ersten Mal, seit ich in New York gelandet bin, habe ich Heimweh.

Ich habe letzte Nacht überhaupt nicht geschlafen. Null Minuten. Ich habe die ganze Nacht darüber nachgedacht, wie ich Killian gegenübertreten soll. Ich wette, er ist schon darüber hinweg. Er hat wahrscheinlich vergessen, dass wir letzte Nacht Sex hatten.

Orla hüpft auf mich zu und weicht dabei

Hundeausführern und Joggern aus. Alle im Central Park sehen so glücklich aus. Ich hasse sie dafür.

Ich habe ihr heute Morgen bereits eine SMS geschickt, um sie über meinen großen Fehler zu informieren.

„Und?“, fragt sie aufgeregt und reicht mir eine Wasserflasche mit Elektrolyten. „Spuck's aus. Hast du ihn heute Morgen gesehen?“

Ich trinke einen großen Schluck des Getränks, während wir an der Bronzeskulptur von *Alice im Wunderland* vorbeischlendern. „Danke. Du bist eine Lebensretterin. Nein, ich habe mich aus dem Haus geschlichen. Nach dem Champagner und dem Schlafmangel bin ich zu erschöpft, um ihm heute gegenüberzutreten. Ich muss mir noch eine Kommunikationsstrategie für den Umgang mit ihm überlegen.“

Sie grinst und schüttelt ungläubig den Kopf. „Ich kann nicht fassen, dass du mit ihm geschlafen hast.“

„Mann.“ Ich stöhne verärgert auf. „Ich kann es auch nicht fassen. Das ist der schlimmste Fall katholischer Schuldgefühle, den ich je empfunden habe.“

Die Schuldgefühle haben nichts damit zu tun, dass ich religiös bin. Ich gehe nur zur Messe, wenn Gran mich an Weihnachten nervt. Aber jeder irische Katholik wird mit dem Schuldgefühle-Gen geboren, und es wird nur noch schlimmer, wenn man auf eine katholische Schule geht. Mich trifft es hart, wenn ich krankgeschrieben bin und faulenze, obwohl ich nicht wirklich krank bin. Oder wenn ich nicht dreimal die Woche Yoga mache. Oder wenn ich an unpassenden Orten wie dem Krankenhaus schmutzige Gedanken habe, wie ich feststellen musste, als Gran ausgerutscht und hingefallen war.

Oder ein neues – mit meinem kaltherzigen, milliardenschweren Chef zu schlafen.

Wir schweigen einen Moment lang, als wir einer Gruppe von Rollschuhläufern ausweichen.

„Wir machen alle betrunkene Fehler", sagt Orla schließlich. „Du bist nicht die erste, die aus Versehen ihren Chef gevögelt hat, und du wirst auch nicht die letzte sein."

„Das ist mein zweiter Fehler unter Alkoholeinfluss in New York, und beide Male habe ich die Beine breitgemacht. Ich muss mich mal zusammenreißen." Ich stürze die Wasserflasche hinunter. „Ich kann nicht einmal dem Alkohol die Schuld geben. Ich war zwar angeheitert, aber nicht betrunken."

„Komm schon, du bist zu hart zu dir. So wie Killian dich beim Yoga angeschaut hat, ist da was. Er ist kein kompletter Roboter."

„Nein, im Ernst, Orla, wenn du sein Gesicht gesehen hättest, nachdem ... in der einen Minute bumst er mich, als wären wir die letzte Hoffnung für das Überleben der Menschheit, und in der nächsten Minute ist er verschwunden und ich stehe mitten im Zimmer und heule wie ein Kind." Ich drehe mich zu ihr um. „Wie soll ich ihm überhaupt noch ins Gesicht blicken?"

„Es wird alles gut." Sie drückt mir sanft den Arm. „Du wirst großartig klarkommen."

Großartig. Bäh. Den Teufel werde ich tun.

„Das Schlimmste ist, dass er erst diese Woche einer anderen Frau Blumen geschickt hat." Gott, mir wird schlecht, wenn ich das nur laut ausspreche. In meinem Lustrausch hatte ich vergessen, dass er eine Freundin haben könnte. Wie werde ich mich fühlen, wenn er Maria dienstags mit nach Hause nimmt, wie es im Handbuch steht?

„Ich weiß nicht einmal, wie ernst es mit ihnen ist. Sam hat gesagt, dass sie schon ein paar Mal aus waren. Vielleicht ist das mit ihnen etwas Exklusives." Ich seufze zum millionsten Mal heute und rufe die Quelle meiner Qualen auf meinem Handy auf. „Diese Frau."

Orla bleibt ruckartig stehen und betrachtet das Foto auf meinem Handy. Sie erbleicht sichtlich, und das nicht, weil es so schmerzhaft ist, Maria anzusehen.

Nein, Maria ist ein absoluter Hingucker. Ich schäme mich, zuzugeben, dass ich heute Morgen übermäßig viel Zeit damit verbracht habe, Nachforschungen über sie zu betreiben.

„Ich schätze, das ist keine Überraschung." Als sie meinen Gesichtsausdruck sieht, beißt sie sich auf die Lippe. „Aber, Clodagh, du bist auch umwerfend."

Sie versucht, mich aufzumuntern, doch dadurch fühle ich mich noch schlechter. „Hör zu, sei vorsichtig. Ich will nicht, dass du wieder verletzt wirst. Wir haben uns alle Sorgen um dich gemacht, als du dich von dem Arschloch Niall getrennt hast. Du hast so viel abgenommen und warst die ganze Zeit so still."

„Ja, man sollte meinen, ich würde lernen, mich von Männern fernzuhalten, die mir das Herz brechen können. Wie auch immer, es ist schon in Ordnung." Ich zucke mit den Schultern und nehme wieder an Tempo auf. „Ich werde nur noch ein paar Monate für ihn arbeiten. Die unqualifizierte Agentur meint, sie hätte noch eine Au-pair-Stelle für mich in Brooklyn."

Am besten lasse ich das Thema Killian hinter mir. „Was ist mit dem Typen aus ..." Ich zerbreche mir den Kopf und versuche, mich an unser Gespräch von gestern Abend zu erinnern. Welcher Staat war das? Die mittleren Staaten sind für mich ein bisschen verschwommen.

Jetzt ist es an Orla, gequält dreinzuschauen. „Kansas."

Gestern Abend sind wir zu dritt mit dem Sicherheitsdienst gegangen. Ich, Orla und ihr

Hedgefonds-Typ.

„Ich habe ihn mit nach Hause genommen. Ich habe auch eine schlimme Dosis an katholischen Schuldgefühlen. Gestern Abend habe ich eine glatte Zehn nach Hause gebracht, aber heute Morgen bin ich mit einer Vier aufgewacht. Er hat mir überhaupt nicht gefallen. Ich bin oberflächlich, nicht wahr?“ Sie wimmert und sieht mich an, damit ich ihre Schuldgefühle vertreibe.

„Das bist du nicht“, sage ich beschwichtigend und versuche, mein Grinsen zu verbergen. „Du schienst gestern Abend ziemlich angetan von ihm zu sein.“

„Ach, erinnere mich nicht daran. Ich bin so erleichtert, dass Onkel Sean gerade nicht zu Hause ist. Ich bin fünfundzwanzig, aber ich will trotzdem, dass er mich für eine Jungfrau hält. Das war es nicht einmal wert. Ich bin beim Sex richtig ausgeflippt, weil ich dachte, dass Tante Kathys Geist uns beobachten könnte. Sie ist in diesem Zimmer gestorben, weißt du?“

Ich stöhne. „Ich bin froh, dass ich das nicht wusste, als ich dort gewohnt habe.“

„Lass uns beide vergessen, dass es die letzte Nacht überhaupt gegeben hat.“

Ich schnaube. „Wenn es nur so wäre. Ich muss weiter unter demselben Dach wie mein Fehler leben.“

Wir gehen eine Weile schweigend weiter und denken über unsere Fehler nach.

„War deiner wenigstens gut?“, fragt Orla mit einem durchtriebenen Grinsen.

„Ja“, sage ich so flapsig, wie ich nur kann, und denke an Killians Augen, die mir entgegenleuchten.

Mir dreht sich der Magen um, als das Unbehagen, das ich seit gestern Abend spüre, zurückkehrt. Ich bin zu weich, um das auszuhalten.

Er war nicht nur gut. Er war der beste Sex meines Lebens.

Und diese Erkenntnis ist erschreckend.

Ich verbringe den restlichen Sonntag damit, mich in meiner Wohnung zu verstecken. Killian macht sich nicht die Mühe, mich zu suchen.

Die Ankunft meiner ersten Lieferung Holz und Werkzeug verschafft mir die einzige Atempause des Tages.

Sobald meine schöne Auswahl an Harthölzern als „nicht explosionsfähig“ eingestuft wurde (ich habe nicht gescherzt, als ich sagte, dass Killian mehr Sicherheitsprotokolle hat als der Flughafen JFK), übergab das Sicherheitsteam sie.

Sam hat sie mir persönlich gebracht. Er wollte Zeit mit mir verbringen, aber ich habe ihn damit abgewimmelt, dass ich mich nicht so gut fühle. Meine Laune ist nicht gerade gesprächsfördernd.

Ohne Werkstatt sind meine Möglichkeiten begrenzt, aber ich habe Sägen, Klammern und Holzleim, um Teagan ein anständiges Geburtstagsgeschenk zu machen. Das ist eine nette Ablenkung, nachdem ich den ganzen Tag damit verplempert habe, um etwas zu trauern, das nicht existiert, und im Selbstmitleid versunken bin.

Es ist Zeit, mich zusammenzureißen.

Ich mache ihr nur eine Kiste, die ich aber mit einem Fenster für Bilder und ein paar keltischen Motiven aufpeppe. Gott weiß, was Killian ihr kaufen wird. Teagan hat mit ihren dreizehn Jahren mehr elektronische Geräte und Accessoires als ich mit vierundzwanzig.

Sie ist klein, also nimmt sie nicht viel Platz weg, wenn sie ihr nicht gefällt. Meine Mutter hat mir immer gesagt, dass das Schöne an einer Kiste ist, dass sie so sein kann, wie du sie haben willst.

Als ich noch in Irland lebte, habe ich sie aus ausgedienten Paletten von Bauern hergestellt und als Vintage-Artikel verkauft. Obwohl ich nicht gerade im Geld geschwommen bin, war ich mit dem, was ich geschaffen hatte, sehr zufrieden.

Mein Ex hat mir in den Kopf gesetzt, dass ich ein Geschäft daraus machen könnte.

Die folgenden zwei Stunden verbringe ich

damit, meinen Entwurf zu konstruieren, Maße zu nehmen und das Holz zu schnitzen und abzuschleifen. Ich verwende Schleifpapier und keine Werkzeuge, um das Holz abzuschleifen, da es ein leichtes, empfindliches Holz ist, auf dem man schnell Spuren hinterlassen kann.

Das ist sowohl für mich als auch für Teagan von Vorteil. Das Schleifen hilft mir, etwas von der aufgestauten Spannung abzubauen.

Das Schnitzen von Teagans Namen und dem keltischen Knoten dauert etwa eine Stunde.

Nach getaner Arbeit schicke ich ein Bild an den Gruppenchat der Familie Kelly und lächle zum ersten Mal heute.

Mam meldet sich zurück. **Wie wunderbar! Deine amerikanische Familie muss dich lieben! X**

Mehr braucht es nicht, damit mein Lächeln erlischt.

Ich bin spät dran. Scheiße! Ich renne durch den Flur in die Küche und sehe, dass Killian bereits von seinem Lauf zurück ist. Es ist sechs Uhr.

Ich wappne mich, als er sich umdreht und finster dreinschaut. Er ist nicht glücklich.

„Morgen. Es tut mir so leid. Ich habe verschlafen."

Ich wende meinen Blick von dem ablenkenden Schweiß ab, der auf seinem kräftigen, nackten Bizeps glitzert. Nun weiß ich, dass er sich genauso gut anfühlt, wie er aussieht. Zu meinem Glück hat er ein T-Shirt an. Sein Bartschatten ist dichter als sonst, als hätte er sich seit ein paar Tagen nicht rasiert. Es steht ihm.

Seine Augen wandern über mich und erinnern mich daran, dass er weiß, wie ich nackt aussehe. „Drei Wochen, und schon nimmst du dir Freiheiten heraus?" Er hebt verärgert eine Augenbraue."

Ich werde rot. „Es tut mir leid. Ich habe letzte Nacht nicht gut geschlafen." *Denn ich bin in meinem Kopf jeden möglichen Ausgang dieses Morgens durchgegangen.*

„Glaube nicht, dass du aus dem, was zwischen uns passiert ist, Vorteile ziehen kannst."

Ich starre ihn an. Ich kann nicht glauben, dass ich dachte, ich würde mich in diesen Kerl verlieben. Habe ich etwa eine masochistische Ader? „Das hat nichts mit dem zu tun, was passiert ist. Wie ich schon sagte, ich habe verschlafen. Es wird nicht wieder vorkommen", sage ich mit mehr Schärfe in der Stimme. Kann er es jetzt nicht gut sein lassen?

Er seufzt, und sein Gesichtsausdruck wird etwas weicher. Er sieht aus, als hätte er ebenfalls nicht gut geschlafen.

„Teagan und ich gehen heute Abend Essen, also musst du dich nicht mit Kochen plagen.

Dann hast du Zeit, Schlaf nachzuholen."

„Klar", sage ich und zwinge mich zu einem Lächeln. Versucht er, mir aus dem Weg zu gehen? „Möchtest du jetzt dein Frühstück?"

„Da du ausgeschlafen hast, habe ich keine Zeit."

Sein Ton, seine Haltung, seine Augen. Alles kalt wie Eis. Unter Null.

Ich erinnere mich an die Hitze in seinen Augen, als wir Sex hatten. Wie seine großen Hände über meinen Körper strichen, als würde er ihm huldigen.

„Tut mir leid." Ich zucke zusammen. Wie viele Entschuldigungen kann man an einem einzigen Morgen geben?

„Sollen wir über das reden, was Samstagnacht passiert ist?" Ich bereue sofort, diese verdammte Frage gestellt zu haben, als ich sehe, wie sich sein Kiefer verkrampft.

„Wir sollten den Samstag hinter uns lassen und nach vorne blicken, okay?" Er sagt es in demselben Ton, in dem er Teagan bittet, ihren Eyeliner zu entfernen. „Kannst du das?"

Ich fühle mich bevormundet.

Natürlich will er nicht über Samstagnacht sprechen; es hat ihm nichts bedeutet.

Ich versuche, meinen Schmerz zu verbergen. Ich weiß, dass er ihn sehen kann. Ich weiß nicht, warum es mir so wehtut. Ich hatte schon ein paar One-Night-Stands, bin aber immer gut damit klargekommen. Vielleicht ist diese

Situation anders, weil er mein Chef ist und ich nicht einfach gehen kann.

Ich hasse es, dass mir meine Gefühle ins Gesicht geschrieben stehen.

Ich hasse es, dass mir Samstagnacht mehr bedeutet als ihm.

Ich hasse es, das naive Kleinstadtmädchen zu sein, das sich eingebildet hat, diese Szene würde damit enden, dass Killian sich bei mir entschuldigt.

„Schon in Ordnung", scherze ich schwach. „Sex mit dem Kindermädchen steht nicht im Handbuch."

Er bringt ein leichtes Lächeln zustande. „Nein, das tut es ganz sicher nicht."

Ich beschäftige mich damit, die Spülmaschine einzuräumen, während er hinter mir ein Glas Wasser austrinkt. Wenigstens kann er so nicht in meinem Gesicht lesen.

Die Anspannung ist unerträglich. Ich will, dass er geht.

„Ich verspreche dir, von jetzt an meine Hände bei mir zu behalten", sagt er leise hinter mir.

Mein Herz flattert.

„Alles gut, Killian. Lass uns wieder wie früher weitermachen." Ich zwinge ein falsches Lächeln auf mein Gesicht. Ich muss mein Herz schützen. Wir sind zwei Puzzlestücke, die nicht zusammenpassen. „Wir tun so, als wäre das nie passiert. Ich arbeite nur noch zwei Monate für dich.“

Am meisten hasse ich, dass er so erleichtert aussieht.

21

Killian

Connor schwingt breit grinsend die Tür zu meinem Büro auf. „Hast du mich vermisst?"

Er sieht viel zu frisch dafür aus, dass er drei Tage in Vegas verbracht hat. Andererseits ist er mir gegenüber mit seinen zweiunddreißig Jahren im Vorteil.

„Ich bin überrascht, dass der Laden nicht in Flammen aufgegangen ist, während du weg warst", sage ich sarkastisch und schaue von meinem Bildschirm auf. „Erfolgreiche Reise?"

Er schlendert herein und lehnt sich mit einer Schulter an die Wand. „Der Erweiterung des Regency Kasinos wurde endlich zugestimmt. Ich dachte schon, wir hätten wieder ein Problem mit den Bauunternehmern. Aber viel wichtiger ist, dass ich es geschafft habe, mir den Kampf im MGM anzuschauen. Der beste Schwergewichts-Titelkampf, den ich seit Jahrzehnten gesehen habe."

Ich nicke zustimmend. „Ich habe die letzte Hälfte gestreamt. Tyson ist eine Legende."

„Mein großer Bruder muss mehr rausgehen. Dieses ganze Streamen macht einen langweiligen alten Mann aus dir."

„Du bist da vielleicht an etwas dran." Ich blicke ihn ausdruckslos an. „Ich habe mit meinem Kindermädchen geschlafen. Ich habe mit Clodagh geschlafen."

Seine Augen weiten sich und er bricht in nerviges, schallendes Gelächter aus.

Frustriert klappe ich meinen Laptop zu. „Ja, ja, lass dir Zeit", schnauze ich. Nun werde ich mit Sicherheit nichts mehr schaffen.

Sein Lachen wird zu einem Glucksen. „Sie ist nicht *dein* Kindermädchen. Ich habe gerade ein verstörendes Bild vor Augen."

Ich stoße einen Seufzer aus. „Du weißt, was ich meine. Ich habe meine Angestellte gefickt. Clodagh. So ein Typ bin ich." Sieht so eine Midlife-Crisis aus?

„Samstagnacht?"

Ich nicke.

„Das überrascht mich nicht, so heiß wie du warst. Und glaube ja nicht, dass Teagan das nicht aufgefallen ist. Sie ist zwölf und nicht dumm."

Shit.

Er legt den Kopf schief und grinst amüsiert. „Warum?"

„Warum was?"

„Warum hast du sie gefickt?"

Für jemanden mit einem hohen IQ stellt Connor ganz schön dumme Fragen.

Weil ich sie jeden Tag meines Lebens tief und hart ficken und danach mit ihr kuscheln will, und es wäre immer noch nicht genug.

„Warum fickt ein Mann eine Frau?", schnauze ich.

„Na gut." Er zuckt mit den Schultern. „Wo?"

„Im Haus." Ich bin ein Trottel.

Seine Augenbrauen heben sich.

„Ich weiß, ich weiß", werfe ich ein, ehe er etwas sagen kann. „Ich tue es nicht im Haus, wenn Teagan da ist. Ich habe meine eigene Regel gebrochen. Ich bin Clodagh in ihre Wohnung gefolgt und ..." Ich sacke in meinem ledernen Ohrensessel zusammen. „Ich habe mich hinreißen lassen. Jetzt sieht sie mir seitdem kaum noch in die Augen und schleicht auf Zehenspitzen um mich herum."

Schuldgefühle übermannen mich.

Es ist drei Tage her, dass Clodagh und ich Sex hatten, und die Spannung zwischen uns ist so greifbar, dass man sie mit einer Klinge durchschneiden könnte. Sie redet nur in höflichem, aber knappem Ton über Hausarbeiten mit mir.

Ich fühle mich beschissen. Ich bin zu weit gegangen, nur um meine eigenen egoistischen Bedürfnisse zu befriedigen. Ich hätte ihr nicht in ihre Wohnung folgen sollen. Ich möchte, dass sie sich in meinem Haus sicher und wohl fühlt, und die letzten Abende sah sie beinahe gequält aus.

Heute Abend nach der Arbeit treffe ich mich mit Teagans Ballettlehrerin, um zu sehen, ob Clodaghs Instinkte richtig sind. Vielleicht ist es das Beste, einen Abstand zwischen mir und Clodagh zu schaffen.

Sein Mund verzieht sich zu einem Grinsen. „Und was jetzt? Habt ihr ein ‚Kindermädchen mit gewissen Vorzügen'-Verhältnis? Sie scheint ein nettes Mädchen zu sein; du solltest sie nicht schlecht behandeln."

„Ich habe nicht vor, sie schlecht zu behandeln. Ich versuche, professionell zu sein", sage ich und meine Brust wird mit jedem Wort enger. „Sie versteht sich besser mit Teagan als die anderen Kindermädchen, also rüttle ich im Idealfall nicht am Status quo."

„Ich glaube, man kann mit Sicherheit sagen, dass am Status quo gerüttelt wurde, Killian."

„Wir benehmen uns beide wieder professionell. Es war ein Fehler."

„Wenn du das sagst", sagt er noch immer grinsend.

Ich kneife die Augen zusammen und ziehe in Betracht, ihn zu strangulieren. „Was zum Teufel soll das heißen?"

Er verschränkt lässig seine Arme vor der Brust. „Wenn du dir noch öfter durch die Haare fährst, bekommst du eine vorzeitige Glatze."

„Ich bereue, es dir erzählt zu haben. Hör zu, in acht Wochen ist Clodagh weg.“ Mein Kiefer verkrampft sich bei dieser Erkenntnis. Ich stelle mir das Haus ohne ihre sanfte Stimme vor, ihr Lachen, ihre finsteren Blicke. Nichts wird von ihr übrig sein.

Ich schüttle den Kopf und zwinge mich, mich zusammenzureißen. „Mrs. Dalton wird wieder da sein, und das ist besser für Teagan.“

Er gibt ein summendes Geräusch von sich, lässt es aber gut sein.

„Vergiss das Geburtstagsessen von Teagan am Freitagabend nicht. Danach muss ich auf ein Teenie-Konzert. Also erzähl mir nicht, dass ich langweilig bin, Kumpel. Wir gehen zu ...“ Ich denke einen Moment nach. „Hayden Agu... irgendwas oder so.“

„*Cayden*. Sogar ich weiß, wie er heißt. Ich habe dir doch gesagt, dass du dich mehr anstrengen musst, ein cooler Vater zu sein.“

Ich verdrehe die Augen. „Ja, naja, nächste Woche wird es irgendein anderer bescheuerter Popstar sein.“

Er lächelt. „Sie wird so schnell erwachsen. Es kommt mir vor, als wäre es erst gestern gewesen, dass sie in die Ponys auf der City Farm verliebt war. Jetzt schwärmt sie für einen Kerl mit Pferdeschwanz.“

„Fang nicht damit an“, stöhne ich. „Sie wird immer mein kleines Mädchen bleiben. Und wenn sie schwärmt, dann nur unter meiner

Aufsicht."

Manchmal sehe ich Teagan an und es kommt mir unwirklich vor, weil ich nicht glauben kann, dass sie schon fast dreizehn Jahre alt ist. Es kommt mir wie gestern vor, dass sie vier Jahre alt war.

Er stößt sich von der Wand ab und macht sich bereit zu gehen. „Es steht in meinem Kalender. Das Abendessen, meine ich. Wenn du glaubst, dass ich dich zu Cayden Aguilar begleite, hast du dich geschnitten."

„Ja, ja." Ich winke ab.

Mein Handy piept. Ich runzle die Stirn, als ich den Absender sehe. „Maria". Es ist eine weitere schmalzige Nachricht. „Sie hat einen falschen Eindruck gewonnen. Ich habe ihr Blumen geschickt, und sie tut so, als hätte ich ihr einen Antrag gemacht. Ich weiß nicht, woher das kommt."

„Eine Million Männer würden töten, um an deiner Stelle zu sein." Er schüttelt den Kopf und öffnet die Tür weiter. „Kommt sie trotzdem zum Abendessen mit dem Bürgermeister, um den Schleimbeutel weichzukochen?"

„Ja, sie ist mit seiner Frau befreundet. Es müsste eine gute Dynamik zwischen den beiden sein."

Ich blicke auf die SMS.

Es ist nur schade, dass mein gemeines, totes Herz kein bisschen Freude darüber empfindet.

Ich klopfe mit den Fingerknöcheln an Teagans Tür und drücke sie auf, da ich nicht damit rechne, dass sie um sieben Uhr bereits wach ist. Ich setze mich auf die Bettkante, und die Beule unter der Decke regt sich.

„Guten Morgen, Prinzessin." Ich ziehe ihr die Decke vom Gesicht.

„*Ah.*" Sie schließt die Augen und verzieht das Gesicht, als hätte sie Schmerzen.

„Zeit aufzustehen, Geburtstagskind."

Endlich öffnet sie ihre Augen und lächelt verschlafen. „Morgen, Dad."

„Herzlichen Glückwunsch zum Geburtstag. Die große Dreizehn heute." Gott, ich klinge beinahe gerührt. Ich ziehe sie in eine Umarmung. „Du wirst so schnell erwachsen. Aber du bist trotzdem mein kleines Mädchen", sage ich in ihre Haare und lehne mich zurück, um ihr einen Kuss auf die Stirn zu geben. „Auch wenn du fünfzig bist und für mich sorgst."

„Igitt. Ich kann es kaum erwarten, Dad."

Sie streckt sich und setzt sich im Bett auf. Ihr Gesicht und ihre Gesichtszüge werden immer mehr zu denen einer jungen Frau, und das macht mir fast Angst. Sie ist so groß wie Clodagh. „Ich wünschte, deine Mutter könnte dich sehen", sage ich mit einem traurigen Lächeln. „Sie ist immer noch jeden Tag bei uns, weißt du. Sie wacht über dich."

„Ich weiß."

„Du weißt, dass ich dich mehr als alles andere auf der Welt liebe, oder? Es spielt keine Rolle, wie alt du bist."

„*Dad.*" Sie stöhnt. „Ich kann so nicht mit dir umgehen."

„Du solltest wissen, dass ich ein sehr cooler Vater bin."

Ich bekomme das erste Augenrollen des Tages. „Manchmal. Du bist nicht so schlimm wie Beckys Vater. Er furzt leise ganz schlimm und denkt, niemand merkt es."

„Schön zu hören, dass die Messlatte so niedrig ist." Ich lache leise. „Deine Rollschuhe und dein Fotodrucker sind unten." Mit dreizehn muss ich sie fragen, was sie sich wünscht, denn ich habe nicht die geringste Chance, es richtig zu machen. „Aber das hier ist etwas Besonderes, das ich dir noch schenken wollte. Es passt zu deinen schönen Augen."

Sie nimmt die Halskette mit ihrem Namen, der in blaue Steine graviert ist. „Sie ist wunderschön, Dad. Danke!"

Als sie ihre Arme um mich legt, umarme ich sie fest. Es gibt kein besseres Gefühl auf der Welt.

„Freust du dich darauf, heute Abend den langhaarigen Kinder-Popstar zu sehen?"

„Du sollst ihn nicht so nennen." Sie schnaubt. „Er ist der *beste* Sänger *aller Zeiten.*"

Ihre Augen glänzen verträumt. „Das wird der schönste Abend meines Lebens."

Meine Güte. Bloß keinen Druck. Der langhaarige Popstar sollte lieber nett zu meiner Tochter sein. Er bekommt genug Geld von mir.

„Vorher essen wir mit Gran und Connor zu Abend. Sorg dafür, dass deine Freundin Becky um sechs Uhr fertig ist."

Sie nickt. „Soll ich Clodagh einladen?"

Ich runzle die Stirn. „Es ist ein Familienessen. Deine Großmutter wird da sein." Ich halte einen Moment inne und schlucke schwer. „Möchtest du Clodagh einladen?"

Sie zuckt mit den Schultern. „Sie hat gesagt, das Restaurant stehe auf ihrer Bucket List. Sie schien ziemlich neidisch zu sein, als ich ihr gesagt habe, dass ich an meinem Geburtstag dorthin gehe. Sie ist irgendwie okay." Wenn meine Tochter das sagt, ist das ein Riesen-Kompliment.

Ich sollte dankbar sein, dass Clodagh und Teagan sich gut verstehen. „Lade sie ein, wenn du willst. Ich möchte, dass du glücklich bist." Ich mache eine Pause. „Es gibt noch etwas, worüber ich mit dir reden möchte."

Ihre Augen weiten sich und ich sehe, wie sich in ihrem Kopf die Räder drehen und sie sich fragt, ob sie etwas falsch gemacht hat. „Was ist los? Bin ich in Schwierigkeiten?"

„Nein, ich aber", erwidere ich. „Es tut

mir leid, dass ich nicht auf dich gehört habe. Ich habe mich gestern Abend mit deiner Ballettlehrerin getroffen. Es hat sich herausgestellt, dass sie mich kennt und ein Problem mit mir hat."

Der Mann ihrer Lehrerin hat einmal für mich gearbeitet und wurde gefeuert. Hätte ich das gewusst, hätte ich sie nicht zu ihr geschickt. Da sie beruflich noch immer ihren Mädchennamen benutzt, habe ich die Verbindung nicht hergestellt.

„Hat sie etwas gegen mich?" Ihre großen, besorgten Augen brechen mir das Herz. Ich bin ein schrecklicher Vater; alles, was ich tue, wirkt sich auf mein kleines Mädchen aus.

„Prinzessin, es liegt an mir. Es liegt nur an mir, nicht an dir. Wir werden dich in einen anderen Kurs stecken."

Und ich muss Clodagh dafür danken, dass sie mich auf meinen Fehler aufmerksam gemacht hat.

Ich küsse meine Tochter auf den Kopf und erhebe mich vom Bett. „Wir treffen uns in zwanzig Minuten zum Frühstück, okay?"

Ich gehe in die Küche und finde Teagan und Clodagh vor, die sich lautstark unterhalten.

„Ihr zwei seht glücklich aus", unterbreche ich und betrachte den Berg Pfannkuchen mit

Sahne und Früchten, der mit einer schiefen Kerze gekrönt ist. „Was ist das?"

„Clodagh hat mir ein Geburtstagsfrühstück gemacht", meldet sich Teagan fröhlich zu Wort, ehe Clodagh antworten kann.

Ich blicke ihr in die Augen, als ich mich neben Teagan an die Kücheninsel setze.

„Sie muss nicht alles aufessen", sagt sie leise. „Ich weiß, es ist ein bisschen heftig zum Frühstück."

„Das ist sehr aufmerksam von dir."

„Schau mal, Dad. Das hat Clodagh für mich gemacht." Teagan schiebt mir eine Holzkiste zu. Darin befinden sich Tuben und Flaschen mit Haarprodukten.

Ich drehe sie um und fahre mit den Fingern über das keltische Muster. „Hast du die gemacht?", frage ich langsam und halte inne, um Clodagh anzuschauen. Sie hat sogar Teagans Namen eingraviert. Hat sie das in ihrer Wohnung gemacht?

Sie nickt schüchtern. „Es ist nur eine kleine Aufmerksamkeit. Nichts Ausgefallenes. Sie ist aus einem Holz, das wir ‚irisches Mahagoni' nennen, weil es zu Hause für viele Möbel verwendet wird."

„Sie ist wunderschön", sage ich leise und meine Stimme ist voller Emotionen.

Mir dreht sich der Magen um, als ich das schön gestaltete Geschenk langsam in meinen Händen drehe. Ich bin ein schrecklicher

Mensch.

„Sei vorsichtig, Dad. Das sind die Produkte, die Clodagh für ihre Haare benutzt“, verkündet Teagan stolz und schaut schüchtern zu Clodagh. „Dann kann ich meine Haare auch so machen wie sie.“

„Das ist schön“, sage ich und versuche, die Gefühle aus meiner Stimme herauszuhalten. Ich stelle die Kiste ab und greife nach einem Pfannkuchen. Mein Herz läuft über vor Freude, Teagan so glücklich zu sehen. „Nimm erstmal nur eine kleine Menge, um sicherzugehen, dass du keine allergische Reaktion bekommst. In deinem Alter brauchst du so etwas nicht zu benutzen.“

„Du hast keine Ahnung von Haaren, Dad!“, sagt sie empört und wendet sich dann Clodagh zu. „Dad hat gesagt, du kannst heute Abend mit uns essen gehen, wenn du willst. Kommst du mit?“

„Äh.“ Clodaghs Augen werden groß wie Untertassen. „Ich will mich euch nicht aufdrängen.“

„Ich bestehe darauf“, sage ich, nachdem ich mich unbeholfen geräuspert habe.

Sie starrt mich eine Weile an und versucht zu entscheiden, ob ich es ernst meine. Schließlich nickt sie und murmelt: „Okay.“

„Super!“, quietscht Teagan aufgeregt.

„Kann ich dich kurz sprechen?“, frage ich Clodagh und neige meinen Kopf in Richtung

Terrasse.

Trotz ihrer Besorgnis folgt sie mir nach draußen.

„Schon in Ordnung, Killian", beginnt sie, ehe ich etwas sagen kann. „Wenn du mich nicht beim Abendessen dabeihaben willst, komme ich nicht mit. Ich kann Teagan sagen, dass es mir nicht gut geht, damit sie nicht traurig ist."

„Nein, das ist es nicht. Ich möchte, dass du mitkommst. Hör zu, ich war bei Teagans Ballettlehrerin, und muss mich bei dir entschuldigen." Ich lächle schief. „Es hat sich herausgestellt, dass ich ihren Mann rausgeschmissen habe. Die Sache wurde hässlich. Sie ist sauer auf mich und hat das an Teagan ausgelassen. Ich habe Teagan in einem anderen Kurs angemeldet und eine Beschwerde gegen ihre Lehrerin eingereicht."

„Oh." Sie wirkt verblüfft. „Cool. Freut mich, dass ich helfen konnte." Sie macht eine Pause und kaut auf einer Seite ihrer Lippe herum. „Wie auch immer, wenn es dir nichts ausmacht ..." Sie sieht mich vorsichtig an. „Also, äh ... wenn es dir recht ist, kann ich dir noch ein paar Ratschläge geben?"

Meine Augenbrauen heben sich. „Nur zu."

„Ich weiß, ich bin nicht gerade die zauberhafte Nanny, aber hör mich einfach an, okay?"

Meine Lippen zucken.

„Vielleicht solltest du dieses Prinzessinnen-

Ding lassen, wenn sie es nicht mag." Sie sieht zu mir hoch. „Es ist, als würdest du sie als eigenständige Person abtun, wenn du ignorierst, was sie möchte. Du willst, dass sie auf dich hört ..." Sie zuckt leicht mit den Schultern. „Aber das ist etwas Beidseitiges."

„Ach, komm", spotte ich. „Ich ..." Ich reibe mir aufgebracht über den Nacken. Ich was? Ich will sie Prinzessin nennen, weil *ich* das mag? Weil ich nicht will, dass sie erwachsen wird und mich verlässt?

Ich atme ein und lasse den Atem langsam wieder hinaus. „Das ist ein gutes Argument."

Sie kann ihre Überraschung kaum hinter einem vorsichtigen Lächeln verbergen. „Gibt es sonst noch etwas, Killian?"

Ja. Ich möchte dich in die Arme nehmen und nie wieder loslassen. „Nein. Weißt du, du traust dir nicht genug zu."

„Du traust mir auch nicht genug zu."

Ihr Gesicht verkrampft sich, und meine Schuldgefühle erdrücken mich. Ich möchte so viel sagen, aber es kommt nichts heraus.

„Es tut mir leid", sage ich mit leiser Stimme, in der Hoffnung, deutlich zu machen, wie ernst ich es meine. „Ich werde mich bessern."

Sie nickt und ich sehe ihr nach, wie sie zur Terrassentür geht. „Und ich möchte wirklich, dass du zum Abendessen mitkommst", sage ich zu ihr.

Sie dreht sich um und ich sehe ein echtes

Lächeln, eines, wie ich es seit Tagen nicht mehr gesehen habe. Plötzlich fühle ich mich atemlos, als hätte ich gerade einen Schlag auf die Brust bekommen.

Drei Stunden später.

„Ich dachte, du würdest sie sehen wollen." Ich blicke auf das Foto der lächelnden Harlow auf dem Grabstein. „Da steht Teagans Name auf Irisch drauf. Du hättest ihr so etwas geschenkt. Du hast immer aufmerksamere Geschenke gekauft als ich." Ich lache leise. „Ich löse Probleme einfach mit Geld."

„Die ist wunderschön", antwortet sie mir. *„Ich liebe sie."*

„Clodagh hat sie gemacht. Sie hat Talent. Sie könnte es zu etwas bringen, wenn sie einen Mentor für das Geschäftliche hätte. Ich habe darüber nachgedacht, ihr Hilfe anzubieten."

Harlow bleibt still.

Ich nehme an, ich sollte ihr nicht von einer Frau erzählen, mit der ich intim war.

Ich stecke Clodaghs Geschenk unter meinen Mantel, als ein paar Tropfen Regen herunterkommen.

„Sie ist dreizehn, Harlow", flüstere ich. „Sie wird zu schnell erwachsen. Bald wird sie mich auch verlassen wollen."

„Du darfst sie nicht länger verhätscheln,

Killian“, schimpft sie mich aus. „*Du musst sie ihre eigenen Fehler machen lassen. Sie braucht jetzt mehr Freiheit.*“

Ich atme tief ein und schließe meine Augen. Selbst von Harlows eingebildeter Stimme bekomme ich Schuldgefühle.

Die verdammten Schuldgefühle verschwinden nie.

Die Schuldgefühle, weil ich Harlow nicht beschützt habe.

Die Schuldgefühle, ein beschissener Vater zu sein.

Nun habe ich Schuldgefühle, weil ich mit Clodagh die Grenze überschritten habe.

Und Schuldgefühle, etwas zu empfinden, was ich nicht empfinden sollte.

Ich glaube nicht an Geister. Die Seelen der Toten steigen nicht aus dem Grab, um sich um ihre Liebsten zu kümmern.

Harlow lebt nur in Teagans und meiner Fantasie. Harlow ist nun nichts weiter als mein ewiges Schuldgefühl.

Das Brummen des Rasenmähers ist das Einzige, was die Stille durchbricht, als ich gehe.

22

Clodagh

Orla: Was hast du gekauft?

Ich lächle vor mich hin, während ich durch den Central Park schlendere und eine Antwort an sie tippe.

Ich: Alles. Unterwäsche. Schuhe. Sexy schwarzes Kleid.

Ich schicke ihr ein Bild von mir in meinem Verdammt-seist-du-Killian-Quinn-Outfit.

Verdammt seist du, Killian Quinn.

Verdammt seien du und deine absurd blauen Augen, dein blödes attraktives Gesicht und dein großer Schwanz.

Und verdammt sei ich.

Verdammt sei ich dafür, dass ich von dir und deinen absurd blauen Augen und deinem blöden, attraktiven Gesicht und deinem großen Schwanz besessen bin.

Und dafür, dass ich mich wegen eines Typen in ein elendes emotionales Wrack verwandelt habe. *Schon wieder.*

Das Outfit spiegelt diese Gedanken perfekt wider.

Es ist ein enges schwarzes Bodycon-Kleid mit Spitzenbesatz. Ich stelle mir die Frau, mit der er im Hotel war, in diesem Kleid vor, die Frau, die mit ihm aus dem Hotel ging, als wäre es für sie geschaffen worden.

Ich werde meine figurformende Unterwäsche anziehen müssen, damit alle meine Kurven an der richtigen Stelle bleiben.

Orla: Nett. Ist es nicht vielleicht ein bisschen zu sexy, um seine Mutter kennenzulernen?

Vielleicht. Aber was macht das schon? Ich lerne seine Mutter nicht als seine Freundin kennen. Man bietet mir einen Platz an, weil Teagan mich dort haben will.

Killians Gesichtsausdruck heute Morgen machte das deutlich. Er hat ein Gesicht gemacht wie ein erkälteter Griesgram. Im Ernst, was war mit ihm los? Er war sogar noch merkwürdiger als in den letzten Tagen.

Ich: Ich werde eine Strickjacke anz…

Ahhhh!

Ich stoße mit voller Wucht gegen einen festen Körper, was der Person, in die ich hineingelaufen bin, ein Grunzen entlockt. Ich schaue entsetzt auf und sehe, dass ich in einen Mann mit einem Fast-Food-Getränk in der Hand gelaufen bin. Er ist groß und breitschultrig und trägt ein weißes T-Shirt, das sich schön um seine Muskeln legt, und nun mit perlender Flüssigkeit getränkt ist.

Meine Hände fliegen an meinen Mund. „O Gott, das tut mir so leid."

„Schon gut." Er klingt viel nachsichtiger, als ich es verdiene.

Sein Grinsen überrascht mich noch mehr als die Tatsache, dass ich ihn mit seinem eigenen Getränk überschüttet habe.

Aufgebracht krame ich in meiner Tasche nach einer Serviette. „Ich habe nicht darauf geachtet, wo ich hingehe." Ich stöhne und spüre, wie meine Wangen heiß werden. „Kann ich dir die Reinigung bezahlen oder so?"

„Ganz ruhig", sagt er und hebt seine Hand, um mich aufzuhalten. „Im Ernst, es ist alles in Ordnung."

Ich seufze heftig. Ich bin mir sicher, dass mich das Karma später dafür beißen wird.

„Wie heißt du?"

„Clodagh."

„Schöner Name. Den habe ich noch nie gehört." Sein Blick schweift gemächlich über mich. „Er passt zu dir."

Ich lächle den heißen Fremden an und fühle mich dabei ein bisschen seltsam. *Flirtet er etwa mit mir?* „Er ist irisch. Und wie heißt du?"

„Alfred." Er hält mir seine Hand hin. „Ich sag dir was, Clodagh, ich verzeihe dir, wenn du mir deine Nummer gibst und ich dich auf einen Drink einladen darf."

Oh.

Ein unattraktives Schnauben entweicht mir, als ich seine Hand ergreife. Ich will ihn gerade respektvoll abweisen, als ich innehalte und nachdenke.

Warum sollte ich nicht annehmen?

„Klar, Alfred. Das würde mich freuen."

Nummer vier auf der Bucket List: das exquisite Restaurant *L'Oignon du Monde*. Übersetzung: Die Zwiebel der Welt. Auf Französisch klingt alles glamouröser.

Es ist, als hätte ich einen französischen Palast betreten.

Reservierungen hier sind sehr schwer zu bekommen. Es gibt eine einjährige Warteliste, also weiß ich nicht, wie sie mich für Teagans Geburtstag reingeschoben haben. Vielleicht hat Killian seine eigene Liste. Auf der Warteliste der Milliardäre muss man nicht warten, aber auf der Warteliste der normalen Leute muss man ein Jahr lang warten.

Killian bedeutet mir, mich zwischen ihn und Connor zu setzen. Na großartig; ich bin in der Mitte eines Quinn-Würstchensandwiches.

Teagan sitzt mir gegenüber, flankiert von ihrer Großmutter und ihrer Freundin Becky, von der sie ständig spricht. Ich kann nicht fassen, dass ich mit ihrem Vater geschlafen habe. Ich bin ein Flittchen-Kindermädchen. Ich kann ihr nicht in die Augen sehen, ohne ernsthafte katholische Schuldgefühle zu verspüren.

Killians Mutter ist von zeitloser Schönheit. Seit wir das Restaurant betreten haben, hatte ich noch keine Gelegenheit, richtig mit ihr zu sprechen, aber mein Gefühl sagt mir, dass ich sie mag. Vielleicht liegt es daran, dass sie der Hostess gegenüber höflich war, als die ihr den Mantel abgenommen hat, während die versnobte Frau vor uns ihren Mantel praktisch an den Kopf der Hostess gehängt hat.

Gerade als ich meinen Platz einnehmen will, taucht hinter mir ein Kellner auf, und dann stehen sechs Kellner am Tisch, einer hinter jedem Stuhl.

Was zum Teufel ist hier los?

Das ist übertrieben. Ich verkneife mir ein Lachen, als sie uns allen den Stuhl zurechtrücken. Niemand sonst scheint es lustig zu finden.

„Gern geschehen", sage ich mit einem breiten Lächeln zu dem Kellner, der mir den Stuhl zurechtgerückt hat und mir eine weiße Serviette auf den Schoß legt.

Moment, was?

Das hat keinen Sinn ergeben. Ich wollte „*Danke*" sagen. Meine Worte sind ganz durcheinander, weil ich nervös bin.

Doch ehe ich mich für meinen verbalen

Fauxpas entschuldigen kann, ist er weg. Das nenne ich mal peinlich.

Es entsteht ein reges Treiben, als die Kellner um uns herumeilen und uns Wasser, Brotstangen, Oliven und kleine Amuse-Bouche anbieten.

Die Leute am Nachbartisch stupsen sich gegenseitig an. „Die Quinn-Brüder“, sagt ein Mann laut.

Ich betrachte die anderen Tische und alle Augen sind auf uns gerichtet. Die Frauen starren uns an. *Ich korrigiere*: Sie beäugen Killian und Connor.

Ich habe selbst in Stripclubs mehr Subtilität gesehen.

Teagan zuckt kaum mit der Wimper. Mit dreizehn ist sie das gewohnt?

„Geht es dir gut?“ fragt Killian mit gesenkter Stimme, während Teagan und Becky aufgeregt über das Treffen mit dem Popstar plaudern. Sie sind wie besessen. Ich kann nicht früh genug nie wieder etwas von dem verdammten Cayden hören.

Ich werfe Killian einen Seitenblick zu. „Ja, mir geht’s super.“

Sein Arm kommt nach oben und legt sich auf meine Stuhllehne. Er bleibt dort. Ich weiß nicht, ob er mir so nahe sein will, aber ich bekomme eine Gänsehaut. Er ist so groß, dass sein Oberschenkel bei jeder Bewegung meine nackte Haut streift.

Ich könnte ihm höflich sagen, dass er mit seiner männlichen Raumeinnahme aufhören soll, aber ich habe eine masochistische Ader.

Die Kellner erscheinen wieder, um unsere Bestellungen aufzunehmen. Sie gehen nie wirklich fort, sondern scheinen hinter den Vorhängen zu warten, bereit zu springen, wenn wir sie brauchen.

Während alle anderen über der Speisekarte grübeln, muss ich mir die Mühe nicht machen. Schicke Restaurants und ihre hübschen Schriftarten machen es unmöglich, die Speisekarte zu lesen. Es ist, als *wollten* sie nicht, dass man weiß, was sie im Angebot haben.

„Ich nehme den halbjungen Hahn als Vorspeise und das Steak Tartare als Hauptgericht", sage ich dem Kellner. „Oh, und als Beilage das Purée d'échalote caramélisée, bitte." Ich bin mir zu 99 Prozent sicher, dass ich es richtig ausgesprochen habe, weil Siri und ich es eine Milliarde Mal geübt haben.

Killian zieht eine Augenbraue hoch, als wäre er leicht beeindruckt.

Meine Lippen kräuseln sich. Wie arrogant von ihm, anzunehmen, dass ich Dinge auf Französisch nicht richtig aussprechen kann. Offenlegung: Ich habe heute Nachmittag geübt.

Ich werde mich nie entspannen, wenn er mir so nahe ist. Nervös stecke ich mir ein Weichkäsebällchen in den Mund. Köstlich.

Connor lacht, als die Kellner sich

zurückziehen. „Eine Frau, die weiß, was sie will." Seine Augen funkeln amüsiert.

„Ich habe mir heute Nachmittag die Speisekarte angesehen", sage ich ihm.

„Das könnte ich nicht. Da würde ich hungrig und ungeduldig werden. Und ich bin wankelmütig. Ich ändere meine Meinung in zwei Stunden wieder."

„Das mache ich, weil ich Legasthenie habe", erkläre ich. Bis vor ein paar Jahren hätte ich das nicht verraten, doch nun ist es in Ordnung für mich, darüber zu sprechen. „Die Schriftarten können schwierig zu lesen sein, wenn ich also weiß, dass ich in ein Restaurant gehe, schaue ich mir die Speisekarte vorher online an."

Der ganze Tisch hört jetzt zu. Ich werde rot, als ich im Mittelpunkt der Aufmerksamkeit stehe.

Killians Mutter sieht aufrichtig neugierig aus. „Das muss hart sein, Liebes."

„Das hast du mir nie gesagt", murmelt Killian neben mir. Ich neige meinen Kopf und sehe ein tiefes Stirnrunzeln in seinem Gesicht.

„Wie ist das denn so?", erkundigt sich Teagan. „Legasthenikerin zu sein, meine ich."

„Es ist schwer zu beschreiben. Es ist, als ob das Gehirn einem Streiche spielt und die Buchstaben alle durcheinander geraten und herumspringen. Ich hole mein Handy heraus und scrolle zu dem Artikel, den ich benutze, um es den Leuten zu erklären. Es ist viel einfacher, wenn sie es selbst sehen können. „Hier, sieh mal." Ich reiche mein Handy an Teagan weiter.

Ihre Augen weiten sich, als sie es anstarrt. Becky starrt über ihre Schulter darauf. „Das ist Wahnsinn. Die Dinge bewegen sich. Dad, sieh dir das an!"

Killians Arm spannt sich an meinem an. Er nimmt das Handy von Teagan entgegen und studiert es, wobei sich sein Stirnrunzeln vertieft. „Hast du alles, was du brauchst, um dich zu Hause wohlzufühlen? Du hättest mir davon erzählen sollen."

„Alles gut." Ich winke ab und mein Herz flattert dümmlich, als Killian *zu Hause* sagt.

Und es ist wirklich alles gut. Ich weiß, wie ich damit umgehen kann. Sonst wäre ich aufgeschmissen.

„Tut mir leid", sage ich und schaue reihum. „Ihr seid nicht zum Essen gekommen, um über meine Probleme zu reden."

„Blödsinn." Killians Mutter winkt ab. „Es freut mich sehr, dich kennenzulernen, Clodagh. Ich finde es wunderbar für Teagan, eine junge Frau im Haus zu haben."

Killians Mutter hat meinen Namen gleich beim ersten Mal richtig ausgesprochen, weil sie Irin ist. Man könnte sie leicht mit einer Amerikanerin verwechseln, bis ihr ein paar Wörter mit irischem Dialekt herausrutschen.

„Du bist keine Bürde", sagt Killian neben mir unwirsch. „Teagan will dich wirklich hier haben.“

Aber willst du es?

„Ja, wir freuen uns, dich hier zu haben.“ Killians Mutter verschränkt ihre Arme auf dem Tisch und lächelt mich herzlich an. „Erzähl mir alles über dich, Clodagh. Killian hat mir erzählt, dass du gelernte Schreinerin bist.“

Das hat er?

Die gesamte blauäugige Familie betrachtet mich nun.

„Hmm, ja, ich bin Schreinerin von Beruf“, sage ich und spiele mit meiner Gabel herum. „Ich mache eine berufliche Pause, während ich mich in New York eingewöhne. Ich probiere etwas Neues aus.“ Ich kann nicht sagen, dass ich den Job nur angenommen habe, um ein Visum zu bekommen.

Ich beiße in ein weiteres Weichkäsebällchen und ernte einen komischen Blick von Killian.

„Gibt es einen Grund, warum du Butterkugeln isst?“

„Was?“, keuche ich und starre die Kugel an. „Ich dachte, das wäre eine Art Gourmet-Käse!“

„Nein, das ist Butter.“

Killians Mutter zuckt zusammen. „Meine Güte, Liebes.“ Sie greift nach meiner Hand. „Wenn du weiter so isst, kannst du deine Figur niemals erhalten.“

Beschämt lege ich die Butterkugel zurück auf meinen Teller, mein Gesicht ist vor Scham glühend heiß. Ich bin eine Idiotin. Sie werden denken, dass wir in Donegal keine schicken Restaurants haben. Ich werde niemals drei Gänge mit der Familie Quinn durchstehen.

Neben mir stößt Killian ein leises Glucksen aus.

„Ich erinnere mich an meinen ersten Tag in New York“, beginnt Killians Mutter, und lässt meinen peinlichen Butter-Fauxpas dankenswerterweise hinter uns. „Als ich herkam, war ich bereit, alles für Arbeit zu tun. *Einfach alles.*“ Ich schätze, sie hat mich durchschaut. „Ich war achtzehn. Frisch aus dem Flugzeug aus Dublin. So jung.“ Sie seufzt wehmütig. „Die siebziger Jahre waren wild in New York. Es war eine ganz besondere Zeit.“

„Alle haben Drogen genommen und Rauchen war gut für einen“, fügt sie traurig hinzu.

Killian bricht neben mir in ein Husten aus. „Mom, verd… verflixt noch mal!“

Ich verberge ein Grinsen. Ich weiß nicht, warum ich meine Tattoos überhaupt unter einer Spitzenstrickjacke über meinem Kleid versteckt habe. Ich habe sogar meinen Nasenring herausgenommen, weil ich dachte, dass seine Mutter richtig vornehm ist.

„Ach, hör auf, Killian.“ Sie wedelt abweisend mit der Hand und drückt Teagan die Schultern. „Teagan weiß es besser, als Drogen zu nehmen.“

Teagan lächelt ihre Großmutter unschuldig an.

Killians Mutter wendet sich wieder mir zu. „Sag mal, Liebes, woher kommst du eigentlich? Ich sehe doch, dass du aus dem Norden kommst.“

Ich lächle. „Donegal.“

Sie sieht erfreut aus. „Kennst du irgendwelche O’Sullivans aus der Stadt Donegal? Die haben früher …“

Los geht’s. Das Spiel „Kennst du diese Familie“.

Ich lächle sie an.

Mein Blick wandert zu Killian, und als ob er es spürt, wendet er seine Aufmerksamkeit von seiner Mutter zu mir und hebt fragend die Augenbrauen.

Meine Wangen werden heiß und ich schaue rasch weg.

Fünf Minuten später.

„Kennst du irgendwelche Maloneys?“

„Ja, ich glaube, diese Familie kenne ich.“

„Wunderbar“, quietscht sie. „Gehört ihnen immer noch die Bäckerei in der Stadt Donegal?“

„Ich glaube schon“, flunkere ich, als das Heer von Kellnern mit unseren Vorspeisen ankommt.

Mein Magen knurrt als Antwort; ich habe das Mittagessen in Erwartung dieses Augenblicks ausgelassen. Schnell mache ich ein Foto mit meinem Handy, um es Orla zu schicken.

Eine halbe Stunde vergeht, und ich fühle mich entspannt. Die verschiedenen Gespräche am Tisch überschneiden sich manchmal. Killians Mutter ist lustig, und Connor nutzt jede Gelegenheit, um Killian aufzuziehen.

Selbst Killian ist entspannt und lacht. Er lächelt vielleicht nicht häufig, doch wenn er lächelt, ist es das Warten wert.

Als die Hauptspeise kommt, bin ich am Verhungern, denn die Vorspeise war von der Größe einer Erbse.

„Ihr Tartar, Ma'am", verkündet der Kellner und stellt mein Essen vor mir ab.

Ich blinzle verwirrt, unsicher, was ich da sehe. Es sieht aus wie das Hackfleisch, das meine Mutter in der Metzgerei kauft.

Ich nehme einen Bissen und huste.

Es ist schleimig. Und kalt. Warum ist es kalt?

Meine Gabel wandert durch das seltsame Fleisch. Was für eine Scheiße.

„Alles in Ordnung?", murmelt Killian und beobachtet mich.

„Ja." Ich winde mich auf meinem Stuhl, weil die formende Hose am Bauch scheuert. „Es ist nur nicht das, was ich erwartet habe."

„Du weißt, dass Tartar roh ist, oder?"

„Wie roh?"

„Richtig roh. Ungekocht."

Ich starre wie gebannt auf meinen Teller und bin entsetzt. Dafür habe ich meine Chance in der Zwiebel der Welt verschwendet? „Ich dachte, es wäre wie ein Bourguignon", murmle ich und trinke einen Schluck Wasser, um den Geschmack des rohen Fleisches in meinem Mund loszuwerden. Diese Tatsache sollten sie auf der Speisekarte hervorheben. „Warum sollte ich rohes Fleisch essen wollen? Ich bin doch kein Hund. Ist das auch ungefährlich?"

„Sie vermengen rohes Ei und rohes Rindfleisch mit Gewürzen. Das ist etwas für Kenner." Seine Mundwinkel verziehen sich zu einem leichten Lächeln. „In einem Restaurant wie diesem ist es ungefährlich."

Rohes Ei und Fleisch vermengt? Kranke Typen.

Ich nehme zögernd ein wenig Fleisch auf meine Gabel und probiere. Das ist eine Katastrophe. Wenn ich nicht zu sehr darüber nachdenke, was es ist, muss ich mich vielleicht nicht erbrechen. „Klingt lecker."

Ich beäuge Killians saftiges Steak mit dreifach gebratenen Pommes und Pfefferkornsauce.

Ich könnte weinen.

Wie soll ich meine Kartoffeln mit diesem ekelerregenden Fraß auf dem Teller genießen?

Ich trinke einen großen Schluck Wein und frage mich, ob ich damit davonkommen würde, mir einen Whiskey zu bestellen und ihn über die Abscheulichkeit auf meinem Teller zu gießen, um den Geschmack zu übertünchen.

„Du musst es nicht essen, wenn es dir nicht schmeckt.“ Killian stupst mich an. Ich wünschte, er würde mich nicht beobachten. Das ist auch ohne Zuschauer schon traumatisierend genug. „Willst du etwas anderes bestellen?“

„Ich kann nicht“, stöhne ich verzweifelt. „Ich muss alles auf meinem Teller aufessen, weil ich das für all die hungernden Kinder auf der Welt tue, die das nicht können.“ Verdammte katholische Schuldgefühle.

Er schiebt meine Hände von meinem Teller weg, während die anderen in Teagans und Beckys Schwärmerei über den Popstar-Kerl verwickelt sind.

„Was machst du da?“, frage ich verwirrt, als er meinen Teller mit seinem austauscht. „Nein! Das kann ich nicht zulassen.“

Ich bin hin- und hergerissen zwischen einem Biss in das Steak und der richtigen Entscheidung, die Teller wieder zurückzutauschen. „*Schmeckt* dir Steak Tartare überhaupt?“

Er nimmt einen Bissen, ein Abbild von Gelassenheit. „Ich liebe es“, sagt er mit einem Augenzwinkern.

„Lügner.“

„Was macht ihr zwei da?“, wirft Connor ein und beobachtet uns.

„Ich habe meine Meinung geändert.“ Killian zuckt mit den Schultern und ein Lächeln umspielt seine Lippen. „Ich habe Lust auf das Tartar."

Meine Wangen erröten, als ich Connor ansehe und wegwerfend mit den Schultern zucke. Ich beiße in Killians Steak. Scheiß drauf, das gebe ich auf keinen Fall zurück.

Als er die nächste Gabel mit rohem Fleisch nimmt, streift sein Arm an meinen. Wow, das war süß. Der Typ isst rohes Fleisch für mich. Das muss die väterliche Seite in ihm sein.

Ich weiß nicht, ob es mein Stolz, mein Ego oder etwas anderes ist, aber ich wünschte, er würde mich anders sehen.

Ich bin nur ein kurzer One-Night-Stand. *Berichtigung.* Eine fünfzehnminütige Affäre, ein Fehler, kein ernsthaftes Angebot.

Mein Innerstes wird heiß, als ich mir vorstelle, wie er mich gegen die Wand meiner Wohnung drückt und mich fickt.

Nun fühle ich mich so roh wie das verdammte Fleisch.

Als ich die Augen von jemandem auf mir spüre, wende ich meinen Blick zum Nachbartisch. Sie sprechen über Killian.

Eine Frau starrt mich an, als wollte sie mir an die Gurgel. Ich blicke sie mit zusammengekniffenen Augen an. *Lass mich in Ruhe, Lady. Ich bin sein Kinderhausmädchen. Ich kann in diesem schicken Restaurant keine negativen Schwingungen gebrauchen.*

„Die Leute reden über dich", sage ich mit

gedämpfter Stimme.

Seine Augen kräuseln sich. „Tun sie das? Ist mir gar nicht aufgefallen."

Sein Gesichtsausdruck ist heute Abend wärmer. Er ist gut gelaunt. Mit den Quinns unterwegs zu sein, ist weniger seltsam, als erwartet. Killians Mutter ist bodenständig, obwohl sie zwei Milliardäre zur Welt gebracht hat. Connor ist auch sehr lustig.

„Und, Clodagh", fängt Killians Mutter an, ihre Augen sind voller Schalk. „Hast du in New York schon nette Männer kennengelernt?"

Killian ist nicht an mir interessiert. Da kann ich ihm eigentlich auch zeigen, dass das Gefühl auf Gegenseitigkeit beruht. Ich schlucke meinen Bissen Steak hinunter und sage: „Ich habe kürzlich tatsächlich jemanden kennengelernt."

Killians Schenkel drückt unter dem Tisch fest gegen meinen, wie zur Warnung.

O mein Gott, er denkt, ich rede von ihm.

Ich möchte fast lachen. Glaubt er, ich würde seiner Familie von unserem One-Night-Stand erzählen?

Als ich seinen intensiven Blick auf meiner Wange spüre, fahre ich fort. „Gerade heute habe ich einen netten Typen im Park kennengelernt, der mit mir ausgehen will. Wir haben Telefonnummern ausgetauscht."

Killians Bein löst sich von mir. Das Getränk schwebt einen Moment lang vor seinen Lippen, ehe er einen Schluck trinkt.

Ich wage es nicht, ihn direkt anzuschauen.

„Das wundert mich nicht", sagt seine Mutter gedehnt. „Die Männer im Central Park müssen Schlange stehen. Du wirst nicht lange single bleiben."

„Er muss überprüft werden", poltert eine tiefe Stimme neben mir.

Ich neige meinen Kopf zu Killian.

Seine kalten Augen fest auf meine gerichtet, trinkt er aggressiv einen Schluck Bier.

„Wir gehen nur einen Kaffee trinken", sage ich und frage mich, warum mein Herz so rast. „Ich werde dir sagen, wenn es ernst wird. Ich werde ihn ohne deine Zustimmung nicht in die Nähe des Hauses lassen."

Zum ersten Mal an diesem Abend verzieht sich Killians Gesichtsausdruck zu dem vertrauten finsteren Blick, den ich nur zu gut kenne.

„*Autsch.*" Mein Schienbein knallt gegen die Toilettenschüssel, während ich versuche, das formende Höschen über meine Oberschenkel zu ziehen. Hat das Steak meinen Hintern bereits dicker gemacht? „Verdammt noch mal."

Ich bin schon so lange hier drin, dass die Quinns denken werden, ich verrichte ein großes Geschäft. Ich will nicht, dass Killian weiß, dass ich so etwas mache.

Die Tür zur Toilette öffnet sich und schwere Schritte nähern sich den Kabinen.

„Clodagh."

Mein Magen dreht sich um. „Killian?", quietsche ich.

„Ich würde gerne mit dir reden."

„Äh." Ich schaue auf meine formende Unterwäsche hinunter, die um meine Knie feststeckt. „Einen Augenblick", sage ich mit meiner schönsten Singsang-Stimme.

Meine Oberschenkel zittern ein wenig, als ich an der Unterwäsche ziehe. Das Grunzen wird ihm definitiv den Eindruck vermitteln, dass ich ein Geschäft erledige.

Es ist sinnlos. Mission abgebrochen.

Ich rolle sie meine Beine hinunter, ziehe sie aus und stopfe sie in meine Tasche.

„Hi", sage ich atemlos, als ich die Kabinentür öffne und heraustrete. „Ich habe nur ..."

Nur was?

Nun habe ich es nur schlimmer gemacht.

„Was machst du?", sagt er mit wütendem Blick.

„Da war eine Schlange vor der Damentoilette", lüge ich beschämt. „Deshalb bin ich schon so lange hier drin."

„Danach habe ich nicht gefragt", knurrt er. „Ich rede davon, dass du deine Nummer irgendwelchen Typen im Park gibst. Willst du mich damit eifersüchtig machen?"

„Was?“, zische ich und starre ihn mit großen Augen ungläubig an. „Nein. Ich will mich damit glücklich machen!“

Er kommt näher, bis er mich gegen die Toilettentür gedrängt hat, seine Arme auf beiden Seiten von mir.

Mein Herzschlag dreht durch. Die Enge in meiner Brust kann ich nicht ignorieren.

Ich brauche einen Arzt.

„Nicht alles dreht sich um dich“, sage ich atemlos und lasse meine Tasche auf den Boden fallen. „Arroganter Arschloch-Chef. Arsch-Chef.“ Mann. „Du hast deutlich gemacht, dass du kein Interesse an einer Wiederholung hast.“ Ich rede weiter. „Warum sollte ich mich nicht verabreden? Ich breche keine deiner Regeln.“

Er senkt den Kopf, sodass seine eisblauen Augen nur Zentimeter von meinen entfernt sind.

Ich spüre einen Hitzeschub zwischen meinen Beinen, was ein Problem ist, da ich kein Höschen zum Auffangen habe.

„Du wirst dich nicht verabreden.“ Er bewegt sein Gesicht noch näher an meines, sodass sein Pfefferminz-Atem sich heiß auf meinem Gesicht anfühlt. „Kein Sam, kein Liam, kein anderer verdammter junger Idiot. Solange du unter meinem Dach wohnst, verabredest du dich nicht.“

„Aber du hast gesagt, das mit mir sei nur ein Fehler. Warum sollte ich mich nicht verabreden?“

Sein Gesicht verfinstert sich noch mehr. „Verdammt“, zischt er.

Ich habe keine Ahnung, was hier vor sich geht, weder in dieser Toilette noch in seinem Kopf.

„Weil es im Handbuch steht? Darf ich mich deshalb nicht verabreden?“, sage ich mit heiserer Stimme.

Wir berühren uns jetzt. Seine Oberschenkel reiben an meinen. Meine Brust streift seine.

Ich winde mich an ihm und versuche, Luft zu bekommen.

„Das hat nichts mit dem verdammten Handbuch zu tun.“ Als hätte er das Bedürfnis, mich noch mehr einzusperren, stellt er sich breitbeinig hin und hält meine Beine zwischen seinen gefangen. „Du hast von dem Moment an mir gehört, in dem ich in dir gekommen bin. Solange du unter meinem Dach lebst, kann dich niemand anderes haben, verstanden?“

Ich stoße im Affekt meine Hüfte gegen ihn.

Heilige Scheiße, er ist hart.

„Verstanden?“, wiederholt er eindringlich.

„Ja“, bringe ich quietschend hervor.

„Braves Mädchen“, knurrt er an meinen Lippen und drückt seine Erektion an mich.

Oje. Er macht mich fertig. Ich *bin* ein braves Mädchen. Meine Beine öffnen sich ihm bereits.

Seine Lippen pressen sich fest auf meine, mit einer Intensität, die sich eher wie eine

Besitzerklärung anfühlt als ein Kuss.

Hör auf. Stoß ihn von dir.

Ich bin auf der Toilette eines schicken Restaurants.

Ehe ich mich aufhalten kann, spreize ich meine Beine und drücke meine Hüften an seine, sodass sein harter Schwanz zwischen meinen Beinen ist.

Seine Hände wandern und versuchen, meinen Hintern durch das Kleid zu fühlen.

Er stöhnt in meinen Mund. „Du hast kein Höschen an."

„Jetzt nicht mehr, nein", krächze ich.

Mit einem scharfen Ausatmen zieht er sich abrupt zurück. Einen langen Moment starrt er mich an und atmet schwer.

Dann fährt er sich mit der Hand durch die Haare, wirft mir einen letzten strengen Blick zu, stürmt davon und lässt mich fassungslos und ohne Höschen in der Toilette zurück.

23

Clodagh

„Ich brauche dich heute Abend hier", sagt Killian, als er oberkörperfrei in die Küche schlendert. „Ich hoffe, das hast du nicht vergessen."

„Nö. Habe ich nicht."

Hast du vergessen, wie du mich gestern Abend geküsst hast? schreien ihn meine Augen an. *Kannst du mir sagen, was da zwischen uns passiert?*

Die Erinnerung an seinen Kuss gestern Abend pulsiert noch immer in meinem Körper. Nachdem wir das Restaurant verlassen hatten, ging er auf das Konzert, und seitdem habe ich ihn nicht mehr gesehen. Nun steht er in der Küche und präsentiert mir seine breiten Schultern, seine nackte Brust und diese Bauchmuskeln, bei denen meine Vagina zuckt.

Mein Blick folgt der Spur dunklen Haars, das in seinen Laufshorts verschwindet. Ein Schatz, den ich wahrscheinlich nie wieder sehen werde.

Das ist alles andere als Fair Play.

Ich reiche ihm seinen Smoothie. „Hattest du Spaß auf dem Konzert?"

Er blickt mich finster an. Es gibt hier ein Muster. Nach jeder glühend heißen Phase mit Killian sinkt die Temperatur auf unter null Grad und arktische Bedingungen.

„Sechzigtausend kreischende Teenager und ihre notgeilen Mütter sind nicht mein Ding, also nein."

Ich lächle für uns beide. „Hat Teagan sich amüsiert? Wie fand sie Cayden?"

Er seufzt und fährt sich mit der Hand durch die Haare. „Teagan war die schlimmste der schreienden Teenager. Meine Ohren klingeln immer noch." Er trinkt einen großen Schluck von seinem Smoothie, als wäre er dehydriert. „Offenbar war das Treffen mit dem kleinen Popstar-Zwerg das Highlight ihres Lebens. Ich bin sicher, sie wird dir davon erzählen, also will ich die Überraschung nicht verderben."

„Ich kann es kaum erwarten." Ich stöhne. „Deine Mutter ist nett. Dafür, dass sie Milliardäre zur Welt gebracht hat, ist sie sehr bodenständig."

„Sie mochte dich auch sehr."

Oh. Da wird mir ja ganz warm ums Herz.

Ich bemerke die dunklen Ringe unter seinen Augen. „Du siehst erschöpft aus. Ich erwarte, dass du wenigstens an einem Tag mal ausschläfst. Ich werde den Kaffee vorbereiten."

Er rutscht auf einen Barhocker. „Mein Körper lässt mich nicht. Ich bin darauf programmiert, um fünf Uhr aufzuwachen."

„Und das Handbuch kann nicht umgangen werden."

Schweigen.

Meine kleinen Scherzbomben.

Er ignoriert mich. „Nimm dir nach dem Frühstück den Tag frei. Kümmere dich nicht um irgendwelche Aufgaben, da du heute Abend arbeitest."

„Danke." Ich strahle. „Großartig."

„Warum bist du so fröhlich?", fragt er unwirsch, als wäre das ein Verbrechen.

Unsere Blicke begegnen sich und seine Augenbrauen ziehen sich zusammen, als er begreift, warum ich heute Morgen so gut gelaunt bin.

„Nur so", sage ich, während ich den Schalter umlege, um die Kaffeemaschine zu starten.

„Die Caterer werden um sieben Uhr mit dem Essen kommen. Du musst da sein, um sie hereinzulassen. Sie waren schon hier, also kennen sie sich in der Küche aus. Sei in der Küche, falls sie etwas brauchen. Beim Abendessen musst du dafür sorgen, dass die Getränke aufgefüllt werden. Ach, und Teagan ist bei meiner Mutter."

„Klar", sage ich, während ich seinen Kaffee vor ihm abstelle.

Er wirft mir einen kurzen Blick zu, ehe er seinen Laptop aufklappt. „Der Bürgermeister wird kommen, ebenso wie ein paar wichtige Ratsmitglieder und meine Geschäftspartner. Der Bürgermeister ist von der altmodischen Sorte. Kannst du dich bitte angemessen kleiden?"

Bei dieser Arroganz klappt mir der Mund auf. „Kleide ich mich nicht *angemessen*?"

„Nicht mit diesem T-Shirt, nein."

„Ich weiß, wie man sich in der Gesellschaft verhält", schnaube ich und verschränke meine Arme über dem Hasen. „Ich habe gestern nicht mein Hasen-T-Shirt zum Abendessen getragen, oder?"

„Ein Höschen hast du aber auch nicht getragen."

„Ich hatte eins an", grummle ich. „Ich habe es nur ausgezogen, weil ... egal, schon gut. Ich werde etwas anziehen, das für den Bürgermeister angemessen ist. Was ist der Anlass für das Abendessen? Warum findet es nicht in einem deiner Hotels statt?"

„Ich wusste nicht, dass ich eine Erlaubnis brauche, um in meinem eigenen Haus ein Abendessen abzuhalten", murmelt er, den Blick auf den Laptop gerichtet. „Es ist geschäftlich. Wir haben ein paar technische Probleme mit dem neuen Kasinobau in Brooklyn. Es ist das Beste, wenn wir das unter vier Augen besprechen." Er blickt auf. „Denk an deine

Vertraulichkeitsvereinbarung. Alles, was du heute Abend hörst, ist vertraulich."

„Vertraust du mir immer noch nicht, Killian? Killy?", füge ich spielerisch hinzu, denn heute Morgen kann ich mir einfach nicht helfen.

Sein Gesichtsausdruck ist beinahe ein wenig enttäuscht. „Wir kennen uns erst seit ein paar Wochen, Clodagh. In so kurzer Zeit sollte man niemandem vertrauen. Und ich habe dir gesagt, wenn ich diesen lächerlichen Spitznamen noch einmal höre, bist du deinen Job los."

„Na schön." Meine Augen verengen sich. *Aber du kennst mich gut genug, um deinen Schwanz in mich zu stecken.* „Ich denke an meine Vertraulichkeitsvereinbarung, Sir."

Er leert seine Tasse Kaffee und klappt seinen Laptop mit einem frustrierten Seufzer zu. „Und hör auf, gegen die automatischen Türen zu rennen, um sie zu testen."

Scheiße. Ich zucke zusammen. Na gut, vielleicht habe ich das ein- oder zweimal gemacht.

„Ich habe keine Ahnung, wovon du redest", sträube ich mich. „Spionierst du mir hinterher?"

„Nein", sagt er, während er aufsteht. „Das Sicherheitssystem hat ungewöhnliche Aktivitäten im Aufenthaltsbereich festgestellt."

„Haben sie in den letzten Wochen irgendwelche anderen ungewöhnlichen Aktivitäten festgestellt?“, frage ich mit einem Anflug von Sarkasmus.

Seine Augen begegnen warnend meinen. Er darf also davon reden, was zwischen uns passiert ist, aber ich nicht.

Ohne ein weiteres Wort schreitet er hinaus.

„Willst du einen Kaffee trinken gehen?“, fragt Sam, als wir träge durch den Central Park schlendern. Nach einer sonnenverwöhnten Yoga-Session bin ich in einer sehr entspannten Stimmung. Vielleicht liegt es daran, dass Sam das Gegenteil von Killian ist: Er ist freundlich, charmant und sorgt dafür, dass mein Puls in einem gesunden Rhythmus bleibt.

„Ich kann nicht“, stöhne ich. „Ich muss einkaufen gehen. Killian will, dass ich heute Abend vorzeigbar aussehe, damit ich bei seinem schicken Dinner die Drinks servieren kann.“ Ich verdrehe angewidert die Augen. „So wie er mich heute Morgen angeschaut hat, könnte man meinen, ich würde mit einem Po-Dekolleté oder so herumlaufen.“

„Po was?“

„Po-Dekolleté“, erkläre ich. „Das ist, wenn man ein wenig von seinem Hintern zeigt, wie man es bei Brüsten tun würde. Wie ein

Halbmond."

„Klar", stottert Sam. „Ja, der Bürgermeister könnte einen Herzinfarkt bekommen."

„Als ob mich irgendjemand anschauen würde. Aber wenn das sein Wunsch ist, dann ist es nur richtig, dass ich in die Designerläden gehe."

„Willst du etwas Gesellschaft?"

Ich beobachte ihn skeptisch. „Meinst du das ernst? Du willst mit einkaufen kommen?"

„Ich verbringe gerne Zeit mit dir, aber ..." Er grinst. „Ein Nachmittag bei Bloomingdale's ist nicht gerade meine Vorstellung von einem schönen Zeitvertreib."

„Wem sagst du das. Ich mag die Vorstellung davon, einkaufen zu gehen. Dann, nach zehn Minuten, will ich wieder abhauen. Ich zücke einfach Killians Kreditkarte und bitte jemanden, etwas auszusuchen, das mir steht. Ich will den Rest des Nachmittags damit verbringen, an neuen Möbelentwürfen zu arbeiten." Ich seufze schuldbewusst.

Es ist Zeit, meinen Lebensplan vorzubereiten.

Dieses Leben ist vorübergehend.

Meine Brust zieht sich zusammen. In zwei Monaten werde ich nicht mehr für Killian arbeiten. Die Au-pair-Agentur sucht nach einer anderen Familie, aber die könnte überall im Staat wohnen.

Ich muss herausfinden, wie ich in New York

bleiben und das tun kann, was ich liebe.

„Was soll ich anziehen, um bei einem Bürgermeister einen guten Eindruck zu machen? Ich möchte wie eine First Lady aussehen." Wie die Frau aus dem Hotel. Hat er sie seitdem gesehen? Seit ich eingezogen bin, hatte er dienstags keine Sex-Transaktionen mehr.

Gott, wenn er welche hätte, wüsste ich nicht, ob ich das aushalten könnte. Was, wenn er ein paar Stockwerke über mir Sex hätte?

Könnte er so grausam sein?

Die Stiche von Eifersucht sind wieder da.

Sam schaut mich von oben bis unten an und zwinkert mir zu. „Es ist egal, was du anhast, du wirst umwerfend aussehen."

„Ja, klar", spotte ich. „Aber danke für den Ego-Schub. Also, erzähl mir, was los ist. Wer wird dabei sein?"

„Heute Abend? Connor und sein Date. Sein anderer Geschäftspartner, JP, kurz für John Paul. Du hast ihn wahrscheinlich noch nicht kennengelernt; er lebt in Vegas und leitet dort das Büro. Wenn du Killian für rücksichtslos hältst, dann ist JP noch auf einer ganz anderen Ebene. Versuche, ihm aus dem Weg zu gehen. Er ist der Wolf bei Quinn & Wölfe." Er denkt einen Moment lang nach. „Bürgermeister Williams und seine Frau. Ratsherr Menendez und seine Frau."

Ich zucke mit den Schultern; diese Namen

sagen mir nichts. Ich habe keine Ahnung von Landespolitik.

Wir schwenken um den Teich herum in Richtung Parkeingang.

„Oh, und Killian natürlich, und Maria."

Ich bleibe wie angewurzelt auf dem Bürgersteig stehen. „Maria?"

„Alles in Ordnung?"

„Ja." Mir ist zum Kotzen zumute. „Ich habe nur einen Stein im Schuh." Ich tue so, als würde ich ihn entfernen, dann gehe ich weiter."

„Maria Taylor, sein Date", fährt Sam beiläufig fort, ohne zu merken, dass er mir damit ein Messer ins Herz sticht. „Sie ist mit der Frau des Bürgermeisters befreundet."

„Klar", sage ich langsam. „Es wird also heißer zwischen den beiden? Ist sie seine Freundin?"

Er zuckt mit den Schultern. „Vielleicht. Wer weiß das bei Killian schon?"

„Hat er sie überprüft?" Das scheint seine bevorzugte Methode zu sein, um Leute in seinen inneren Kreis aufzunehmen.

Sam gluckst. „Nee, seine eigenen Freundinnen überprüft er nicht."

Doppelmoral.

Sam grinst mich an, nichtsahnend, was für einen Schlag in die Magengrube er mir verpasst hat.

Ich zwinge mich zu einem Lächeln, denn warum sollte ich das nicht tun? Es wäre schließlich merkwürdig, sich wegen der möglichen Freundin meines Chefs aufzuregen.

Killian Quinn ist ein Idiot. Wenige Tage, nachdem er mit mir geschlafen hat, stellt er in meiner Anwesenheit eine andere Frau zur Schau. Im *Haus*.

„Hat er mit ihr geschlafen?“, platze ich heraus.

„Ich weiß es nicht.“ Er runzelt die Stirn. „Das ist keine Information, in die das Sicherheitsteam eingeweiht ist.“

„In seinem Schlafzimmer sind Kameras. Er hat mich einmal ausspioniert.“

„Er schaltet sie vor dem Schlafengehen aus.“ Er wirft mir einen seltsamen Blick zu, sein Mundwinkel zuckt. „Er würde nicht zulassen, dass wir dabei zusehen, wie er mit jemandem intim wird.“

„Sam, ich muss los“, sage ich mit einem falschen Lächeln. „Wir sehen uns später.“

Er sieht verwirrt aus. „Ich kann dich begleiten ...“

„Schon gut.“ Ich winke ab, sprinte davon und lasse einen perplexen Sam zurück.

Mein Handy vibriert, als ich aus dem Park gehe.

Was zum Teufel will er denn jetzt? Ich soll heute Nachmittag nicht arbeiten. Ich hole es aus meiner Tasche.

Central Park Alfred: Ich würde dir gerne die Sehenswürdigkeiten von Brooklyn zeigen.

Nächste Woche? Sag mir ein Datum.

Ja, Alfred, das klappt bei mir auf jeden Fall.

Meine Wut brodelt in meiner Magengrube. Killian soll zur Hölle fahren.

Du hast mir in dem Augenblick gehört, in dem ich in dir gekommen bin. Solange du unter meinem Dach lebst, kann dich kein anderer haben.

Killian Quinn wird herausfinden, dass ich nicht sein Eigentum bin.

Und zwar heute Abend.

Als ich in meinen Stöckelschuhen die Treppe von meiner Wohnung hinaufklackere, höre ich Stimmen, und das Grauen, das in meinem Magen rumort, seit ich Sam zurückgelassen habe, steigt an die Oberfläche. Ich hatte nicht mehr als fünfzehn Minuten Zeit, um mich für das Abendessen fertig zu machen, seit ich die Caterer hereingelassen habe.

Ich atme tief durch und betrete den Aufenthaltsraum.

Killian lehnt in einem dunkelblauen Anzug am Kamin, eine Hand in die Hose gesteckt, die andere am Kamin. Darunter trägt er eine Weste.

Seine Anwesenheit strapaziert meine ohnehin schon angespannten Nerven noch mehr.

Ich vergesse augenblicklich meine gesamte

soziale Kompetenz und starre ihn einfach an. Killian Quinn in Laufklamotten ist verdammt sexy. Killian Quinn in einem dreiteiligen Anzug ist geradezu umwerfend.

Ich bin gleichermaßen deprimiert und aufgeregt.

Mir entgeht nicht, dass er mich zweimal anschaut. Bingo. Nur kann ich nicht herausfinden, ob er wütend oder geil ist. Vielleicht ist das austauschbar.

Ich erwache aus meinem Lustrausch und betrachte ihn kühl.

Connor sitzt im Sessel, bei ihm ein glamouröses 1,80 m großes Amazonenmodel, das sich lässig auf seiner Armlehne niedergelassen hat.

Maria ist nicht da.

Vielleicht kommt sie nicht.

„Clodagh.“ Connor steht auf, um mich zu begrüßen und betrachtet mich anerkennend von oben bis unten. „Du siehst umwerfend aus. Isst du mit uns zu Abend?“

Meine Wangen glühen. Ich habe es übertrieben. „Nein, ich serviere die Getränke.“

Connor zwinkert. „Dann werden sich wohl alle regelmäßig nachschenken lassen.“

Ein nervöses Kichern entweicht mir, das ungewöhnlich hoch klingt, weil die Bodycon-Unterwäsche meine Organe zerquetscht. Ich hätte meine Lektion im Restaurant lernen sollen, aber wer schön sein will, muss leiden.

„Es war nicht nötig, dass du dich schick machst."

Ich drehe mich in Richtung der tiefen, heiseren Stimme, die dieses lästige Flattern auslöst, und blicke ihn wütend an. „Du hast gesagt, ich soll vorzeigbar aussehen. Bin ich dir nicht vorzeigbar genug?"

Seine blauen Augen lodern hitzig. „Ich habe gesagt, du sollst dich angemessen kleiden."

Ich überlege, ob ich ihm in die Eier treten oder weinend die Treppe hinunterlaufen soll.

Connor sieht Killian stirnrunzelnd an.

Killians Augen wandern langsam meinen Körper hinauf, von meinen Zehen bis zu meinem Kopf. „Doch, Clodagh", sagt er langsam. „Du siehst vorzeigbar aus. Du siehst ... sehr gut aus."

Ich fühle mich geschmeichelt. „Der Charmeur des Jahrhunderts", murmle ich vor mich hin.

Ich flaniere in meinem grünen Chanel-Kleid an ihm vorbei. Na gut, ich habe es vielleicht ein wenig übertrieben. Tatsächlich ist der Aufwand, den ich betrieben habe, nur um Getränke zu servieren, geradezu unverschämt. Ich sehe aus, als würde ich für die Hauptrolle in einem Hollywood-Blockbuster vorsprechen, wenn ich das so sagen darf. Ich habe sogar meinen Nasenring herausgenommen, um für die alte Vogelscheuche von Bürgermeister *ladylike* auszusehen.

„Ich bin in der Küche bei den Caterern“, sage ich hochmütig und mache mir nicht die Mühe, einen Blick auf ihn zu werfen.

Das brauche ich auch nicht, um zu wissen, dass sich seine Augen in meinen Rücken bohren. Ich kann es *fühlen*.

Ein Punkt für mich, null Punkte für Killian.

Es klingelt an der Tür. Das ist mein Stichwort. Ich mache mich auf den Weg in die Eingangshalle.

Der Flur füllt sich mit Parfüm und Eau de Cologne, als sie gemeinsam hereinströmen. Killian steht an der Tür und begrüßt sie.

Rechtsberater Menendez und seine Frau. JP Wolfe, der dritte Geschäftspartner der Quinns, kommt allein. Er sieht spanisch oder vielleicht italienisch aus und hat den leisesten Tonfall, den ich je gehört habe.

„Clodagh“, murmelt Killian, als ich hinter ihm auftauche. Er legt seine Hand auf meinen unteren Rücken. „Würdest du ihnen bitte die Mäntel abnehmen?“

Killian hilft Mrs. Menendez aus ihrem Mantel und unterhält sich mit dem Paar.

Hm. Er kann also charmant sein. Nur nicht zu mir.

Ich nehme Killian den lächerlichen Pelzmantel ab, gerade als die Türglocke erneut ertönt.

Ich falte den Mantel über meinen Unterarm und öffne die Tür.

Der Mut verlässt mich.

Maria.

24

Clodagh

Maria.

Die schöne Brünette aus dem Hotel. Ihr Kleid reicht bis über die Knie, aber der Schlitz überlässt nichts der Fantasie.

Alles ist perfekt. Ihr braunes Haar ist zu Locken gestylt, die um ihr Gesicht und ihre Schultern fließen. Ihre schönen Gesichtszüge sind mit natürlichem Make-up geschminkt, und ihr maßgeschneidertes, königsblaues Kleid umspielt ihren Körper. Wollte sie ihr Outfit mit Killians Augenfarbe abstimmen?

Es ist unmöglich, dass ein Mann sie nicht attraktiv findet.

Ihre Augen mustern mich und schätzen mich ab.

„Hallo. Und Sie sind ...“, fragt sie knapp.

„Clodagh gehört zu meinem Personal“, verkündet Killian beiläufig hinter mir. „Sie serviert heute Abend die Drinks.“

„Hallo“, erwidere ich ebenso steif.

Als sie erfährt, dass ich *nur zum Personal* gehöre, legt sich Marias Verärgerung sofort wieder.

Sie geht an mir vorbei in den Flur, zieht Killian in eine Umarmung und küsst ihn auf die Wange. Lachend flüstert sie ihm etwas zu, sodass ich es nicht hören kann. Er lacht daraufhin leise.

„Lass mich dir deinen Mantel abnehmen", sagt er und hilft ihr, ihn auszuziehen.

Mein Herz brennt vor Schmerz, als ich ihren Austausch beobachte. Killian legt seine Hand auf ihren unteren Rücken, genau wie er es bei mir getan hat. Zwischen den beiden herrscht eine Vertrautheit, als hätten sie miteinander geschlafen.

Er führt sie in den Aufenthaltsraum, aber nicht ohne mir ihren Mantel zu geben und mit den Lippen ein „Danke" zu formen.

Ich wende mich ab und hänge den Mantel in den Schrank.

Wie konnte er mir das antun?

Wie konnte er mich dazu zwingen, ihn mit einer anderen Frau zu sehen?

Meine Gefühle zählen nicht.

Solange ich in seinem Haus wohne, kann ich mit niemandem ausgehen, weil ich sein bequemer Fick bin. Aber nicht, wenn es eine bessere Alternative gibt. Langsam ergibt alles einen Sinn.

Teagan ist nicht da. O Gott, er wird mit Maria

Sex haben. Sie wird die Nacht hier verbringen.

Mir ist schlecht. Deshalb muss ich mit Alfred ausgehen, dem süßen Typen, den ich im Park kennengelernt habe. Das brauche ich. Einen Typen, der ehrlich ist und nicht in dem einen Moment hü und im nächsten hott sagt. Und Killian kann mich nicht daran hindern. Ich habe ein verfassungsmäßiges Recht, nach Sex zu streben.

Ich knalle den Mantel heftig auf den Haken.

Ich hoffe, er reißt.

Wieder klingelt die Türglocke und ich widerstehe dem Drang, laut aufzustöhnen.

Ich öffne die Tür und sehe einen großen, dürren Mann mit einem kräftigen Schnurrbart. „Guten Abend, Sir. Sie müssen Bürgermeister Williams sein."

Er wirft mir ein lüsternes Grinsen zu. „Und wer sind Sie, bezaubernde junge Frau?", fragt er, ergreift meine Hand und presst seine Lippen darauf.

„Clodagh." Ich ziehe meine Hand so rasch wie möglich weg, meine Haut kribbelt.

Igitt, wie Teagan sagen würde.

„Bürgermeister Williams." Killian taucht hinter mir auf, und der Bürgermeister betritt den Flur. „Wo ist Ihre schöne Frau?"

„Es geht ihr leider nicht gut", brummt er. „Ihre Krampfadern machen sich bemerkbar." Als er das erklärt, blickt mich der Bürgermeister aus irgendeinem Grund an, sodass ich ein mitfühlendes „Oh" von mir gebe.

„Die hier ist zu jung, um sich wegen so etwas Sorgen zu machen." Er nimmt sich einen Moment Zeit, um meine krampfaderfreien Beine zu bewundern, und leckt sich über die Lippen.

Nochmal igitt.

„Und woher kennen Sie diese bezaubernde Frau, Killian? Ich hoffe, dass sie heute Abend neben mir speisen wird."

Killian legt mir wieder eine Hand auf den Rücken und ich verkrampfe mich.

Ich kann den Gedanken nicht ertragen, dass er mich berührt, wenn ich weiß, dass er nach dem Essen Sex mit einer anderen Frau haben wird.

„Clodagh ist meine Assistentin und wohnt hier."

„Es freut mich, Sie kennenzulernen", sage ich höflich. Bitte verpissen Sie sich in den Aufenthaltsraum. Sie haben mir die Hand bereits geküsst.

Das Gesicht des Bürgermeisters erhellt sich. „Ah, Sie sind Irin! Jetzt höre ich es. Natürlich sind Sie das, mit so schönem roten Haar. Ich bin auch Ire. Mein Ur-Ur-Ur-Großvater kam aus Dublin." Verdammt noch mal. Einer dieser Typen, der mir seine irische Abstammung erklären will. „Woher kommen Sie? Dublin?"

Ich sträube mich.

Die Annahme, dass jeder Ire aus Dublin

kommt, ist genauso beleidigend wie die Annahme, dass ein Kanadier aus den Staaten kommt. „Nein, aus dem Norden. Donegal."

Er lacht schallend, obwohl ich nicht versuche, lustig zu sein, und wendet sich dann an Killian. „Ich habe dort mal eine Tour gemacht. Die Landschaft ist wunderschön, aber der Transport und die Einrichtungen sind schrecklich. Es gibt keine Züge, nur alte Leihwagen und die Straßen müssen dringend repariert werden. Das Leben dort ist so langsam", sagt er und klopft Killian auf den Arm.

Ich schnappe mir seinen Mantel und blicke ihn finster an. Er tut, als wären wir zahnlose Landeier.

„Es ist besser, wenn man an der Südküste bleibt", fügt er hilfsbereit hinzu.

„Ich bin mir sicher, dass Clodaghs Heimat einen Besuch wert ist." Killian fährt sich mit der Hand über seine Kieferpartie und sieht tatsächlich sauer aus.

Ich folge ihnen in Richtung Aufenthaltsbereich und koche förmlich.

Jemandem eine Beleidigung direkt ins Gesicht zu sagen, ist schlimm, aber nicht so schlimm wie jemanden zu beleidigen, indem man jemandem daneben die Beleidigung sagt. Das ist eine ganz neue Stufe der Arschlochhaftigkeit.

Doch Bürgermeister Volltrottel ist noch

nicht fertig. Er dreht sich zu mir um, leckt sich wieder die Lippen und spricht Kauderwelsch in entsetzlichem Irisch. „Haben Sie das verstanden?“

„Nein“, stoße ich hervor. „Ich habe keine Ahnung, was das war.“ *So* einen Typen habe ich mir vorgestellt, als Marcus mir das erste Mal von dem Job erzählt hat. Ich habe ein schreckliches Bild vor Augen, wie der Bürgermeister eine Windel trägt und mich bittet, ihm etwas vorzusingen.

Killians finsterer Blick vertieft sich. „Wir sollten Clodagh wieder an die Arbeit gehen lassen.“

Kann ich mich nicht einfach unter all den widerlichen Mänteln verstecken?

Das wird eine verdammt lange Nacht werden.

Mit jeder Minute, die vergeht, werde ich wütender und sie betrunkener.

Jedes Lachen, jeder heimliche Blick und jedes kokette Lächeln bringt mich dazu, ihnen Wein über die Köpfe gießen zu wollen.

Als die Caterer weg sind und das Abendessen fertig ist, bin ich allein in der Küche und beobachte die Party durch die Flügeltüren.

Verdammt. Maria winkt mich wieder zu sich.

Warum lässt sie sich von mir nicht wie

ein normaler Mensch ein großes Glas Wein einschenken, anstatt sich alle fünf Minuten ein Tröpfchen nachzuschenken zu lassen? Weil sie vor Killian wie ein zartes Vögelchen wirken will, deshalb.

Ich marschiere mit zwei Flaschen Wein zurück in den Essbereich und mache mich auf den Weg zu Maria, während am Tisch zwei Gespräche lautstark miteinander konkurrieren.

Vertraulichkeitsvereinbarung? Ich würde diese Gespräche niemandem wünschen; sie sind so langweilig.

Jedes Mal, wenn ich komme, um Marias Glas zu füllen, sitzt sie näher bei Killian. Schon bald wird sie auf seinem Schoß sitzen.

Sie ist eine fortgeschrittene Flirterin und lässt keine Gelegenheit aus, „zufällig" seinen Arm zu streifen. Sie weiß, was sie wert ist und versucht, ihn zu erobern.

Und Killian lässt sie gewähren. Er hat mich kaum angeschaut, außer um Getränke zu bestellen.

Mir steigen die Tränen in die Augen, aber ich halte sie im Zaum.

Maria beugt sich zu Killian hinüber und sagt etwas, was ihn lächeln lässt.

Ich beuge mich steif vor, um mehr Wein in Marias Glas zu gießen, als sie Killians Hand berührt.

Sie lächelt mich anmutig an, wahrscheinlich

zu Killians Gunsten. Sie überschlägt ihre Beine unter dem Tisch und löst sie wieder, und ich weiß, dass ihr Bein seins berührt hat.

Ich möchte schreien.

Ich möchte von der Bildfläche verschwinden.

Ich hasse ihn.

Ich hasse ihn zutiefst.

Mein Haar streift Killians Schultern, als ich mich vorbeuge, um sein Glas aufzufüllen.

Er neigt seinen Kopf in meine Richtung und berührt mit seinen Lippen fast meinen Kiefer.

„Danke, Clodagh", sagt er und blickt mir in die Augen. „Du machst einen großartigen Job. Ich wüsste nicht, was ich ohne dich tun würde. Mach in dreißig Minuten Feierabend, okay?" Er hält inne. „Ich brauche dich dann nicht mehr."

Ich starre ihn schweigend an. *Nein, das tust du nicht. Das hast du sehr deutlich gemacht.*

Ich wusste, dass er kaltherzig und rücksichtslos ist, aber ich hätte nicht gedacht, dass er so weit gehen würde.

Er hat gesagt, dass das mit uns ein Fehler war, und doch darf ich mich, solange ich unter seinem Dach wohne, mit niemandem verabreden, während er mir jemanden vor die Nase setzen kann.

Das Schleudertrauma von der Kehrtwende ist brutal.

„Ich glaube, einige der Mitarbeiterinnen sind ein bisschen verknallt, Killian", sagt Maria hörbar. „Du solltest vorsichtig sein. Auch wenn es natürlich völlig verständlich ist."

Killian runzelt die Stirn, als er sie betrachtet. Diese Bemerkung gefällt ihm nicht im Geringsten. Ich weiß nicht, wie er reagiert, denn Bürgermeister Volltrottel ruft mich zu sich. *Er winkt mich mit seinen Fingern zu sich.*

„Seien Sie ein Schatz und bringen Sie mir noch einen Scotch." Er drückt grässlich mit seiner verschwitzten Hand meine.

Ekelhaft. Er ist mittlerweile betrunken, das sehe ich an seinen glasigen Augen. Er hat es geschafft, den ganzen Boden mit Krümeln zu bedecken.

„Kann ich vielleicht ein Glas von dem schwarzen Zeug haben?", lallt er und hält sich für witzig.

„Wir haben kein Guinness", blaffe ich. *Aber wenn Sie wollen, kann ich stattdessen dafür sorgen, dass Ihnen schwarz vor Augen wird.*

Ich lasse mich auf die Knie sinken, um den Boden von den Krümeln zu säubern und schaue Killian in die Augen.

Die einzige Möglichkeit, diesen Abend zu überstehen, ist, mich in eine menschliche Hülle zu verwandeln, ohne die Fähigkeit zu fühlen.

Ich verlasse den Essbereich, gehe zum Hauptbadezimmer im Erdgeschoss und versuche, mich zusammenzureißen.

Vielleicht nehme ich eine Flasche Wein mit

in meine Wohnung. So kann ich vergessen, dass Killian und Maria ein paar Stockwerke über mir Sex haben.

Minuten später komme ich aus dem Bad und stoße an eine Brust.

„Hallo, mein Engel“, sagt der Bürgermeister mit einer Stimme, bei der sich mir die Nackenhaare sträuben.

Er kommt einen Schritt näher und seine Augen wandern über meinen Körper.

Ich bewege mich schroff von ihm weg, doch er legt seinen Arm um meinen Bauch, um mich aufzuhalten.

Was zum Teufel passiert hier?

„Entschuldigen Sie mich.“ Ich versuche energisch, seinen Arm wegzuziehen.

„Killian hat gesagt, er hätte ein irisches Geschenk für mich.“ Er grinst und drückt seine Hand auf meine Hüfte. „Ich hätte nicht erwartet, dass es so schön ist.“

Ich erstarre und spüre, wie mir die Galle in die Kehle steigt.

„Lassen Sie mich los, Sie schmieriger alter Penner“, kreische ich und stoße seine Hand fort. Meine Beine zittern, meine Arme beben und mein Puls rast.

Er *lacht.* Er hat die Frechheit zu lachen, als wäre es nicht das erste Mal, dass er so genannt wird.

„Ich mag den irischen Kampfgeist“, ruft er mir lallend hinterher, als er ins Bad geht. „Das ist noch nicht vorbei, Schätzchen."

Mit zittrigen Beinen sprinte ich die Treppe zum Aufenthaltsraum hinunter.

„Clodagh", ruft mir Killian hinterher, als ich gerade in die Küche flüchten will. „Kannst du bitte noch eine Flasche Rotwein aufmachen? Dann mach Schluss für heute."

„Ja, Sir", sage ich mit einer sehr lauten, seltsam klingenden Stimme, was einige von ihnen dazu veranlasst, mir einen zweiten Blick zuzuwerfen. Der Raum ist verschwommen; ich kann die Leute kaum erkennen. „Es wäre mir ein Vergnügen." Am Ende verrät mich meine Stimme und kommt wackelig heraus.

Ich zische Killian ein weiteres *„Sir"* zu.

Seine Augen weiten sich und sein stechender Blick wird zu einem verwirrten.

Ich stürme in die Küche und ziehe den Korken mit solcher Kraft aus einer Flasche Rotwein, dass der Wein fast überall hin spritzt.

Ein irisches Geschenk?

Wie kann er es wagen?

Wie kann er es wagen, zu denken, dass er *mich an seine Kollegen weitergeben* kann?

Er soll zur Hölle fahren.

Ich marschiere in den Essbereich und gehe direkt auf Killian zu.

Mein Visum interessiert mich nicht mehr.

„Das ist das letzte Mal, dass ich dich und deine schmierigen Kumpels bediene", sage ich so zuckersüß, dass Killian perplex dreinschaut.

Der ganze Raum verfällt in Schweigen. Das einzige Geräusch ist das Ticken der großen Uhr an der Wand.

Er will gerade etwas sagen, als ich rotsehe.

Mit einer geschmeidigen Bewegung kippe ich ihm den Wein in seinen Schoß.

Es ist, als ob ich eine Bombe im Raum gezündet hätte.

Scharfes Keuchen.

Stille.

Der Zorn von Killian Quinn durchdringt mich.

Ich stelle die Flasche mit einem dumpfen Schlag auf dem Tisch ab, mache auf dem Absatz kehrt und verlasse den Raum.

25

Clodagh

Ich habe keine Ahnung, wie mein Plan aussieht. Einfach von hier verschwinden und es später verarbeiten.

Ich muss fort von Killian mit seinem kalten, toten Herzen, von Maria mit ihren langen Beinen und von Bürgermeister Perversling, der wahrscheinlich die Macht hat, mich abschieben zu lassen.

Ein Schluchzen entringt sich meiner Kehle.

Ich werde nie wieder meine Beine für einen Mann breitmachen.

Ich höre oben Unruhe und mein Magen zieht sich zusammen. *Verschwinde einfach aus dem Haus.*

Ich greife nach meinem Handy und meiner Tasche. Ich kann durch die dicken, wütenden Tränen, die mir über das Gesicht laufen, kaum etwas sehen. Es bleibt keine Zeit, das Kleid auszuziehen.

Unterwäsche. Zahnbürste. Lesestift. Ich

kann nicht klar denken.

Ich werde Sam bitten, den Rest meiner Sachen zusammenzupacken.

Ich mache mich auf den Weg nach Queens.

Ich bin nicht schnell genug. Sogar seine Schritte klingen wütend.

Ich wappne mich, als die Wohnungstür auffliegt.

„Was zum Teufel war das, Clodagh?“ Er steht in der Tür und starrt mich ebenso verwirrt wie wütend an. Seine Hose sieht aus, als hätte er sich mit Rotwein eingepinkelt.

Mein Magen verkrampft sich weiter und ich vergesse, dass ich mich zu Recht für mich selbst eingesetzt habe, denn sein Zorn ist geradezu versteinernd.

Tränen trüben meine Sicht, als ich ein Schluchzen hinunterschlucke. „Du ...“ versuche ich zu sagen.

Er kommt näher zu mir und hebt mein Kinn an. „Clodagh?“, fragt er etwas ruhiger.

Ich zucke mit dem Kopf vor seiner Berührung zurück. „Ich bin nicht dein Eigentum!“, speie ich. „Du bist nicht besser als ich.“

Er fährt sich verwirrt mit der Hand durch die Haare. „Ich weiß, dass du ein viel besserer Mensch bist als ich. Aber das erklärt trotzdem nicht, warum du beschlossen hast, mitten beim Abendessen eine Flasche Wein über mich zu kippen. Oder warum du so aufgebracht bist.“

„Ich bin nicht dein Eigentum, das du herumreichen kannst, Killian!“

„*Was?*“

„Dein schmieriger Kumpel, der Bürgermeister?“ Ich stoße mich von ihm ab und lasse ein unattraktives Schnauben hören. „Du hast ihm gesagt, ich sei sein irisches Geschenk.“

„Sein irisches Geschenk …“, murmelt er stirnrunzelnd, als würde er nicht verstehen.

Etwas verändert sich in der Luft, als Erkenntnis in seinem Gesicht aufblitzt.

„Sein irisches Geschenk ist eine Flasche irischer Whiskey“, sagt er mit rauer Stimme und richtet sich auf, um mich anzustarren. „*Mein Gott*, Clodagh. Für was für einen Mann hältst du mich?“

„Ja?“ Ich schiebe meine Toilettenartikel gewaltvoll in meine Tasche. „Tja, da hat Bürgermeister Perversling was anderes gesagt.“

Er versteift sich, jeder Muskel wird starr. Er spricht nicht. Sein Kiefer klappt zu und verhärtet sich.

„Hat er dich angefasst?“, fragt er mit einer fast zu ruhigen Stimme.

Ich schüttle ruckartig den Kopf. „Das habe ich nicht zugelassen. Ich bin weggelaufen.“

Er nickt. „Bleib hier“, sagt er mit leiser Stimme und seine Augen fixieren meine. „Verlasse deine Wohnung nicht, bis ich wiederkomme.“

„Ich gehe nach Queens."

„Bitte, Clodagh. Bitte!"

Er sagt es mit der gleichen Autorität, die ich in seiner Stimme gewohnt bin. Aber sein Blick ist dieses Mal anders. Ich sehe etwas, das ich vorher noch nicht gesehen habe.

Vielleicht Angst?

Sorge?

Schmerz?

„Na schön", sage ich leise und seufze.

Ich beobachte, wie er mir den Rücken zudreht, aus der Wohnung geht und die Tür zuschlägt.

Ich atme schwer aus und lasse mich auf das Sofa fallen.

Was zum Teufel wird passieren?

Ich kann die Tür nicht zulassen. Ich muss wissen, was vor sich geht.

Mit zittrigen Beinen gehe ich durch die Wohnungstür und die Treppe hinauf, wobei ich außer Sichtweite auf der obersten Stufe bleibe.

Sie sind immer noch im Aufenthaltstraum. Ihre Stimmen sind in dem Lärm kaum zu verstehen. Ein Mann sagt jemandem, er solle sich beruhigen.

„Verschwinden Sie aus meinem Haus." Das ist Killian. Er hat die Stimme nicht erhoben, sie ist eiskalt. „Wenn Sie eine meiner weiblichen Angestellten noch einmal auch nur ansehen, bringe ich Sie um."

„Das ist absurd. Ihr Deal ist gestorben,

Quinn. Das werden Sie bereuen!" Der Bürgermeister stürmt mit wutverzerrtem Gesicht und schwer atmend aus dem Aufenthaltsraum in den Flur.

Ich muss fast lachen, als er alle Mäntel durchwühlt, um seinen zu finden und dabei unablässig murmelt: „Sie vergessen, wer ich bin, Sie arroganter Arsch."

Ich hocke mich auf die Treppe, damit ich den Kretin nicht sehen muss.

Im Flur herrscht reges Treiben, als die Leute eilig ihre Jacken anziehen und fast übereinander fallen, um rasch nach draußen zu gelangen.

Warum gehen alle?

Alle, außer Maria natürlich, die mit Killian im Flur steht.

Einen Moment lang spricht keiner der beiden, ohne zu bemerken, dass ich mich auf der Treppe verstecke. Killian steht da, die Hände in die Hüfte gestemmt, von mir abgewandt und starrt auf den Boden.

Maria legt eine Hand auf seinen Unterarm. „Bist du sicher, dass dieses Hausmädchen die Wahrheit sagt, Killian?"

Mein Magen zieht sich zusammen. Ich ertrage es nicht, zuzuhören, wie sie über mich reden, also gehe ich langsam wieder die die Treppe hinunter und verschwinde in den Schatten, während meine Gedanken rasen. Sie sieht nicht so aus, als würde sie in absehbarer

Zeit irgendwo hingehen.

Ich kann hier nicht bleiben. Ich bleibe nicht hier, während Killian mit ihr schläft. Er hat mich dem Bürgermeister zwar nicht auf einem Silbertablett angeboten, aber wenn er mit einer anderen Frau schläft, während ich im Haus bin, wird mich das kaputt machen. Da verbringe ich die Nacht lieber auf einer Bank im Central Park.

Ich will ihn. Das ist das Beschissene daran. Wie kann ein Mensch so einseitig empfinden?

Ich habe mich zu sehr auf ihn eingelassen und nun bin ich verletzlich. Der Schmerz in meinem Herzen entlädt sich in Tränen, als ich in meine Wohnung renne und auf der Couch zusammenbreche. Ich würde lieber nichts fühlen, als von diesem Schmerz durchdrungen zu sein.

Das Klopfen an der Tür lässt mich zusammenzucken.

„Alles gut", rufe ich und versuche, so fröhlich wie möglich zu klingen. „Lass uns morgen reden."

Im Moment ist es mir egal, ob er mich feuert.

Schweigen.

Gerade als ich denke, dass er gegangen ist, dringt seine tiefe, heisere Stimme durch die Tür. *„Bitte."*

„Geh weg."

„Wenn es sein muss, warte ich die ganze Nacht hier draußen."

Ich warte eine gefühlte Ewigkeit, um

herauszufinden, ob das eine leere Drohung ist.

Als ich höre, dass er immer noch an der Tür lehnt, wische ich mir mit meiner Hand die Tränen fort und gehe zur Tür, um sie zu öffnen.

Killian steht starr im Türrahmen, seine blauen Augen bohren sich in meine. Das Licht wirft Schatten auf seine Kieferpartie und lässt ihn gleichermaßen schön und raubtierhaft aussehen.

Sein Gesichtsausdruck wird besorgt, als er mein fleckiges Gesicht betrachtet.

Bitte geh weg.

„Es tut mir leid", bringe ich mit fester Stimme hinaus, während ich unbeholfen neben dem Tisch stehe. „Ich wollte nicht, dass dein Deal platzt."

Sein Stirnrunzeln vertieft sich, als ob ihn meine Worte verletzt hätten. Er macht einen entschlossenen Schritt auf mich zu. „Das verdammte Kasino ist mir egal, Clodagh."

„Du bist nicht diejenige, der etwas leidtun sollte", fährt er leise fort. „Ich hätte dich nie in diese Situation bringen dürfen. Ich schwöre dir, Clodagh, wenn ich das geahnt hätte, hätte ich den Wichser nie zu mir nach Hause eingeladen."

Ich versuche, den dicken Kloß in meinem Hals hinunterzuschlucken. „Schon in Ordnung."

„Es ist nicht in Ordnung. Ich habe versprochen, dich zu beschützen, und das habe ich nicht getan. Es tut mir so verdammt leid, Clodagh."

„Hör zu, ich will einfach nur nach Queens, okay?"

Er beobachtet mich einen langen Moment schweigend.

Dann verfinstert sich sein Gesicht und er nickt, fast niedergeschlagen. „Du fühlst dich hier nicht sicher. Ich hätte dich beschützen müssen. Ich habe dich im Stich gelassen."

Er sieht so niedergeschlagen aus, dass er mir beinahe leidtut. Beinahe.

Ich schnappe mir meinen Rucksack und schenke ihm ein schwaches Lächeln. „Es liegt nicht am Bürgermeister. Ich habe schon genug schmierige Typen erlebt. Ich brauche einfach eine Auszeit, okay?"

„Es liegt an mir. Du willst weg von mir."

Ich werfe mir meinen Rucksack über die Schulter und halte ihn fest umklammert.

Kann er es nicht gut sein lassen?

„Ich kann nicht hier sein, während du mit Maria schläfst." Bei ihrem Namen bricht mir die Stimme. Ich studiere meine Füße, weil ich es nicht ertrage, Killian anzusehen. „Ich weiß, dass zwischen uns nichts ist, aber ich kann meine Gefühle nicht abschalten wie du. Das ist mir heute Abend klargeworden."

Er gibt ein hässliches Geräusch von sich, das wie ein Lachen klingt.

Der gefühllose Penner *lacht* mich tatsächlich

aus.

„Kannst du dich nicht einfach verpissen, Killian?“, sage ich schluchzend und blicke ihn durch tränengefüllte Augen wütend an.

„Warte.“ Sein Arm schießt hoch und ich werde nach hinten an seinen warmen Körper geschleudert. Er blickt mir in die Augen und schiebt mir langsam den Rucksack von der Schulter. Sein Arm legt sich fest um meine Taille und macht es mir unmöglich zu entkommen. Mein Kopf reicht kaum an sein Kinn.

Ich erstarre, als mich die Wärme seines Körpers und sein Geruch umgeben.

Mein Herz beginnt in meiner Brust zu hämmern. Mein Gesicht errötet voller Hitze und ich hasse seine Wirkung auf mich.

Er spielt nicht fair.

„Maria ist nicht hier“, sagt er unwirsch. „Sie ist weg. Sie sollte nie bleiben. Ich habe sie gestern zum Mittagessen ausgeführt und ihr gesagt, dass das zwischen uns freundschaftlich bleiben wird.“ Sein warmer Atem bläst mir gegen die Stirn, während er seufzt. „Selbst ich bin kein so großer Mistkerl, auch wenn du das von mir denkst.“

„Ach ja? Sie sah nicht so aus, als hätte sie das Memo bekommen“, schnauze ich.

„Es tut mir leid.“ Seine starken Hände umklammern meinen unteren Rücken und drücken mich fest an sich. „Es tut mir leid, dass du dachtest, zwischen Maria und mir wäre etwas. Ich habe sie ein paar Mal zum Mittagessen ausgeführt, aber das war's. Es gibt keine Verbindung zwischen uns. Du bist die einzige Person, die ich heute Abend in diesem Raum wahrgenommen habe." Seine Gefühle für mich scheinen ihn nahezu zu frustrieren. „Du bist in letzter Zeit die einzige Person, die ich in egal welchem Raum wahrnehme. Du verzehrst meine Gedanken mehr, als ich zugeben möchte."

„Was ist daran so schlimm?"

„Ich kann dir nicht geben, was du brauchst." Er streichelt meine Wange mit einer Traurigkeit in seinen Augen, bei der ich *Warum*? *Warum nicht?* rufen will. „Du verdienst mehr."

Stattdessen bringe ich ein schwaches Lächeln zustande, als wäre es keine große Sache. „Ich weiß, Killian. Das hast du mir geradeheraus gesagt. Du willst nichts Ernstes mit mir."

Sein Blick wird grimmig. „So einfach ist das nicht. Ich bin kein guter Mann für dich."

„Du bindest dich nicht."

„Ich kann mich nicht binden. Das ist ein Unterschied", entgegnet er, als würde das alles rechtfertigen.

Sein Gesicht verfinstert sich. Ich will ihn fragen, was er damit meint, aber ich habe Angst, dass er sich dann verschließt.

Und gerade will er mich. Er wird an mir hart, während ich mit meinen Händen über seine Brust fahre. Sein Atem geht abgehackt und seine Brustwarzen werden hart, als meine Finger über sie streichen.

Ich stelle mich auf die Zehenspitzen, damit sein härter werdender Schwanz näher an meinem Inneren ist und ich mit meinen Händen durch sein Haar fahren kann.

Ich will, dass er meinen Schmerz wegfickt. Ich will, dass er meine Tränen wegfickt.

Auch wenn es nur für heute Nacht ist.

„Ich bin nicht hergekommen, um dich zu ficken." Er stöhnt an meiner Stirn und sein Gesichtsausdruck wird von etwas getrübt, das ich für Bedauern halte. „Ich bin hergekommen, um mich zu vergewissern, dass es dir gut geht."

„Dann sorge dafür, dass ich mich gut fühle", murmle ich und neige seinen Kopf nach unten, sodass sich unsere Lippen beinahe berühren.

Er stöhnt erneut, dann greift er in meine Haare und zieht meinen Mund an seinen. Ich öffne ihn weit und meine Zunge stößt hungrig gegen seine.

Seine Bauchmuskeln zucken, als ich meine Hand über seine Bauchmuskeln und in seine Unterwäsche schiebe. Ich muss ihn ganz spüren. *Sofort.*

Heilige Scheiße, er ist voll erigiert. Sein dicker, schwerer Schwanz spannt sich in seiner Hose und zuckt gegen meine Berührung, und ich liebe es, wie sehr ich ihn beeinträchtige.

Ich schließe meine Hand besitzergreifend um ihn; das Gefühl lässt meinen Körper erzittern. Ich brenne darauf, dass er mich zerstört, mich in Stücke reißt.

„Warte, Clodagh", sagt er, als ich an seinen Hosenknöpfen herumfummle. Seine Stimme ist vor Verlangen rau und belegt. „*Fuck*. Hier geht es nur um dich, nicht um mich."

Langsam knöpft er sein Hemd auf, während ich keuchend und begierig dastehe und meine Hände über seine Haut gleiten. Das Hemd gesellt sich zu den restlichen Klamotten auf dem Tisch nebenan, während er mich mit einem Arm packt und ins Schlafzimmer trägt.

„Lass mich dir zeigen, wie leid mir das mit heute Abend tut, meine Schöne."

Jede Zelle meines Körpers zittert vor Vorfreude, als er mich sanft auf das Bett legt. Meine Erregung ist so heftig, dass es mir fast peinlich ist.

Ich versuche mich aufzusetzen und greife unbeholfen nach dem oberen Teil seiner Hose. Ich muss ihn nackt haben.

„Nicht so schnell", knurrt er, während er auf das Bett steigt und meine Handgelenke packt, um mich in seiner Umarmung zu halten.

Meine Hände gleiten über seine durchtrainierte Brust, während ich mich ungeduldig unter ihm winde.

Er schiebt mein Kleid sanft über meine

Taille und meinen Kopf und murmelt: „Tut mir leid, Baby“, als sich meine Haare im Stoff verfangen.

Ich atme tief ein. Ich kann nicht länger warten. Ich brauche das seit der Nacht, in der er mich mit meinem Kleid um die Taille stehen ließ.

„Was zum Teufel ist das?“

Ich erstarre bei seinem überraschten Tonfall und folge seinem Blick nach unten, wo sich die bauchverschlankende Shapewear wie eine zweite Haut an mich schmiegt.

Hoppla.

„Mach dir keine Sorgen, die hilft nur, alles flach zu machen. Zieh sie aus.“

Er schiebt sie meinen Bauch hinunter, und seine Augen weiten sich, als er sieht, wie eng sie ist. „Clodagh, die ist nicht gut für dich. Du hast rote Flecken auf deinem Bauch.“ Er beugt sich herunter und küsst sanft meinen Bauch. „Ich weiß nicht, was du mit „flach machen“ meinst, aber ich weiß, dass du es nicht brauchst.“

Ich weiß nicht, ob ich in Ohnmacht fallen oder vor Scham sterben soll.

„Ja, ja“, sage ich unbeholfen. „Können wir wieder da weitermachen, wo wir aufgehört haben?“

Er lacht leise und öffnet meinen BH.

Jetzt bin ich völlig entblößt und er kann sich alles nehmen.

Worauf wartest du noch?

Ich spreize meine Beine und zwinge ihn in Gedanken auf mich zu steigen.

NIMM MICH.

Killian hat da andere Vorstellungen.

„Dieses Mal gehen wir es langsamer an", murmelt er und spricht dabei sowohl mit sich selbst als auch mit mir.

Er spreizt sanft meine Beine und seine Augen schweifen mit einem derart raubtierhaften Blick von oben über mich, dass mir kleine Schauer über den Körper laufen.

Er beginnt mit meinem Mund und küsst mich langsam und innig, dann wandert er in einem quälend langsamen Tempo nach unten. Über meinen Hals und mein Schlüsselbein bis zu meinen Brüsten. Meine Nippel sind so hart, dass es weh tut.

Ich stöhne vor Lust auf und wölbe instinktiv meinen Rücken, als er meine Brustwarze in den Mund nimmt. Ich umklammere seinen Nacken und verflechte meine Finger in seinen dichten Haaren, während er mit seiner Zunge erst die eine und dann die andere Brust neckt.

Dann ist er wieder in Bewegung, sein schöner Mund küsst meinen Bauch und jagt mir einen Schauer über den Rücken, bis seine Bartstoppeln über meine Klitoris kitzeln.

„Warte, Killian." Ich lege meine Hand auf sein Gesicht, ehe er weitergehen kann, und drücke meine Beine gegen seine Schultern.

„Das bringt nichts."

Das lässt ihn erstarren. Er blinzelt verwirrt zu mir hoch. „Bringt nichts?"

„Ich, äh, finde es nicht leicht, so zu kommen", sage ich mit leiser Stimme. „Bei meinem Ex hat es nie geklappt."

„Nie?" Er betrachtet prüfend mein Gesicht und eine Welle des Bedauerns überschwemmt mich, als ich realisiere, dass ich zu viel gesagt habe.

Ich schüttle langsam den Kopf und meine Wangen brennen.

Sofort wird sein Gesichtsausdruck weicher. Er küsst meinen Bauch, während er zu mir aufschaut. „Es gibt keinen Druck für dich zu kommen."

„Das werde ich auch nicht." Ich kann nicht glauben, dass ich das zugebe. „Ich habe es noch nie geschafft, wenn ein Typ es mir mit dem Mund gemacht hat. Ich weiß nicht, ob es an mir oder ihnen liegt … Ich bin zu sehr in meinem eigenen Kopf gefangen."

Er lächelt und kommt zu mir hoch, um mir einen Kuss auf die Lippen zu drücken. „Schon okay. Aber lässt du es mich versuchen, weil ich es will?" Sein Blick verdunkelt sich vor Lust. „Ich kann nicht aufhören, daran zu denken, wie du schmeckst. Aber ich werde es nicht tun, wenn du dich dabei unwohl fühlst."

Ich nicke ihm daraufhin schüchtern zu. Was, wenn ihm mein Geschmack nicht gefällt?

Er muss mein Unbehagen spüren. „Hey", murmelt er unter mir und legt die Stirn in Falten. „Es gibt nichts, was du tun kannst, damit ich es weniger will. Du musst nur deine Augen schließen und dich entspannen, okay?"

Ich beiße mir auf die Lippe, als er mich eindringlich anblickt. Ich tue, was mir gesagt wird, atme tief ein und schließe die Augen.

Er wandert wieder nach unten und legt jeweils eine Hand auf meine Oberschenkel, um sie auseinander zu halten.

Seine Zunge und seine Lippen streichen über meine Klitoris und ich fahre bei diesem Gefühl fast aus der Haut. Sofort ertönt ein tiefes, ursprüngliches Knurren aus ihm, bei dem ich kichern will, was ich aber unterdrücke. Er hat keine Skrupel, mir zu zeigen, wie sehr er es genießt.

Er fängt langsam an, als würde er die Lage sondieren, um sicherzugehen, dass es sich für mich gut anfühlt.

Mein Puls beschleunigt sich, und ich zwinge mich, mich zu entspannen. Ich widerstehe dem Drang, meine Beine zu schließen, während er mich verschlingt.

Verdammt ... das ist gut.

Killian weiß genau, was er tut: den perfekten Druck ausüben, den Rhythmus von langsam und schnell ändern, mit seinen Fingern meinen Spalt massieren, während er mich mit seiner Zunge verwöhnt.

Eine köstliche Hitze baut sich zwischen meinen Beinen auf, aber ich weiß, dass ich nicht zum Orgasmus kommen werde. Ich bin kurz davor, werde aber nicht kommen. Das tue ich nie.

Ich versuche, die negativen Gedanken zu verdrängen, die in meinen Kopf eindringen. Was, wenn ich nicht gut schmecke? Was, wenn er es hasst? Denkt er, dass mit mir etwas nicht stimmt? Stimmt *tatsächlich* etwas nicht mit mir? Warum kann ich nicht mit lautem Stöhnen kommen, wie sie es in den Filmen tun?

Sein Stöhnen vibriert auf meiner Haut und als ich nach unten schaue, schließt sich sein Mund um mich und sein Gesichtsausdruck ist so voller Lust und Vergnügen, dass sich die Hitze in meinem Inneren verstärkt.

„Clodagh“, murmelt er in einem tiefen Bariton. „Du schmeckst unglaublich. Ich liebe das.“

Unsere Blicke begegnen sich, und die Verbindung lässt mich noch mehr köstliche Schauer durchlaufen. Ich will nicht, dass unser Blickkontakt endet, aber die Intensität des Augenblicks ist fast zu viel.

Heilige Scheiße.

Jedes Gefühl wird verstärkt.

Meine Haut kribbelt überall, wo seine Zunge mich liebkost.

Sein Duft ist überall auf mir zu riechen.

Meine Beine zucken unwillkürlich, als er meinen Namen mit diesem tiefen, heiseren Knurren ausspricht und mir sagt, dass ich das Süßeste bin, was er je gekostet hat.

Fuck.

Fuck.

„O fuuuuuuuck", stöhne ich vor Lust.

Flaches Atmen. Erinnere dich daran, wie man atmet.

Ich bäume mich auf, als er etwas mit seiner Zunge macht, das ich nicht einmal beschreiben kann.

„Zu viel", keuche ich und weiß nicht, ob ich will, dass er aufhört oder weitermacht.

„Wirklich?", haucht er unter mir.

„Nein. Ja. Ich weiß es nicht! Nein."

Gott ... es fühlt sich unglaublich an.

Vielleicht ... nur vielleicht ...

„Lass dich gehen, meine Schöne", sagt er leise unter mir. „Ich spüre, dass du es willst."

Mein Körper zittert. Killian ist unerbittlich. Er hört nicht auf, bis ich komme. Es fühlt sich an, als könnte es ewig so weitergehen.

Ich weiß nicht, ob es der Druck ist, der sich in meinem Inneren aufbaut, oder der Ausdruck purer Lust in seinem Gesicht, der mich zum Explodieren bringt, aber ... wow, das passiert wirklich.

Ich bin soweit.

„Ja, meine Schöne, lass es geschehen. Du verdienst es, dich gut zu fühlen."

Ich komme … Ich komme auf seiner Zunge.

Meine Beine verkrampfen sich, während ich atemlos, ruckartig stöhne und sein Haar fest umklammere, als das Zucken in meinem Inneren zu intensiven Wellen der Lust in meinem ganzen Körper wird.

Ich breche auf dem Bett zusammen, meine Arme und Beine sind wie Gelee. „Du hast es geschafft“, keuche ich und starre die Decke an. „Danke.“

Er lacht leise und heiser, als er sich mit mir auf Augenhöhe begibt. „Du brauchst mir nicht zu danken. Das Vergnügen war ganz meinerseits.“

Ich schenke ihm ein albernes Grinsen. „Du musst einen wirklich kräftigen Kiefer haben.“

„Nein.“ Seine blauen Augen strahlen mich an. „Ich habe nur großen Appetit.“

Ich kann mich nicht erinnern, eingeschlafen zu sein. Doch als ich am Morgen aufwache, bin ich unter der Decke und Killian ist fort.

26

Killian

Zwei Wochen Später

„Sieh mir in die Augen“, befehle ich.

Gehorsam hebt sie ihr Kinn an und blickt mir in die Augen, während sie meinen harten Schaft in ihre Kehle aufnimmt.

„Ja, genauso. Zeig mir, wie sehr du es willst. Nimm mich wie ein braves Mädchen.“

Ich genieße ihren Anblick: ihre leuchtenden smaragdgrünen Augen voller Emotionen, die sommersprossige Nase und die üppigen Lippen, die meinen Schwanz in ihrem Mund umschließen. Diese Vision spielt sich ununterbrochen in meinem Kopf ab und lenkt mich von der Arbeit ab.

Wie könnte sie auch nicht, nach den schmutzigen Wochen, die wir hinter uns haben? Mein Schwanz wurde so häufig stimuliert, dass ich mich wundere, dass er noch intakt ist.

„Ja, meine Schöne", stöhne ich, als ich in ihren Hals stoße und erschaudere. Ich umklammere ihre Locken mit meinen Fingern und widerstehe der Versuchung, noch fester zuzustoßen. „So ist es gut. Mach weiter so. Braves Mädchen."

Verdammt!

Eine verdammte Reizüberflutung. Jedes Saugen fühlt sich unglaublich an und sendet kribbelnde Vibrationen direkt in meine Wirbelsäule. Die Wärme ihres hübschen Mundes, das leise Wimmern, das sie von sich gibt, der Blick in ihren Augen, der zeigt, wie sehr sie mich befriedigen will, während das Wasser aus der Dusche von ihrem Gesicht und ihrer Brust tropft.

Ist es falsch, dass ich ihr Würgen so erregend finde?

Sie beschleunigt das Tempo, während sie meinen pulsierenden Schwanz in ihren Mund aufnimmt und mich vom Ansatz bis zur Spitze verschlingt.

„So. Verdammt. Gut", keuche ich mit zusammengebissenen Zähnen und drücke eine Hand gegen die Duschwand.

Jetzt habe ich die Kontrolle übernommen. Ich ficke ihren Mund. Ich lasse ein hartes, schweres Stöhnen hören und packe ihr Haar fester, während ich in ihren Mund stoße.

Sie gibt ein leises Wimmern von sich. Ich

muss mich zwingen, mich zu vergewissern, dass sie keine Schmerzen hat, aber als sie mich mit ihren großen grünen Augen anschaut, sehe ich nur, dass sie mich befriedigen will.

„Ich bin kurz davor“, knurre ich mit angehaltenem Atem und fixiere sie mit meinen Augen. Ich sollte sie warnen, dass sie sich an meinem Sperma verschlucken wird, wenn sie so weitermacht.

Die Intensität in mir nimmt zu, bis ich sie nicht mehr kontrollieren kann. Jeder Muskel spannt sich an und mein Körper zittert vor Lust, während ich ein kehliges Stöhnen ausstoße. Meine Eier fühlen sich an, als würden sie explodieren.

„*Fuck*.“ Mein Sperma ergießt sich, füllt ihre Kehle und ich halte ihren Kopf fest, damit sie alles aufnimmt.

„Verdammt, Clodagh.“ Ich stoße ein heiseres Lachen aus, als meine Atmung wieder normal wird. „Ich könnte heute Abend als glücklicher Mann sterben, Süße.“

Ich hebe sie sanft vom Boden der Dusche und nehme sie in meine Arme. Ihre Wangen sind gerötet und ihre Haare kleben ihr an der Stirn. „Atme, mein Schatz. Entspann dich.“

„Ich glaube, ich muss üben, indem ich in der Badewanne die Luft anhalte. Du bist ein großer Kerl.“

Mein leises Lachen dröhnt durch die Duschkabine, als ich unsere Finger verschränke und aussteige. Keiner von uns beiden sagt ein Wort, während ich sie in ein flauschiges Handtuch wickle und ihren Körper mit sanften Berührungen abtrockne. Verdammt noch mal, ihre Kurven zu spüren, macht mich schon wieder hart.

Sie starrt mich an, während ich sie in ihr Schlafzimmer trage. Ihre Lippen zucken, als wollte sie etwas sagen, ihr würden aber die Worte fehlen.

„Alles in Ordnung?“, frage ich.

Sie lächelt und nickt.

Ich lege sie nackt und bereit für mich auf das Bett und steige auf sie. Sanft küsse ich ihren Hals, die Rundungen ihres Schlüsselbeins und die Kurven ihrer Brüste, bis ich spüre, wie sich ihre Brustwarzen verhärten und ihr Rücken wölbt.

„Zu früh?“, frage ich und mustere ihr Gesicht.

„Nein“, haucht sie. „Ich will dich in mir spüren.“

Ich lasse meinen Schwanz in sie gleiten und genieße das Gefühl.

Sie zuckt zusammen und presst ihre Hände abwehrend gegen meinen Rücken.

Ich stöhne auf, als sich ihre Muskeln um mich herum zusammenziehen und meinen Schwanz drücken. Es fühlt sich so gut an, ich könnte einfach in ihr bleiben und nie wieder herauskommen. Je mehr sie sich um mich herum zusammenzieht, desto schneller werde ich kommen.

Ich warte, bis die Spannung in ihr etwas nachlässt und kämpfe dagegen an, in ihre feuchte Wärme zu stoßen.

„Vorsichtig“, stöhnt sie, während sie ihre Hüften ausrichtet, um mich ganz in sich aufzunehmen.

„Atme, Clodagh.“ Ich lächle zu ihr hinunter und fahre mit einem Finger über ihre Unterlippe. „Entspann dich.“

Ihre Muschi zieht sich um mich zusammen und es fühlt sich unglaublich an. Es fühlt sich immer unglaublich an. Zu wissen, dass ich der einzige Mann bin, der sie zum Orgasmus gebracht hat, macht mich wahnsinnig.

Sie gibt mir das Gefühl, in einem warmen, köstlichen Bad zu liegen, Weihnachten in St. Barts zu verbringen, den New York Marathon zu laufen, mein erstes Hotel zu eröffnen. Die besten Gefühle der Welt, alle auf einmal.

Ich gleite tiefer in ihre süße kleine Muschi und blicke ihr in die Augen.

Meine Hände umfassen ihre Hüften und an ihrem Gesichtsausdruck erkenne ich, dass ich bei jedem Stoß an ihrer Klitoris reibe.

„Ahhh, du bist so tief in mir“, stöhnt sie und ihre Finger vergraben sich in meinem Rücken. „Du fühlst dich so gut an.“

Ein tiefes, kehliges Stöhnen entweicht mir. Ihr Wimmern reicht aus, um mich zum

Orgasmus zu bringen.

Sie weiß genau, was sie tut und welche Knöpfe sie drücken muss.

Ich komme heftig in ihrer engen kleinen Muschi, meine Hüften zittern und beben unter der Kraft meiner Entladung. Ich komme, als würde ich nicht aufhören. Denn der Neandertaler in mir will sie besitzen. Er will sicherstellen, dass sie voll von meinem Samen ist.

Schließlich atme ich tief aus und lasse mich auf sie fallen, wobei unsere Körper noch immer ineinander verschlungen sind. Ich drücke mein Gesicht fest an ihren Hals und verliere mich in dem Duft ihrer Haut.

Zufrieden schnurrt sie an meiner Stirn. Ihre Beine umschlingen meine Taille, als hätte sie nicht die Absicht, loszulassen.

Ich löse mich ein wenig von ihr und schaue ihr in die Augen. „Du bist nicht gekommen. Aber das kommt schon noch. Bald wirst du auf meinem Schwanz kommen."

Sie zieht ihre Unterlippe zwischen die Zähne und lässt ihren Blick auf meine Brust fallen. „Tut mir leid."

„Du brauchst dich nicht zu entschuldigen." Ich lege meinen Finger unter ihr Kinn und bringe sie dazu, mich anzuschauen. „Du musst dich für nichts entschuldigen. Okay?"

Sie nickt mit einem leichten Lächeln schüchtern.

„Braves Mädchen." Ich drücke ihr einen Kuss auf die Nase. Ich will nicht, dass sie das Gefühl hat, es wäre ein Problem, dass sie beim Sex nicht zum Höhepunkt kommt. Aber ich will verdammt sein, wenn ich nicht bei dem Versuch das zu erreichen sterbe. Denn ich bin derjenige, der sie so zum Höhepunkt bringen wird.

Und der einzige Mann, der das Privileg haben wird, sie kommen zu lassen. Der Gedanke schießt mir plötzlich durch den Kopf.

Ich nehme mir die Zeit, mit meinem Mund ihre Kieferpartie, ihre Brüste, ihren weichen Bauch und die Haut direkt über ihrer geschwollenen, wunderschönen Muschi zu erforschen, bis ich spüre, wie sich ihre Atmung verändert und ihr Unterleib vor Lust bebt.

Ich spreize ihre Schenkel vorsichtig wieder. Ihre Beine spannen sich ein wenig an, als wolle sie mich wegstoßen, also muss ich langsam vorgehen. Geduldig sein. Gut Ding will Weile haben.

Ich schaue auf und sehe, dass sie die Augen geschlossen und die Arme auf dem Kissen ausgebreitet hat. Langsam bahne ich mir einen Weg zu der süßen Stelle zwischen ihren Beinen. Ich bewege meinen Mund hin und her, wobei meine Zunge jedes Mal über ihre Klitoris streicht.

Ich höre nicht auf, bis ich dieses wunderbare Wimmern der Lust höre und spüre, wie sich diese süße Muschi für mich gehenlässt.

Nur für mich.

Ich beobachte, wie sich ihr Gesicht verzieht und ihr Atem stoßweise geht, während sie ihren Rücken durchdrückt und mein Gesicht reitet. Sie windet und krümmt sich über mir und stößt kleine Ächz- und Stöhnlaute aus, die mich ganz wild machen.

„Killian“, schreit sie. „O Gott.“

Ich bin mir sicher, dass es nichts Schöneres gibt, als die für mich gespreizten Beine dieser kleinen grünäugigen Sexgöttin.

Sie hat die schönste Muschi. Ihr Duft, ihr Geschmack, wie sie sich anfühlt ... und schon bin ich wieder voll erigiert.

Sie erschaudert, als sie die Kontrolle verliert, und ich ihren Höhepunkt kontrolliere. Jedes Wimmern, jeder Atemzug, jedes Zittern gehört mir; es gehört alles mir.

Mir.

Fünfzehn Minuten später zwinge ich meinen Kopf vom Kissen. „Ich sollte gehen.“

„Du könntest bleiben“, antwortet sie, Lässigkeit vortäuschend. „Das spart dir den Heimweg“, fügt sie scherzhaft hinzu, obwohl auch eine unausgesprochene Frage darin steckt. „Und ich mache dir morgens sogar Kaffee und Frühstück.“

Jeden Abend komme ich in Clodaghs Wohnung und habe Sex mit ihr, bleibe jedoch nie über Nacht. Das ist eine Grenze, die ich noch nicht überschritten habe.

„Nein, besser nicht." Ich küsse sie auf die Stirn, damit die Abfuhr weniger hart wirkt. „Aber ja, du wirst mir morgens Kaffee machen, sonst wirst du bestraft." Ich versuche, die Spannung des Offensichtlichen zu mildern.

Sie zeigt mir ein erzwungenes Grinsen. „Wem sagst du das. Mein Chef ist ein Albtraum."

Ich habe ihr noch nichts von meinen Plänen erzählt, ihr zu helfen, eine Green Card zu bekommen, mit der sie ohne Probleme in den USA bleiben kann. In ein paar Monaten, wenn Mrs. Dalton wieder da ist und ich nicht mehr Teil ihres Lebens bin, kann sie ihrem Beruf als Schreinerin nachgehen, wo immer sie will.

Ich werde diese Affäre hinter mir lassen und mich von lächerlichen Tagträumen über meine rothaarige, tätowierte Schreinerin befreien.

Ich denke bei der Arbeit an sie. Ich denke an sie, wenn ich laufe. Ich kann nicht duschen, ohne mir einen runterzuholen.

Meine Gedanken schwanken zwischen Schuldgefühlen, weil ich eine Angestellte ficke – die bei mir wohnt – und der Fantasie, wann ich es wieder tun werde.

Derart besessen war ich noch nie von einer zwanglosen Affäre.

Darum muss sie ein Ende haben.

Das muss eine Midlife-Crisis sein.

Deshalb sitze ich im Sitzungssaal, umgeben von meinen Geschäftspartnern, und spreche über das ins Stocken geratene Kasino-Desaster in Brooklyn, obwohl ich nur an Clodagh denken kann.

Mir schießen Bilder durch den Kopf. Wahlloser, besonders wenig hilfreicher Kram.

Clodagh in ihrem schwarzen Kleid an Teagans Geburtstag. Clodagh in ihrer Yogahose. Clodagh, die mit mir schimpft, weil ich mürrisch bin. Clodaghs Wohnung voller Holz. Clodagh, die merkt, dass sie Butterbällchen isst. Ich lächle.

„Killian?" JPs Stimme dröhnt vom anderen Ende des Tisches und holt mich in die Realität zurück. „Du weißt, was getan werden muss, um die Sache voranzubringen. Du musst ernsthaft zu Kreuze kriechen."

Verdammt noch mal. Er hat recht. Es gibt nur einen Weg, das Problem zu lösen. Der Bürgermeister hat mich metaphorisch an den Eiern und drückt kräftig zu.

„Den Teufel werde ich tun", höhne ich. Ich will verdammt sein, wenn ich vor diesem schmierigen Idioten buckle.

JPs dunkle Augen glühen vor Wut, als

er ausatmet. „Du lässt zu, dass deine Gefühle deine geschäftlichen Entscheidungen beeinträchtigen. Das muss in Ordnung gebracht werden."

In meiner Brust lodert Wut auf, auf JP, den Bürgermeister und auf mich selbst. Ich kann mich nicht entscheiden, auf wen ich wütender bin.

„Das hat nichts mit Gefühlen zu tun", schnauze ich. „Es geht darum, dass dieser Idiot respektlos zu einem meiner Mitarbeiter war. Und das in meinem eigenen Haus, möchte ich hinzufügen."

„Dass du wegen deines Kindermädchens irgendeine lächerliche Midlife-Crisis hast und den Verstand verlierst, heißt nicht, dass du das Geschäft mit dir in den Abgrund ziehen kannst."

Nun, damit wäre es offiziell. Ich muss ebenso auffällig sein wie die alten Männer, die mit viel jüngeren Frauen in meiner Hotelbar auftauchen.

„Es geht hier nicht nur um dich, Killian", fährt er müde fort. „Wir haben alle ein persönliches Interesse an diesem Kasino." Er wendet sich an Connor. „Hilf deinem Bruder, zur Vernunft zu kommen, ja?"

Unser Patt wird durch ein kräftiges Klopfen an der Tür unterbrochen.

Marcus erscheint in der Tür. „Killian, ich muss mit dir sprechen. Ich habe schon den ganzen Tag versucht, dich zu erreichen.“

Da hätten wir einen Mann, der mehrere Midlife-Crisis hinter sich hat.

Ich winke ihn herein, froh über die Ablenkung von dem Gespräch über gescheiterte Kasinos. „Erzähl. Was gibt es?“

Er schaut von mir zu Connor und JP und überlegt, ob er vor den beiden sprechen soll.

„Raus mit der Sprache“, sage ich ungeduldig.

„Wir haben eine polizeiliche Kontrolle über Clodagh durchführen lassen. Es gibt zwei verschiedene Polizeibehörden in Irland, die nordirische Polizei und die Polizei der Republik Irland.“

„Dessen bin ich mir bewusst, Marcus.“ Ich seufze. Wo soll das hinführen? Ist jeder in diesem Büro heute darauf aus, mich zu verärgern? „Ich brauche keine Geografiestunde. Komm auf den Punkt.“

„Ich habe es vermasselt. Wir haben den Überprüfungsprozess als abgeschlossen markiert, sobald die Polizei der Republik Irland ihre Antwort zurückgeschickt hat. Die nordirische Polizei hat ihre Antwort erst danach geschickt.“ Er reicht mir seinen Laptop und sieht aus, als würde er sich vor Angst in die Hose machen.

„Das musst du dir ansehen.“

Einen Moment lang verstehe ich nicht, wovon er spricht, bis es mich wie ein Schlag trifft.

„Wir werden ihr Visum sofort widerrufen", sagt Marcus schnell. „Sie hat es zu dem Zeitpunkt nicht offengelegt. Es tut mir leid, Killian. Ich werde so schnell wie möglich einen Ersatz haben."

Connor und JP starren mich mit großen Augen an.

Meine Nasenflügel blähen sich auf, als ich den Bericht lese. „Nein. Ich kümmere mich darum."

◆ ◆ ◆

„Clodagh?", rufe ich und laufe durch das Haus. Mein Blick bleibt an der Tür zu Teagans Zimmer stehen, wo Clodagh gerade aufräumt und mit dem Kopf im Takt ihrer Kopfhörer wippt.

Ich tippe ihr auf den Rücken, und sie schreit und springt auf. „Du hast mich erschreckt. Was machst du so früh zu Hause?"

Mein wütender Gesichtsausdruck wischt ihr das Lächeln aus dem Gesicht.

„Hast du mir etwas zu sagen?", frage ich sie und schaffe es kaum, meine Stimme ruhig zu halten.

Sie zieht eine Grimasse. „Geht es um deine Unterwäsche? Fühlt sie sich jetzt enger an?"

„Nein, nicht meine verdammte Unterwäsche. Obwohl, ja, du hast sie einlaufen lassen. *Du hast ein verdammtes Auto gestohlen?*"

Die restliche Farbe verschwindet aus ihrem Gesicht, als sie Teagans Kissen auf das Bett legt. „Es ist nicht so schlimm, wie es klingt."

„Das habe ich zu entscheiden." JP hat recht. Meine Gefühle vernebeln mein geschäftliches Urteilsvermögen.

Sie hat uns alle in ihren Bann gezogen. Teagan scheint sie mittlerweile zu vergöttern, und wenn sie davon Wind bekommt, ist das ein schreckliches Vorbild.

Und ich?

Ich bin ein Narr. Ihr hübsches Gesicht und ihr ansteckendes Lachen haben mich in ihren Bann gezogen, dabei kenne ich die Person, die das Haus mit meiner Tochter teilt, nicht einmal.

„Erklär es mir", fordere ich.

„Okay, okay", wimmert sie und fuchtelt mit den Händen in der Luft. „Gib mir nur eine Chance."

„Ich warte", sage ich mit zusammengebissenen Zähnen und versuche, ruhig zu bleiben.

Sie schluckt schwer und nickt. „Ich habe zu der Zeit in Belfast gelebt. Ich habe dir erzählt, dass mein Ex mich betrogen hat. Ich war so sauer, als ich aus seiner Wohnung ging, dass ich als ich sah, dass er seine Schlüssel in seinem glänzenden neuen Auto stecken lassen hatte, mir dachte, ich nehme es mit." Sie stößt ein kleines, verbittertes Lachen aus. „Aber es war nicht sein Auto, sondern das des Nachbarn.“

Das ist die lächerlichste Geschichte, die ich je gehört habe. „Verdammt noch mal!“

Ich beobachte, wie sich ihr Gesicht verzieht und die erste dicke Träne über ihre Wange kullert. „Es sollte ein Druckmittel sein, um etwas von meinem Geld zurückzubekommen. Das Arschloch hatte meine gesamten Ersparnisse und ich war total pleite. Leider hat die Polizei kein Verständnis dafür, wenn man ein Verbrechen wegen einem anderen Verbrechen begeht.“

Ich blicke sie finster an. „Wie hast du es durch die Einwanderungskontrolle geschafft? Hast du auf dem Formular gelogen?“

Sie schluckt ihre Tränen hinunter. „Kleinere Vergehen muss man nicht angeben.“

„Damit kommst du vielleicht bei einem Urlaubsvisum durch, aber wenn du etwas in deinem Strafregister hast, ist dein Arbeitsvisum so gut wie weg. Wir können dich nicht mehr fördern.“

Die volle Bedeutung meiner Worte trifft sie und Tränen laufen ihr unkontrolliert übers Gesicht.

Ich bin wie erstarrt; hin- und hergerissen zwischen dem Wunsch, sie zu trösten und dem Wissen, dass sie mein Unternehmen und mich belogen hat und nicht in meinem Haus sein sollte.

„Es tut mir wirklich leid, Killian. Ich habe

einen Fehler gemacht“, schluchzt sie mit gedämpfter Stimme, während sie sich die Nase mit dem Ärmel abwischt. „Ich wusste nicht, wie ich mein Geld sonst zurückbekommen sollte.“

Ich betrachte sie aufmerksam und weiß, dass dies die perfekte Gelegenheit ist, unsere Affäre zu beenden, damit niemandem das Herz gebrochen wird.

Doch dann blicken ihre tiefgrünen Augen in meine und ich höre mich sagen: „Ich bringe das in Ordnung.“ Obwohl ich weiß, dass ein Wunder nötig ist, um das in Ordnung zu bringen.

Es geht hier nicht um einen Mann, den ich bestechen kann; es geht um die Einwanderungsbehörde.

Und da merke ich, dass ich viel tiefer drinstecke, als ich dachte, denn die Erleichterung in ihrem Gesicht lässt mein Herz dahinschmelzen.

Clodagh

Ich bin dabei mich zu verlieben.

Und zwar nicht, weil der Mann zugestimmt hat, mir zuliebe etwas Zwielichtiges mit meinem Strafregister zu machen, sondern weil ich jeden Tag eine weitere Schicht von Killian Quinn abschäle und sich hinter dem Griesgram in Wirklichkeit ein lieber Mann befindet, der einen beschützen möchte.

27

Killian

Ein Paar Tage Später

„Clodagh?“, rufe ich, als ich die Küche betrete. Ich höre Geräusche aus dem Obergeschoss.

Unerwartet von der Arbeit zu kommen, wird zur Gewohnheit. Ich rede mir ein, dass ich heute hier bin, weil ich mein Handy vergessen habe.

Auf der Kücheninsel stehen zwei Blumensträuße, die nicht da waren, als ich heute Morgen zur Arbeit ging, und die Karten sind geöffnet.

Leicht neugierig schnappe ich mir eine und lese sie.

Alles Gute zum Geburtstag, Clodagh, von Sam und dem Sicherheitsteam.

Moment mal, sie hat heute Geburtstag? Mein Kiefer verkrampft sich. Warum in aller Welt hat sie mir das nicht gesagt?

Ich nehme die zweite Karte. Als ich sehe, dass sie von dem irischen Idioten stammt, der versucht hat, sie zu entführen, steigt mein Puls weiter.

Warum schicken ihr all diese Männer Blumen?

Warum zum Teufel hat sie allen außer mir erzählt, dass sie Geburtstag hat?

„Hi, Killian", ertönt eine sanfte irische Stimme hinter mir.

Ich drehe mich fast abwehrend um. „Clodagh", sage ich schroffer als beabsichtigt. „Hast du heute Geburtstag?"

„Ja", murmelt sie und bindet ihr Haar rasch zu einem Dutt hoch, als sie an mir vorbei zur Spüle geht.

Ich stehe steif da und sehe zu, wie sie die Spülmaschine einräumt. „Warum hast du mir das nicht gesagt?", frage ich und Hitze fließt in meine Stimme mit ein.

Sie macht ein komisches Gesicht und zuckt mit den Schultern. „Ich wollte keine große Sache daraus machen."

Mein Blick wandert zu den Blumen auf dem Tresen. „Aber alle anderen scheinen es zu wissen."

Sie zuckt wieder mit den Schultern, als ob sie keine Erklärung dafür hätte.

„Ich will nicht, dass du heute arbeitest."

Sie hört kurz auf, Geschirr einzuräumen und betrachtet mein Gesicht. „Killian, du müsstest mir eigentlich zum Geburtstag gratulieren. Du klingst irgendwie sauer."

„Ich bin ..." Ich *bin* sauer.

Das sage ich nicht.

Sie widmet sich wieder dem Geschirr und ich stehe da und frage mich, was zum Teufel mit mir los ist. Ich möchte sie in die Arme nehmen und ihr sagen, dass ich ihr heute die Welt zu Füßen legen werde.

„Alles Gute zum Geburtstag", sage ich schließlich, obwohl meine Stimme seltsam klingt. „Was machst du heute?"

„Nichts Glamouröses", antwortet sie leichthin. „Ich gehe zum Abendessen in ein cooles Lokal in Brooklyn, das gute Kritiken bekommen hat, und danach fahren wir zu dem Pub in Queens, in dem ich früher gearbeitet habe. Komisch, dass mir das in letzter Zeit fehlt."

„Benutze die Kreditkarte gerne für alles, was du willst. Du hast es verdient."

Ihr Blick begegnet meinem zum ersten Mal, seit ich sie nach ihrem Geburtstag gefragt habe. „Klar. Das ist sehr nett von dir, Killian."

Bilde ich mir das nur ein, oder sieht sie verletzt aus?

„Viel Spaß", sage ich in einem neutralen Ton, dann verschwinde ich nach oben, um mein Handy zu holen, damit ich die Enttäuschung in ihrem Gesicht nicht mehr sehen muss.

Und vielleicht auch, damit sie meine nicht

sehen kann.

„Leg das verdammte Handy weg, Teagan", brumme ich und streue zu viel Salz auf mein Steak. Ich habe mir abgewöhnt, Prinzessin zu sagen, obwohl es mir schon ein paar Mal rausgerutscht ist. „Du weißt, dass es das am Esstisch nicht gibt."

Teagan starrt mich an, als hätte ich sie gebeten, sich Nadeln in die Augen zu stecken.

„Becky schreibt mir", jammert sie. „Ich *muss* antworten."

Ich stelle den Salzstreuer beiseite und beuge mich vor, um ihr das Handy abzunehmen. „Du siehst Becky jeden Tag. Sieben Stunden am Tag. Wie können sich zwei Dreizehnjährige so viel zu sagen haben?"

Sie verengt ihre Augen angesichts der Dreistigkeit der Frage.

Ich schaue Connor für Unterstützung an, doch er ist damit beschäftigt, durch sein verdammtes Handy zu scrollen. Ihm ist das egal; er darf der coole Onkel sein.

„Als ich in deinem Alter war ..."

„Hatte ich nicht einmal ein Handy", wirft Teagan ein und verdreht ihre Augen, während sie mich mit rauer Stimme nachahmt. „Ich weiß, Dad. Du hast einen Klumpen Kohle zu Weihnachten bekommen. Deine Emojis sind so lahm, dass du eigentlich gar keins haben dürftest."

„Du bist die Einzige, die meine Emojis kennt." Ich schüttle den Kopf und sehe Connor an. „Haben wir Mom so viel Ärger gemacht, als wir so alt waren wie Teagan?"

Connor lacht leise, während er sich mehr Pommes auftut. „Ich schon. Ich war der Frechdachs."

Ich wende mich wieder an Teagan. „Ich verwöhne dich. Du kannst dein Handy nach dem Essen wiederhaben."

„Mann." Sie sticht mit der Gabel in ihr Steak. „Warum bist du heute Abend so mürrisch?"

„Ich bin nicht mürrisch."

Aber vielleicht bin ich das doch, ein bisschen.

Ich sehe Clodagh in ihren blauen Jeans und ihrem weißen Spitzentop vor mir, wie sie das Haus verlässt, um zum Abendessen zu gehen. Es ist bereits neun Uhr; wahrscheinlich ist sie mittlerweile fertig und auf dem Weg in den Pub, in dem sie früher gearbeitet hat – umgeben von notgeilen jungen irischen Fußballspielern.

Ohne nachzudenken, schicke ich ihr eine SMS: **Soll ich dich dann abholen?**

„Das ist nicht fair!", kreischt Teagan. „Onkel Connor, hast du das gesehen? Dad benutzt sein Handy!"

„Die Arbeit", murmle ich, den Blick immer

noch auf mein Handy gerichtet. „Ich sehe nach Clodagh."

Die kleinen Punkte auf dem Bildschirm zeigen an, dass Clodagh tippt, dann verschwinden sie ohne eine Antwort. Meine Nackenhaare stellen sich auf.

„Wo ist Clodagh?", fragt Connor. Er weiß, dass wir ... dass wir was? Ficken?

„Sie hat Geburtstag." Ich greife nach einem neuen Bier und ärgere mich, dass Clodagh mich ignoriert. Dann rufe ich mir in Erinnerung, dass sie heute nicht arbeitet. Sie ist nicht im Dienst und ist nicht verpflichtet, mir zu antworten.

Trotzdem, gute Umgangsformen kosten nichts.

„Sie ist in Queens."

„M-hm." Connor starrt mich mit diesem wissenden Grinsen an.

„Was?", schnauze ich.

Er zieht eine Augenbraue nach oben. „Vielleicht solltest du schauen, ob es ihr gut geht?"

Connor hat recht: Ich sollte nach ihr schauen. „Der irische Idiot, der ihr vor dem Haus aufgelauert hat, könnte dort sein."

Er wird sicher versuchen, sie anzumachen.

Ich sollte hingehen.

Nur ... dass das eine lächerliche Idee ist. Clodagh ist eine erwachsene Frau. Was habe ich denn vor? Unangemeldet auf ihrer

Geburtstagsparty auftauchen, um mich zu vergewissern, dass es ihr gut geht?

„Schick einen aus deinem Sicherheitsteam, wenn du dir wirklich solche Sorgen machst, sagt Connor lässig und mit einem Hauch von Belustigung. „Sie und Sam scheinen sich nahe zu stehen."

Mein ganzer Körper verkrampft sich.

Er grinst frech und ich verspüre den plötzlichen Drang, es ihm aus dem Gesicht zu wischen.

Scheiß drauf. Ich kann hier nicht die ganze Nacht nervös herumsitzen.

Ich trinke das Bier in einem Zug aus und stehe auf. „Teagan, könntest du auf deinen Onkel Connor aufpassen, während ich kurz unterwegs bin?"

„Sie ist viel zu cool für dich, Dad", sagt sie gedehnt. „Sie hat kein Interesse."

Erschrocken sehe ich Connor an. Teagan weiß, dass zwischen Clodagh und mir etwas vor sich geht? Könnte meine Tochter scharfsinnig genug sein, um das zu erkennen?

Er blickt mich mit hochgezogener Augenbraue schweigend an.

Ich schlucke schwer, mein Herz hämmert in meiner Brust, während ich meine Tochter ansehe. Das ist genau die Katastrophe, die ich nicht heraufbeschwören wollte.

„Clodagh und ich sind nur ... Freunde", sage ich ihr vorsichtig und fühle mich beschissen, weil ich mein eigenes Kind anlüge. „Ich möchte, dass sie einen schönen Geburtstag hat."

Mein kleines Mädchen verdreht grinsend die Augen. „Ja, ja, wie auch immer. Sie ist trotzdem zu cool für dich."

Meine Brust zieht sich zusammen, als ich dastehe und die Stuhllehne umklammere. Ich werfe Connor einen kurzen panischen Blick zu.

Das Letzte, was ich will, ist, dass Teagan weiß, dass zwischen Clodagh und mir, der jungen Frau, die in unserem Haus wohnt und sich um meine Tochter kümmern soll, etwas läuft. Es fühlt sich wie ein Verrat ihr gegenüber an. Vielleicht will ich, dass sie mich nur als Vater sieht, nicht als Mann oder als Enttäuschung.

Ich betrachte ihr Gesicht und bin so aufgebracht wie schon lange nicht mehr. Soll ich es leugnen?

„Du musst ihr etwas schenken", sagt Teagan.

„Was?"

„Mensch, Dad, du hast echt keinen Plan." Sie verdreht wieder übertrieben verzweifelt die Augen. „Sie hat Geburtstag."

O Gott. Es scheint sie nicht sonderlich zu stören.

Connor grinst mich an. „Tiffany hat heute Abend lange auf."

Mein Gesicht verzieht sich zu einem unbeholfenen Lächeln, als ich ihm in die Augen schaue. Er blickt mich daraufhin ermutigend an.

„Okay." Ich nicke knapp und konzentriere mich auf Teagan. „Bis später."

„Viel Glück!", ruft sie mir nach, als ich gehe. „Du wirst es brauchen."

Neunzig Minuten später betrete ich zum ersten Mal seit Jahren einen Irish Pub in Queens und bin sofort wie betäubt.

The Auld Dog – das weckt unangenehme Erinnerungen an O'Shea's, den Pub, in dem ich vor Harlows Tod einen Streit hatte. Der erste Pub, den ich je besaß. Der Pub, mit dem mein Geschäft begann. Es ist, als würde ich eine Zeitkapsel öffnen – all die Anblicke, Gerüche und Geräusche bringen mich zurück in diese schreckliche Nacht.

Der Geruch von schalem Bier hängt schwer in der Luft. Betrunkenes Gelächter übertönt die irische Band in der Ecke. Ein alter Mann stolpert nach vorne und versucht, ungeschickt einen Jig zu imitieren, während seine Kumpels ihn anfeuern. Er taumelt und stürzt dann gegen einen Tisch in der Nähe und stößt ein Biertablett um, das beim Aufprall zerbricht. Es scheint niemanden zu kümmern.

„Verdammt ...", ruft ein anderer alter Mann neben mir. „Bist du der junge Joe Byrne?"

O Gott. Buchstäblich Gott. Er trägt einen Priesterkragen.

„Nein, Pater“, antworte ich knapp.

Ich schüttle ungläubig den Kopf. Es ist schon eine Weile her, dass ich in solch einem Pub war.

„Es ist Clodaghs Chef aus Manhattan.“

Ich werfe einen Blick hinter mich und sehe, wie eine der Damen vom Yoga frech meinen Rücken berührt. Ich schenke ihr ein zurückhaltendes Lächeln, ehe ich den Raum absuche.

„Kommst du nochmal zum Yoga, Süßer?“

„Vielleicht“, murmle ich abwesend. Ich habe keine Zeit für so etwas. Ich bin nur aus einem Grund hier.

Und da ist sie.

Mir dreht sich der Magen um, sobald ich sie erblicke. Mein Herz rast und meine Handflächen fühlen sich feucht an. Es ist beängstigend.

Ich beobachte, wie sie den Arm eines Mannes ergreift, der mir vage bekannt vorkommt; einer der Fußballspieler. Eifersucht durchströmt mich, als er ihren unteren Rücken berührt. Er sagt etwas zu ihr, das urkomisch sein muss, denn sie wirft ihren Kopf zurück und schenkt ihm ihr breites Lächeln, das nur für mich bestimmt sein sollte.

Sie strahlt.

Sie ist glücklich.

Ich will sie von dem Kerl und allen anderen

wegziehen und sie ganz für mich haben.

Als würde sie meinen eindringlichen Blick spüren, dreht sie sich um.

Und ihr klappt der Mund auf.

28

Clodagh

Eisblaue Augen bohren sich mit unmissverständlicher Intensität in meine.

Alles und jeder um mich herum verblasst. Der Lärm im Pub löst sich in Nichts auf. Die Zeit steht still. Aidan spricht mit mir, aber ich höre nicht zu.

Ich starre Killian auf der anderen Seite des Pubs an, mein Herz schlägt mir bis zum Hals. Er trägt eine Baseballkappe und ein zwangloses blaues T-Shirt, aber nichts kann verbergen, wie umwerfend gut er aussieht.

Er nickt zur Begrüßung.

Mit ungleichmäßigem Atem beobachte ich, wie er sich durch die Menge der Trinkenden auf mich zubewegt. Bei jedem Schritt, den er macht, halten wir Blickkontakt, als wären wir miteinander verbunden.

Was zum Teufel macht er hier? Ich wusste heute Morgen, dass etwas nicht stimmte. Sein kühles, distanziertes Äußeres verbarg die

Verärgerung dahinter kaum. Ich habe nicht verstanden, warum.

Als er auf mich zugeht, wird mir klar, dass ich nie über diesen Mann hinwegkommen werde. Niemals werde ich darüber hinwegkommen, wie gut er aussieht oder wie ich mich bei ihm fühle. An meinem fünfundzwanzigsten Geburtstag lebe ich legal in New York. Ich hatte ein fantastisches Essen und bin umgeben von meiner besten Freundin und Menschen, die sich etwas aus mir machen. Ich habe in meinem Leben noch nie so viel gelacht.

Aber *nichts* kommt dem nahe, was ich in dem Moment fühle, als Killian Quinn auf mich zukommt.

Ich bin dem Untergang geweiht.

Und dann steht er direkt vor mir, zum Greifen nah. So nah, dass ich sein Eau de Cologne riechen kann und ich schwöre, ich spüre die Hitze, die von seinem Körper ausgeht.

„K-Killian?", stottere ich, als wäre er nur ein Hirngespinst von dem schlechten Wein im The Auld Dog.

„Clodagh."

Ist er wegen der Happy Hour hier?

„Dein verdammter Chef ist hier?", grummelt Aidan neben mir.

„Tut mir leid, Aidan." *Bitte verpiss dich.*

Ich gehe von Aidan weg und auf Killian zu.

„Was machst du hier?" Ich klinge atemlos,

als hätte ich Zigarrenrauch tief in meine Lungen inhaliert. Nervös streiche ich mir eine Haarsträhne hinters Ohr. Ich muss mich zusammenreißen, aber dass Killian in Queens vor mir steht, macht mich völlig fertig. „Habe ich vergessen, etwas im Haus zu erledigen?"

„Nein." Er sieht so unbehaglich aus, dass ich befürchte, er ist hier, um schlechte Nachrichten aus Irland zu überbringen, wie zum Beispiel, dass Granny Deirdre verstorben ist. „Es tut mir leid, dass ich dir vorhin nicht richtig zum Geburtstag gratuliert habe."

„Ach so." Mein Puls rast und ich lache wieder nervös, denn zu mehr bin ich nicht fähig. „Mach dir keine Gedanken."

Jemand schubst mich von hinten und Killian ergreift meinen Arm, um mich festzuhalten. Er zieht mich näher an sich und blickt mir über die Schulter.

Nun berührt sein Mund fast meine Stirn.

Ich blinzle zu ihm hoch, jegliche soziale Kompetenz ist verschwunden.

Er neigt seinen Kopf so, dass sich unsere Blicke treffen, und sagt dann in mein Ohr: „Ich habe ein Geschenk für dich."

„Für mich?", quietsche ich. „Das war doch nicht nötig."

„Ich gebe es dir und lasse dich dann in Ruhe." Er sieht sich in dem lauten Pub um, ehe er wieder meinem Blick begegnet. „Du scheinst dich gut zu amüsieren."

Er kramt mit einem merkwürdigen Gesichtsausdruck in seiner Hosentasche.

Bilde ich mir das nur ein oder ist er nervös?

Ich beobachte, wie er eine kleine, in tiffanyblaues Papier eingewickelte Schachtel herausholt.

„Hier bitte." Er reicht es mir. „Freu dich nicht zu sehr. Es ist nichts Besonderes."

Ich reiße das Papier mit fahrigen Fingern auf und schäme mich für meine zitternden Hände. Das muss eine Nebenwirkung des Weins sein.

„Killian", keuche ich und starre die silberne Kette mit dem grünen Herz an. Blut fließt in meine Wangen. „Sie ist … wunderschön."

Er zuckt wegwerfend mit den Schultern, doch seine Mundwinkel verziehen sich zu einem Lächeln.

„Sie passt zu deinen Augen!", ruft hinter mir jemand.

Ich drehe mich um und sehe die Frauen vom Yoga und Orla, die uns beobachten.

Ich ziehe die Augenbrauen nach oben und werfe Orla einen strengen Blick zu. „Habt ihr etwa unser Gespräch belauscht?"

Sie schnalzt mit der Zunge, um mir zu sagen, dass ich eine Idiotin bin. „Natürlich hören wir zu."

Ich stoße einen verärgerten Seufzer aus. „Haut ab", zische ich und scheuche sie weg, ehe ich mich wieder Killian zuwende.

Er lächelt, als er mir die Halskette aus

der Hand nimmt. „Sie haben recht. Sie passt wirklich zu deinen Augen. Jetzt dreh dich um, damit ich sie dir umlegen kann."

Ich drehe mich um und stelle Blickkontakt mit Orla und den Frauen her, die mich immer noch beobachten und mir zuzwinkern. Seine Hände sind an meinem Hals und schließen die Kette. Ich berühre das Herz und fahre beinahe aus der Haut, als ich seine Lippen an meinem Hals spüre. Ein köstlicher Schauer der Lust durchfährt mich.

Er dreht mich wieder zu sich um.

„Danke", presse ich hervor.

Die Band beginnt mit einer schlechten Interpretation eines Dropkick Murphys-Songs und der Pub johlt und jubelt.

Ich stoße ein mädchenhaftes Lachen aus und starre Killian an. Man kann mit Sicherheit sagen, dass er der einzige Milliardär ist, den der Pub je gesehen hat. Das ist weit entfernt von seinen schicken Hotelbars.

Möglicherweise bin ich ein wenig hysterisch.

Er fährt mit dem Daumen besitzergreifend über meine Unterlippe und sieht dabei gedankenverloren aus. Einen Moment lang denke ich, dass er hineinbeißen möchte. Unwillkürlich teilen sich meine Lippen und ich atme unregelmäßig aus, während mein Herz wie wild pocht.

Ich schlafe schon seit Wochen mit Killian.

Tagsüber ist er weiterhin mein mürrischer Chef, der Ein-Wort-Forderungen blafft und kryptische SMS schickt.

Jeden Abend kommt er in meine Wohnung und wir haben den unglaublichsten Sex. Wir treiben es wie geile Primaten. Ich bin total durchgevögelt.

Jeden Abend geht er wieder, um in seinem eigenen Bett zu schlafen. Er hat mir nie mehr als eine Affäre versprochen.

Doch hier, unter den Lichtern des Pubs und mit allen, die ich in Queens kenne als Zuschauer, fühlt sich dieser Augenblick nach etwas Bedeutsamerem an.

Ich möchte ihm eine Million Fragen stellen. Ich brauche eine Million Antworten.

Stattdessen frage ich: „Willst du ein Bier, Killian?“

Er öffnet den Mund, doch ehe er etwas erwidern kann, steht Liam vor uns. „Ich habe ein bisschen über dich recherchiert, Quinn.“

„Verschwinde, Liam“, fauche ich und blicke ihn finster an. Dieser verdammte Liam vermasselt mir die Tour. Ist das sein Ernst? Warum sind alle in dieser Bar so neugierig?

Liam wendet sich an mich und ignoriert Killian. „Tu nichts, was du bereuen könntest, Clodagh.“

Mein finsterer Blick bleibt auf Liam gerichtet. „Soll ich dir wieder Blumen in den Mund stopfen?“

„Du hast die Dame gehört", knurrt Killian hart und blickt Liam wütend an. „Hau ab."

Liam lässt sich nicht abschrecken. „Du bist gefährlich. Ich weiß verdammt nochmal alles über dich."

Ich starre ihn an. Ich habe keine Ahnung, was er da von sich gibt.

„Und jetzt hast du es auf unsere Clodagh abgesehen."

„*Unsere* Clodagh?", zische ich Liam an. Was für eine Frechheit. „In wessen Namen redest du eigentlich?"

Killians Arm legt sich fester um mich. „Sie ist nichts für dich", schnauzt er und seine Stimme wird zu einem leisen Knurren. Die Gespräche um uns herum verstummen, als sich die Blicke auf uns richten. „Sie gehört mir. Und jetzt geh mir aus den Augen, bevor ich etwas tue, das uns beiden leidtun wird."

Aber Liam ist noch nicht fertig. Mein Herz rutscht mir in die Hose, als er näherkommt.

Ich zupfe an Killians T-Shirt, um seine Aufmerksamkeit zu gewinnen, ehe die Situation außer Kontrolle gerät. Seine Muskeln spannen sich an und seine Brust hebt und senkt sich, als seine Wut überzukochen droht.

„Vergiss es bitte einfach", flehe ich und versuche, die Spannung zu lockern.

Zu meiner Erleichterung beschließt Liam, dass ich den Kampf doch nicht wert bin. Er bläht seine Brust auf, tritt jedoch zurück und sieht nicht sonderlich selbstsicher aus. Vielleicht weil Killian mindestens einen Kopf größer ist als er.

„Sag mir Bescheid, wenn du zur Vernunft kommst", schleudert er mir entgegen, ehe er davonmarschiert.

Daraufhin schnaube ich entrüstet.

„Ich meine es ernst, Clodagh", sagt Killian mit leiser Stimme und sein Blick ist auf mich gerichtet. Ich spüre ihn genau zwischen meinen Beinen. „Du gehörst mir." Die Intensität seiner Worte hängt in der Luft und überschattet jede Spur von Liams Ausbruch.

Ich verkneife mir ein albernes Lächeln.

Ehe ich etwas erwidern kann, treffen seine Lippen mit einer Heftigkeit auf meine, die mir den Atem raubt. Jeder Nerv in meinem Körper erwacht zum Leben, als ich plötzlich in den intensivsten Kuss meiner fünfundzwanzig Jahre auf Erden verwickelt werde, und das mitten im The Auld Dog.

Ich wache in einem Käfig auf.

Ein sexy Männerkäfig bestehend aus einem muskulösen Oberschenkel, der um meine Hüfte liegt und einem schweren Arm, der über meinen Bauch drapiert ist. Bartstoppeln kitzeln mein Schulterblatt, und eine warme Brust hebt und senkt sich an mir. Warmer

Atem liebkost meinen Hals und macht meine Nippel hart.

Gott, riecht der gut.

Er ist in meinem Bett eingeschlafen. Das Letzte, woran ich mich erinnere, ist, dass ich mit seinem heißen Körper verschmolzen bin und nackt in seinen Armen eingeschlafen bin.

Er murmelt etwas in der Nähe meines Halses.

„Was?“, frage ich leise und verwirrt.

„Teagans Tutu“, haucht er. „Rosa Tutu.“

„Äh, wie bitte?“

„Es ist am Buffet.“

Ich starre an die Decke und versuche, mir ein Kichern zu verkneifen. Ich erinnere mich, dass er letzte Nacht Kauderwelsch gesprochen hat; Killian redet im Schlaf, wie es scheint. Er hat letzte Nacht nur ein paar Bier getrunken, aber er muss wohl eiskalt weggepennt sein. Er bleibt nie über Nacht bei mir. Jedes Mal, wenn er meine Wohnungstür hinter sich schließt, werde ich an die ungewisse Natur unserer Beziehung erinnert; ich komme mir fast wie eine Prostituierte vor, wenn man bedenkt, dass er mich mit einer Kreditkarte ausstattet.

Ich neige meinen Kopf und versuche, mich nicht zu bewegen, doch das ist schwierig, wenn sein Gesicht in meiner Halsbeuge vergraben ist.

Die Uhr zeigt sechs Uhr an, also bin ich eine Stunde zu spät zur Arbeit. Er ist auch spät dran. Er hat gesagt, dass er nicht länger als bis fünf

Uhr schlafen kann, und hier liegt er, schnarcht und redet im Schlaf Unsinn.

Er ist also doch ein Mensch.

Ist es in Ordnung, seinem Chef zu sagen, dass man zu spät zur Arbeit kommt, weil er auf einem liegt?

Als ob er meine Gedanken spürt, spannt sich sein Schenkel um mich an und der Käfig wird kleiner. Er rührt sich, und ich spüre etwas Hartes an meinem Bein. Ist das …?

Ja, der steife Schwanz meines Chefs liegt an meinem Bein.

Hitze durchflutet meinen Körper, eine seltsame Kombination aus Erregung, Wärme, die von Killian ausgeht, der mich umhüllt, und Nervosität darüber, was er wohl sagen wird, wenn er aufwacht und feststellt, dass er bei mir geschlafen hat.

Ich neige meinen Kopf, um einen besseren Blick auf sein hübsches Gesicht zu bekommen. Er hat ein solch maskulines Profil. Die sexy Narbe, die sich durch seine dichte Augenbraue zieht, die kräftige Nase, sein starker Kiefer, sein üppiger Mund – der egal ob er finster dreinschaut oder lächelt gleichermaßen anziehend ist. Das ist die Formel für einen schönen Mann.

Seine blauen Augen sind unter dichten Wimpern verborgen und sein Mund steht leicht offen. Wenn er schläft, sieht er verletzlicher aus, als hätte sich sein hartes

Äußeres aufgelöst.

Ich kann ihn nun studieren, ohne die Gefühle in meinem Gesicht zu verstecken.

Traurigkeit überschwemmt mich. Ich weiß, dass das, was wir tun, nicht von Dauer sein wird; es ist eine Affäre, und sie wird vorbei sein, wenn ich dieses Stadthaus verlasse. Ich bin nicht naiv. Ich dachte, ich hätte das akzeptiert. Ich dachte, ich könnte im Moment leben. Das sage ich mir zumindest jeden Tag.

Dennoch kann ich nichts gegen den Schmerz in meiner Brust tun, wenn ich an unser Verfallsdatum denke.

Ich will dich nicht gehen lassen.

Wenn Killian und ich uns trennen, bleibt mir zumindest ein positiver Gedanke – ich weiß, dass ich mit einem Mann zum Orgasmus kommen *kann*. Zumindest, wenn er eine geschickte Zunge hat.

„Beobachtest du mich beim Schlafen?"

Ich versteife mich unter ihm. „Nein. Wie kommst du überhaupt darauf? Deine Augen sind geschlossen."

Seine Lippen verziehen sich zu einem Lächeln, als er langsam seine Augen öffnet. Als er sich rührt, drückt sein harter Schwanz fester gegen meinen Oberschenkel und weckt ihn vollständig aus dem Schlaf. „Ich spüre, dass du mich beobachtest."

„Aber nicht Stalker-mäßig", schnaufe ich und winde mich unter ihm. „Du weißt, dass du im Schlaf redest, oder?“

Ich beobachte ihn und warte auf eine Reaktion. Erleichterung durchströmt mich, als er nicht ausflippt, weil wir die ganze Nacht zusammen verbracht haben.

„Habe ich etwas Interessantes gesagt?“, fragt er mit schlaftrunkener Stimme.

„Irgendwas mit Teagans rosa Tutu.“

„Ah, das hört sich an, als wäre ich im letzten Jahrzehnt stecken geblieben. Teagan hat kein rosa Tutu mehr getragen, seit sie vier ist.“ Sein Mund streift sanft meinen Hals.

Ist ihm egal, dass er die Nacht in meinem Bett verbracht hat, während Teagan oben ist? Ich dachte, er hasst diese Vorstellung. Ich habe erwartet, dass er aus dem Bett springt, als wäre er beim Militär. Stattdessen stemmt er sich mit einem Grunzen langsam auf seine Unterarme.

„Es ist schon sechs Uhr“, krächze ich und warte darauf, dass er ausflippt. „Du hast verschlafen. Und ich komme zu spät zur Arbeit.“

„M-hm“, murmelt er in mein Ohr, sein Gesicht ganz nah an meinem. „Welche Ausrede wirst du deinem Chef erzählen?“

Haben kleine grüne Kobolde die Macht über Killian gewonnen?

„Ich habe keine Ahnung“, flüstere ich. „Er ist ein echter Mistkerl.“

Er lacht leise vor sich hin.

„Im Ernst, machst du dir keine Sorgen, dass

Teagan es herausfindet?“

Er seufzt und fährt sich mit einer Hand durch die wuscheligen Haare. „Sie weiß, dass etwas zwischen uns läuft. Sie schien nicht verärgert zu sein. Vielleicht mache ich mir zu viele Gedanken über die ganze Sache.“

Was?

Träume *ich* und rede im Schlaf? Ich lasse es gut sein, obwohl *ich* Angst davor habe, dass Teagan es herausfindet.

Killian gibt ein zufriedenes Gähnen von sich und verschränkt beide Hände hinter seinem Kopf. Er sieht aus, als hätte er es nicht eilig, zu gehen. Er lächelt mich an. „Wow.“

„Was wow?“ Ich wische mir den Mund ab, falls er von Speichel an meinem Kinn spricht.

„Deine Augen. Sie rauben mir immer den Atem. Ich kann mich an ihrer Farbe nicht sattsehen.“

O mein Gott, Ohnmachtsalarm. Schweig still, mein armes Herz. Ich unterdrücke ein Lachen. „Das liegt daran, dass ich eine Mutante bin. Ich kenne die Lehre nicht, aber grüne Augen sind anscheinend eine Mutation. Wusstest du, dass nur zwei Prozent der Menschen auf der Welt grüne Augen haben? Ich bin einzigartig.“

„Das bist du allerdings. Die sexyste Mutante, die ich je gesehen habe.“

Wenn die Kobolde schon die Kontrolle haben, kann ich genauso gut aus ihm herausholen, was ich kann. „Hey, ich habe eine Frage."

„Mm-hm", murmelt er träge.

„Was war dein erster Eindruck von mir, als wir uns im Hotel begegnet sind? Das habe ich mich immer gefragt."

Ich wappne mich.

„Ich war überrascht, dass eine schöne junge Frau mich um Rat in Sachen Unterwäsche gebeten hat." Er grinst, als würde er sich erinnern. „Dann hast du angefangen, in meinem Hotel Dinge kaputtzumachen und bist auf die Knie gegangen."

„Du warst sehr mürrisch", sage ich mit einem leichten Schmollmund.

Seine Augenbrauen heben sich. „Wie gesagt, du hast Sachen kaputtgemacht. Und du bist eine kleine Diebin. Was hast du außer Seife und Autos noch gestohlen?"

„Nichts! Außerdem sind die Sachen in Hotels Freiwild."

„Nur wenn du dort wohnst. Was du nicht getan hast." Er lacht leise. „Aber ich muss zugeben, dass ich seitdem ein paar Mal darüber nachgedacht habe, wie du diese Dessous und das Halsband trägst."

Oh. Mein Inneres schmilzt. „Dann ist es ja gut, dass ich sie gekauft habe."

Diese Vorstellung scheint ihm zu gefallen, denn seine Augen glühen vor Hitze. Er stützt sich auf seine Unterarme, um sein

Gewicht oben zu halten, und drückt meine Beine ungeduldig mit seinem Oberschenkel auseinander. „Scheiß auf mein morgendliches Meeting. Scheiß auf sie alle; sie können warten. Das hier nicht."

Ich spüre einen kleinen Schauer nervöser Aufregung. Er ist ein richtiger Mann. Er würde mich zerquetschen, wenn er sich fallen lassen würde.

„Trag nächstes Mal das Halsband", knurrt er, während seine Hand meinen Bauch hinunterwandert, bis er die empfindliche Stelle zwischen meinen Beinen findet.

Meine Zehen krümmen sich, als seine Finger meine Klitoris necken, und die Lust schießt in kleinen Wellen durch meinen Körper. „Ja, Sir", hauche ich und blicke ihm direkt in die Augen. „Was immer Sie wollen."

Das scheint ihn um den Verstand zu bringen. Seine Hand schließt sich um meinen Kiefer, während er in mich eindringt.

Ich verkrampfe mich ein wenig, ehe sich mein Körper im Rhythmus seiner Stöße entspannt.

Gott. *Dieser Mann fühlt sich so gut in mir an.* Meine Beine schlingen sich um seine Taille und meine Füße graben sich in seinen Hintern.

„Clodagh", stöhnt er und ich schwöre, es schwingt der Ansatz von Liebe in seiner Stimme und der Art, wie er mich ansieht, mit.

In diesem Moment verbindet uns ein

unsichtbares Band, das nur wir spüren können. Ich fühle mich warm, glücklich und zufrieden. Wäre ich ein Dichter, würde ich sagen, dass unsere Seelen sprechen.

Der Muskel in seinem Kiefer zuckt, als sein Blick auf meine Brüste fällt, die bei jedem Stoß wackeln; ich merke, dass er kurz davor ist. Er atmet schwerer, seine Konzentration lässt nach. Sein Gesicht verzieht sich, sein schöner Kiefer wird weich, und seine Augen ertrinken im Mangel an Kontrolle.

Mit einem heißen Knurren an meinem Hals explodiert er in mir.

Nein, Killian Quinn. Ich werde dich nicht aufgeben.

◆ ◆ ◆

„Was hast du vor, wenn Mrs. Dalton zurückkommt und ich dich nicht mehr brauche?“

Mein Lächeln erlischt. Nun ist er halb angezogen und wieder im Geschäftsmodus. Ein ungutes Gefühl steigt in meinem Magen auf. Ich weiß, dass er über den Job spricht, aber seine Worte fühlen sich persönlich an. Sie tun weh.

Ich steige langsam aus dem Bett und greife nach meinen Leggings. „Die Agentur hat vielleicht ein Paar für mich gefunden, das eine Au-pair braucht“, sage ich und hoffe, dass er den scharfen Unterton nicht hört. „Es sind nur drei Tage in der Woche, also werde ich mich an den anderen beiden Tagen darauf konzentrieren, einen Bestand aufzubauen, den ich verkaufen kann. Orla und ich werden versuchen, etwas Bezahlbares in Brooklyn zu finden. Natürlich nicht in der schicken Gegend. Wir schauen uns gerade das hübsche Viertel mit der großen polnischen und ungarischen Gemeinde an." Ich schweife ab. „Kennst du das?"

Aus irgendeinem Grund verärgert ihn das. „Ich kenne es." Er zieht sich das T-Shirt über den Kopf und sieht mich an. „Willst du überhaupt Au-pair sein?"

„Nicht wirklich. Aber nicht jeder liebt seinen Job, oder? Ich möchte in New York bleiben, also ist es ein Kompromiss."

„Ich arbeite an einer dauerhaften Lösung für dich."

Meine Hand erstarrt, als ich nach meinem Unterhemd greife. „Was?"

„Eine Green Card", sagt er, als würde er davon sprechen, mir einen Hot Dog von einem Straßenstand zu besorgen. „Nicht an das Hotel gebunden. Eine Green Card, die bedeutet, dass du überall arbeiten kannst, wo du willst, und so lange bleiben kannst, wie du willst." Er legt die Stirn in Falten, als würde er mit einem Kind schimpfen. „Und du solltest übrigens anfangen, die Yogakurse am Samstag zu berechnen."

Er sagt es so beiläufig.

Green Card. Als handelte es sich um eine Busfahrkarte oder so etwas, anstatt einer dauerhaften Aufenthaltsgenehmigung für die Staaten.

Mein Puls schießt in die Höhe.

Freu dich nicht zu früh.

„Wirklich?"

Er nickt. „Wirklich. Ich werde dir helfen, einen Geschäftsplan zu erstellen."

„Geschäftsplan?", krächze ich, denn anscheinend bin ich nun ein nutzloser Papagei.

Er schlüpft mit dem Fuß in einen Schuh. „Dazu, wie du das Schreinerhandwerk in New York nutzen kannst. Quinn & Wolfe hat ein Team, das kleinen Unternehmen hilft, auf die Beine zu kommen; wir bringen dich ins Gespräch. Ich kann dabei sein, wenn du mich brauchst."

Ich könnte mich tatsächlich einnässen, wenn er weiterredet. Oder weinen. Oder ohnmächtig werden.

All diese magischen Worte, die aus seinem Mund kommen. Er kann nicht einfach mit solchen Vorschlägen um sich werfen und erwarten, dass ich keinen Nervenzusammenbruch bekomme.

„Ich ..." Ich kämpfe gegen den Kloß in meinem Hals an, zu überwältigt, um irgendetwas zu verarbeiten. „Ich weiß nicht, was ich sagen soll. Danke."

„Schon in Ordnung", sagt er mürrisch, nun vollständig angezogen. Er streicht sein T-Shirt glatt. „Gut, ich gehe dann m..."

„Warum, Killian?", frage ich laut. Ich unterbreche ihn nie.

„Warum was?"

„Warum solltest du das für mich tun?"

„Weil ich es kann."

„Nicht, weil dir etwas an mir liegt." Meine Stimme ist kaum hörbar, aber ich muss nachhaken. Er muss mir etwas geben.

Er runzelt die Stirn. Die Muskeln in seinem Gesicht spannen sich sichtlich an. „Natürlich liegt mir etwas an dir."

„Ich weiß nicht, woran ich bei dir bin", sage ich, beschämt, heiße Tränen in meinen Augen zu spüren. „Ich bin fünfundzwanzig geworden, ich sollte mir die Hörner abstoßen. Ich weiß, dass es nur eine Affäre ist. Aber ..."

Aber was?

Er rückt näher und spricht, seine Stimme ist fast ein Knurren. „Du glaubst deinem irischen Idioten doch nicht etwa? Dass ich gefährlich bin?"

Meine Augen weiten sich. „Nein! Natürlich nicht. Und er ist nicht *mein* Idiot."

Er schaut mich lange an und mustert mein Gesicht. „Weißt du, was er gemeint hat?"

„Ich glaube, er hat nur Scheiße erzählt."

„Das hat er nicht." Sein Kiefer verhärtet sich,

während er die Arme verschränkt und mich überragt. „Du solltest ihn ernst nehmen."

„Was meinst du?", frage ich mit leiser Stimme, während mich ein Hauch von Angst durchströmt. Will Killian mir sagen, dass Mrs. Dalton auf dem Dachboden eingesperrt ist oder so etwas Morbides?

Er blickt mich noch eine lange Weile an und überlegt, ob er mir etwas sagen soll.

Ich beobachte, wie sein Adamsapfel heftig in seinem Hals wippt und schweige.

„Es ist meine Schuld, dass Harlow gestorben ist", sagt er schließlich mit heiserer Stimme. „Sie wurde bei einem Raubüberfall erschossen, der schief ging, weil ich ihr einen Verlobungsring im Wert von einer Viertelmillion Dollar geschenkt habe. Etwas, das sie gar nicht wollte." Seine Lippen verziehen sich zu einer wütenden Grimasse. „Sie wurde getötet, weil sie Diamanten und keine Sicherheitsleute hatte. Beides ist meine Schuld. Beides führte zu ihrem Tod."

„Oh, das wusste ... Das wusste ich nicht." Mist. Das ist ja furchtbar. Was zum Teufel soll ich sagen? Mir fällt nichts ein, als ich versuche, etwas Tröstliches zu sagen. Unbehagen macht sich in mir breit, während ich nach den richtigen Worten ringe und wünschte, ich wüsste, wie ich ihn aufmuntern könnte.

Ich strecke meine Finger aus, um ihm durch die Haare zu fahren, aber er verkrampft sich.

„Es ist nicht deine Schuld, Killian. Du darfst dir nicht die Schuld geben", versuche ich ihn zu beruhigen, aber es nützt nichts. Er steckt in seiner eigenen Spirale der Selbstvorwürfe fest.

Er grunzt als Antwort, als hätte er das Gespräch schon einmal geführt.

Mir fehlen die Worte. Nach einer langen Pause frage ich leise: „Hast du deshalb so viele Sicherheitsleute?"

Jetzt ergibt es einen Sinn.

„Ich hatte damals Sicherheitsleute, nicht viele, aber es hätte gereicht." Ihm schnürt es die Kehle zu. „Harlow und ich haben uns getrennt. Sie zog aus, und ihre neue Wohnung hatte keinen Sicherheitsdienst. Ich dachte, sie bräuchte keinen."

Er atmet tief ein und schüttelt den Kopf, wobei ihm ein düsteres Lachen entweicht. „Ich habe mich geirrt", sagt er matt. „So richtig. Das einzig Gute ist, dass Teagan bei Mom war."

Das bricht mir das Herz. Ich kann mir nicht vorstellen, wie es sich anfühlt, aber wenn der gequälte Blick in seinen Augen ein Hinweis darauf ist, möchte ich das nie erleben.

„Aber das macht dich nicht gefährlich. Es war nicht deine Schuld." Ich schüttle angewidert den Kopf. „Ich werde Liam den Hals umdrehen, weil er das zu dir gesagt hat."

Er zuckt leicht mit den Schultern. „Ein dummes Gerücht ging in Queens um. Ich war an diesem Abend in ihrer Wohnung und hatte einen heftigen Streit mit einem Typen, mit dem sie zusammen war. Die Leute sahen uns streiten und dachten, ich hätte etwas mit dem zu tun, was dann passierte. Das taucht ab und zu auf, meistens, wenn jemand versucht, Ärger zu machen."

Ich atme schwer aus, als ich den Ernst der Lage begreife.

„Nun weißt du es also." Seine Lippen verziehen sich zu einem schwachen Lächeln, aber es kann die Traurigkeit in seinen Augen nicht ganz verbergen.

„Es tut mir leid, Killian", sage ich und vergrabe mein Gesicht in seinem Hals. Ich schlinge meine Arme um ihn, wohl wissend, dass es weit mehr als eine Umarmung braucht, um seine Dämonen zu vertreiben.

„Bei dir fühle ich mich sicherer als bei jedem anderen auf der Welt", flüstere ich.

29

Clodagh

Eine Woche Später

Zum ersten Mal, seit ich in das Stadthaus eingezogen bin, arbeitet Killian von zu Hause aus. Er arbeitet sonst *nie* von zu Hause aus.

Ich bin misstrauisch. Behält er mich im Auge? Aber dafür hat er doch Kameras. Er hat versprochen, dass er das nicht tut, aber ich weiß nicht ...

Gelegentlich überrascht er mich über den Lautsprecher. Manchmal ist es ziemlich sexy, seinen tiefen, heiseren amerikanischen Dialekt durch die Lautsprecher pumpen zu hören. Eine schöne Ablenkung vom Bettenmachen.

Manchmal ist es das nicht.

Letzte Woche habe ich laut gepupst, und zwei Minuten später hat Killian über den Lautsprecher zu mir gesprochen. Seitdem zerbreche ich mir den Kopf darüber, ob er mich gehört hat oder nicht. Ich bin mir ziemlich sicher, dass Amerikaner nicht so oft pupsen wie die Iren. Mein Ex dachte, es sei ein Initiationsritus, vor mir zu pupsen.

Aber seit ich bei Killian eingezogen bin, habe ich nicht gehört, dass er einen fahren lassen hat.

Mein Handy klingelt heute zum millionsten Mal.

Killian: Wasser nachfüllen.

Fordernder Trottel. Ich laufe seinetwegen den ganzen Tag herum und habe ihm Kaffee, Tee, Mittagessen und Smoothies gebracht. Wenn er ein Freund wäre, würde ich ihm sagen, dass er sein Wasser selbst auffüllen soll. Aber das ist er nicht. Er ist mein arroganter Chef, mit dem ich eine lockere Affäre habe.

Und ich bin eine schwache Frau, weil es mich anmacht.

Jedes Mal, wenn ich in sein Büro komme, um seine letzte Forderung zu erfüllen, sieht er so mürrisch aus, dass er genauso gut „Bitte nicht stören" auf die Stirn tätowiert haben könnte. Ständig ist er am Telefon und schreit irgendeinen armen Schwachkopf an. Ich liebe meinen neuen amerikanischen Wortschatz.

Ich grinse vor mich hin. Vielleicht muss ich seinen Arbeitstag ein wenig auflockern.

Ja, Sir, simse ich zurück.

Ich eile in meine Wohnung und schlüpfe in die Dessous und das Halsband, in die ich mich vor Killians Augen im Hotel verknallt hatte, als wir uns das erste Mal begegnet sind. Ich sprühe mich mit Parfüm ein, putze mir die Zähne und frische mein Make-up auf.

Ein kurzer Blick in den Spiegel zeigt, dass ich gut aussehe. Keine verirrten Haare. Kein aufgeblähter Bauch.

Effizienz ist alles. Ich habe nur zwanzig Minuten Zeit, ehe ich zur Tür hinaus sein muss. Er hat mir die banalste Aufgabe überhaupt aufgetragen. Ich muss im Rathaus warten, um Papierkram zu erledigen, also kann ich nicht einmal zu Mittag essen. Was für ein Tyrann.

Ich gehe zurück nach oben, meine Absätze klappern auf dem Marmorboden. Ich hoffe *wirklich*, dass die Sicherheitsleute nicht durch die Kamera zusehen.

Ich bleibe vor seiner Tür stehen, richte meinen BH und klopfe dann. Es ist schwer vorherzusagen, wie das ablaufen wird. Er könnte toben und mich rauswerfen, weil ich ihn bei der Arbeit störe.

„Komm rein“, ruft er.

Ich trete mit dem Krug Wasser ein.

Er sitzt hinter seinem großen Schreibtisch und starrt stirnrunzelnd auf den Monitor. Zu meinem Glück bin ich außer Sichtweite, sodass niemand das in Dessous gekleidete Kinderhausmädchen sehen kann, das den Raum betreten hat, falls er ein Videogespräch führt.

Einen Moment lang blickt er nicht einmal auf. „JP, hör auf, dich im Kreis zu drehen." Er presst die Lippen fest aufeinander. Seine herrlichen, dichten dunklen Locken fallen ihm in die Stirn und ich widerstehe dem Drang, in Ohnmacht zu fallen.

Ich bin eine mächtige Verführerin.

„Ich habe einen Weg gefunden, den Bürgermeister zu umgeh… verdammt."

Allerdings verdammt.

Ich habe nun seine volle Aufmerksamkeit.

Sein Kiefer klappt bis auf den Boden. Knall. Bumm. Peng.

Sein Mund steht offen, während er mich von Kopf bis Fuß mit den Augen in sich aufnimmt.

Es ist möglich, dass ich das nicht richtig durchdacht habe. Er hatte schon immer etwas Einschüchterndes an sich, doch nun sieht er geradezu gefährlich aus.

Ich stolziere mit leichter Besorgnis nach vorne und versuche herauszufinden, ob er wütend, erregt oder ein bisschen von beidem ist.

„Killian?", sagt eine männliche Stimme, möglicherweise JP, aus dem Lautsprechersystem. „Ist da jemand, oder langweile ich dich?"

„Ja", sagt Killian mit leiser Stimme, die Augen auf mich gerichtet. Seine Hände krallen sich um die Tischkante.

„Ja, ich langweile dich?" JP klingt jetzt

richtig sauer. „Was zum Teufel schaust du an? Wir haben vierundzwanzig Stunden Zeit, um das zu klären, sonst ist das mit dem Kasino gelaufen."

Ich unterdrücke ein Lachen, stelle den Wasserkrug unschuldig auf seinem Schreibtisch ab und widerstehe dem Drang, mich zu JP zu beugen und ihm zuzuwinken. Das würde eine interessante Geschichte ergeben.

Killian starrt mich so grimmig an, dass ich mich wundere, dass ich noch nicht meiner Unterwäsche beraubt wurde.

„Alfred Marek hat uns einen Brief geschickt, der vom verdammten Bürgermeister persönlich unterschrieben wurde", schimpft JP, ohne von meiner Anwesenheit zu wissen. „Seinem Gesichtsausdruck nach zu urteilen, als er aus deinem Haus stürmte, glaube ich nicht, dass das eine leere Drohung ist. Das ist jetzt nicht mehr nur ein dummer kleiner lokaler Protest."

Hm. Anscheinend ist Alfred ein häufigerer Name, als ich dachte. Wie der Typ, aus dem Central Park, den ich ghosten musste.

Killian murmelt etwas von Kasino-Bauten. Ich weiß nicht, was; ich bin zu sehr darauf konzentriert, meine Pobacken zusammenzupressen und verführerisch auszusehen.

„Das ergibt keinen Sinn", bellt JP. „Hörst du

überhaupt zu?“

„Nein“, sagt Killian und starrt immer noch mich an, statt den Bildschirm. Brüste. Das ist es, woran er denkt.

Er tippt etwas auf der Tastatur. „Ich rufe dich nachher an.“

Da ich meine Pflicht erfüllt habe, ihm sein mit Zitrusfrüchten aufgegossenes Wasser zu bringen, wende ich mich zum Gehen.

„Warte“, knurrt er und winkt mich zu sich wie ein König seine Dienerin. „Komm her.“

Ich drehe mich zu ihm um.

„Tut mir leid, dass ich dein Gespräch unterbrochen habe“, sage ich und lächle ihn unschuldig an. Alles Lügen.

„Das kann warten.“ Er ergreift meine Hand und zieht mich zu sich, bis ich rittlings auf seinen Schoß sitze. Seine Fingerspitzen streifen über den Rand meiner Dessous und jagen mir einen Lustschauer über den Rücken. „Das ist eine schöne Überraschung, meine kleine Autodiebin.“

Sein Schwanz findet das auch. Er drückt gegen meinen Schritt wie ein harter, unbeweglicher Fels.

Ich schlinge meine Arme um seinen Hals und drücke meine Hüften an seine. Mein Plan ist, ihn ein paar Minuten lang heißzumachen und dann zu gehen. Als Rache dafür, dass ich neunzig Minuten vor dem Rathaus warten muss.

„Macht dir der Bürgermeister wegen des Vorfalls auf der Dinnerparty Ärger?“ Dieser Gedanke gefällt mir nicht. Wie konnte ich eine Fehde wegen eines Kasinos auslösen?

Sein Griff um meinen unteren Rücken wird fester. „Nur ein paar Problemchen mit dem Bau. Kein Grund zur Sorge. Eines der örtlichen Unternehmen protestiert gegen die Bauarbeiten.“

„Warum?“

Er zuckt mit den Schultern. „Sie wollen nicht, dass wir dort bauen.“

Ich denke an die Zeiten, in denen Orla und ich zum Abendessen nach Brooklyn sind oder am Brooklyn Bridge Park entlang spaziert sind und auf die hohen Finanztürme der Stadt gestarrt haben. „Ich kann das verstehen.“

„Was meinst du damit, du kannst das verstehen?“

„Stell dir vor, irgendein Großkotz würde The Auld Dog und Tonys Bagel-Laden plattmachen wollen. Die ganze Gegend würde durchdrehen.“

„Dieser Pub sieht aus, als hätte man ihn schon vor Jahren abreißen sollen. Die Toilette ist eine Gefahrenzone.“

Ich verdrehe die Augen. „Wem sagst du das? Ich habe diese Toiletten geputzt. Ich habe die schlimmste Seite der Menschheit gesehen. Wie auch immer.“ Ich stoße ihn mit dem Finger in die Brust. „Darum geht es doch gar nicht.“

Er hebt die Augenbraue. „Worum geht es

dann?“

„Weißt du, dass einige der älteren Männer dort nirgendwo anders hingehen können? Es ist der einzige Ort, an dem sie mit Menschen reden können. Wie Mr. McNearney – er ist fünfundsiebzig, seine Frau ist vor Jahren gestorben und er hat keine Familie mehr. Er geht jeden Tag dorthin, sogar an Weihnachten. Der Pub bleibt nur für ihn und ein paar andere geöffnet, und sie machen einen kleinen Braten für sie. Gemeinschaft ist so wichtig, weißt du?“

Killian starrt mich lange Zeit aufmerksam an und ich frage mich, ob ich mir Lippenstift auf die Wange geschmiert habe oder etwas Peinliches.

„Würdest *du* neben einem Kasino wohnen wollen?“, frage ich ihn.

Er antwortet mir nicht.

Meine Finger schließen sich fest um seine kräftige Kieferpartie. „Ist alles in Ordnung?“

Seine Antwort ist ein langsames Nicken.

Sein Blick fällt nach unten und ein gequältes Stöhnen entringt sich seiner Kehle. „Wir haben keine Zeit für so etwas.“

„Ich weiß“, schnaufe ich. „Ich gehe jetzt zum Rathaus.“

„Das tust du nicht. Du machst einen Hubschrauberflug über Manhattan.“

„Wie bitte?“

„Ich habe deine Bucket List gefunden.“

„O mein Gott! Wie?“

„Das war ziemlich einfach, wenn man bedenkt, dass du einen Zettel mit der großen Überschrift ‚Clodaghs New Yorker Bucket List' auf dem Tisch in der Küche liegen gelassen hast."

„Dann muss ich also nicht in der Schlange warten?"

Er lacht leise. „Nö. Das war ein Trick."

Ich stoße einen lauten Schrei aus und wackle mit den Beinen. „Du weißt, dass man das als ziemlich romantisch bezeichnen könnte, oder?"

„Beruhige dich", murrt er. „Für mich ist das nur ein Arbeitsweg."

Wie auch immer. Ich fliege über das Empire State Building.

Während ich mich über meinen Hubschrauberflug freue (Granny Deirdre wird toben), öffnet Killian meinen BH und schnappt sich meine Brustwarze.

Brüste.

Was haben Kerle nur mit Brüsten?

Ich glaube, sie wollen, was sie nicht haben.

Ich denke an mein erstes Gespräch mit Marcus zurück, bei dem ich mir Sorgen machte, dass ein reicher alter Milliardär an meinen Brüsten nuckeln könnte.

Ha. Schon komisch, wie sich die Dinge so entwickeln.

„Ohne Scheiß, Orla, wir waren so nah an der Spitze des Empire State Buildings, dass ich dachte, sie würde uns aufspießen!"

Lebhaft. Nur so kann ich beschreiben, wie ich die Fifth Avenue zum Stadthaus hinunterwandere. Nach meiner Erfahrung von New York aus der Vogelperspektive bin ich ganz schön aufgeregt.

Nun bin ich allein und rede mit Orla. Killian musste wieder ins Büro.

„Ich bin so neidisch", stöhnt sie durch die Leitung.

„Und wir sind an diesem riesigen Wohnkomplex vorbeigekommen. Wir wollten doch immer wissen, wie es da drinnen aussieht. Nun, jetzt weiß ich es! Ich habe ein paar Fotos für dich gemacht. Ich schicke sie dir rüber. Killian hat gesagt, dass ihm dort ein paar Wohnungen gehören."

„Nächstes Mal nimmst du mich mit, verdammt noch mal."

„Das werde ich. Ich wusste nicht mal, dass wir das heute machen." Jetzt weiß ich, warum er von zu Hause aus gearbeitet hat – um mich zu überraschen.

„Hat er noch etwas über die Green Card gesagt?"

„Nein. Ich will ihn nicht unter Druck setzen. Er hat es so beiläufig gesagt, als wäre es keine große Sache." Ich atme aus, als ich Killians

Haus erreiche. „Ich weiß es einfach nicht. Es bedeutet, dass er die ganze Macht hat. Was ist schlimmer? Killian, der über mein Schicksal entscheidet, oder eine beliebige Au-pair-Agentur? Es fühlt sich komisch an, jetzt, wo ich mit ihm schlafe." Ich halte einen Moment inne. „Vielleicht sollte ich den Kindermädchen-Job annehmen."

„Schwachsinn. Da spricht dein katholisches Schuldgefühl. Wenn dir ein Milliardär eine Green Card schenken will, nimmst du sie."

Jemand räuspert sich hinter mir.

Ich halte das Handy immer noch in der Hand, als ich mich umdrehe und in vertraute hellblaue Augen blicke. Ich brauche einen Moment, um mich zu erinnern ... Das letzte Mal habe ich ihn an jenem Tag im Central Park gesehen.

Der Typ, mit dem ich ausgehen sollte. Alfred.

Er steht da und beobachtet mich mit einem Grinsen, die Hände in den Hosentaschen. Mein übersinnlicher weiblicher Verstand wird aktiv.

Wie stehen die Chancen, dass er hier zufällig vorbeikommt?

„Orla, ich muss aufhören. Hier ist jemand, den ich kenne."

Mein Puls beschleunigt sich, als er mich anlächelt und darauf wartet, dass ich aufhöre zu telefonieren. Im Nachhinein betrachtet, hätte ich Orla am Telefon behalten sollen.

Entspann dich, Clodagh, du machst dich lächerlich. Das ist die *Fifth Avenue.*

Er lächelt. „Schön, dich hier zu sehen."

Ich schlucke und schenke ihm ein knappes Lächeln als Antwort. „Hallo. Wie geht es dir?"

„Super."

Eine unangenehme Stille macht sich breit.

„Äh, was machst du hier in der Gegend?", frage ich schließlich.

Er deutet die Treppe hinauf. „Hier wohnst du doch, oder? Ich dachte mir, ich komme mal vorbei und sehe, wie es dir geht."

Was zum Teufel? Wer macht denn so was?

Mein übersinnlicher Verstand arbeitet nun auf Hochtouren. Ich steige eine weitere Stufe zum Stadthaus hinauf, mein Herz hämmert. „Das ist nicht cool. Wie hast du herausgefunden, wo ich wohne?"

Ich denke über unsere SMS-Unterhaltungen nach. Ich habe ihm gesagt, dass ich für Killian arbeite.

„Was ist los?", fragt er mit einem irritierten Unterton. „Du schienst interessiert zu sein. Woher der Sinneswandel?" Er nimmt eine Stufe der Treppe zum Stadthaus. Zu nah, du Trottel. „Willst du mich nicht reinlassen?"

„Nein." Angst kriecht mir in den Nacken. Dieser Typ ist verrückt. Es ist Zeit, dieses Gespräch zu beenden. „Ich bin nicht interessiert. Ich bin mit jemandem zusammen. Und es ist echt unheimlich, dass du einfach zu mir nach Hause kommst."

Gehe ich ins Haus oder renne ich wie wild die Straße hinunter?

Er weiß, dass ich hier wohne, und ich bin mir nicht sicher, ob ich schneller laufen kann als er.

Außerdem kann ich jederzeit den Panikknopf drücken, wenn ich im Haus bin.

Mein Herz hämmert, als ich schnell zum Netzhautscanner an der Tür gehe.

In der Spiegelung erkenne ich direkt hinter mir sein Gesicht.

Mein Gott, das passiert wirklich. Ich werde auf jemandes Dachboden enden.

Die Tür surrt auf und ich stürze darauf zu.

30

Killian

Nun verstehe ich, was eine „rosarote Brille“ ist. Ich habe New York schon hundertmal aus einem Hubschrauber gesehen, aber nicht mit Clodaghs Augen. Ihre Freudenschreie waren so ablenkend, dass ich Angst hatte, wir würden in einen der Wolkenkratzer krachen.

So aufgeregt habe ich niemanden mehr gesehen, seit Teagan den kleinen Popstar getroffen hat.

Ich freue mich darauf, weitere Punkte auf ihrer Bucket List wahr werden zu lassen. Ich möchte, dass sie all die Erfahrungen macht, von denen sie geträumt hat. Und ich möchte zumindest bei einigen davon dabei sein. Außer bei der *Sex and the City* Tour.

„Was lächelst du denn so?“, unterbricht Connor meine Gedanken.

Ich richte meinen Blick von den Wolkenkratzern vor dem Fenster des Sitzungssaals auf Connor und hebe eine

Augenbraue. Ich bin nun wieder im Büro und habe eine Besprechung am späten Nachmittag. „Darf ich nicht lächeln?"

„Es ist schon ein bisschen komisch, wenn wir darüber reden, dass der Bürgermeister dich wegen einer angeblichen körperlichen Auseinandersetzung verklagt. Vor allem, wenn du derjenige bist, der lächelt, Killian."

Ich verdrehe angewidert die Augen. „Es war ein leichtes Handgemenge. Ich habe bei Red Sox-Spielen schon Schlimmeres gesehen."

„Tja, nun, er ist sauer und er will etwas gegen dich in der Hand haben", knirscht JP über die Videoverbindung. „Und unsere Anmeldegebühr beim Staat droht wegen dieser Sache von einer auf zwei Millionen zu steigen."

„Er soll zur Hölle fah…" Der schrille Ton meines Handys schneidet mir wie ein Messer in die Brust. Mein Gott!

Code Red. Das Geräusch, das ich nur bei einem Übungstest zu hören erwarte.

Ich schnappe mein Handy vom Tisch, als Connor mich alarmiert ansieht. „Ja?", frage ich scharf.

„Sir", sagt Angus, einer aus dem Sicherheitsteam, am anderen Ende der Leitung. „Ein Eindringling hat versucht, in das Haus einzubrechen. Die Polizei wurde benachrichtigt. Er hat versucht, hinter Clodagh reinzukommen."

Ich erstarre augenblicklich. „Geht es ihr

gut?“

„Ja, Sir. Sie ist die Treppe hinuntergestürzt, aber es geht ihr gut. Ihr Handgelenk ist geschwollen, deshalb sind wir auf dem Weg ins Krankenhaus, um zu prüfen, ob es gebrochen oder verstaucht ist. Das Grundstück wurde überprüft und ist weiterhin sicher. Alles ist in Ordnung.“

„Nichts ist verdammt nochmal in Ordnung!“, brülle ich. Das kann doch nicht schon wieder passieren. „Wo ist sie?“

„Mount Sinai Krankenhaus in der 5th. Sie wollte nicht gehen, aber wir haben darauf bestanden. Sie sprach immer wieder von so einem Magier, hmm, einer Magiershow, zu der sie heute Abend gehen will.“

„Magic Mike“. Ich seufze erleichtert auf. Wenn sie sich mit dem Sicherheitsteam wegen dem streitet, was als Nächstes auf ihrer Bucket List steht, kann sie nicht schwer verletzt sein.

„Wer ist der Typ?“, frage ich in einem leiseren, ruhigeren Ton. „Was wollte er?“

Im Laufe der Jahre haben ein paar Verrückte versucht, in mein Stadthaus einzubrechen.

„Der Typ heißt Alfred Marek. Sam sagte, dass er mit der Familie in Verbindung steht, die Ärger mit Ihrem Kasino in Brooklyn macht.“

Jedes Haar auf meinem Körper steht mir zu Berge und ich bin sofort auf den Beinen.

„Killian?“, fragt Connor und Sorgenfalten erscheinen auf seiner Stirn.

„Ein Typ in den Zwanzigern?“, blaffe ich ins Handy.

„Ganz recht, Sir.“

Mein Kiefer verkrampft sich vor Wut. „Wo ist Marek jetzt?“

„Er ist bei der Polizei und wird befragt. Es ist zweifelhaft, dass wir ihm etwas anlasten können werden. Wir waren da, bevor es eskalieren konnte.“

„Wir sehen uns im Krankenhaus. Sorge dafür, dass Clodagh Leute bei sich hat, bis ich da bin.“

Ich summe Mandy über die Sprechanlage an, mein Herz hämmert in meiner Brust. „Mandy, unten soll ein Wagen auf mich warten. Ich fahre ins Krankenhaus.“

Ich halte nicht einmal inne, um mich von Connor und JP zu verabschieden. Ich stehe auf und gehe zur Tür hinaus, das Lächeln ist mir so richtig vergangen.

Ich höre sie, ehe ich sie sehe. Meine Schritte beschleunigen sich. Sie lacht. Ihr ausgeprägter irischer Tonfall ist eine willkommene Abwechslung zu der erdrückenden Angst, die sich auf dem Weg zum Krankenhaus in mir aufgebaut hat. Er hallt durch den Krankenhausflur und führt mich zu dem Zimmer, in dem Clodagh liegt.

Clodagh hockt auf dem Bett, als ich den Raum betrete, und schwingt die Beine über die Seite hin und her. Sam und Angus lehnen an der Wand und unterhalten sich mit ihr.

Sie versteifen sich sofort, als sie mich sehen. Ich nicke den Jungs grüßend zu und wende mich an Clodagh.

„Geht es dir gut?“ Meine Stimme kommt heiser heraus.

„Ja“, sagt sie lässig. „Private Gesundheitsfürsorge ist der Wahnsinn, wie Teagan sagen würde. Das bedeutet gut. Ich fühle mich hier wie in einem Spa. Weißt du, sogar die Darmspülungen auf den Plakaten da draußen sehen verlockend aus. Vielleicht setze ich eine auf meine Bucket List.“ Sie lehnt sich im Bett zurück. „Übrigens, wusstest du, dass wir in der Abteilung für plastische Chirurgie sind? Deshalb sehen auch alle Patienten so gut aus.“

„Wirklich?“, murmle ich mit einem leichten Lächeln und stehe unbeholfen im Flur.

Ich habe einen Kloß im Hals, während ich darum kämpfe, meine Gefühle im Zaum zu halten. Ich habe Angst, dass ich sie nicht im Zaum halten kann, wenn ich noch nähertrete. Sie hat keine Ahnung, was in meinem Kopf vor sich geht. „Ich habe dich wieder im Stich gelassen. Ich habe versagt, dich zu beschützen.“

„Was? Nein! Der geht auf mich.“ Sie hört auf, mit den Beinen zu schwingen und sieht mich ein wenig verlegen an. „Tut mir leid, Killian."

Ich runzle verblüfft die Stirn. „Wofür zum Teufel entschuldigst du dich?"

„Ich habe gelogen, als ich sagte, dass mich keine Typen mehr entführen werden." Sie zuckt zusammen. „Ich ziehe *Durchgeknallte* an", sagt sie mit einer komischen, hohen Stimme.

Ich habe keine Ahnung, was das bedeutet. „Was?"

„*Verrückte*." Sie verdreht ihre Augen und grinst mich an. „Manchmal vergesse ich, dass du ein alter Mann bist. Teagan hat es mir beigebracht."

Ich schenke ihr im Gegenzug ein leichtes Lächeln.

Sie zieht verwirrt die Augenbrauen zusammen, während sie mich mustert. „Was ist los? Bist du sauer? Habe ich gegen die Sicherheitsregeln verstoßen oder so?"

Ich kneife mir in den Nasenrücken und lache beinahe verbittert über ihre Frage. Sie fragt, ob *ich* sauer auf *sie* bin? Ihr Handgelenk ist zerschrammt und geschwollen, und das ist meine Schuld; sie hatte Glück, dass ihr nichts Schlimmeres passiert ist. Ich bin das Schlimmste, was ihr hätte passieren können.

„Nein, Clodagh. Natürlich bin ich nicht sauer." Ich trete einen Schritt näher an sie heran. Ich möchte sie in meine Arme nehmen und küssen. „Das ist eine direkte Folge des Zusammenlebens mit mir. Es ist alles meine

Schuld, weil ich dich in diese Situation gebracht habe."

„Nein." Sie schüttelt den Kopf. „Das hast du nicht. Er hat mich vor ein paar Wochen gefragt, ob ich mit ihm ausgehe, und als ich aufgehört habe, mit ihm zu reden, hat er das nicht gut aufgenommen."

„Moment, was?" Meine Augen weiten sich. Verdammte Scheiße. „Er war der Typ, der dir SMS geschrieben hat? Der, den du an Teagans Geburtstag erwähnt hast?"

„Ja. Ich wollte mich mit ihm treffen, bis ..." Ihre Wangen erröten, als ihr Blick zu den Sicherheitsleuten wandert, die versuchen, so zu tun, als würden sie nicht mithören. Außer Connor weiß niemand von uns, und Teagan hat nur eine vage Vorstellung davon.

Sie wendet sich wieder mir zu und sieht nachdenklich aus. „Er stand auf der Straße, als ich heute Nachmittag zurückkam. Hat einfach gewartet. Du hättest sein Gesicht sehen sollen, als der Sicherheitstrupp wie aus dem Nichts auftauchte. Es war wie in einem Bond-Film."

Ich atme tief durch und mein Verstand rast vor Fragen. Was hatte der Mistkerl vor? „Die Jungs sagten, du wärst die Treppe hinuntergestürzt."

„Ich weiß nicht, wem ich die Schuld dafür geben soll. Vielleicht bin ich auch rückwärtsgefallen."

Ich schweige eine Minute lang und studiere

sie.

„Es scheint, dass er dich beschattet hat. Das Team hat es mir auf dem Weg hierher erklärt. Er wusste, dass du für mich arbeitest und hier wohnst." Mir wird schlecht, als ich das laut ausspreche. „Er hat dich benutzt, um sich Zugang zum Grundstück zu verschaffen."

Ihr Mund formt ein kleines O, und das Licht in ihren Augen verblasst leicht.

Ihr Handy piept neben ihr auf dem Bett. „Mann", murmelt sie und liest die SMS. „Ich habe es Orla erzählt, und Orla, die Petze, hat es meiner Mutter erzählt. Jetzt sprengt Granny Deirdre den Familien-Gruppenchat."

Sie hält ihr Handy hoch, damit ich es sehen kann.

„Lies es mir vor", sage ich leise, zu unruhig, um mich auf das Display zu konzentrieren.

„Sie sagt, New York ist voller Ganoven und mein Leben ist in Gefahr. Sie will, dass ich das erste Flugzeug nach Hause nehme", sagt sie und verdreht die Augen. „Das ist alles Orlas Schuld."

Ich starre sie an. „Klar."

„Mann, bist du mürrisch", murmelt sie leise vor sich hin. „Im Hubschrauber warst du lustig."

Ein Arzt erscheint in der Tür. Sobald er mich sieht, muss er genau hinsehen. „Mr. Quinn." Er blickt zwischen Clodagh und mir hin und her. „Ich bin hier, um mit Clodagh zu sprechen."

Ich nicke und bedeute ihm mit einer Geste, hereinzukommen.

Er geht lächelnd weiter. „Das Röntgenbild sieht gut aus. Sie haben ein paar kräftige Prellungen, aber keine Verstauchung. Schonen Sie Ihr Handgelenk für die nächste Woche oder so."

Grinsend streckt Clodagh ihre unverletzte Hand in die Luft. „Heißt das, ich darf gehen?"

„Das dürfen Sie in der Tat."

„Klasse." Sie hüpft vom Bett. „Teagan kommt bald von der Schule nach Hause. Ich muss Abendessen kochen. Ich hoffe, du erwartest von einer einhändigen Köchin kein Gourmetfestmahl."

Mein Magen zieht sich zusammen, während ich sie beobachte. „Du kochst nicht. Ich werde kochen."

„Hör auf." Sie lacht. „Das muss ich sehen."

Mein Kiefer verkrampft sich heftig. Sie ist so sorglos, so ahnungslos, wie anders das hätte ausgehen können. Die Naivität von jemandem, der noch nie eine große Tragödie erlebt hat. Ein erdrückendes Schuldgefühl bricht über mich herein, als wäre es eine physische Präsenz im Raum.

„Chef", sagt Sam von hinten. „Entschuldigung, wir hätten keinen Code Red ausrufen sollen. Das war es dieses Mal nicht."

Dieses Mal.

Ich habe sie wieder enttäuscht.

Damit ist nun Schluss. Ich weiß, was ich zu tun habe, auch wenn das bedeutet, dass mir das Herz zerbricht.

31

Clodagh

Ich folge dem Meer von Anzugträgern durch die Drehtüren in die elegante Lobby von Killians glitzerndem Wolkenkratzer. Es ist schon komisch, wie ich vergessen kann, dass Killian eine Hotel- und Kasinokette besitzt und nicht nur ein schnippischer, heißer Brummbär mit einem OnlyFans-Abo ist, das er gerne unter der Dusche benutzt.

Klick, klick, klick. Tapp, tapp, tapp. Ich könnte mir dieses Geräusch auf keinen Fall den ganzen Tag lang anhören. Es gibt nichts Schlimmeres als das unaufhörliche Klicken eines Stilettoabsatzes auf einer harten Oberfläche.

Wenn ich in einem Büro arbeiten müsste, würde ich in einem coolen, hundefreundlichen Hipster-Büro in einem umgebauten Lagerhaus arbeiten wollen, wo man Jeans tragen kann.

Alles hier ist extrem hochglänzend und erstrahlt im fiesen Gleißen eines

Unternehmens. Das Wasserspiel in der Mitte des Empfangsbereichs kreiert keine beruhigende und beschauliche Atmosphäre, wie es das sollte.

Ich husche in meinen quietschenden Sneakers in Richtung der modernen Rezeption und weiche geschäftigen Geschäftsleuten aus, die aus allen Richtungen kommen.

Hm. Sneakers. Ich habe nicht zuerst „Turnschuhe" gedacht. Ich bin jetzt sowas von amerikanisch.

„Hey." Plötzlich läuft mir ein Typ in den Weg, sodass ich anhalte. „Haben Sie ein paar von diesen kleinen Würstchen mit Lauchfüllung?"

„Ähm, wie bitte?"

„Würstchen", wiederholt er lauter. Gut, ich habe ihn also beim ersten Mal richtig verstanden. „Mit der Lauchfüllung."

Ich zerbreche mir den Kopf, ob ich eine Aufgabe übersehen habe. Bin ich deshalb heute hier? Killian will Würstchen mit Lauchfüllung? Das ist ein bisschen willkürlich, aber er hat sich in den letzten Tagen seltsam verhalten, also ist alles möglich.

„Nein, tut mir leid. Ich habe keine dabei."

„Okay, wann haben Sie welche?", schnauzt er.

„Hmm, sind die für Killian?"

Er sieht mich an, als wäre mir ein zusätzlicher Kopf gewachsen, und dann scheint ihm ein Licht aufzugehen.

„Oh. Sie sind nicht das Servierwagenmädchen."

„Nö. Bin ich nicht." Ich blicke ihn finster an. „Aber wenn ich ein Mädchen mit Würstchen sehe, werde ich sie auf jeden Fall zu Ihnen schicken."

Er grunzt und geht weiter, er hat keine Verwendung mehr für mich.

Was für ein Charmeur.

Ich erreiche den eleganten Empfangstresen, hinter dem ein Mann und eine Frau stehen. Er ist so groß, dass sie bestimmt Mikrofone benutzen müssen, um sich zu unterhalten.

„Hallo", sage ich zu der Dame am Empfang mit der gleichen Stimme, in der ich auch mit Siri spreche. „Ich möchte zu Killian."

Sie wirft mir einen amüsierten Blick zu. Die Menschen hier sind alle so einschüchternd. Ich fühle mich ein wenig unsicher. Zu meiner Verteidigung: Die Löcher in meiner Bluejeans sind Absicht. Ich trage das Hasen-T-Shirt, weil ich weiß, dass es ihn verrückt macht. Auf eine gute Art, denke ich.

Sie lacht mir ins Gesicht. „*Killian*? Welcher Killian?"

Auf dem großen LCD-Bildschirm hinter ihr läuft ein Video, in dem Killian und Connor interviewt werden. Es lenkt ab.

Im Gegenzug lächle ich süßlich. „Der Killian, dessen Name auf dem großen Schild vor dem Gebäude steht? Der Typ auf dem Breitbildschirm hinter Ihnen."

Sie sieht mein süßliches Lächeln und erwidert es mit ihrem eigenen zuckersüßen, passiv-aggressiven Lächeln. „Das glaube ich weniger, Schätzchen. Bitte gehen Sie."

„Nein, warten Sie", beginne ich, ehe sie den Sicherheitsdienst alarmieren kann. „Er hat mich gebeten zu kommen. Ich kann ihn anrufen, wenn Sie mir nicht glauben."

Ihre Augenbrauen verziehen sich zu einer strengen Linie, so als hätte ich ihr gesagt, dass draußen eine Gruppe kleiner Feen steht. „Und Sie sind?"

„Sein Mädchen auf Abruf", sage ich sarkastisch. „Clodagh Kelly."

Ihre Augen verengen sich. „Ich werde seine Empfangsdame anrufen und nachfragen, Mädchen auf Abruf."

Sie nimmt den Hörer ab und spricht mit jemandem. „Eine Clodagh Kelly ist hier, um Mr. Quinn zu sehen."

„Aha." Sie telefoniert und verengt dabei ihre Augen so sehr, dass ich überrascht bin, dass sie noch etwas sehen kann. „Aha." Sie macht eine Pause und starrt mich an. „Aha." Ihr Gesicht verzerrt sich in einer Reihe von Emotionen, die von Verwirrung … über Irritation … bis hin zu Neugier und schließlich… ist das *Eifersucht?* reichen.

Der Hörer wird aufgeknallt.

„Hier ist Ihr Besucherausweis." Sie reicht mir den Ausweis über den Tresen, am Boden zerstört, dass ich nach oben darf. „Nehmen Sie den Aufzug in den siebten Stock. Jemand wird Sie dort erwarten."

Kein Netzhautscan. Ich bin überrascht.

„Danke." Ich grinse sie an und widerstehe dem Drang, ihr mitzuteilen, dass ich es mit dem Chef treibe.

Ich nehme den Ausweis und mache mich auf den Weg zum Aufzug.

Meine Ohren knacken, während ich hochfahre. In den Aufzügen spielt schöne Musik und Surround-Videos von New York werden gezeigt, während ich fahre, so wie im Empire State Building.

Der Aufzug läutet, als die Türen aufgleiten. Zum Glück wartet jemand mit einem freundlicheren Gesicht auf mich.

„Hallo, Clodagh", sagt die Frau zu mir. „Ich bin Mandy."

„Hallo. Wir haben schon ein paar Mal miteinander telefoniert."

„Ich weiß. Ihren Akzent könnte ich nicht vergessen. Kommen Sie, ich bringe Sie in sein Büro."

Ich hoffe, das ist ein Kompliment.

Sie lächelt und bedeutet mir, ihr zu folgen. Ich werde nervös, als ich durch das belebte Großraumbüro gehe. Eine Million Gespräche werden geführt.

Ich fühle mich so fehl am Platz. Warum konnte Killian mich nicht anrufen? Das ist seltsam.

Ich sehe ein Gesicht, das ich kenne. „Hallo, Fremder“, rufe ich Marcus zu.

Er zuckt leicht zusammen und versucht dann, es mit einem Lächeln zu überspielen. „Clodagh“, sagt er und bleibt vor mir stehen. „Es ist schön, dich wiederzusehen.“

„Dich auch“, sage ich fröhlich. „Ich konnte mich nie richtig bedanken, dass du mir eine Chance gegeben hast.“

Er sieht mich müde an. Hat Killian ihm von uns erzählt? „Ich hoffe, du hast deine Zeit in New York bisher genossen?“

„Ja.“ Ich fange an, ihm von den Dingen auf meiner Bucket List zu erzählen, die ich gemacht habe, halte mich aber kurz, als ich merke, dass er vor mir weglaufen will. Er drückt sich praktisch weg, während wir reden.

„Das ist ... schön“, sagt er mit einem Nicken. „Sieh nur zu, dass du das Beste daraus machst.“

Er beginnt, durch den Flur zu traben. Das letzte Mal, als ich ihn sah, war er viel gelassener. Der Mann kann gar nicht schnell genug von mir wegkommen.

In der Tat sehr seltsam.

Ich folge Mandy zu den Büros, die um die Ecke des Großraumbüros liegen. Ich bin noch nie in Killians Büro gewesen.

Ich streiche mein T-Shirt glatt und richte

meine Haare, als Mandy an seine Bürotür klopft.

„Herein", ruft eine tiefe, heisere Stimme nach einer Minute.

Killian steht am Fenster und starrt hinaus, als ich eintrete, die Füße gespreizt und eine Handfläche auf das Glas gedrückt. Ein Hintern, der praktisch darum bettelt, von mir gedrückt zu werden.

Meine Knie beugen sich leicht nach innen und meine Wirbelsäule zittert. So sieht also ein physisches Schwärmen aus.

Reiß dich zusammen, Frau.

„Hi, Killian", sage ich fröhlich.

Er wendet nicht den Kopf, um mich anzusehen. Vielleicht ist es eine Voraussetzung für den Job, im Büro unnahbar und distanziert zu sein. Das würde zu all den Blockbustern passen, die ich gesehen habe.

Ich habe nicht einmal *„Film"* gedacht. Ich bin so amerikanisch.

Ohne einen Blick in meine Richtung zu werfen, fordert er mich auf, mich zu setzen.

Da er mich nicht einmal anschaut, nehme ich an, dass es der Platz auf der anderen Seite seines Schreibtisches ist.

Ich setze mich, schlage meine Beine übereinander und Killian dreht sich endlich um und begegnet meinem Blick. Sein Blick ist völlig ausdruckslos.

Ich rutsche auf meinem Sitz hin und her und

fühle mich ein wenig unwohl. Was ist nur los mit ihm? Ich fand, er war heute Morgen still und gestern Abend hat er mir gesagt, er wolle, dass ich gut schlafe, deshalb ist er nicht in meine Wohnung gekommen.

Ich weiß, dass dies sein Büro ist, aber es ist niemand hier, und er ist schließlich der Chef, daher bin ich überrascht, dass ich keinen Kuss bekommen habe. Oder idealerweise mehr, denn er sieht in seinem dunkelblauen Anzug einfach so gut aus.

Er nimmt hinter seinem großen Schreibtisch Platz. Vielleicht achtet er wirklich streng auf die Einhaltung seiner eigenen Firmenpolitik? Sein Blick wandert zu dem Hasen auf meinem T-Shirt und begegnet dann wieder meinem.

„Was ist los?", frage ich, wobei sich ein wenig Angst in meine Stimme schleicht, als sich meine weibliche Intuition meldet.

„Wie geht es deinem Handgelenk?"

„Es ist in Ordnung", antworte ich, nicht zum ersten Mal. Ich unterdrücke den Impuls, die Augen zu verdrehen, denn er will nett sein. Er hat mich gestern gefragt, ob ich zur *Therapie* gehen will, um über das, was mit Alfred passiert ist, hinwegzukommen. Er ist ein bisschen dramatisch.

„Hör zu." Er legt die Hände auf dem Tisch aneinander. „Es mag dir vielleicht gefühllos vorkommen, und dafür entschuldige ich mich.

Ich will dich nicht verletzen. Ich hielt es für besser, das außerhalb des Hauses zu tun."

„Was tun?", frage ich mit erstickter Stimme.

Er hält inne. „Clodagh, du wusstest, dass dies keine langfristige Vereinbarung sein würde. Das verstehst du doch, oder?"

Ich blinzle ihn verwirrt an. „Reden wir von uns ... oder von meinem Job?"

Er antwortet nicht. Ein kurzes Aufflackern von Emotionen zieht über sein Gesicht, ehe es zu einer strengen Maske wird.

Ich spüre, wie sich ein Loch in meinem Magen bildet. Ich spreche nicht. Ich warte darauf, dass die Bombe platzt: Job oder das mit uns?

„Nach allem, was passiert ist, wäre es am besten, wenn deine Zeit mit Teagan und mir früher endet als geplant."

Ich hätte genauso gut Messer einatmen können, so schmerzhaft sind seine Worte. Ich starre ihn bestürzt an. „D-du meinst, du feuerst mich?", bringe ich stammelnd heraus.

Er runzelt die Stirn. „Ich möchte nicht, dass du das so siehst. Du wirst noch bis zum letzten Tag deines Vertrags bezahlt werden. Die Umstände haben sich geändert, und es passt nicht mehr."

„Es passt nicht ...", wiederhole ich, während mir der Kopf schwirrt.

Ich verstehe das nicht. Er will mich loswerden?

Warum redet er so? Warum ist er so kryptisch?

Ich sitze ganz still und versuche, nicht zu weinen. Was hatte ich denn erwartet? Das war unvermeidlich. Das ist dumm, warum reagiere ich so? Ich habe nicht meine Periode. Es ist nur ein Job. Er wäre in ein paar Wochen zu Ende gegangen.

„Clodagh, ich mache mir etwas aus dir. Ich möchte sicherstellen, dass alles reibungslos für dich verläuft. Ich habe einige Wohnungen in Manhattan und Brooklyn für dich und Orla, aus denen ihr euch heute eine aussuchen könnt. Die Miete wird natürlich übernommen, und du bekommst garantiert eine Green Card."

Ich ziehe meinen Fuß unter mich und stütze mich auf mein Knie, während ich versuche, seinen Gesichtsausdruck zu lesen. Er ist distanziert und verschlossen.

Er will also, dass ich in einer Wohnung wohne, die er bezahlt, aber nicht für ihn arbeite? Ich komme mir vor wie eine Nutte.

Liegt das daran, dass er will, dass wir unsere Beziehung richtig führen, und er nicht glaubt, dass es funktioniert, wenn ich für ihn arbeite?

„Ich dachte, wir kommen gut damit klar, dass wir zusammenwohnen und sind", murmle ich und versuche zu lächeln. „Ich dachte nicht, dass das Probleme verursacht."

„Für mich schon." Seine Augen halten meine fest. „Wir haben einen Fehler gemacht.

Ich habe einen Fehler gemacht. Das ist alles meine Schuld. Ich hätte dich nie in eine kompromittierende Lage bringen dürfen."

„Ich bin nicht in einer kompromittierenden Lage", erwidere ich. Warum sagt er all diese Dinge? „Es ist alles gut."

Er wendet seinen Blick von mir ab und auf seine Hände hinunter. „Du brauchst dir keine Sorgen zu machen. Du bekommst eine Wohnung, ein Visum, irgendwann eine Green Card und das gleiche Taschengeld, das du hier hast, solange du es brauchst." Er lächelt traurig. „Du wirst wieder Zeit haben, deine Karriere als Schreinerin zu verfolgen."

Meine Augen weiten sich. Ich möchte aufstehen und ihn an den Schultern schütteln. „Ich bin nicht auf einen Sugar Daddy aus, Killian. Ist dir nicht klar, wie das klingt? Verdammt eklig."

Er sieht mich mit der gleichen Kälte an, wie das erste Mal, dass wir uns sahen. „So wird es nicht sein. Du und ich werden nicht mehr zusammen sein."

Mein Atem stockt in meinen Lungen, als mich die Realität seiner Worte trifft. „Machst du mit mir Schluss oder feuerst du mich?"

Er rutscht unruhig auf seinem Sitz hin und her und ich habe meine Antwort.

Stechende Tränen treten mir in die Augen. „O mein Gott. Beides."

Ich bin so ein Dummkopf. Er weiß nicht,

welche dummen Fantasien in meinem Kopf vor sich gehen. Wie blöd von mir, zu denken, dass wir eine gemeinsame Zukunft hätten, dass er mir gehören würde, dass aus uns mehr werden könnte.

Seit Wochen lebe ich in dieser blöden rosaroten Blase, während ich durch New York hüpfe, meine Bucket List abarbeite und von einer gemeinsamen Zukunft mit Killian träume.

„Ist es wegen Alfred?“, frage ich, wobei ich meine Stimme kaum noch gleichmäßig halten kann. „Ich habe aufgehört, ihm SMS zu schreiben, als das mit uns exklusiv wurde. Ich …“

„Nein“, unterbricht er mich scharf.

Ich schaue ihm in die Augen und suche nach der Wahrheit. Das alles ergibt keinen Sinn. In der letzten Woche hat er sich mir gegenüber geöffnet. Ich *weiß*, dass ich Gefühle in seinen Augen gesehen habe.

„Es geht darum, dass er mich konfrontiert hat, richtig? Du hast Angst, weil du denkst, dass du mich in Gefahr bringst. Das ist mir egal, Killian. Es geht mir gut. Ich …“

„Das ist es nicht, Clodagh.“

Sein Blick ist so eisig, dass ich ihm glaube. Ich sah, was mein Herz sehen wollte, weil ich dabei war, mich in ihn zu verlieben. Es wäre nicht das erste Mal.

„Es war also wirklich nur vorübergehend.“

Ich lache verbittert. „Der Sex war nur ein Nebeneffekt des Jobs."

„Ich habe dir nie eine gemeinsame Zukunft versprochen."

Ich starre ihn an und warte auf irgendeine, jegliche Art von Gefühl. Ich hoffe auf ein Zeichen, das zeigt, dass ihn das, was er tut, trifft. Wie kann er hier sitzen und mich so stoisch und distanziert beobachten, während mir das Herz bricht?

Sein Kiefer verkrampft sich; es ist das einzige Zeichen von Emotion in seinem kalten Gesicht. „Deine Nachfolgerin beginnt in drei Tagen."

Ich umklammere die Stuhlkante, um mich abzustützen. Es wäre weniger schmerzhaft gewesen, wenn er mir eine Ohrfeige gegeben hätte. Eine schreckliche Vision von einer anderen Frau in den Zwanzigern kommt mir in den Sinn. Die einzieht, morgens Killians Arme streift, mit ihm zu Abend isst und ein Bett teilt.

„Warum willst du das wirklich beenden, Killian?"

„Es ist für uns beide nicht gut. Ich kann dir nicht geben, was du brauchst. Was du verdienst. Du wirst mir noch danken."

„Klingt wie ein Spruch", höhne ich. Wie oft hat er das schon gesagt? Ich springe vom Stuhl. Ich kann keine weitere Minute dieser Qual ertragen. „Schön. Ich werde nach Hause gehen, meine Sachen packen und dir aus den Augen gehen. Du kannst dir dein Visum, deine Wohnung, dein Taschengeld und deine verdammten blauen Augen und deine …" Ich atme scharf ein. „Deine schicken Tartar-Restaurants in den Hintern schieben!", kreische ich. So will ich den amerikanischen Traum nicht.

Seine Augen schimmern, als er abrupt aufsteht. „Clodagh …"

„Steh nicht auf." Diesmal unterbreche ich ihn. Ich werfe ihm einen Blick zu, von dem ich hoffe, dass er genauso kalt ist wie seiner. „Ich finde selbst hinaus."

Mit einem Gefühl der Ohnmacht marschiere ich zur Tür und zeige ihm den Mittelfinger, ehe ich die Tür hinter mir zuschlage.

Mein Abgang wird von einem lauten Krachen auf der anderen Seite des Raumes begleitet, als würde eine Faust auf einen Schreibtisch schlagen.

Dank meinem Zombie-Zustand brauche ich etwa eine Stunde länger, um nach Hause zu kommen.

Nach Hause.

Wovon zum Teufel rede ich da? Killians Stadthaus in der Fifth Avenue ist nicht *mein* Zuhause.

Wie zum Teufel konnte das alles

schieflaufen? Wann habe ich Gefühle zugelassen? Ich habe das Verfallsdatum ignoriert, von dem ich wusste, dass wir es haben, und diese Affäre in meinem Kopf zu etwas Größerem aufgeblasen.

Killian hat sich nie wirklich etwas aus mir gemacht.

Sicher, er wollte, dass ich mich beschützt fühle. Er wollte mir New York zeigen. Er wollte meine Gesellschaft und meinen Körper, aber er wollte nicht mit *mir* zusammen sein.

Das war mein Fehler.

Ich stehe vor dem Netzhautscanner an der Tür des Stadthauses und frage mich, ob er meine Identität hinter dem Durcheinander in den roten Augen erkennen kann.

Sam holt mich in einer Stunde ab und bringt mich – in Anführungszeichen – „überall hin, wo ich hin will". Egal wohin, Hauptsache ich bin weg, wenn Killian von der Arbeit zurück ist.

Ich muss jetzt einige Entscheidungen treffen. So kurzfristig ist die einzige Option, die die zwielichtige Au-pair-Mannschaft hat, Kindermädchen für eine Familie mit Drillingen, einem Teenager, der gerade aus der Justizvollzugsanstalt kommt, und zwei Rottweilern. Ich würde nicht nur Kindermädchen spielen, sondern auch die Hunde betreuen.

Das klingt richtig schrecklich.

Gerade als ich Orla wieder anrufen will,

blinkt eine Nummer auf meinem Handy auf.

Scheiße. Teagan.

Soll ich rangehen? Wenn sie wiederkommt, bin ich schon weg.

„Hi, Teagan“, sage ich mit falscher Fröhlichkeit.

„Es ist Dads Schuld, stimmt’s?“, schreit sie.

Ich halte inne. Je weniger ich jetzt sage, desto besser. „Er hat beschlossen, dass es nicht das Beste ist.“

„Was? Ist etwas zwischen euch beiden passiert? Kein Scheiß! Hörst du?“

Ich lächle zum ersten Mal, seit ich Killians Büro betreten habe. Teagan bringt mich zum Lachen. Kein Scheiß bedeutet anscheinend, *sag mir die Wahrheit*. Wie zum Teufel kann Siri Teenager verstehen?

Ich kann ihr nicht die Wahrheit sagen, weil ich sie selbst nicht weiß. Killian war distanziert und zweideutig, also weiß ich nicht wirklich, warum er mich gefeuert hat.

Ich suche nach einer beeindruckenden Erklärung, damit ich mich besser fühle. Vielleicht hat er sich Sorgen um Teagan gemacht. Vielleicht fühlte er sich für Alfreds Verhalten verantwortlich oder ihm war unser Altersunterschied unangenehm. Alles, damit ich mich besser fühle. Aber in Wirklichkeit hat er sich wahrscheinlich einfach nur mit mir gelangweilt oder er hatte immer gewollt, dass es etwas Kurzfristiges ist.

„Ich habe keine Ahnung. Er hat gesagt …“ Was für einen Blödsinn hat er gesagt? „Es hat nicht gepasst. Es ist wahrscheinlich das Beste, wenn du mit deinem Vater redest.“

„Das ist so bescheuert“, jammert sie und mein Herz bricht noch ein bisschen mehr, weil es Teagan nicht egal ist.

„Woher hast du es so schnell erfahren?“, frage ich zögerlich. „Hat dein Vater es dir gesagt?“

„Ja.“ Ich höre, wie sie ins Handy seufzt. „Er hat mich angerufen. Er wollte sichergehen, dass ich es zuerst von ihm höre. Ich glaube, er hatte ein schlechtes Gewissen.“

„Es tut mir leid. Wir können aber trotzdem in Kontakt bleiben.“

Sie brummt unglücklich. „Was wirst du jetzt tun?“

Wenn ich das nur wüsste.

„Ich werde großartig klarkommen“, sage ich ihr, denn das ist der perfekte Moment, dieses nutzlose Wort anzuwenden.

Eine Woche Später

„Flug BA4703 nach Belfast ist jetzt am Gate 10 zum Einsteigen bereit“, verkündet die amerikanische Flugbegleiterin über die

Sprechanlage. „Bitte halten Sie Ihre Bordkarte und Ihren Reisepass bereit."

Im Wartebereich herrscht nun ein reges Treiben, als die Leute aufstehen, zum Gate eilen und mit Duty-Free-Tüten und Gepäck jonglieren.

Vor mir bildet sich eine Schlange. Die anderen Fluggäste sehen entspannt aus. Normal. Zu zufrieden, um abzureisen. Die Glücklichen fahren in den Urlaub.

Sie sehen nicht so aus, als würden sie ihr Herz in New York zurücklassen.

Äußerlich sitze ich da, starre ins Leere und esse nicht das Sandwich mit Ei und Käse, das ich in der Hand halte, weil ich seit einer Woche keinen Appetit mehr habe. Eine gefrorene Statue in diesem Meer aus Eile.

Innerlich ertrinke ich im Schmerz. Er verzehrt mich derart, dass ich meinen Körper in einen Zustand der Benommenheit versetzt habe, damit ich in der Öffentlichkeit nicht zusammenbreche.

Ich lasse Orla, die Quinns und all meine Hoffnungen auf ein neues Leben hier in New York zurück.

Und mein Herz.

Auf Wiedersehen, New York.

32

Clodagh

Einen Monat Später

„Sie haben für morgen Regen vorhergesagt."

Ich sehe zu Tommy auf, während er die Kommode, an der er gerade arbeitet, abschleift.

Seit drei Wochen helfe ich nun schon im Möbelhaus im Dorf aus. Es fühlt sich an wie drei Jahre.

„Das war es mit dem schönen Wetter", sagt er mit dem Bleistift zwischen den Zähnen, während er seine Arme in einer gleichmäßigen Bewegung hin und her bewegt und die Kurven schleift. Er hat immer einen Bleistift im Mund, wie ein Kind mit einem Schnuller. „Die Tage werden immer kürzer und dunkler. Das ist wahrscheinlich der letzte schöne Tag, den wir in diesem Jahr haben werden."

Verdammte Scheiße. Es ist Anfang August. Ich bin nicht hergekommen, um noch deprimierter zu werden, als ich es ohnehin schon bin.

Wir Iren lieben es, über das Wetter zu reden. Wir nehmen es sehr ernst.

„Klar, ein paar Tropfen Regen schaden uns nicht", sagt er und sieht nicht zu mir auf.

„Jo", murmle ich und fahre mit dem Lackieren des Schranks fort. Was soll ich auch sonst sagen?

Ich schaue aus dem Fenster auf den grauen Himmel, wo ein Sonnenstrahl zwischen den Wolken hervorlugt.

Hier arbeite ich hart, um mich abzulenken. Das ist schwierig, wenn wir nur ein paar Aufträge pro Tag bekommen, aber wenn ich mich manuell auspowere, kann ich nachts vielleicht schlafen. Mein einziges Ziel ist es, mich jeden Tag bis zur Gefühllosigkeit zu erschöpfen – nicht mehr denken, nicht mehr fühlen.

Nicht mehr realisieren, dass ich an demselben Ort feststecke wie vor vier Jahren, als ich bei meiner Mam und meiner Gran lebte und tagein tagaus dieselbe Routine hatte. Ich habe keine Inspiration, um neues Inventar zu schaffen. Selbst Yoga ist zu einem leeren Ritual ohne jede Zufriedenheit geworden.

Das einzige Sozialleben habe ich, wenn Mam mich zu Beerdigungen mitschleppt oder einer meiner Brüder mich bittet, ihn aus dem Pub abzuholen, weil er zu betrunken ist, um zu fahren.

Ich bin noch immer im Queens-Yoga-Chat. Manchmal, wenn ich die Nachrichten lese, vergesse ich für eine kurze Sekunde, wo ich bin, und werde zurück nach New York teleportiert.

Dann fällt es mir wieder ein und ich spüre einen stechenden Schmerz, ehe die Leere einsetzt.

Ich habe keine Tränen mehr. Er hat sie alle aufgezehrt.

Nun bin ich leer.

Ich stehe auf, gehe zum Möbelhaus, komme zurück, esse mit Mam und Granny Deirdre zu Abend, sehe fern und versuche, Killian nicht online zu stalken.

Manchmal denke ich, ich hätte sein Angebot annehmen sollen. Wenn meine Gefühle für Killian verblasst sind und er nur noch eine unterhaltsame Geschichte ist, werde ich mir in den Hintern treten, dass ich die Green Card nicht genommen habe.

Orla hat mich angefleht zu bleiben, bis sie ganz blau im Gesicht war, aber ich hätte nur bleiben können, wenn ich Killians Almosen angenommen hätte. Die letzten Tage in New York vergingen wie im Nebel. Killian und ich gingen in vierundzwanzig Stunden von hundert auf null. Eine emotionale Achterbahn – in der einen Minute schwebe ich in einem schicken Hubschrauber hoch über den Wolken, und in der nächsten stürze ich mit halsbrecherischer Geschwindigkeit auf die Erde zurück.

Ich habe ihn nicht mehr jeden Tag gesehen, sondern gar nicht mehr.

Ich habe ihm nicht einmal gesagt, dass ich New York verlassen werde. Was sollte das bringen? Nach dem Streit im Büro hat er sich nicht mehr gemeldet. Es war ihm egal.

Ich atme den vertrauten Geruch von Sägemehl und Holz ein, atme tief durch und sage mir, dass ich mich zusammenreißen muss.

Auch das wird vorübergehen.

Wir waren nur ein paar Wochen zusammen, um Himmels willen, und ich bin fünfundzwanzig. Die Welt liegt mir zu Füßen. Es gibt noch viele Fische und all das Zeug. Wenn ich in Granny Deirdres Alter bin, werde ich mich daran erinnern, dass es eine wirklich sexy Zeit in meinem Leben war, das ist alles.

Meine Fifth Avenue Affäre mit einem Milliardär, etwas, worüber man im Pub lachen kann.

Auch das wird vorübergehen. Doch egal, wie oft ich mir das am Tag sage, die dunkle Wolke verfolgt mich.

Die Glocke vorne im Laden läutet, um uns zu warnen, dass jemand im Laden ist. Normalerweise ist Mam vorne – ja, ich arbeite wieder mit meiner Mutter zusammen – aber sie hat gerade Pause.

„Ich geh schon", sage ich zu Tommy und

schlendere zum Eingang des Ladens.

Als ich mich der Frau an der Kasse nähere, wird mein Lächeln mit einem unzufriedenen Blick erwidert.

„Hallo, was kann ich für Sie tun?“, begrüße ich sie fröhlich. Ich hasse den Verkauf. Fast so sehr wie Putzen.

„Ich habe ein Problem mit dem Telefonbuch-Tisch, den ich hier gekauft habe“, sagt sie knapp. „Ich muss ihn zurückgeben.“

„Oh. Wo liegt das Problem?“

„Er ist zu groß für meinen Flur! Er passt nicht rein!“

Ich halte mein Lächeln aufrecht. Das ist wohl kaum unsere verdammte Schuld.

Wozu braucht sie überhaupt einen Telefonbuch-Tisch?

Wer braucht heutzutage noch ein Telefonbuch? Ich wusste gar nicht, dass es die noch gibt.

Ich seufze schwer. „Bringen Sie ihn vorbei.“

„Machen Sie keine Abholungen?“

„Nein“, sage ich mit zusammengebissenen Zähnen. „Nicht für Rückerstattungen, es sei denn, es stimmt etwas nicht damit. Stimmt etwas nicht damit?“

„Das ist sehr lästig.“ Sie ignoriert meine Frage. Ihre Augen verengen sich, während sie wartet, dass ich etwas sage. „McKinney’s Möbelhaus hat einen besseren Service. Von nun an werde ich meine Geschäfte dort machen.“

Verdammt, ich muss hier raus.

„Gern geschehen", murmle ich, als sie aus dem Laden stolziert. Launische alte Schachtel.

Ich schaue auf meine Uhr. 14:00 Uhr. Es ist morgens in New York. Ich kann nicht auf die Uhr schauen, ohne in New Yorker Zeit umzurechnen und darüber nachzudenken, was alle dort machen. Teagan. Orla.

Killian.

Orla hat in ein paar Stunden ihre Prüfung für den öffentlichen Dienst. Der erste Schritt, um eine New Yorker Polizistin zu werden. Es wird sehr langsam gehen, denn sie muss eine bestimmte Zeit im Land gewesen sein. Ich werde nie wieder schlafen, wenn sie am Ende auf den Straßen von New York patrouilliert.

Ich rufe sie an, um ihr viel Glück zu wünschen.

Sie nimmt sofort ab. „Hi!"

„Hey, ich wollte dir Glück für deine Prüfung heute Morgen wünschen."

„Mann." Ich höre sie schwer seufzen. „Ich habe seit der Schule keine Prüfung mehr gehabt. Und der erste Teil ist Mathe. Wer rechnet denn heutzutage noch manuell?"

Ich lächle und schiebe meine eigenen Sorgen für einen Moment beiseite. „Du schaffst das schon. Du hast den Praxistest gemacht."

„Wie geht es dir heute?"

„Super", lüge ich. „Ich bin mittlerweile ziemlich entschlossen, nach London zu gehen."

Seit ein paar Tagen spreche ich mit Orla darüber und sie ist noch schlimmer als Granny Deirdre geworden, denn sie schickt mir Artikel über die weniger schönen Seiten des Lebens in London. Eine Ratte, die in einem Restaurant gesichtet wurde. Leute, die Zimmer in der Größe von Schränken für horrende Summen vermieten. Wenig hilfreich.

Orla summt nachdenklich vor sich hin. „Ich will nicht, dass du New York aufgibst. Ohne dich ist es hier nicht das Gleiche."

Ich schließe die Augen und atme tief durch, ehe ich antworte. „Ich vermisse dich auch. Ich werde anfangen zu sparen und dich in ein paar Monaten besuchen kommen, versprochen."

„Weihnachten in New York?"

Ich hatte mich so auf mein erstes Weihnachten in New York gefreut. Schlittschuhlaufen am Rockefeller. Glühwein im Central Park. „Ich schaue mal nach, wie viel Flüge kosten."

„Übrigens, wir hatten gestern Abend Besuch im The Auld Dog."

„Ach ja?"

Sie hält inne. „Ich war mir nicht sicher, ob ich es dir sagen soll, weil es so aussieht, als würdest du über ihn hinwegkommen."

Mein Herz rast. Ich umklammere das Handy fester.

„Connor Quinn."

„Connor, der Bruder von Killian?"

„Ja."

„Was wollte er?"

„Ich bin mir nicht sicher. Er sagte, er sei in der Gegend." Sie macht eine Pause. „Er hat nach dir gefragt."

„Was genau hat er gefragt?", frage ich, während sich Hysterie in meine Stimme schleicht.

„Es war vage. Er hat mich erkannt und gegrüßt. Er wollte wissen, wo du jetzt wohnst und wie es dir geht. Ich sagte ihm, dass du darüber nachdenkst, nach London zu ziehen. Ehrlich gesagt, es wirkte wie Smalltalk. Tut mir leid, Clodagh."

Ich würde Orla am liebsten anschreien, dass sie mir jedes kleinste Detail ihres Austauschs erzählen soll. Was hat er gesagt? In welcher Stimmung war er? Wie war sein Tonfall?

Und warum? Warum war er dort?

„Vorsicht", scherze ich stattdessen. „Wahrscheinlich wollen sie das Pub mit einem Bulldozer abreißen, um dort ein Kasino zu bauen."

Sie lacht. „Nur über Onkel Seans Leiche."

Wir schweigen beide. Der Gedanke, dass Connor im Pub war, macht mich traurig.

„Hat er Killian erwähnt?"

„Nein. Er hat aber gesagt, dass Teagan traurig ist, dass du weg bist."

Ich lächle. Teagan und ich schreiben uns E-Mails, obwohl ich versuche, Killian nicht zu erwähnen. Manchmal erzählt sie von ihm – zum Beispiel, dass er sie etwas nicht machen lässt oder dass er schlechte Laune hat. Oberflächliches Zeug. Mit etwas Tiefergehendem könnte ich nicht umgehen.

Ich bin mir sicher, dass wir früher oder später den Kontakt verlieren werden, nun, da uns nichts mehr zusammenhält.

„Ich muss los, Orla", sage ich, als Mam den Laden betritt. „Viel Glück. Du wirst das großartig hinbekommen."

Ich lege auf.

„Wir müssen auf eine Beerdigung", teilt Mam mir fröhlich mit, während sie ihre Handtasche auf dem Tresen abstellt. „Dein Nachbar ist tot. Er ist letzte Nacht im Schlaf gestorben. Neunzig."

„O wunderbar", antworte ich sarkastisch. „Ich kann es kaum erwarten. Ich kenne den Mann nicht einmal gut; warum muss ich dahin?"

„Er ist dein Nachbar." Sie blickt mich finster an. „Außerdem wird sein Neffe da sein. Der Gutaussehende mit dem Gehfehler. Er ist single, weißt du."

Ach, Herrgott nochmal.

Meine Mutter versucht nun also, auf der Verabschiedung eines toten Mannes die Heiratsvermittlerin für mich zu spielen.

Ihr finsterer Blick verstärkt sich. „Allerdings wird er sich nicht für dich interessieren, wenn du diesen lächerlichen Ring durch die Nase trägst."

Scheißleben.

33

Killian

Clodagh hat recht, was die U-Bahn angeht. Manchmal ist sie einem klimatisierten Geländewagen überlegen.

Da wir seit zwanzig Minuten auf der Brooklyn Bridge feststecken, bin ich versucht, auszusteigen und den Rest des Weges zu Fuß zu gehen.

Als Kind bin ich immer gerne nach Brooklyn gefahren. Meine Mutter ist mit uns zum Coney Island Beach, der keine fünfundzwanzig Kilometer von unserem Zuhause in Queens entfernt war, aber das war unser Sommerurlaub. Als ich so alt war wie Teagan, war ich noch nie außerhalb des *Staates* gewesen. Teagan ist um die ganze Welt gereist.

Das war schon immer eine Angst von mir. Wenn man seinen Kindern Wohlstand bietet, und ich meine *extremen Wohlstand*, schenkt man ihnen dann wirklich ein besseres Leben? Teagan musste noch nie auf etwas hoffen oder sich etwas wünschen, auch wenn ich ihr Taschengeld begrenze.

Aber wo bleiben ihre Leidenschaft und ihr Wunsch, ihre Ziele zu erreichen, wenn nichts jemals ein Hindernis darstellt? Erziehe ich sie dazu, zu erwarten, dass alles leicht sein wird?

„Der Verkehr löst sich jetzt, Chef", sagt mein Fahrer mit einem Anflug von Erleichterung.

Ich gebe ein leises Brummen von mir und lehne mich in meinem Sitz zurück.

Gut. Ich hatte auf dieser Reise zu viel Zeit zum Nachdenken.

Mein Blick sinkt zu dem Bild auf meinem Handy. Teagan wäre schockiert, wenn sie wüsste, wie viel Zeit ich in den sozialen Medien verbringe; zweifellos würde sie mir Doppelmoral vorwerfen.

Nur bin ich nicht hier, um Likes, Verbindungen oder andere Möglichkeiten für Dopaminschübe zu bekommen. Alles, was ich fühle, ist Schmerz. Jeder Beitrag ist ein Stich ins Herz, eine Erinnerung daran, was ich verloren habe.

Weil ich meine Zeit damit verbringe, Bilder von einer rothaarigen irischen Frau mit wunderschönen grünen Augen anzublicken. Mit jedem Wisch wird meine Angst größer, dass das nächste zeigt, dass sie weitergezogen ist, dass ich ihr nichts mehr bedeute.

Ich habe in meinem Leben schon viel durchgemacht; Harlows Tod war das

Schlimmste. Jahre mit einem Versager als Vater, Morddrohungen, einem Stalker und dass in den Anfangsjahren mein Unternehmen fast untergegangen wäre.

Clodagh nicht in meinem Leben zu haben, steht auch ganz oben auf der Liste.

Aber wenigstens weiß ich, dass sie in Sicherheit ist, weit jenseits des Atlantiks, weit weg von mir.

Es ist schon Wochen her, dass sie das letzte Mal etwas in den sozialen Medien gepostet hat. Ich schaue mir hauptsächlich Bilder von ihr in New York an, die sie aufgenommen hat, als sie noch bei mir wohnte, und versuche mir einzureden, dass sie immer noch in der Nähe ist. Es ist die reinste Folter.

Ich liege mitten in der Nacht wach, während Wellen der Unruhe wie eine Sturmflut über mich hereinbrechen. Sie ist nun so verdammt weit weg von mir.

Aber der Abstand zwischen uns sorgt für ihre Sicherheit.

Die Brücke liegt hinter uns und so erreichen wir nach einer halbstündigen Fahrt endlich das Kasinogelände.

Connor und ich waren schon immer praktisch veranlagt. Deshalb setze ich mir jetzt einen Schutzhelm auf und spreche mit dem Vorarbeiter und den Arbeitern der Baufirma. Phase 1 – der Abriss des alten Motels – sollte nächste Woche abgeschlossen sein. Ich möchte das Team kennenlernen, um ihnen in die Augen schauen zu können und zu wissen, dass sie mir die Wahrheit sagen.

Mein Fahrer hält an, ich steige aus und werde sofort von einer Kakophonie aus Baugeräuschen empfangen.

Die Kräne, Bagger und ein halb abgerissenes Hotel machen die Baustelle zu einem Schandfleck. Aber in sechs Monaten wird die Skyline von Brooklyn um ein neues Gebäude reicher sein: ein elegantes Hotel und Kasino, das sich ästhetisch in die Umgebung einfügt. Ich war schon seit ein paar Monaten nicht mehr hier draußen.

Ich frage mich, ob Clodagh hier in Brooklyn leben wollte. Ich frage mich, ob es in der Nähe des Restaurants ist, in dem sie an ihrem Geburtstag war. Ständig frage ich mich etwas.

Ich sehe mich um. Clodagh würde die Gegend gefallen. Es ist eine eklektische Mischung aus Bürogebäuden, Brooklyner Stadthäusern, Cafés und Restaurants.

Irgendetwas – nennen wir es Wahnsinn, denn ich befinde mich auf einem Pfad der Selbstzerstörung – lässt mich zu dem Café neben dem Gelände wandern. Das Schild verrät mir, dass dort seit über fünfzig Jahren traditionelle polnische Küche serviert wird. Bei meinen früheren Besuchen hier habe ich es kaum bemerkt.

Mein Blick wandert zum Fenster.

Drinnen sind nur zwei Tische besetzt. An einem Tisch lacht ein junges Paar, während die Frau den Mann füttert. Ihr langes rotes Haar fällt in die Suppe, und sie zieht eine Grimasse.

Auf den Tischen stehen alte grüne Glasflaschen, in denen Kerzen stecken und deren Ränder von schmelzendem Wachs glänzen. Ich frage mich, ob das Grün des Glases denselben Farbton hat wie Clodaghs Augen.

Meine Brust zieht sich zusammen. Überall gibt es Erinnerungen an sie, oder vielleicht suche ich sie auch aktiv. Clodagh glaubt an diesen ganzen Nonsens wie Astrologie. Sie würde wahrscheinlich sagen, dass dies ein Zeichen ist.

„Wollen Sie reinkommen, Killian?“, sagt eine Stimme hinter mir.

Ich drehe mich um und sehe blassblaue, Augen, eingerahmt von Falten, die mich anschauen.

„Ich habe versucht anzurufen, aber Ihre Empfangsdame wollte mich nicht durchstellen“, sagt Marek Senior traurig. „Ich wollte mich entschuldigen.“

„Es ist ironisch, dass Sie sich bei mir entschuldigen“, erwidere ich.

„Es ist notwendig. Ich tue es im Namen meines Sohnes. Sie sollen wissen, dass er nichts Schlimmes getan hätte.“ Er hält inne und sieht gebrochen aus, und der Mann tut mir leid, weil auch ich Vater bin. „Im Grunde ist er ein anständiger Junge, er ist nur etwas unbeherrscht. Hoffentlich wird er nach der Verwarnung durch die Polizei ein bisschen vernünftiger."

„Schon gut", sage ich knapp, denn der Mann ist nicht für die Handlungen seines Sohnes verantwortlich. Genauso wenig wie ich für die meines Vaters verantwortlich war.

„Ich möchte gerne sagen, dass ich ihn besser erzogen habe", sagt er mit einer Schwere in der Stimme. „Ich habe versucht, ihm den richtigen Weg zu zeigen. Wenn man seinen Kindern kein gutes Vorbild ist, was zählt dann noch?" Er blickt auf das Restaurant. „Nichts von dem hier."

Ich folge seinem Blick und sehe mein Spiegelbild in der Glasscheibe. Bin ich ein gutes Vorbild für meine Tochter?

Der Rotschopf winkt Marek durch das Fenster zu. Er nickt grüßend. „Sie kommt hierher, seit sie ein Baby war, zusammen mit ihrer Mutter. Ich bin froh, dass sie mit einem anständigen Mann zusammen ist."

Sie sehen verliebt aus. Der Mann betet sie eindeutig an.

Ich wende mich an Marek. „Um dieses Grundstück gibt es schon seit ein paar Jahren einen Konflikt. Was hätten die Einheimischen hier gerne bauen lassen?"

„Ein Sportzentrum für die Kinder und ein Gemeindezentrum. Sie können hier nirgendwo günstig Sport treiben. Heutzutage kostet alles einen Arm und ein Bein, was?“

Ich schweige.

„Ich habe meinen Frieden mit dem gemacht, was passiert. Zu sehen, wie mein Sohn seine Wut nicht kontrollieren kann, war eine Art Aufrütteln. Vielleicht ist er doch noch nicht so weit, zu übernehmen.“ Er hält inne. „Können wir einen Waffenstillstand schließen, Killian?“

Ich nicke. „Ein Waffenstillstand klingt nach einem Plan.“

„Würden Sie mir dann die Ehre erweisen, Ihnen etwas authentische polnische Küche zu zeigen?“

Ich schaue zur Baustelle. Ich muss mich bald mit den Vorarbeitern treffen. „Klar. Ich habe zwanzig Minuten Zeit.“

Ich beobachte, wie die Leute kommen und gehen, während ich einen köstlichen Eintopf esse, an dessen Namen ich mich nicht erinnern kann. Wer hätte gedacht, dass geraspelter Kohl so lecker sein kann.

Es gibt eine Verbindung zu den Leuten, die ins Restaurant kommen. Marek kennt jeden, der hereinkommt, oder sie kennen sich gegenseitig.

Ich falte meine Serviette zusammen und lasse das Geld auf dem Tisch liegen, während er damit beschäftigt ist, einen anderen Kunden zu unterhalten.

Er blickt mich an, seine Augen sind warm

und freundlich, und ich hebe meine Hand zum Dank.

„Auf Wiedersehen, Alfred. Sie bekommen Ihr Gemeindezentrum."

Meine Worte verhallen ungehört, als ich gehe. Das ist auch gut so, denn ich will seine Reaktion nicht sehen. Es ist besser Gefühle nicht mit dem Geschäftlichen zu vermischen.

◆ ◆ ◆

„Ich hatte so das Gefühl, dass ich dich hier finden würde", sagt Connor.

Ich schaue zu ihm auf, wie er zum Grab schlendert. Ich wusste, dass er hier ist; ich habe gesehen, wie er sein Auto auf dem Parkplatz der Kapelle geparkt hat.

„Glaubst du, sie wird mir jemals verzeihen?", frage ich ihn.

„Harlow? Sie hätte dir niemals die Schuld dafür gegeben, Killian. Der Typ ist jahrelang in Häuser eingebrochen. Da gibt es nichts zu verzeihen." Er seufzt. „Aber ich verschwende meinen Atem damit, dir das schon wieder zu sagen."

„Bist du hier, um mir einen Vortrag über das Kasino zu halten?", frage ich mit hohler Stimme und starre Harlows Grabstein an.

„Nein, das ist JPs Aufgabe, nicht meine. Ich

bin hier, weil du aussiehst, als würdest du in einer Höhle leben. Du hast dich seit Wochen nicht rasiert und das letzte Mal hast du so ausgesehen, als Harlow gestorben ist."

„Mein Aussehen hat im Moment keine Priorität."

Wir schweigen einen Moment lang und tun so, als würden wir beten, weil Mom uns beigebracht hat, dass man das an einem Grab tut.

Connor unterbricht die Stille. „Ich war gestern Abend im The Auld Dog, dem Pub, in dem Clodagh gearbeitet hat."

„Wozu?"

„Ich habe nur kurz vorbeigeschaut." *So ein Quatsch*. „Sie zieht nach London. Fängt dort ein neues Leben an."

Ich schweige und lasse seine Worte auf mich wirken.

Ich stelle mir Clodagh in London vor, wie sie eine neue Bucket List erstellt. Neue Freunde kennenlernt. Neue Männer kennenlernt.

Ich bin mir nicht sicher, warum mir die Neuigkeit nicht gefällt. Ob sie in Irland oder England ist, macht keinen Unterschied. Ich habe keinen Anspruch auf sie und kann sie nicht daran hindern, nach vorne zu schauen.

Die Hauptsache ist, dass sie glücklich und in Sicherheit ist.

„Ich hätte gedacht, sie würde in Irland bleiben", sage ich schließlich.

„Clodagh wird nicht für den Rest ihres Lebens in einer Blase leben. Weißt du, dass die Kriminalitätsrate in London höher ist als in New York?“, sagt Connor und seine Stimme schwebt durch den stillen Friedhof. „Wahrscheinlich wird sie in einer rauen Gegend leben, denn die Mieten in London sind teuer, und sie ist in ihren Zwanzigern und hat nicht viel Geld. Sie wird ausgehen, sich amüsieren und wahrscheinlich allein mit dem Bus oder der U-Bahn nach Hause fahren, vielleicht nachdem sie ein paar Drinks zu viel hatte.“

„Warum zum Teufel erzählst du mir das alles?“

„Weil ich herauszufinden versuche, was nötig ist, damit du deine Probleme überwindest. Denn wenn du weiterhin so lebst und die Liebe auf Distanz hältst, was für ein Vorbild bist du dann deiner Tochter? Vertraue niemandem? Liebe niemanden?“

Ich schnaube. „Das ist für deine Verhältnisse sehr poetisch, Connor.“

„Genau. So verzweifelt bin ich, nach Wochen, zu dir durchzudringen. Jetzt beantworte mir die Frage. Was brauchst du, um deine Probleme zu überwinden?“

Seine Frage hängt in der Luft.

Mein Blick ruht auf Harlows Grab, eine Erinnerung daran, dass ich das Richtige tue. „Sie ist sicherer, wenn sie weg von mir ist.“

„Das bezweifle ich, nach dem, was ich gerade gesagt habe. Nach dem, was Sam und das Team mir erzählt haben, hat sie sich das Knie aufgeschürft und das Handgelenk geprellt. Sie ist Irin, sie ist hart im Nehmen. Lass sie entscheiden, was für sie sicher ist."

Er reicht mir zwei Stück Papier und ein Lächeln umspielt seine Lippen.

„Was ist das?", frage ich.

„Zwei Flugtickets nach Dublin. Es steht ein Hubschrauber bereit, der dich von Dublin nach Donegal bringt."

Ich mustere sie ungläubig. „Zwei?"

Er lächelt. „Teagan meinte, dass sie deine Komplizin geben wird."

34

Clodagh

Es stellte sich ärgerlicherweise heraus, dass Tommy recht hatte. Der Tag, an dem Orla ihre Prüfung hatte, war der letzte schöne Tag des Sommers.

Seitdem gießt es in Strömen. So lange am Stück hat es seit fünf Jahren nicht mehr geregnet und alle schimpfen darüber.

Und da fragen sich die Leute, warum jedes Jahr Tausende von Iren nach Australien und Amerika strömen.

Trotzdem hat mir das Scheißwetter den nötigen Antrieb gegeben, um mich auf meinen neuen Online-Kurs für Kleinunternehmen zu konzentrieren. Ich konnte mir einen super Rabatt ergattern. Er ist perfekt für Leute wie mich, die ihr eigenes Geschäft gründen möchten, denen es aber an Wissen und Selbstvertrauen fehlt.

Ein Blumenhändler und ein Klempner nehmen auch teil, und sie sind genauso verwirrt wie ich, wenn es um die Verwaltung geht. Ich will nicht lügen, es ist hart. Ich dachte, der Marketingaspekt würde mir Spaß machen, aber ich tue mich schwer damit, und von dem Steuerscheiß fange ich erst gar nicht an.

Ich bin entschlossen, es eines Tages noch einmal zu versuchen, aber dieses Mal lasse ich es langsam angehen, damit ich wirklich jeden Teil der Unternehmensführung verstehen kann.

Und heute ist mein letzter Arbeitstag im Möbelhaus. Morgen fliege ich nach London. Ich habe beschlossen, es zu versuchen. Meine Cousine Michelle lebt dort und ich kann bei ihr wohnen, bis ich einen Job gefunden habe, und meinen Kurs aus der Ferne fortsetzen.

New York scheint Ewigkeiten her zu sein.

„Clodagh, bring das nach vorne, ja?“, bittet mich Tommy und reicht mir den fertigen Hocker.

„Klar.“ Ich nehme ihn ihm ab und schlendere aus der Werkstatt in den Laden.

Mam steht am Fenster und schaut mit zwei Frauen aus dem Dorf nach draußen.

„Was macht ihr drei denn da?“

Draußen ist ein hochfrequentes Surren zu hören. Das Geräusch ist leise, aber es wird deutlich lauter.

„Da ist ein Hubschrauber. Es sieht so aus, als würde er gleich auf dem Dach der Schule landen. Wird er bei dem Regen landen können?“

„Na und? Es ist ja nicht so, dass hier nicht ab und zu Hubschrauber wären.“ Ich verdrehe die Augen und gehe zum Fenster. Man könnte meinen, es wären Außerirdische.

Ein schwarzer Hubschrauber schwebt in der Luft. Er verschwindet über dem Dach des Ladens.

„Die Show ist vorbei“, sage ich.

Fünf Minuten später ertönt draußen Geschrei.

Mam und ihre Freundinnen, die die ganze letzte Stunde geplaudert haben, laufen zum Fenster. Aus purer Langeweile folge ich ihnen.

Die Straße ist voller Menschen. Daran wäre nichts Ungewöhnliches, wenn das hier New York wäre. Aber für einen Dienstagnachmittag ist das ein seltenes Phänomen in meinem verschlafenen Dorf. Und draußen nieselt es.

„Irgendein Schwachkopf hat gerade einen verdammten Hubschrauber gelandet“, ruft ein Mann in Gummistiefeln, der stinksauer aussieht, einem anderen Mann zu. „Die Tiere drehen durch.“

Mehr Menschen versammeln sich. Am anderen Ende der Straße sehe ich den Hubschrauber mitten auf der Wiese. Die Propeller kommen langsam zum Stillstand.

„Wer ist es?“, frage ich niemanden Bestimmten. Ein Hauch von Angst durchströmt mich.

Und Hoffnung.

Killian?

Natürlich ist es nicht Killian, schnaufe ich vor mich hin. Hör auf zu träumen. Hoffnung ist ein gefährliches Gefühl. Warum sollte er hier sein? Es ist Morgen in New York, und Killian lässt sich gerade von seinem neuen Kinderhausmädchen das Frühstück machen. Oder Schlimmeres, aber ich kann es nicht ertragen, daran zu denken.

„Ist es die Armee?“, fragt jemand hinter mir.

Mein Puls beschleunigt sich, als die Propeller vollständig zum Stehen kommen. Die Seitentür öffnet sich und eine große Gestalt mit Pilotenbrille steigt aus.

Mein Herz schlägt mir bis zum Halse. Mein Puls geht innerhalb einer Nanosekunde von entspannt auf Hochtouren.

Er ist zu weit weg, um sein Gesicht deutlich zu erkennen, aber er ist es. Ich weiß, dass er es ist. Selbst wenn er hundert Meilen entfernt wäre, wüsste ich, dass er es ist.

Die Tür auf der anderen Seite öffnet sich, und Teagan steigt aus und schlägt ihren Mantel um sich.

„Wer zum Teufel ist das?“, fragt eine von Mams Freundinnen. Ihre Stimme klingt weit weg, aber sie steht neben mir.

Bumm. Bumm. Bumm.

Mein Herzschlag dröhnt in meinen Ohren, wie ein Trommelstock, der gegen mein Gehirn schlägt. Das ist alles, was ich hören kann.

Mam zuckt mit den Schultern. „Der Präsident?“

„Sei nicht albern. Es muss Michael Tierney sein, der Besitzer des Golfresorts.“

Ich beobachte, wie Killian seine Beine außerhalb des Hubschraubers ausstreckt und mit dem Piloten spricht. Es ist, als würde ich einen Film sehen. Das kann nicht echt sein. Ein paar Leute gehen auf ihn zu, und er sagt etwas zu ihnen.

Mein Herz hämmert so heftig, dass ich noch einen Herzinfarkt bekomme. Was machen sie hier?

Der Typ bei Killian zeigt die Straße hinunter. In diese Richtung ... er zeigt in diese Richtung.

O mein Gott.

Das ist die Stelle, an der im Film jemand schreit: *„Lauf!“*

Schnell werfe ich einen Blick auf meine Latzhose und die Schürze, die mit Staub und Lack bedeckt sind. Ich habe mir diesen Moment so oft in meinem Kopf ausgemalt. Ihn herbeigesehnt. Habe dafür *gebetet*.

Doch nun, da es soweit ist, möchte ich verschwinden.

Er hat mich noch nicht entdeckt; ich bin hinter zwei Bauern versteckt. Sein Gesichtsausdruck verrät nichts. Zumindest nicht von so weit weg.

Teagan lässt ihren Kaugummi knallen,

während sie die Straße entlanggehen, und deutet aufgeregt auf den Bastelladen.

Jeden Augenblick wird Killian mich sehen.

Ich kann das nicht; ich kann ihm nicht in meiner Heimatstadt gegenübertreten. Ich will durch die Straße fliehen oder mich irgendwo verstecken.

Genau genommen ...

Ich wandere seitwärts und gehe hinter einer Reihe von Mülltonnen neben dem Möbelhaus in Deckung. Ich bin nicht gut darin schnell zu reagieren, wenn ich eine eilige Entscheidung treffen muss, darum ist das das Beste, was mir einfällt.

„Clodagh?“, blökt Mam von der Straße aus. „Was machst du da?“

„Pssst, Mensch!“, zische ich und kauere mich zusammen. Ich muss nur ein paar Minuten warten, dann sind sie weg. „Sag meinen Namen nicht.“

„Muss sie auf Toilette?“, fragt ihre Freundin sehr, sehr laut.

Seid still, Frauen. Ich glaube, ich mache mir *wirklich* gleich ein.

Mam blickt mich kopfschüttelnd an und wendet sich dann wieder ihrer Freundin zu. „Sie benimmt sich merkwürdig, seit sie aus New York zurück ist. Ich weiß nicht, was mit ihr los ist.“

Ich drücke die Augen zu und versuche, meinen rasenden Herzschlag zu beruhigen.

Eine laute Stimme dröhnt: „Clodagh, was machst du denn da unten?“

Ich öffne die Augen und sehe, wie Tommy die Mülltonnen wegschiebt und mich in der Ecke kauernd enthüllt.

Mir rutscht das Herz in die Hose. Der Mülltonnen-Plan war ein großer Fehler.

Riesig.

Wann bekomme ich endlich etwas von diesem verdammten Glück der Iren ab? Heute kommt die Müllabfuhr nicht einmal. Was treibt er da? Nun hocke ich nur noch auf dem Boden und umarme wie ein Trottel meine Knie.

„Clodagh?“

„Killian?“, krächze ich von meiner Position auf dem Boden, wo ich wie ein schräger Vogel hocke. Ich weiß nicht, warum ich es als Frage formuliert habe; vielleicht, weil er es getan hat.

Ich starre verwirrt zu ihm auf. Es ist schon so lange her, dass ich diesen tiefen Tonfall im echten Leben gehört habe. Ich habe mir online ein paar Mal Interviews mit ihm angesehen, um mich zu quälen. Doch nun raubt mir der Klang seiner echten Stimme den Atem.

Er streckt seine Hand aus, um mich hochzuziehen. Es dauert eine Minute, bis mein Gehirn weiß, wie Aufstehen geht. Ich hoffe, ich rieche nicht nach Mülltonne.

Er lächelt leicht. Etwas, das wie Nervosität aussieht, wandert über sein Gesicht. „Wenn ich es nicht besser wüsste, könnte ich fast glauben, dass du dich vor mir versteckst."

Teagan stürmt auf mich zu und umarmt mich. Diese Geste ist eine dringend benötigte Pause von der Intensität Killian zu sehen.

„Hey, Clodagh!"

„Hey! Was für eine schöne Überraschung. Ich habe dich vermisst", sage ich in ihr Haar und meine es auch so. Wenn man mich am ersten Tag unseres Kennenlernens gefragt hätte, ob ich damit rechne, hätte ich ungläubig gelacht.

Ich löse mich von Teagan und schaue zwischen den beiden hin und her, meine Brust zieht sich verwirrt und angespannt zusammen. Warum hat sie mir nicht erzählt, dass sie herkommt?

Killian räuspert sich unbehaglich und sieht Teagan an. „Schatz, kannst du uns einen Moment allein lassen? Dann kannst du mit Clodagh reden. Bleib in der Nähe."

Sie lässt eine große Kaugummiblase platzen. „Ich bin drüben im Bastelladen. Aber beeil dich, Dad."

Ich blicke Mam und ihr Gefolge finster an. „Mam, kannst du uns auch allein lassen?"

Ihr fallen beinahe die Augen aus dem Kopf. „Willst du mich nicht vorstellen?"

Ich beobachte beunruhigt, dass sie Killian einen leicht erregten Blick zuwirft.

„Nein", sage ich und bedeute ihm, mir die Straße entlang zu folgen, weg von ihnen.

Sobald wir außer Hörweite sind, wende ich mich ihm zu. „Machst du hier Urlaub?"

Seine Lippen verziehen sich zu einem leichten Lächeln, während er meinen Blick ein paar Sekunden lang erwidert. „In gewisser Weise."

Ich nicke und bemühe mich, mein eingefrorenes Lächeln nicht zu verlieren. Ich weiß nicht, wie ich darauf reagieren soll.

Ich stehe am Rande einer Klippe. Ein falscher Schritt und ich verliere vollkommen die Kontrolle, werde mit den Fäusten auf den Boden einschlagen und wie eine Wahnsinnige heulen.

„Das ist schön", stoße ich hervor, wobei meine Stimme kaum an dem Kloß in meinem Hals vorbeikommt. „Du solltest den Wild Atlantic Way entlangfahren. Er ist super, um die Sehenswürdigkeiten zu sehen. Oder schau ihn dir im Hubschrauber an. Wie auch immer du dich fortbewegst."

Er fährt sich mit der Hand durch die Haare, die mittlerweile durch den Regen dunkel geworden sind. „Ich werde gleich zur Sache kommen."

Mit klopfendem Herzen stehe ich da und starre ihn an. „Schieß los."

„Ich habe einen Fehler gemacht. Einen großen Fehler." Er blickt mit diesen eisblauen Augen auf mich hinab, die mich, seit ich New York verlassen habe in meinen Träumen verfolgen. „Einen, den ich seitdem bereue.“ Aus der Nähe hat er vom Schlafmangel dunkle Augenschatten. „Ich hätte das mit uns nie beenden dürfen.“

„Erzählst du mir das auf deinem Weg zur Küste oder so?“, frage ich mit schwankender Stimme.

„Nein. Ich bin hergekommen, um dir das zu sagen. Ich bin deinetwegen hier – unseretwegen. Deshalb bin ich in Irland.“ Er blickt zu Teagan hinüber, die eine Vase zerbrochen zu haben scheint. „*Verdammt.* Deshalb sind wir beide hier.“

Deshalb ist er in Irland?

Er kommt näher, bis er nur noch einen Atemzug von mir entfernt ist. Ich hätte nie gedacht, dass ich ihn wiedersehen würde, und nun steht er vor mir. Sein Duft schlägt mir entgegen und ich möchte die Hand ausstrecken und mir nehmen, was ich will. „Du fehlst mir, Clodagh. Das Haus fühlt sich so leer an ohne dich. Mein Leben fühlt sich ohne dich so leer an. *Ich* fühle mich leer. Ich bitte dich, mir noch eine Chance zu geben.“ Sein Atem stockt, als er innehält. „Mir zu verzeihen.“

Ich spanne meinen Kiefer an, um die Tränen zurückzuhalten, die zu entweichen drohen. *Du hast mir mein verdammtes Herz gebrochen, du Arschloch.* „Du warst es, der Schluss gemacht hat. Du hast nicht zu entscheiden, wann du wieder in mein Leben treten willst.“

Er macht ein langes Gesicht. Er sieht aufgebracht aus. Das ist mal was Neues.

Der Drang, mich in seine wartenden Arme zu stürzen und mit seinem Körper zu verschmelzen, überwältigt mich. Doch dann erinnere ich mich an seinen Gesichtsausdruck an jenem Tag im Büro. Kalt und distanziert.

Nein. Mein Herz wird keine weiteren Brüche mehr überleben.

„Was passiert, wenn du wieder deine Meinung änderst und beschließt, dass du das Kindermädchen doch nicht ficken willst?"

Er zuckt zusammen. „So war das nicht. Ich dachte, es zu beenden wäre zu deinem Besten."

„Zu meinem Besten?", frage ich ungläubig.

„Alfred Marek hat dich meinetwegen angegriffen. Ohne mich bist du sicherer."

Ich schnaube ungläubig. „Das war wohl kaum ein Angriff, Killian."

„Es hätte schlimmer sein können."

Ich lache beinahe. „Alles könnte schlimmer sein! Als ich zehn war, bin ich in eine Kiesgrube gefallen und habe mir das Bein gebrochen. Da hätte es auch schlimmer sein können. Neulich habe ich mein Glätteisen in Mams Haus angelassen. Das hätte viel schlimmer sein können", sage ich und werfe frustriert die Hände hoch. „Man könnte so über alles denken und sich quälen."

„Ich weiß. Ich habe so meine Dämonen, die ich zu besiegen versuche. Ich gehe zu einem

Therapeuten. Ich will nicht dieselben Fehler machen, die ich in der Vergangenheit gemacht habe."

„Was hat sich geändert? Woher der Sinneswandel?"

„Mir ist klargeworden, dass es deine Entscheidung sein muss, ob wir das Risiko wert sind." Er zeigt ein trauriges Lächeln. „Und ehrlich gesagt, bin ich egoistisch. Ich will dich nicht gehen lassen."

„Du hast mich verletzt", flüstere ich.

„Es tut mir leid." Er versucht, mich näher an sich zu ziehen, aber ich gehe aus seiner Reichweite.

„Nein." Ich schüttle den Kopf. Ich kann das nicht noch einmal. „Jetzt ist es zu spät."

Er blickt mich an, sein Gesicht ist gequält.

„Blödsinn. Es ist noch nicht zu spät. Wir sind beide am Leben."

Es ist ein bisschen düster, aber ich kann nichts dagegen sagen.

„Ich nehme morgen einen Flug nach London. Ich will dort neu anfangen."

Die Farbe verlässt sein Gesicht. „Willst du mit mir zusammen sein?"

Ja.

Ich antworte nicht.

„Ich habe mich in dich verliebt, Clodagh. Ich liebe dich so sehr."

Ich schwanke bei seinen Worten und mein Herz setzt einen Schlag aus. Ein Funke der

Hoffnung flammt in meiner Brust auf, ein flüchtiges Gefühl, das mich zu überwältigen droht, wenn ich es zulasse. Mein Verstand warnt mich davor, ihm wieder zu vertrauen. Mein Herz und mein Kopf liefern sich einen tödlichen Kampf, beide wollen die Kontrolle über meine zerbrechlichen Gefühle.

Ich liebe dich auch, Killian Quinn.

„Warum ich?"

„Diese Frage habe ich mir auch schon oft gestellt."

„Na danke", sage ich sarkastisch.

„Manchmal treibst du mich in den Wahnsinn. Du weißt wirklich, wie du meine Knöpfe drücken kannst. Du sprichst, ohne nachzudenken und tust ab und zu unerhörte Dinge, die meine Zwangsstörung in den Wahnsinn treiben.

Ich blicke ihn mit zusammengekniffenen Augen an.

„Aber du bist auch eine schöne, warmherzige, intelligente Frau, die mich zum Lachen bringt. Egal, was ich tue, ich kann nicht anders, als mir vorzustellen, dass es mit dir noch mehr Spaß machen würde. Egal, ob ich auf der Couch sitze und mir einen Film anschaue oder mit dem Hubschrauber über Manhattan fliege. Du bist immer in meinem Hinterkopf. So habe ich mich schon lange nicht mehr gefühlt, und das werde ich nicht aufgeben."

Mir entweicht ein leises Quietschen.

„Clodagh." Er ergreift meine Hand und dieses Mal lasse ich ihn gewähren. Ich habe seine Berührung schon so lange nicht mehr gespürt. „Als wir uns das erste Mal sahen, sagtest du, du wärst ein gutes Vorbild. Nun, du hast recht. Du bist der beste Einfluss, den meine Tochter haben könnte."

Ein weiteres Quietschen. Gleich geben meine Knie nach. Ich werde ihn nicht daran erinnern, dass ich mich zwischen Seife und Glas auf den Knien befand, als wir uns das erste Mal sahen.

Bleib stark, Frau.

„Ich weiß nicht, ob ich dir wieder vertrauen kann", sage ich schließlich.

Er nickt, als würde er das akzeptieren. Als hätte er das erwartet. „Ich kann daran arbeiten, dein Vertrauen zurückzugewinnen. Beantworte meine Frage. Willst du mit mir zusammen sein?"

Ja.

Ich möchte Ja sagen. Ich möchte es hinausschreien.

Doch die Angst hält mir den Mund zu. Ich kann die Worte nicht aussprechen.

„Willst du nach London gehen? Ist es wirklich das, was du willst?"

„Ja", sage ich. Nein. Vielleicht. Ich weiß es nicht. Meine Kehle ist eng und voller Angst. Ich will ihm nicht mein Herz öffnen, nur damit er es wieder zerbricht, wie er es zuvor getan hat.

Frische Tränen steigen mir in die Augen. „Ich muss gehen, Killian."

Er sieht so traurig aus, als er sagt: „Deine Green Card für die Staaten wurde bearbeitet. Du kannst leben und arbeiten, wo du willst. Ich gebe dir Freiraum, aber lass dich nicht davon abhalten, wieder nach Hause zu kommen."

Nach Hause.

Wo ist mein Zuhause nun für mich?

Ich wende mich ab.

„Das ist kein Lebewohl, Clodagh. Das mit uns ist nicht zu Ende. Ich werde warten."

Ich starre wie benommen auf die Fluginformationen. Der Bildschirm ändert sich und die Nummer des Gates für meinen Flug erscheint.

„Der British Airways Flug BA4703 nach London startet nun an Gate 16."

„Geht es Ihnen gut, Liebes?", fragt die Frau neben mir und sieht mich besorgt an.

„Ja." Ich schaffe es, zu nicken und mache mich auf den Weg zum Abfluggate.

35

Clodagh

Zwei Wochen Später

Ich neige meinen Kopf wieder zur Sonne und schließe die Augen, während die Damen plaudern und ihre Matten platzieren. Es ist ein wunderschöner Samstagmorgen und ich bin genau da, wo ich sein sollte – ich unterrichte kostenlos Yoga in dem Park in Queens.

Ich kann mir ein Lächeln nicht verkneifen.

Ein Neuanfang.

Morgen ziehen Orla und ich in unsere eigene Wohnung in Brooklyn – im zwielichtigen Teil. Klar, wir haben kein Wohnzimmer, weil es zu einem zweiten Schlafzimmer umgebaut wurde. Nur so können wir es uns leisten, aber es gehört trotzdem uns allein.

Eine Kehle räuspert sich, eine tiefe Stimme durchschneidet meinen Tagtraum.

Ich reiße die Augen auf und sehe Killian

vor mir stehen. Mir bleibt praktisch das Herz stehen, als ich seine Attraktivität in mich aufnehme. Ein Schauer der Erregung läuft mir über den Rücken, als sich unsere Blicke begegnen. Ich habe ihn seit jenem Tag in Irland nicht mehr gesehen.

„Ist Platz für einen mehr?"

„Woher wusstest du, dass ich wieder da bin?", murmle ich.

Er lächelt. „Ich wusste es von dem Moment an, als du gelandet bist. Ich habe dir gesagt, dass ich dir deinen Freiraum geben würde. Ich habe einen langen Atem. Nur so kann ich dein Vertrauen gewinnen."

Ich bin fünf Tage in London geblieben, ehe ich einen Haufen Geld für einen Last-Minute-Flug nach New York ausgegeben habe. Als ich auf dem Shard, dem höchsten Gebäude Europas, stand, hatte ich eine Erkenntnis. Eine Offenbarung.

Natürlich kann man eine aufregende Stadt gegen eine andere eintauschen; man kann sich mit coolen Touristenattraktionen beschäftigen, einem nicht enden wollenden Nachtleben, verlockenden Jobaussichten, aufgefallenen Restaurants …

Aber man kann sein Herz nicht mitnehmen. Als ich auf den Tower of London blickte, wurde mir klar, dass mein Herz noch immer in New York war. Keine schöne Aussicht konnte mich dafür entschädigen, dass ich nicht in der Nähe des Stadthauses, seines mürrischen Besitzers oder seiner Tochter war. In Orlas natürlich auch nicht. Ich habe auf der Aussichtsplattform laut geheult und meiner Cousine war das sehr peinlich.

„Fangen wir an, Clodagh?“, brummt Dominic, einer der Fußballer von seiner Matte.

Meine Wangen erröten, als ich zu den Leuten auf ihren Matten schaue, die geduldig warten. Die Frauen beobachten mich wie Falken, zwinkernd und grinsend. Eine von ihnen erdreistet sich, bewundernd zu pfeifen.

Ich zeige ihr warnend die Zähne.

„Und?“ Seine Augenbrauen heben sich erwartungsvoll. „Kann ich mitmachen?“

Mein Puls beschleunigt sich. „Klar.“

Seine Augen flackern emotional. „Schön. Ich würde gerne einen Block von zehn Stunden kaufen. Ich werde jede Woche wiederkommen.“

Drei Wochen Später

Wir lassen uns auf Barhockern nieder, während der Barkeeper unsere Manhattans mixt. Wir feiern, dass Orla für die nächsten Prüfungen für den Polizeidienst zugelassen wurde.

Seit #seifengate war ich nicht mehr in

Killians Hotelbar. Das erste Mal, dass mein Blick auf den mürrischen Milliardär und Besitzer fiel. Die Erinnerungen an diesen Tag werden wieder wach. Ich fühlte mich so verzweifelt. Ich hatte nichts mehr unter Kontrolle.

Jetzt bin ich in einer besseren Lage.

Die Jazzband spielt leise in der Ecke und schafft eine ruhige Kulisse für Gespräche. Ich muss schmunzeln, als ich an den Unterschied zur Band im The Auld Dog denke; man bekommt Halsschmerzen, weil man über sie hinweg schreien muss.

„Warum lächelst du?“, fragt Orla, als die Drinks vor uns stehen.

„Ich bin einfach froh, mich endlich sesshaft zu fühlen“, sage ich. Ich fange einen neuen Job in einem Möbelhaus in Brooklyn an.

Die Bezahlung ist nicht besonders; vielleicht muss ich sogar mein Bett untervermieten, um Geld zu sparen, aber es ist ein Anfang. Ich werde wieder eine Arbeit haben, die ich liebe.

„Auf meine beste Freundin Orla, dass sie die nächsten Prüfungen für den Polizeidienst besteht“, sage ich und stoße mit ihr an.

Orlas Augen leuchten vor Freude.

„Und wie geht es nach deiner Prüfung am Mittwoch weiter?“, frage ich. „Und ich kann immer noch nicht glauben, dass du Polizistin werden willst. In unserem Dialekt klingt es besser.“

„Hmm.“ Orla wirft einen Blick über meine Schulter und schaut dann wieder mich an. Ihr Gesichtsausdruck wird schuldbewusst.

Mein Herzschlag beschleunigt sich und ich weiß *einfach*, wen sie anstarrt.

Ich drehe mich um.

Er ist hier.

Allein.

Die Energie im Raum verändert sich, genau wie an dem Tag, an dem ich ihn zum ersten Mal gesehen habe.

Köpfe drehen sich um und Gespräche verstummen, weil alle Augen im Raum auf ihn gerichtet sind. Jeder weiß, wer er ist. Es ist, als wäre gerade der Präsident gekommen. Er trägt einen dreiteiligen schwarzen Anzug, in dem er so sexy ist, dass er für den nächsten Bond-Film vorsprechen sollte.

Ich umklammere mein Glas fester, als ich mich wieder Orla zuwende. „Ist das Zufall oder hast du das geplant?“

Sie beißt sich auf die Lippe. „Schuldig. Aber warum bist du so nervös? Der Mann ist schon seit Wochen hinter dir her.“

„Ich weiß es nicht. Ich kann es nicht ändern.“ Mein Magen schlägt jedes Mal einen Salto, wenn ich ihn sehe. Als er mir in der Yogastunde am Samstag bei der Pflugpose zugezwinkert hat, war ich so aufgeregt, dass ich mir fast in die Hose gemacht hätte.

Ich habe ihn in letzter Zeit ein paar Mal

gesehen, aber wir waren nie zu zweit. Er kommt zum Yoga und bringt Teagan mit. Die Kobolde schienen ihn wieder im Griff zu haben. Als ich beim Yoga in Panik geraten bin und erzählt habe, dass die Lieferfirma mich in letzter Minute im Stich gelassen hatte, hat er sich einen Tag freigenommen, um nach Jersey zu fahren und die Materialien für mich abzuholen. *Er.* Er ist *selbst* gefahren.

„Es ist Zeit, dass du ihn zurücknimmst. Du hast ihn lange genug schwitzen lassen."

„Warum?"

„Wenn du ihn zurücknimmst, habe ich die Wohnung ein paar Nächte in der Woche für mich allein."

„Na danke", sage ich sarkastisch.

Sie lächelt. „Gerne. Jetzt erlöse ihn endlich von seinem Elend. Er hasst Yoga. Sein finsterer Gesichtsausdruck, als er am Samstag beim herabschauenden Hund auf die Nase gefallen ist, hat alles gesagt."

Ich lache zittrig. „Du hast recht, er hasst es wirklich. Er grunzt zu viel. Niemand sollte beim Yoga grunzen."

Mein Körper kribbelt und ich kann spüren, dass er hinter mir steht.

„Hi", murmelt eine leise Stimme dicht an meinem Ohr.

Ich drehe mich auf meinem Barhocker und blicke in ein eindringliches Paar blauer Augen. Die Bar und alle darin verschwimmen zu einem

Nichts. „Hi“, hauche ich.

„Ist dieser Platz besetzt?“

„Du kannst meinen haben“, meldet sich Orla zu Wort und zwinkert Killian zu. Ehe ich etwas erwidern kann, springt sie vom Hocker.

Er lächelt sie an. „Danke, Orla.“

„Ich werde nicht auf dich warten“, flüstert sie mir ins Ohr, ehe sie uns beiden zum Abschied eine Kusshand zuwirft.

Killian nimmt auf dem Hocker Platz und mustert mich von Kopf bis Fuß.

Ich versuche, nicht zu reagieren, obwohl mein Herz eine Million Mal pro Sekunde schlägt. „Was machst du hier, Killian?“ Ich starre wie gebannt meinen Drink an, während ich ihn langsam umrühre.

„Sieh mich an.“

Als ich aufschaue, blickt er mich an. „Bitte gib mir die Chance, dich glücklich zu machen und mich zu beweisen. Lass mich dich lieben und dir zeigen, dass ich nur das Beste für dich will.“ Er legt seine Hände auf beide Seiten meines Kiefers und zieht mich näher zu sich. „Was muss ich tun, um es dir zu beweisen? Muss ich auf die Knie gehen?“

Sein Grinsen ist so eingebildet, dass ich sauer werde. „Im Grunde ja“, sage ich tonlos. „Das wäre ein Anfang.“

„Okay.“

Fassungslos beobachte ich, wie er sich vor mir auf die Knie sinken lässt. Killian Quinn kniet buchstäblich vor mir. Wenn die Leute vorher gestarrt haben, sind ihnen jetzt die Augen aus dem Kopf gefallen.

Er schaut erwartungsvoll zu mir auf und scheint sich nicht darum zu kümmern, dass ihn alle beobachten. Der Mann hat kein Schamgefühl.

„Also gut“, flüstere ich kichernd und ziehe ihn wieder auf die Füße. „Unter einer Bedingung.“

„Jede.“

Ich lächle. „Wir verbrennen das Handbuch.“

Er antwortet darauf, indem er mich an sich zieht und mich so leidenschaftlich küsst, dass die ganze Welt um uns herum verschwindet und es nur noch uns zwei gibt.

Killian

Eine Woche Später

„Ich liebe dich, Clodagh Kelly, meine kleine Diebin. Mein kleine Herzensdiebin.“

Ich drücke meinen Daumen gegen ihre Klitoris, mit gerade genug Druck, um sie zum Stöhnen zu bringen, während meine andere Hand ihre Hüfte streichelt.

Ihre smaragdgrünen Augen werden ein wenig glasig. „Ahhhh. Sir“, sagt sie mit einem gehauchten Lachen. „Ich … ich glaube, ich bin kurz davor."

Ihr Atem geht schneller und ihre Bewegungen werden unberechenbarer, während sie meinen Schwanz reitet. Sie zieht sich um mich zusammen, während der Höhepunkt sie erschüttert.

„Er gehört mir", sage ich mit leiser Stimme und fühle mich wahnsinnig besitzergreifend. Ihr Orgasmus wird immer mir gehören. „Kein anderer war für ihn bestimmt."

Ich stöhne, als auch ich komme, heftig und schnell. Ich halte ihre Hüften fest und sorge dafür, dass sie auch den letzten Tropfen von mir bekommt.

Sie stößt ein Lachen aus, ehe sie auf mir zusammenbricht, wobei ihre Beine immer noch um meinen Körper gespreizt sind. Das ist das erste Mal, dass sie kommt, während wir Sex haben. Wenn ich jetzt sterben würde, würde ich als glücklicher Mann sterben.

Ich grinse zu ihr hoch, während ihre Hände über meine Brust gleiten.

„Danke, Mr. Quinn", schnurrt sie.

„Wenn du mir wirklich danken willst, zieh wieder bei mir ein", platzt es aus mir heraus.

Mist.

Natürlich will ich das, aber ich will sie nicht so rasch vergraulen. „Ich bin sechsunddreißig. Ich habe keine Lust mehr auf Spielchen. Ich will dich bei mir haben."

Ihre Augen werden groß, dann grinst sie. „Soll ich wieder dein Bad putzen?“

„Nein, verdammt.“ Ich lache leise und fahre mit der Hand ihren nackten Bauch hinunter. „Du warst schon das erste Mal furchtbar. Mrs. Dalton macht das viel besser.“

Nur schade, dass sie in den Ruhestand geht. Sie zieht nach Boston, um bei ihrer Tochter zu sein. Von nun an gibt es nur noch mich und Teagan … und die Reinigungskräfte meines Sieben-Sterne-Hotels.

Ich schaue in ihre faszinierenden grünen Augen und atme tief ein. „Ich möchte, dass du einziehst, weil ich dich liebe.“

„Okay.“ Sie nickt, dann schüttelt sie widersprüchlich den Kopf. „Das ist ein guter Grund, aber nein.“

„Nein?“ Ich stoße gegen ihre Hüfte. Was zur Hölle?

„Ich liebe dich auch, Killian, und ich will, dass wir für immer zusammen sind, aber zuerst will ich mit Orla in Brooklyn leben. Das Leben in New York ist kein *Märchen,* schon vergessen?“ Sie grinst. „In ein paar Jahren werde ich einziehen.“

„Dann werde ich wohl einfach warten müssen.“ Ich seufze mit einem Lächeln im Gesicht. „Du bist der Boss.“

EPILOG

Clodagh

Ein Jahr Später

„Vorwärts, Teagan!" schreie ich in den Wind, während sie auf das Tor zusprintet. „Killian, siehst du hin?"

Killian steht neben mir, die Hände über den Augen und ein Ausdruck purer Qual im Gesicht. Manchmal ist er ein richtiger Angsthase.

Ich weiß nicht, weswegen er sich Sorgen macht. Seit Teagan für das Damenteam der Queens Gaels spielt, zieht sie das gnadenlos durch.

Man sagt, gälischer Fußball sei eine Mischung aus Australian Football und englischem Fußball. Teagan spielt auf der Stürmerposition, das heißt, sie ist die Angreiferin, die auf das Tor geht, und sie ist eine *Maschine*. Vor ein paar Monaten hat sie mit dem Ballett aufgehört und beschlossen, dass gälischer Fußball mehr ihr Ding ist.

Killian nimmt einen tiefen Atemzug. „Das war ein bisschen hart da draußen. Ich wäre am liebsten auf das Spielfeld gerannt und hätte sie runtergezerrt."

Ich verdrehe spielerisch die Augen. „Ich weiß nicht, warum du dir Sorgen machst, die gegnerische Mannschaft hat eine Heidenangst vor ihr."

Teagan und ich haben immer noch nicht angesprochen, dass sie einen Freund im Jungenteam hat, aber ich glaube auch nicht, dass Killian bereits so weit ist.

„Noch fünf Minuten bis zum Elfmeterschießen", sage ich und lege meine Arme um seine Taille. „Dann kannst du dich entspannen."

Er nickt. „Wie wäre es mit einem Drink in Mareks Restaurant, um meine Nerven zu beruhigen?"

Ich lächle. Es ist das erste Mal, dass Teagans Team in dem neuen Gemeindezentrum in Brooklyn spielt, das Killian gebaut hat.

„Das klingt gut. Allerdings will ich heute nicht zu lange unterwegs sein. Ich muss morgen früh aufstehen."

„Dein Chef muss ein echter Tyrann sein", stichelt er.

„Nee, kein Fünf-Uhr-morgens-Tyrann." Ich bin jetzt meine eigene Chefin und quäle mich jeden Morgen um sechs Uhr aus dem Bett.

Ich habe ein kleines Studio von Onkel Seans Freund Paddy gemietet, von dem ich glaube, dass er in der irischen Mafia ist, aber er hat mir ein gutes Angebot für das Studio gemacht. Es ist so klein, dass es einem Schuhkarton ähnelt, aber es ist nur zwanzig Minuten mit dem Fahrrad von Orlas und meiner Wohnung in Brooklyn entfernt. Ich wünschte, ich hätte Granny Deirdre nie davon erzählt, die mir täglich SMS über getötete Radfahrer in der Stadt schickt.

In letzter Zeit kamen konstant Aufträge herein, und vor kurzem habe ich einen größeren Auftrag von einer Möbelhauskette erhalten. Ich habe meinen Online Business Kurs abgeschlossen. Bei einigen Modulen gab es sogar ein paar Tränen, aber ich habe es geschafft. Ich habe keine besondere Anerkennung bekommen – keinen Hut zum Abschluss oder ein schickes Zertifikat – aber ich fühle mich nun besser gerüstet, um kleine Schritte in der Geschäftswelt zu machen. Nun bin ich wie Dagobert, folge jedem Penny und weiß, wohin er geht.

Killian hilft mir bei den geschäftlichen Angelegenheiten und auch Teagan hilft am Samstag für ein paar Stunden aus. Allerdings besteht Killian darauf, sie für den Mindestlohn arbeiten zu lassen, damit sie den Wert des Geldes verstehen lernt. Als Entschädigung lade ich sie danach zum Burgeressen ein.

„Warum trinken wir nicht einfach nur ein Bier und holen uns dann etwas zum Mitnehmen bei L'Oignon du Monde?“ schlägt Killian vor.

„Das klingt nach einem tollen Plan“, antworte ich mit einem Lächeln.

Was für ein perfekter Abend. Eine zwanglose Bar, gefolgt von einem schicken romantischen Abendessen im Central Park.

Mein Blick flackert zu Killian, der seine Lippen auf meine Stirn presst. Wir haben uns gut entwickelt, auch wenn wir uns ein paar Mal gestritten haben, denn was kann man schon erwarten, wenn Gegensätze sich anziehen?

Ich finde ihn immer noch mürrisch und er findet, dass ich ein Energiebündel bin. Klingt für mich wie das Gerede eines alten Mannes.

Im Moment haben wir ein gutes Gleichgewicht. Ich schlafe drei Nächte in der Woche im Stadthaus in der Fifth Avenue, was bedeutet, dass Orla ihren Hedgefonds-Typen zu Besuch haben kann (er ist ihr doch ans Herz gewachsen). Er war so nett, mir das Konzept von Hedgefonds zu erklären; es klingt nach einem unglaublich langweiligen Job.

Ich winke Liam zu, der ein paar Reihen weiter unten sitzt. Er hat nun ein Baby mit Sheila. Er hat schnell nach vorne geschaut und ich freue mich für ihn.

Teagan hat wieder den Ball und stürmt auf

das Tor zu, wobei sie den Verteidigerinnen links und rechts ausweicht. Sie steht heute in Flammen.

„Toooooor!", schreie ich, als Teagan den Ball im Netz versenkt.

Ein Weiteres Jahr Später

„Ich habe eine Sache auf meiner Bucket List, die ich abhaken möchte", sagt Killian, während wir Hand in Hand durch den Central Park schlendern.

Ich blicke ihn skeptisch an. „Du hast keine Bucket List."

„Jetzt schon."

In zwei Tagen fliegen Killian, Teagan und ich nach Irland, um den Wild Atlantic Way zu bereisen. Wir werden in Donegal landen. Ich habe wie verrückt gearbeitet, um die Lagerbestellungen zu verschicken, damit ich mich auf meiner Reise entspannen kann.

Er zieht mich näher an sich und ich lasse meine Hände über seine Brust gleiten. Leider ist sie von einem Kapuzenpullover bedeckt. Ich liebe es, wie er sich anfühlt. Ich könnte die ganze Nacht damit verbringen, seinen Körper mit meinen Fingerspitzen zu erkunden. Das ist mein liebster Zeitvertreib.

Ich denke an unsere Gespräche der letzten Woche zurück, darüber, was wir in Irland machen werden. „Ich werde den Blarney Stone nicht küssen. Ich werde dir dabei zusehen, aber zwing mich nicht dazu. Ich habe das Gerücht gehört, dass die Leute ihn anpinkeln."

Er lacht leise. „Mein Thema ist wichtiger, als den Blarney Stone zu küssen."

Er hält inne und lässt sich dann mitten im Central Park auf ein Knie sinken.

Meine Kinnlade sinkt mit ihm hinunter.

Meine Augen weiten sich und mein Herz beginnt heftig zu klopfen. „Was hast du... hast du ...?"

Er lächelt zu mir hoch. Seine Augen haben noch immer die Macht, mir köstliche Schauer durch den Körper zu senden. „Ich wollte das jetzt machen, damit wir es deiner Mutter und deiner Großmutter in Irland erzählen können. Wenn du Ja sagst, natürlich."

Heiliger Strohsack. Er hat einen Ring. Eine Mischung aus Aufregung und Nervosität schießt durch meine Adern.

Ich schaue mich verwirrt um. Ein paar Leute wirken vage interessiert, doch wir sind in New York, daher scheint niemand von Killians großer Geste schockiert zu sein.

„Clodagh, Kelly. Is tú mo grá."

Ich liebe dich auf Irisch. Im Stillen bete ich, dass er nicht versucht, mehr zu sagen, denn ich habe es seit der Schule nicht mehr gesprochen und erinnere mich nur noch an die Schimpfwörter.

„Du und Teagan seid meine ganze Welt. Euch gehört mein Herz. Alles, was ich will, ist, den Rest meiner Tage mit euch beiden zu verbringen und Teagan viele Geschwister zu schenken. Es ist egal, wo wir landen, solange wir zusammen sind."

„Ja, ich will dich heiraten!", schreie ich praktisch, werfe ihm meine Arme um den Hals und drücke ihn fest an mich. „O Clodagh Quinn klingt wunderbar!"

Er lacht unter mir, als er sagt: „Du hast mich meine Frage noch nicht stellen lassen. Willst du mich heiraten?"

„Ja!" rufe ich und widerstehe dem Drang, zu johlen

Sieht aus, als hätte ich mein Stück vom Big Apple Kuchen bekommen. *Und* ich bekomme Sieben-Sterne-Orgasmen.

ENDE

ÜBER DEN AUTOR

Rosa Lucas

Die in London lebende Rosa schreibt heiße, zeitgenössische Liebesromane mit kämpferischen Heldinnen und sexy Alpha-Helden.

Sie möchte, dass ihre Romanfiguren nachvollziehbar sind und auch Fehler haben, mit den normalen Problemen und Unsicherheiten der realen Welt beschäftigt sind, es aber immer ein Happy End gibt, das auf sie wartet.

Am liebsten schreibt sie über Milliardär-Alphas, Romanzen mit Altersunterschied, Büroromanzen, Feinde, die zu Liebenden werden und romantische Komödien.